AF222097

Lorenz Paul

Anders

Roman

Impressum

Bibliografische Information der Deutschen
Nationalbibliothek:
Die Deutsche Nationalbibliothek verzeichnet diese
Publikation in der Deutschen Nationalbibliografie;
detaillierte bibliografische Daten sind im Internet über
http://dnb.dnb.de abrufbar.

© 2021 Lorenz Paul

Herstellung und Verlag: BoD – Books on Demand,
Norderstedt

ISBN: 978-3-7534-2496-5

Inhaltsverzeichnis

Prolog

Ich hatte Kopfschmerzen heute Morgen. Wie an jedem Morgen im letzten Jahr. Ich zog mich an und verließ die Wohnung. Am S-Bahnhof holte ich mir einen Kaffee aus dem Automaten. Schwarz mit Zucker. Ich trank ihn während der Fahrt und hatte bald Magenschmerzen. Wenigstens keine mehr am oder im Kopf, dachte ich. An der Endstation suchte ich den nächstgelegenen Weg, der in ein Waldstück führte und erleichterte mich vom Kaffee. Danach verlagerten sich die Schmerzen wieder nach oben.

Das Wäldchen immerhin war ganz schön. Es war niemand unterwegs, meine ich. Das ist das wichtigste. Ich erreichte einen See und ging am Ufer entlang, bis ich auf die Terrasse eines Restaurants stieß. Es war ein Ausflugslokal, welches leer stand. Vielleicht weil im Osten inzwischen viel leer steht. Vielleicht aber auch, weil Herbst ist. Ein paar Stühle hatte noch niemand weggeräumt. Ich setzte mich eine Weile.

Als ich irgendwann wieder weiter ging, kam ich in eine Siedlung, wo sich die Menschen in ihren Häusern und hinter Vorhängen verschanzt hatten. Dann war ich zurück am Bahnhof.

Auf der Heimfahrt schlief ich ein, erwachte aber rechtzeitig. Ich trottete die Dominicusstraße hoch, bog rechts ab und kam wieder nach Hause. Im Fahrstuhl lehnte ich mich an die Wand und zählte langsam bis fünf, bis die Tür sich wieder auseinanderschob. Ich schloss meine Wohnungstür auf, zog im Flur den Anorak aus und schmiss ihn in eine Ecke. Dann ging ich ins Bad, öffnete den Hahn und ließ kaltes Wasser über meine Unterarme laufen. Dabei schloss ich die Augen. Als ich sie wieder öffnete, sah ich in den Spiegel. Sah mich im Spiegel. Sah mir in die Augen. Wenn man sich selbst sieht, ist es manchmal so, dass man nicht weiß, dass man das wirklich selbst ist. Man hat von sich ja immer einen anderen Eindruck als andere. Emily hatte einmal gesagt, dass sie meine Augen mag. Man könne sich in ihnen verlieren. Ich hatte vorher nie gehört, dass ich besondere Augen hätte. Aber danach hatte sie auch gelacht. Erinnerungen sind nichts Gutes. Zu viele sind auf jeden Fall nicht gut.

Ich ging zurück ins Zimmer und sah auf die beiden Matratzen vor der Wand. Dann drehte ich mich zur Balkontür, ließ sie aber geschlossen. Ich blickte hinaus auf die beiden Kirchtürme, die hinter dem Friedhof aufragen und sah auf die Gräber hinab, die wie schlichte Blumenbeete wirkten. Man könnte so etwas auch mal anlegen, ohne dass darunter Leichen liegen, dachte ich. Jeder kriegt ein Stückchen und kann es bepflanzen. Mit Blumen, mit Sträuchern, mit was weiß ich. Vielleicht sollte jeder von Geburt an sein eigenes Grab haben, um das er sich kümmern kann, bis er darin liegt. Ich werde mich mal verbrennen lassen, wenn es so weit ist, glaube ich.

Schließlich drehte ich mich um, streckte mich auf den Matratzen aus und war eingeschlafen, wie ich merkte, als das Telefon klingelte. Eigentlich klingelte es nie. Jedenfalls nicht mehr in den letzten Jahren. Ich hätte es längst abmelden können und bereute, dass ich es noch nicht getan hatte. Ich griff nach dem Hörer. Es war Martin.

In einer Nacht vor einem Jahr war er von zu Hause losgegangen.

Erster Teil: Die Anderen

1

Ich war an einem Sonntag von zu Hause losgegangen. Morgens vor sechs Uhr. Mein Vater stand früh auf. Also musste ich noch früher losgehen. Aber er stand immer früh auf. Ob sonntags oder an einem anderen Tag. Das war egal.

Ich nahm meinen Rucksack, öffnete leise die Zimmertür, schlich mich hinaus und schloss die Tür wieder vorsichtig. Behutsam ging ich die Treppe hinab. Unten im Flur neben der Treppe gab es eine Tür, die zur Straße hinausführte. Aber sie war immer verschlossen. Also schlich ich in die Küche. Von dort ging es durch einen kleinen Flur über eine Steintreppe auf den Hof hinaus. Diesen Weg nahmen wir immer, denn diese Tür war nie verschlossen.

Allerdings zögerte ich im Flur kurz. Ich zog aus der Brusttasche meines Anoraks die Brille, setzte sie auf und klemmte mir mit den Bügeln ein paar Locken hinter den Ohren ein. Ich zog die Haare wieder hervor und zog dann auch an meinem Hosenbund, weil Hosen immer rutschen, aber ich Gürtel nicht mag. Sie nehmen Luft weg. Schließlich sah ich an mir herab, sah meine Halbschuhe, an denen Matsch der letzten Tage hing und schüttelte den Kopf. Zweifel kamen. Waren wieder da. Wurden stärker. Gleich würde mein Vater in die Küche kommen und mich aufhalten. Nicht, weil er etwas sagen würde, gesprochen haben wir kaum miteinander. In den letzten Monaten sogar noch weniger. Auch wenn ich vorher nicht geglaubt hätte, dass das möglich war. Ich weiß nicht, ob er mich so überzeugen wollte oder ob es zumindest ein Versuch in diese Richtung war. Ich weiß nicht, ob er damit überhaupt etwas bezwecken wollte. In seiner Gegenwart jedenfalls, von Angesicht zu Angesicht, wollte ich das Haus nicht verlassen.

Ich öffnete die Tür. Ein Septembermorgen. Feuchte Luft. Mein Atem sichtbar. Ich schloss die Tür wieder und griff in die rechte Hosentasche nach dem Schlüssel. Aber ich ignorierte den Briefkasten und ließ den Schlüssel, wo er war. Endgültigkeit muss nicht bewiesen werden. Endgültigkeit beweist sich selbst.

Ich lief die Steinstufen hinab und über den Hof zum Eingangstor. Dahinter begann ich zu rennen. Ein Stück die Straße hinauf, nach rechts zur Hauptstraße und von dort über das Feld hoch bis zur Umgehungsstraße. Der Bus kam schon, aber ich erreichte ihn noch. Eine halbe Stunde lang klapperte er die Dörfer ab. Nach Kirchthal kommt Wiesenthal, dann Oberthal und Unterthal. Meine Gemeinde. Unsere Gemeinde. Eine Gemeinde, wie es Hunderte in Deutschland gibt. Vielleicht auch Tausende überall, wenn es so etwas wie Gemeinden überall gibt. Schließlich stand ich auf dem Bahnsteig.

Zu Beginn des Sommers hatte ich meinen Eltern gesagt, dass ich nach Berlin gehe. Kurz nach dem Abendessen, als noch keiner die Küche verlassen hatte. Vorher, während des letzten Schuljahres, hatte meine Mutter ein paar Mal gefragt, was ich tun wolle. Ich hatte immer mit den Schultern gezuckt. Vermutlich hatten sie etwas geahnt. Aber weil wir nie viel miteinander geredet haben, weiß ich auch nicht, ob sie untereinander darüber gesprochen haben. Ich weiß nicht mal genau, ob sie überhaupt miteinander geredet haben. Es gab aber auch nicht viel zu bereden. Jeder machte seinen Job. Daher funktionierte das Leben miteinander. Dann muss man nicht viel reden. Das ist gut so, finde ich. Das habe ich gelernt und mitgenommen. Wenn etwas funktioniert, muss man nicht reden. Geredet wird, wo es nicht funktioniert. Da, wo es nicht stimmt.

Der Zug kam pünktlich und fuhr pünktlich weiter. Ich fand ein leeres Abteil.

Vielleicht hätte ich gar nicht sagen sollen, dass ich ging. Dann wäre ich eben weg gewesen, ohne dass sie wussten, wo. Meine Mutter stand links zwischen Herd und Spüle, mein Vater gerade vor mir an der Tür, die zum Flur hinaus führte. Ich saß am Tisch und sie starrten auf mich herab, als hätte ich gesagt ... Ich weiß nicht, ob ich noch etwas Schlimmeres hätte sagen können ... Nichts wäre eben besser gewesen.

Unser Haus war alt. Ein Fachwerkhaus mit Balken, von denen man immer glauben musste, dass sie bald durchbrechen. Der Fußboden bestand aus rauen Dielen, die sich wellten. Unzählige Splitter hatte ich mir als Kind in die Füße gerammt. Die Zimmer konnten nie richtig beheizt werden. Beim Essen hatten meine Mutter und ich oft nebeneinander vor dem Herd gesessen. Aber danach hatte jeder immer schnell die Küche verlassen, um sich im eigenen Zimmer aufzuwärmen. Egal ob im Winter oder im Sommer. Manchmal dachte ich, dass die Mauern die Kälte des Winters gespeichert hätten, um sie im Sommer wieder abzugeben. Aber in dem Moment war es irgendwie noch kälter als ohnehin schon. Dass jemand so etwas ausstrahlen und ein anderer fühlen kann, erstaunte mich. Mein Vater sah mich nicht mehr an und ging. Meine Mutter begann mit dem Abwasch.

Ich wartete.

„Warum? Du kannst hier wohnen, hier studieren? Was willst du dort? Eingesperrt? Eingemauert?"

„Mal etwas anderes sehen", sagte ich.

Sie starrte ins Abwaschbecken, erwiderte nichts mehr. Auch danach nicht. Drei Monate lang. Wenn wir redeten, gab es dieses Thema nicht.

Der Zug fuhr in den letzten Bahnhof vor der Grenze ein. Bremsen quietschten, Menschen riefen. Bald ertönte ein Pfiff und der Zug rollte wieder an. Einige Minuten später drängte sich eine Frau in mein Abteil. Alt, um die siebzig, schätzte ich, und schwarz gekleidet.

„Ist bei Ihnen noch Platz?" fragte sie stotternd.

Ich nickte.

Sie setzte sich mir schräg gegenüber, sortierte ihre Taschen und holte dann Wolle und Nadeln aus einer heraus. Aber erst als Kontrolleure und Grenzbeamte routiniert in unsere Fahrscheine und Ausweise geblickt hatten und wieder verschwunden waren, ebbte ihr Zittern ab und es gelang ihr zu stricken. Dass Menschen es geschafft haben, dass die einen wegen anderen zittern, dass sie zu stottern beginnen und Schweißausbrüche bekommen, verstehe ich nicht. Aber scheinbar brauchen sie Autoritäten. Sie brauchen andere, zu denen sie aufsehen und vor denen sie Ehrfurcht haben können. Was ich einsehe, ist, dass man manchmal den Mund halten muss. Sonst wären dreizehn Schuljahre auch umsonst gewesen. Aber ich sehe es ein, weil es sinnlos ist. Weil ich, wenn ich mich anders verhielte, nichts ändern würde.

Zum Glück schlief ich ein und erwachte erst wieder, als der Zug still stand. Noch einmal Kontrollen. Dann rollten wir langsam über die Grenze und durch Berlin. Viel mehr als Wald war aber nicht zu sehen und als ich erste Häuser und Straßenzüge erkannte, waren wir schon fast da. Zoologischer Garten. Die Alte war längst aufgestanden und hinausgeeilt. Ich wartete, bis der Zug endgültig hielt und blickte zum Fenster hinaus auf den Bahnsteig, auf ein Durcheinander namenloser Gesichter, auf sich reckende Köpfe, auf hastige Winker und auf welche, die sich gefunden hatten und in die Arme nahmen. Über die Lautsprecher ertönte ein Willkommensgruß.

Auch ich erhob mich und verließ das Abteil. Vor der Waggontür traf ich gleich wieder auf meine Begleiterin, die mit ihren Taschen dort stehen geblieben war. In einer Hand hielt sie ein Tuch und winkte. Ich wartete auf dem letzten Absatz der Stufen, bis ein Mädchen kam. Schwarzhaarig, vielleicht fünfzehn. Sie sagte: „Mama wartet am Taxi."

Ich folgte ihnen in Richtung der Treppen, folgte ihnen im Halbdunkeln hinab in die Halle, ging an beschmierten Mauern entlang, an vergammelten Plakaten vorüber und an obskuren Gestalten. Der nächste Willkommensgruß ertönte. Unten in der Halle verlor ich die beiden aus den Augen und lief so schnell es ging zur linken Seite hinaus auf die Straße. Hinter der Tür blieb ich gleich wieder stehen und atmete durch. Feuchte, schwere Herbstluft, geschwängert mit Abgasen von Autos und Bussen. Ich hielt die Luft kurz an und atmete dann noch einmal durch. Schließlich zog ich meinen Kragen hoch und trat unter dem Vordach hervor. Links hinter der Reihe wartender Taxen sah ich die Umzäunung des Zoos und das kahle Geäst der Bäume des Tiergartens. Daneben ein Hochhaus, weiter rechts Geschäfte, ein Kino und die Gedächtniskirche. Es begann zu regnen. Die Gläser meiner Brille beschlugen und ein Schleier setzte sich vor meine Augen. Eine Weile ließ ich es so, ließ mich berieseln. Alles sah wie in der Erinnerung aus. Erinnerung kommt ja immer mit. Erinnerung bleibt nicht in der Vergangenheit. Sie bleibt nicht dort, wo sie hingehört. Und wenn man sie irgendwann wieder vor Augen hat, ist man über ihre Wirklichkeit erstaunt. Ich zog schließlich die Kapuze des Anoraks über den Kopf, nahm die Brille ab und putzte sie. Dann griff ich in meine Jackentasche und hielt mich an dem Zettel fest, auf dem die Adresse meiner Wohnung stand.

2

Während unserer Klassenfahrt im Frühjahr hatte ich U-Bahn fahren hassen gelernt. Als ich auf dem Bahnsteig stand und die voll besetzten Wagen sah, hatte sich das Bild eines Gefängnisses vor mir aufgebaut. Die Absurdität, dass Menschen von Menschen weggesperrt werden, beklemmte mich. Und auch, dass Menschen bestimmen, wann Menschen wieder frei gelassen werden. Bis heute ist es so geblieben. Auf einem U-Bahnhof fühle ich mich einer Ohnmacht nahe, wenn ich auch noch nie ohnmächtig geworden bin. Vielleicht ist also das Gefühl vor einer Ohnmacht ein ganz anderes und was ich auf einem U-Bahnhof fühle eben auch.

Ich ging an den Treppen zum Untergrund vorbei zu einer Bushaltestelle und sah mir etliche Pläne an. Aber ich hatte keine Idee, welcher Bus der richtige sein könnte, wartete daher, bis der erste vorfuhr und fragte den Fahrer.

„Bis Urania", sagte er. „Dann umsteigen."

Also fuhr ich bis Urania. Was auch immer das war.

Als ich ausstieg, stand ich auf einer Kreuzung, an der die Martin-Luther-Straße abzweigte. Ich wusste, sie führte in Richtung meiner Wohnung. So wartete ich nicht auf den nächsten Bus, sondern ging los. Erst am Big Sexyland vorbei, dann an einem Bettenhaus vorüber. Ich überquerte die Hohenstaufen- und die Grunewaldstraße und sah dahinter auf der linken Straßenseite einen Park und auf meiner Seite das Rathaus. Davor, auf dem John-F.-Kennedy-Platz, blieb ich stehen.

Es dämmerte oder es wirkte durch den wolkenverhangenen Himmel so. Noch immer fiel ein leichter Regen, solch ein Regen, bei dem man nicht glaubt, dass es etwas ausmacht. Aber wenn man seine Sachen auszieht, ist alles klamm.

Gegenüber war eine Häuserreihe. Die Frontseite eines Blocks, eine Seite eines Karrees. Jedes Haus vier Stockwerke hoch. In jedem unten ein Geschäft. Ein Restaurant, eine Bäckerei, ein Zeitschriftenladen, ein Optiker. Im Eckhaus an der nächsten Kreuzung, wo die Dominicusstraße beginnt und die Belziger Straße abzweigt, sah ich ein Bestattungsinstitut und davor eine Säule mit einer Uhr. Beide Zeiger deuteten auf die vier.

Ich überquerte die Martin-Luther-Straße, lief am Bestatter vorbei und auf der rechten Seite in die Belziger Straße hinein. Hier war wenig Verkehr, aber Autos parkten dicht an dicht entlang des Bürgersteigs. Ich erreichte das Eingangstor eines Friedhofs. Zwei Meter hoch, aus Metall, grün angestrichen und verschlossen. Die Mauer des Friedhofs zog sich etwa hundert Meter weiter die Straße entlang. Dahinter schien ein weiterer Park zu sein. Auf der anderen Straßenseite war ein Neubau mit niedrigen Fenstern und zweimal fünf Balkons übereinander, die nicht an der Fassade klebten, sondern in die Mauern eingelassen waren. Das Haus war hellblau angestrichen, die Balkons dunkler. Sie waren also, wie auch die Rahmen der Fenster, farblich abgesetzt. Unten befand sich ein Restaurant mit zwei Fenstern, die bis zur Erde reichten. Rechts daneben war der Hauseingang, links der Eingang zur Gaststätte, über dem ein unbeleuchtetes Schild hing: „Dolce Vita". Ich konnte aber nicht hineinsehen, jedenfalls nichts erkennen. Das Haus hatte die Nummer 66.

Die Nummer 68 links daneben war ein dunkelbrauner älterer Bau. Im Parterre befand sich eine Apotheke. Die darüber liegenden Wohnungen hatten großen Fenster und ebenfalls in die Mauern eingelassene Balkons. Auf der rechten Seite von Nummer 66 befand sich kein Haus. Vielleicht war es weggebombt und der Platz nicht wieder bebaut worden. Gebrauchte Autos standen aufgereiht hinter einem Zaun. Jedes war mit einem roten Aufkleber versehen, welcher in der Windschutzscheibe hing und Informationen preisgab, die ein Autofahrer wohl braucht. „Autohandel Manfred Zeiss" stand in blauen Buchstaben auf einem weißen Plakat, das am Zaun befestigt war.

Ich ging hinüber, ging zur Eingangstür von Nummer 66. Ich sah auf die Klingeln und auf die Namensschilder neben der Zahl, die die Etage angab. Es waren jeweils drei. Bornin, Müller, Wichmann in der ersten Etage. Darüber Graf, Blau, Herwick. Und so weiter. Ganz oben, in der fünften Etage, las ich Fitz und Stein. Das dritte Schild war nicht beschriftet.

„Melde dich bei Lisa Stein", hatte der Vermieter gesagt. „Oder im Restaurant."

Ich drückte den Knopf. Nichts passierte. Ich drückte ein zweites Mal. Immer noch nichts. Also ging ich vor zum Restaurant, öffnete die Tür, blieb aber erst einmal im Eingangsbereich stehen. Lediglich zwei Kerzen brannten auf dem Tresen gleich hinter dem Eingang auf der linken Seite. Über dem Tresen hingen dichte Rauchschwaden. Darunter saßen zwei Männer in schmutzigen Hemden und Arbeiterhosen auf Barhockern. Beide hatten kurze Haare, strähnig und klebrig, einer blond, der andere etwas dunkler. Sie starrten auf einen Fernseher.

Ich ging rechts an ihnen vorüber und an den Tischen entlang, die in drei mal vier Reihen standen. Ein Pärchen saß an einem dieser Tische. Ich wählte den Platz hinten rechts, von wo aus der Raum zu überblicken war. Das Pärchen besprach etwas Wichtiges. So sah es jedenfalls aus. Ihre Köpfe steckten dicht zusammen und ihre Stirne berührten sich fast. Später fiel mir ein, dass es Eva Glockenmann war, die an dem Tag, als ich ankam, dort saß. Manchmal fällt einem so etwas ein und auch, dass man nie weiß, mit wem man mal zu tun haben wird. Und wenn es dann passiert, dass man miteinander zu tun hat, merkt man, dass man sich schon oft gesehen hat. Allerdings hatte ich mit Eva später nie etwas zu tun, außer dass wir manchmal zusammen an einem Tisch saßen. Das passierte dann wegen Lisa, denn wir beide hatten mit Lisa zu tun. Auf alle Fälle schienen Eva und ihr Begleiter mich genau so wenig zu bemerken wie die beiden am Tresen.

Ich sah mich um. Auf den Tischen lagen dunkelblaue Decken und feuchte Bierdeckel steckten in Halterungen. Hinter dem Tresen ganz rechts befand sich die Tür zur Küche. Sie war angelehnt. Neben der Tür stand auf einem Regal der Fernseher, auf den die Thekenbrüder starrten. Ein Autorennen wurde gezeigt. Ich zog meinen Anorak aus, hängte ihn über die Stuhllehne und wartete.

Plötzlich rief einer der beiden: „Emily! Kundschaft!" Seine Stimme war heiser und ebbte beträchtlich ab. Die letzte Silbe kostete ihn viel Kraft.

Sofort wurde die Küchentür geöffnet. Licht viel auf den Tresen. Emily kam. Sie blickte sich um, sah mich, blieb aber erst einmal stehen. Sie fummelte in der linken Ecke am Tresen unterhalb einiger Schränke herum. Und mit einem Mal war das Dolce Vita erleuchtet. Einzelne Strahler zielten senkrecht auf die Tische. Fast grell. Aber schnell drehte Emily am Dimmer, bis es fast wieder so schummerig wie zuvor war. Dann ging sie um die Theke herum.

Ihr dunkles, beinahe schwarzes Haar reichte ihr bis knapp über die Schultern. Es war gelockt. Sie hatte eine rote Bluse an und um die Hüfte eine weiße Schürze gebunden. Darunter trug sie blaue Jeans. Auf ihrem Weg zu mir rückte sie Stühle gerade und zupfte einige Tischdecken zurecht. Emilys Haut war hell, fast bleich und sie hatte blassgrüne, große Augen, darüber dünne Brauen, die sie emporhob, als sie vor mir stehen blieb. „Was kann ich dir bringen?" fragte sie. „Essen gibt es erst ab sechs Uhr." Sie sprach leise, aber auffallend deutlich.

„Danke", erwiderte ich, schaute zu ihr auf, dann zur Seite, dann wieder hoch.

Emily zog die Augenbrauen noch einmal oben.

„Ein Wasser bitte", sagte ich.

Sie drehte sich, ging zum Tresen und kam sogleich mit einem Glas Wasser zurück.

Als sie wieder vor mir stand, sagte ich: „Ich suche Lisa Stein."

Sie lächelte. Gepflegte kleine Zähne blitzten auf.

„Lisa kommt sicherlich gleich. Sie schaut hier immer vorbei, bevor sie hochgeht."

Dann drehte Emily sich erneut um. Und ich blickte ihr wieder hinterher. Die beiden Männer an der Theke begannen, auf sie einzureden. Ich verstand jedoch nichts. Die Motoren aus dem Fernseher lärmten zu sehr.

Ein paar Minuten später wurde die Eingangstür geöffnet. So heftig, dass sie gegen einen Stuhl schepperte, der dahinter stand. Der Stuhl fiel um, gleichzeitig trat Lisa ein. Ich wusste natürlich nicht sicher, dass sie es war. Aber manchmal hat man eine Ahnung. Sie schaute kurz, warum es gepoltert hatte, ließ den Stuhl liegen und ging gleich zu den Männern am Tresen. Sie drückte beiden einen Kuss auf die Wange, drängte sich zwischen sie, schüttelte ihr blondes Haar, warf den Kopf in den Nacken und rief: „Was gibts neues?"

„Sonne is uff", johlte der Blonde. Ein tiefes Lachen schloss sich an und ging in einen Husten über.

Lisa klopfte ihm auf die Schulter. „Ach Müllerchen!" lachte sie. „Du hast doch immer schon genug Sonne, bevor ich da bin."

„Macht ja nischt. Kannst aber trotzdem bleiben." Er rückte einen Hocker weiter.

Lisa setzte sich. „Gibst du mir einen Kaffee, Emily? Und schalte diesen verfluchten Fernseher aus."

Emily drehte den Ton ab und deutete in meine Richtung. „Da wartet jemand auf dich."

Lisa drehte sich und sah mit zusammengekniffenen Augen zu mir herüber. „Wer bist du?" rief sie.

Kurz zuckte ich und wollte aufstehen, entschloss mich dann aber sitzen zu bleiben und erwiderte: „Ich komme wegen der Wohnung."

Sie griff sich an die Stirn. „Ach, das habe ich vergessen." Sie sprang auf und lief mit kurzen Schritten zu mir herüber.

Trotz ihrer Schuhe mit Absätzen war sie klein. Ein blauer Rock verdeckte zu wenig ihrer Beine. Die gelbe Bluse darüber war zu eng. Oder der Busen darunter zu groß.

„Du heißt Anders nicht?" fragte sie und setzte sich mir gegenüber.

Ich sah in ihr pausbäckiges Gesicht und auf die geröteten Wangen. „Ja", nickte ich. „Gabriel."

„Und woher kommst du?"

„Hessen."

Sie lachte. „Ein Landsmann. Willkommen. Ich bin aus Frankfurt."

Emily kam dazu, stellte vor Lisa eine Tasse Kaffee ab und sah mich dann an.

„Ich wusste davon nichts", sagte sie. „Ich dachte, du bist ein Freund von Lisa." Sie räusperte sich. „Du bekommst natürlich was zu essen, wenn du willst."

Ich bedankte mich. Und vermutlich lächelte ich. „Später gerne."

„Ja", sagte Lisa beinahe entschuldigend. „Ich wollte dir neulich erzählen, dass ein Neuer oben in die Wohnung zieht. Aber die Arbeit, du weißt ja ..."

„Ja, ja, so ist sie", lachte Emily kurz. Dann blickte sie mich an. Einen Moment länger und wieder ernst. Zu ernst, fand ich beinahe. Schließlich drehte sie sich und verschwand in der Küche.

„Ach ja!" entfuhr es Lisa.

Ich drehte mich weg von Emilys Rücken hin zu Lisa.

Sie sah noch auf die Küchentür, besann sich aber gleich, schaute mich an und sagte: „Gehen wir nach oben. Ich zeige dir die Wohnung."

3

Wir verließen die Kneipe und gingen über die Straße zum Hauseingang. Davor blieb Lisa stehen, drehte sich umher und benahm sich, als wären ihr die Straße, das Haus und alles andere unbekannt. Mit beiden Armen zeigte sie zurück in Richtung der Kneipe: „Durch die Küche kommst du auch in den Hausflur. Aber Walter will das nicht."

Dann drückte sie mir eine Mappe in die Hände, kramte in ihrer Tasche, zog einen Schlüssel hervor und schloss die Tür auf. Im Hausflur redete sie weiter: „Wir wohnen ganz oben. Emily und Walter direkt über der Kneipe." Sie zeigte nach links auf die Tür, die zur Kneipenküche führte. „Auf jeder Etage sind drei Wohnungen. Zwischen uns wohnt Frau Fitz, unsere Rentnerin. Wenn du etwas brauchst, fragst du bei ihr nach. Oder bei Emily und Walter."

Sie ließ die Treppen weiter rechts außer acht, drückte den Fahrstuhlknopf und ging voraus, als die Tür sich öffnete. Ich folgte ihr, obwohl ein Fahrstuhl einer U-Bahn zu sehr ähnelt. Drinnen lehnte ich mich an eine Wand. Ich blickte zu Boden und auf Lisas Beine. Zwar schön gebräunt, nicht mal diese Solariumsbräune, aber kräftig und etwas faltig, runzlig, knittrig. Zu viel Haut für zu wenig Knochen und Gewebe und was auch immer darunter ist.

Der Fahrstuhl hielt wieder. Die Tür ging auf. Ich sah hoch und auf eine dunkelblau gestrichene Wohnungstür gerade vor mir. Eine weitere rechts, die dritte links.

„Dort links ist deine Wohnung", sagte Lisa. „In der Mitte wohnt Frau Fitz und rechts ich."

Ich nickte.

Lisa schloss die Tür zu ihrer Wohnung auf. „Ich muss deinen Schlüssel holen." Sie verschwand.

Ich sah einen quadratischen Flur, einen großen Spiegel gegenüber des Eingangs und eine Tür weiter rechts.

Lisa kam zurück, überreichte mir einen Schlüssel und sagte: „Mach du."

Ich öffnete die Tür zu meiner Wohnung, ließ aber Lisa vorangehen.

Der Flur ebenso quadratisch wie ihrer. Weiß gestrichen, ein einzelner Haken an einer Wand. Der Durchgang zum Zimmer etwas nach links versetzt. Gleich dahinter die Tür zum Bad. Im Zimmer gegenüber des Eingangs eine Fensterfront. Fast die gesamte Wand entlang. Die Tür zum Balkon ganz links, davor ein Durchgang zur Küche. Vor den Fenstern ein Tisch mit zwei Stühlen. An der rechten Wand ein schmales Bett. Gleich rechts neben dem Eingang ein Schrank. Alle Wände mit weißer Raufaser tapeziert.

Lisa stellte sich in die Mitte des Zimmers. „Zufrieden?" fragte sie.

Ich blieb stumm, zuckte mit den Schultern und nahm die Brille ab.

„Ich finde es ja langweilig, aber du wolltest eine möblierte Wohnung. Mehr gibt es dann nicht. Komm, ich zeige dir die Küche." Sie stellte sich in den Durchgang. „Hier sind Herd, Kühlschrank, Spüle, Schränke. Vermutlich brauchst du das alles gar nicht. Ich esse auch immer unten bei Emily und Walter."

Ich legte meinen Rucksack in der Mitte des Zimmers ab und setzte mich ich an den Tisch.

Lisa blieb stehen. „Dir gefällt es?"

Ich nickte und sagte: „Ich habe mir dreißig Quadratmeter kleiner vorgestellt."

„Ja, das ist aber auch nicht so wichtig", erwiderte sie. „Wir sind oft unten. Viele aus dem Haus, meine ich. Du wirst sie kennenlernen."

„Ja?"

„Natürlich. Ein paar sind immer unten. Wollen wir uns gleich wieder treffen? Dann stelle ich sie dir vor."

Ich erhob mich und ging zum Fenster. Ich sah auf den Friedhof hinaus und auf die zwei Kirchtürme dahinter. Einer eckig und grau, an einen Schornstein erinnernd, der andere rund und rosa mit einer Haube aus grünen Ziegelsteinen.

„Erinnert an zu Hause", sagte ich.

„Der Friedhof?" fragte Lisa und lachte etwas unsicher.

„Mein Vater ist Pfarrer", sagte ich und wandte mich wieder um.

„Das wird Emily freuen. Ihre Eltern liegen dort begraben. Morgens geht sie immer hinüber. Und jeden Sonntag geht sie in die Kirche."

„Und du?" fragte ich.

„Na, ich gehe ganz bestimmt nicht in die Kirche. Ich verstehe das auch nicht, genau so wenig wie Walter … aber … na ja." Sie zuckte fröhlich mit den Schultern.

„Walter ist Emilys Freund?" fragte ich nach.

„Ja", erwiderte Lisa. Dann nickte sie ein paarmal mit dem Kopf und ergänzte: „Ich habe sie zusammengebracht."

Dass man durch einfache Fragen Vertrauen gewinnen kann, finde ich immer wieder erstaunlich. Dabei ist es auch egal, ob man aus Höflichkeit oder aus Interesse fragt.

„Und ihnen gehört die Kneipe?"

„Walter hat sie gepachtet", erwiderte Lisa und nach einer Pause fügte sie an: „Am Donnerstag werden die beiden heiraten, aber das ist eine seltsame Geschichte."

Sie sah mich einen Moment lang an, dann war das Vertrauen weg. Sie lachte: „Das sollte unter uns bleiben."

„Okay."

„Aber Emily würde sich bestimmt freuen, wenn du am Donnerstag dabei bist."

„Okay", wiederholte ich.

„Vielleicht willst du jetzt mal alleine sein?" Lisa lachte wieder, aber dieses Mal künstlich. „Ich warte unten. Wenn du Hunger bekommst, essen wir zusammen." Sie verließ meine Wohnung.

Ich zuckte zusammen, als die Tür zuschlug. Dann war es still. Ich blieb eine Weile stehen. Es war anders, als ich erwartet hatte. Es erinnerte an die Abende in meinem Zimmer zu Hause. Schließlich ging ich auf den Balkon und sah über den Friedhof zum daneben gelegenen Park und zurück. Vom Rathaus her läutete es sechsmal.

Ich wollte raus. Ich wollte genauer sehen, was ich sah. Ich nahm meinen Schlüssel, meinen Anorak und die Treppen. Unten angekommen lief ich nach links bis zur nächsten Ecke. Gegenüber war der Park, nach links zweigte die Gothaer Straße ab. Ich ging sie entlang. Buchen standen am Rand zwischen parkenden Autos und Bürgersteig. Links Häuser und beleuchtete Wohnungen, ihre Bewohner allerdings hinter Gardinen versteckt. Rechts ein altes Backsteingemäuer, ein stillgelegtes Busdepot, wie ich irgendwann herausfand. Laternen im Abstand von fünfzig Metern beleuchteten den Bürgersteig. Aber nicht hell, sondern angemessen. Alles still. Alles ruhig. Kaum Menschen unterwegs.

Ich erreichte die Wartburgstraße und überquerte sie. Ich lief ein paar Meter weiter bis zum Eingangstor eines Spielplatzes, bog ab und stand im Sand. Vor mir sah ich einen seltsamen Stein. Rund, zwei Meter hoch und mit einem Loch an der Seite. Rechts war ein Gerüst mit einem Netz. Als ob Kinder Spinnen wären. Dahinter stand eine Seilbahn, wobei das, wo man sich dranhängt, fehlte, oder ich sah es in der Dämmerung nicht. Ein weiteres Tor führte hinunter vom Spielplatz und hinein in den Park, der von der anderen Seite von der Martin-Luther-Straße begrenzt wurde. Ein mit Kieselsteinen ausgelegter Weg führte um eine Rasenfläche. Am Rand Gebüsch und Bäume, links Kastanien in einer Anhäufung, einige Birken auf dem Rasen und ein Baum, keine Ahnung, was für einer, in der Mitte. Martin und Gero erzählten mir später, dass man ihn den Elefantenbaum nannte. Alle Kinder, alle Jugendlichen, die hier wohnten und zu Hause waren, wussten das.

4

Ich ging den gleichen Weg zurück und sah schon, als ich in die Belziger Straße einbog, das Kneipenlicht auf die Straße fallen. Ich ging bis zum Eingang vor, sah nicht durch die Fenster, sondern öffnete gleich die Tür. Rauch schlug mir entgegen. Dunst, fast schon Nebel, umfing mich. Ich nahm das nie wieder so wahr. Wahrscheinlich, weil es immer so war. Am ersten Tag aber wirkte der Qualm so massiv, dass ich erst nach Sekunden die Theke wahrnahm. An ihr standen und drängelten sich Männer. Klein, groß, dick, glatzköpfig, bärtig, in Mänteln oder aufgeknöpften Hemden, gestikulierend, eifrig nickend und mit erhitzten Gesichtern. Ich schloss die Tür.

Links hinter der Theke stand Walter. Eher klein. Kurzes, dichtes, schwarzes Haar. Die Stirn frei und flach. Buschige Augenbrauen, ebenso dunkel wie das Haar. Die Augen huschten hin und her. Flink und listig. Kantige Nase. Ohren, nicht vom Haar verdeckt, mit einer seltsamen Wölbung nach innen. Er war unrasiert und trug einen Schnauzer, hatte behaarte Arme und einen kräftigen Bauch. Wirklich kräftig, nicht dick. Darüber trug er ein ärmelloses, ausgewaschenes rötliches T-Shirt und unterhalb des Bauches eine schmutzige Schürze. Mitte Vierzig vom Aussehen her, in Wahrheit Mitte dreißig.

Walter zapfte Bier, ohne zu beachten, wann ein Glas gefüllt war. Die Augen bewegten sich immerfort nur von einem, der vor ihm stand, zum nächsten. Ein Automat, dachte ich. Er wusste wie eingetrichtert, wann ein Glas gefüllt war, zog es weg, schob das nächste hinterher. Eine Reihe von zehn Gläsern. Am Ende wieder von vorne. Dann aber in kürzeren Abständen.

Ich blickte in den Raum. Jeder zweite Tisch war besetzt. Meistens von Pärchen. An einem Tisch räkelten sich Kinder auf Stühlen, von den Erwachsenen abgeschoben. Zwei Männer, auffallend, weil sie Anzüge und Krawatten trugen, stützten ihre Köpfe auf ihren Händen ab.

Ich ging zwei Schritte zum Tresen und lehnte mich, um Halt zu haben, gegen ihn. Walter hatte mich noch nicht bemerkt, jedenfalls noch nicht in meine Richtung geblickt. Auch Lisa und Emily, die am anderen Ende des Tresens standen, sahen mich nicht. Sie winkten nicht und kamen nicht auf mich zu. Es schien, als ob ich in der Männerriege, die sich zwischen uns befand, aufging. Aber ich stand nur kurz dort, als schon einige ihren Thekenplatz verließen. Sie gingen an mir vorüber und hinaus, ohne zu bezahlen und ohne dass Walter ihnen hinterher sah. Gleichzeitig verstummte die Unterhaltung der Übriggebliebenen. Ich blickte weiter zu Lisa und Emily hinüber, aber sie immer noch nicht zu mir. Dann entspannte sich nach und nach das Wirrwarr oder vielleicht entspannte auch ich mich einfach. Alles Gerede von den Tischen vereinheitlichte sich zu einem Gemurmel und ich verstand plötzlich, was Emily und Lisa sprachen.

„Er hat nur einen Rucksack dabei?" fragte Emily.

Lisa nickte. „Ich habe ihn nicht gefragt, ob er noch etwas schicken lässt. Aber ich glaube nicht."

„Was denkst du?"

„Nett. Ich bin damals genauso hierher gekommen. Ich werde meine Hilfe anbieten, damit er sich zurechtfindet."

Emilys Antwort verstand ich nicht. Aber Lisa sah sie daraufhin böse an und stemmte die Hände in die Hüften. Dann lachte sie jedoch los. „Ich glaube nicht, dass er so ein Typ ist."

Emily schüttelte den Kopf und erwiderte: „Das sagst du immer."

„Egal", lachte Lisa. „Ich will mir nur Mühe geben, dass es ihm gefällt. Denk an seinen Vorgänger."

„Lieber nicht."

„Siehst du." Wieder lachte Lisa. „Deswegen müssen wir nett zu ihm sein."

„Und du eben auf deine Art."

Ich ließ den Tresen los und bemerkte, dass sich meine rechte Hand in der Hosentasche zu einer Faust geballt hatte. Ich ging schnell hinaus.

Frische Luft. Die Bedeutung davon hatte sich gerade geändert. Ich hatte jetzt erst überhaupt eine Ahnung, dass es sie gab. Vorher hatte ich es immer albern gefunden, wenn jemand sagte, er gehe mal an die frische Luft oder er müsse frische Luft schnappen. Ich wollte bis zehn zählen und dann wieder hineingehen. Aber ein unbekanntes, jedoch gutes Gefühl breitete sich in mir aus. Ich vergaß das Zählen und besann mich. Ich stand auf einer Straße vor einer Kneipe in Berlin. Einen Sinn musste das haben.

Also drehte ich mich, öffnete erneut die Tür und ging wieder in die Kneipe. Wieder bemerkte es keiner oder ich nicht, dass es jemand bemerkte. Ich schlenderte zu Lisa und Emily. Die Hände in den Hosentaschen.

Emily sah mich zuerst und lächelte.

Daraufhin drehte sich Lisa um. „Und?" fragte sie. „Alles okay?"

Ich nickte.

Sie drehte sich zur Theke und rief hinüber: „Walter! Das ist Gabriel, mein neuer Nachbar."

Walter spülte Gläser und hatte beide Hände bis zu den

Ellenbogen im Becken versenkt. Irgendwann nickte er. Aber er sah nicht auf. Spülwasser war interessanter. Als er das letzte Glas aus dem Becken gefischt und abgestellt hatte, trocknete er seine Hände an der Schürze. Danach schlurfte er zwei Schritte in unsere Richtung, hob langsam den rechten Arm und streckte seine Hand über den Tresen gerade auf mich zu. Dabei sah er dann auf. Zwar behäbig, aber immerhin. Und er sagte sogar etwas, murmelte „Grüß dich" oder etwas Ähnliches.

Ich blickte zurück, blickte kurz in seine dunklen Augen und erwiderte den Händedruck. Aber mehr lagen meine Finger gequetscht in seiner Hand. Um etwas zu sagen, sagte ich: „Freut mich."

„Na, dann freu dich", erwiderte er, lachte kurz in sich hinein und ging zum Zapfhahn zurück.

Es gibt Menschen, die sind anders.

„Was möchtest du trinken?" fragte mich Emily.

Ich sah zu ihr. „Wasser?"

„Nein", erwiderte Lisa. „Wir trinken Rotwein. Auf deine Ankunft."

Sie nahm meine Hand und zog mich zu dem Tisch, an dem ich vor ein paar Stunden gewartet hatte. Kaum saßen wir, forderte Lisa mich auf: „Schau mal in die Karte. Heute musst du nicht bezahlen. Das ist immer so, wenn jemand neu ins Haus zieht."

Ich blätterte. Aber Emily kam schnell vorbei und Lisa bestellte etwas. Also nahm ich das gleiche.

Dann saßen wir da. Natürlich saßen wir ja schon einen Moment. Jetzt aber, ohne etwas zu tun zu haben. Lisa sah mich an. Ich zurück. Dann lachte sie, zog ihr Jackett aus und lehnte sich mit den Ellenbogen auf den Tisch. „Was wirst du studieren?" fragte sie.

Lisa hatte mit ihrem Lachen Erfolg. Wenn sie lachte, zeigten sich gleichmäßige und gepflegte Zähne. Außerdem wirkte ihr langes blondes Haar. Es kündigte ihr Erscheinen bereits von Weitem an. Auch ihr Busen wirkte, denn auch er war schon von Weitem zu erkennen. Lisa war reizvoll und wollte es sein, aber sie war durchschaubar. Allerdings kann auch das Durchschaubare reizvoll sein, denn auch das muss erst bewiesen werden.

Ihre Augen hingegen waren unauffällig. Mit ihrem Blick konnte Lisa nichts erreichen. Jedenfalls nicht bei mir. Ihrem Blick konnte ich mühelos standhalten. Obwohl jemandem in die Augen zu schauen sonst nicht meine Sache ist.

Ich antwortete: „Deutsch und Geschichte."

Sie lachte: „Damit habe ich auch angefangen. Ich wollte Lehrerin werden. Das war noch in Frankfurt. Aber nach zwei Jahren habe ich meine Koffer gepackt und bin hierher gezogen. Ich wollte mal weg."

Wahrscheinlich hätte sie auch so weiter erzählt, aber aus Höflichkeit fragte ich: „Und?"

„Mit dem Studium habe ich hier nicht weitergemacht. Ich musste erst mal Geld verdienen."

Sie lachte nicht mehr, sie strahlte. Dabei öffnete sie ihren Mund weiter als nötig, wodurch die Augen schmaler wurden. Die Lachfalten drückten sie sozusagen zusammen.

Mir fiel Nadja ein. Sie war zwar nicht blond wie Lisa, sondern dunkelhaarig. Aber sie hatte solch schmale Augen. Schmalere Augen als alle anderen. Und viel dunklere als alle anderen. Es lag daran, dass sie aus Korea kam, glaube ich. Auf jeden Fall irgendwo aus Asien. Vor unserer Konfirmation, nach so einer Stunde zur

Vorbereitung dafür, hatte sie mich angesprochen. Sie bat mich, mich mal besuchen zu dürfen. Ein paar Jungs staunten, denn Nadja war beliebt. Aber plötzlich wollte sie mich besuchen. Den Pfarrerssohn, den, der immer alleine nach Hause ging. Dass mein Vater Pfarrer war, war wirklich der Grund. Zuerst jedenfalls. Ich könnte ihr am besten erklären, was am Tag der Konfirmation passiert, sagte sie. Mir fiel nicht ein, warum ich absagen sollte. Also kam sie und wir saßen irgendwann nachmittags auf meinem Bett. Draußen war es noch hell. Ich wusste nicht, was ich erklären sollte, fragte mich, wozu wir Unterricht hatten und blätterte in einem Ordner, während Nadja immer näher rückte. Dann nahm sie mir den Ordner aus der Hand und warf ihn zur Seite auf den Boden. Blätter lösten sich aus der Verankerung. Als ich aufsah, in Richtung ihres Gesichts, drückte sie ihres gegen meines. Also hauptsächlich ihre Lippen auf meine. Es ist wohl ein Reflex, dass man erst mal die Augen schließt. Aber es dauerte lange. Deswegen machte ich die Augen wieder auf und sie irgendwann auch. Sie sah mich erst noch ein bisschen erwartungsvoll an, dann erstaunt. Schließlich lachte sie: „Du musst die Augen schließen." Dass ich das getan hatte, verschwieg ich. Als sie wieder näher kam, schloss ich die Augen ganz schnell und fühlte erneut ihre Lippen auf meinen. Und dann, einen Moment war ich mir unsicher, spürte ich ihre Zunge, die versuchte, meine Lippen zu trennen. Ich ließ es zu. Sie fuchtelte zwischen meinen Zähnen herum und ich machte mit. Vielleicht hatte ich am Ende auch ein bisschen Spaß. In der Erinnerung scheint es mir jedenfalls so. Aber irgendwie auch nicht so viel, dass ich es wiederholen musste. Jedenfalls nicht mit Nadja. Sie kam noch ein- oder zweimal vorbei. Allerdings war sie mir immer wieder fremd. Ich setzte mich dann lieber auf einen Stuhl und gab meinen Ordner nicht aus der Hand.

Ich fragte Lisa: „Was machst du jetzt?"

„Ich gebe Nachhilfeunterricht. Darüber habe ich auch Emily kennengelernt. Außerdem schreibe ich für verschiedene Zeitschriften."

Sie beugte sich nach vorne und stütze die Arme auf den Tisch. Es war nicht zu vermeiden, dass ich in ihren Ausschnitt sah. Aber Emily brachte das Essen. Pause für einen Moment. Allerdings aß ich nicht viel.

Nach Nadja hatte ich manchmal ein Mädchen gesehen, an das ich anschließend ein paar Tage lang dachte. Wenn eine neu auf der Schule war oder wenn ich mal in die Stadt fuhr und eines sah. Ich dachte über Nähe nach. Über Zusammensein. Es gibt aber Grenzen, die man nur in Gedanken überschreitet. Nicht in der Realität. Und Grenzen gibt es nicht umsonst.

Nach dem Essen trank ich mein Glas in einem Schluck aus.

Lisa leerte ihr Glas ebenso schnell und sah mich wieder an.

„Wenn du morgen zur Uni gehst, könnte ich dich begleiten", sagte sie. „Ich habe frei."

Dann sackte sie zusammen und sah mich von unten herauf an. Ihr Busen lag auf dem Tisch.

Ich nickte und schob den Teller von mir fort. In Richtung ihrer Brüste.

Sie lehnte sich zurück.

Dann kam Emily und räumte die Teller zusammen. Aber sie zögerte und sah mich an. „Hat Lisa dir gesagt, dass du am Donnerstag hier sein sollst?"

Ich hob die Schultern, blickte kurz zu ihr auf, dann hinüber zu Lisa.

„Walter und ich heiraten", fuhr Emily fort. Sie begann, mit einem Lappen über den Tisch zu wischen. „Ich würde mich freuen, wenn du kommst." Sie lächelte kurz. Dann rief jemand nach ihr und sie verschwand.

„Ich wusste doch, dass sie dich mag", stellte Lisa fest. Dann hob sie die Arme, streckte sich, griff an den Kragen ihrer Bluse, zog ihn nach unten und rüttelte daran.

Ich sah die Spitzen ihres BHs und den Ansatz ihrer Brüste.

Plötzlich lachte sie: „Ich möchte ja nur, dass sie glücklich ist."

„Ist sie doch", sagte ich.

„Ach", sagte Lisa betrübt. Oder auch nur gespielt betrübt. „Solange sie es für richtig hält, muss ich das auch tun."

„Ja", sagte ich, um etwas gesagt zu sagen. Dann lehnte ich mich zurück, denn ich erahnte, dass der Abend überstanden war.

Schließlich stand Lisa auch auf und sagte: „Ich helfe jetzt noch in der Küche."

Ich blieb allein, wurde müde und rutschte auf meinem Stuhl abwärts. Ich stützte meine Ellenbogen auf den Tisch und legte meinen Kopf oder vielmehr das Kinn auf die Hände, um Halt zu finden. Ich sah die Menschen an, die auch nicht anders als die aus meinem Dorf waren. Manche modisch und schick gekleidet, manche in Alltagsklamotten. Der Mann bestellte, die Frau lachte, sie tranken Wein, aßen, gingen wieder. Manche unterhielten sich mit Emily. Man kannte sich.

Später fielen mir die Augen zu. Mein Kopf knickte aus

der Armhalterung zur Seite. Ich schreckte hoch und setzte mich wieder aufrecht, hielt aber nur wenige Minuten durch, bis ich erneut auf dem Stuhl hinabrutschte.

Irgendwann stand Emily neben mir. Sie lächelte und sagte: „Du solltest ins Bett gehen."

Ich stimmte zu.

5

Man schläft nicht immer gleich. Manchmal träumt man wirr und hat am Morgen das Gefühl, gar nicht geschlafen zu haben. Manchmal ist der Schlaf aber auch tief und traumlos. So wie meiner an diesem Tag. Als ich aufwachte, wusste ich nicht, wo ich war. Ich erschrak und strengte mich an. Ich überlegte, wo zum Teufel ich mich befand. Ich starrte gegen eine kahle Wand rechts von mir, drehte mich und sah einen Tisch, zwei Stühle und meinen Rucksack auf dem Boden. Da dämmerte es. Die Orientierung kam. Ich drehte mich auf den Rücken.

Dicke Regentropfen prasselten gegen die Fensterscheibe. Ich knüllte das Kissen zusammen und stopfte es unter den Kopf. Ich suchte zwei an der Scheibe parallel laufende Tropfen und beobachtete, wie sie bis zum Rahmen hinabrollten. Mal langsam und von irgendetwas aufgehalten, dann schnell. Schließlich verschwanden sie. Dann suchte ich neue und verfolgte, wie ihr Rennen bis zum Rahmen verlief.

Die Uhr vom Rathaus oder von einer Kirche schlug neunmal. Oder vielmehr deren Glocken. Ich schlug meine Decke beiseite und stand unentschlossen neben dem Bett, als es klingelte. Ich kannte keine Türklingel. Zuhause gab es so etwas nicht. Da war die Tür immer offen. Die, die kamen, wussten das. Und meine Mutter hielt sich ja immer in der Küche oder auf dem Hof auf. Niemand konnte unser Haus betreten, ohne gleich auf meine Mutter zu stoßen.

Es klingelte noch einmal.

Ich sah an mir herab, sah ein weißes T-Shirt und blaue Shorts. Ich ging zur Tür und öffnete sie.

Lisa stand vor mir. „Du schläfst noch?"

„Bin gleich fertig", sagte ich und ging ins Zimmer zurück.

„Aber du erinnerst dich, dass wir verabredet sind?" fragte sie fröhlich und folgte mir.

Ich setzte mich erst mal zurück aufs Bett und rieb mir die Augen. Blaue Kreise kamen und verschwanden.

Dann sah ich Lisa. Schwarze Wollmütze, unter der die blonden Haare hervorschauten. Weißer Rollkragenpullover, beigefarbener kurzer Rock. Schwarze Stiefel bis zu den Knien und ein schwarzer Ledermantel, der über ihrem Arm lag. Ein angenehmer Duft umgab sie.

„Fünf Minuten", sagte ich, ging ins Badezimmer, drehte den Wasserhahn auf, hielt eine Hand darunter und zog sie gleich wieder weg.

„Emily hat erzählt, dass du unten eingeschlafen bist", rief Lisa.

Ich entsann mich verschwommen. Aber nicht an den Weg in die Wohnung und ins Bett. Verschenkte Zeit, wenn es nicht möglich ist, sich an sie zu erinnern. Obwohl diese Zustände vielleicht auch die besten sind.

„Der Tag war anstrengend", sagte ich, als ich zurück ins Zimmer kam. Dann zog ich Hose, Pullover, Schuhe und Jacke vom Vortag an.

„Los", sagte Lisa. „Wir holen uns dann in der Uni einen Kaffee."

Wir liefen über den Platz vor dem Rathaus und bogen dahinter in die Salzburger Straße ein. Lisa hatte einen Schirm aufgespannt und sich bei mir eingehakt.

„Wir fahren ungefähr eine halbe Stunde bis zur Uni", erklärte sie. „Einmal müssen wir umsteigen."

Am Bayerischen Platz gingen wir in den Untergrund.

Der Bahnsteig war breit und hell erleuchtet. Die Wartenden verteilten sich. Es war okay. Aber dann kam die Bahn und Lisa stürmte als erste zu einer Tür. „Komm", rief sie. „Der Zug ist schon voll."

„Vielleicht ist der nächste leerer", sagte ich.

„Bestimmt nicht", erwiderte sie und zog mich mit sich.

Hinter uns war kein Platz mehr. Trotzdem fanden einige noch einen und drängten uns weiter ins Innere. Als die Türen geschlossen wurden, nutzte einer auch noch den letzten Spalt. Mütter und Kinder mit Schulranzen saßen auf den Bänken. Hausfrauen mit Einkaufstüten daneben. Bürokraten in Anzügen standen herum. Und Arbeiter in Blaumännern. Einer mit einer Flasche Bier in der Hand. Ein Junge mit Fahrrad neben ihm. Irgendwo schrie ein Baby. Nach drei Stationen schubste Lisa mich wieder hinaus.

Treppen hoch. Nächste Bahn. Darin viele, die uns ähnelten. Nüchtern betrachtet. Außenstehende würden das sagen. Ich fühlte mich keineswegs zugehörig.

„Bist du schon eingeschrieben?" fragte Lisa.

Ich verneinte.

„Aber eine Zusage hast du?"

Ich schüttelte den Kopf.

Lisa stand dicht neben mir. Ihr Parfüm wehte in meine Nase. Hinter ihr lehnte in einer Ecke eine Studentin. Schwarzhaarig. Dunkle Augen. Helle Haut. Etwa mein Alter. Sie las in einem Hefter, blickte aber immer wieder auf. An der nächsten Station stieg ihr Freund ein, drängelte sich an uns vorbei, küsste sie auf die Wange und auf den Mund. Dann hielten sie sich an den Händen, flüsterten einander in die Ohren und sahen sich in die Augen.

Die U-Bahn verließ den Tunnel und fuhr im Freien weiter.

Ich konnte nicht wegsehen. Vielleicht Neid. Aber nicht wegen des Erlebens. Vielmehr Neid auf das Wissen, was es bedeutet und was es ausmacht. Intimität, Nähe. Ich wollte wissen, ohne teilen zu müssen. Nur für mich. Wahrscheinlich wegen der Grenze. Es ist ja möglich, dass es sich ohne Grenzen besser lebt.

Wir stiegen aus. Lisa hakte sich wieder unter, führte mich in das Hauptgebäude, suchte ein Büro auf und kaufte ein Verzeichnis mit Informationen zu allen Veranstaltungen. Ich blieb auf dem Flur stehen. Ein ewig langer Flur, wie man sagt. Ein Ende nicht in Sicht. Ich sah mich um. Gänge verliefen nach beiden Seiten und von dort aus weitere Flure und Gänge. Sprich ein Labyrinth. Ein paar Türen gab es auch und eine Treppe, die zu einer weiteren Etage führte. Um mich herum Hunderte in meinem Alter. Sie wussten, wo es lang ging, schwirrten und schwatzten.

Lisa kam zurück und steuerte uns zielsicher ins Café.

Ein großer rechteckiger Raum. Rechts eine Theke. Darauf Kaffeekannen oder Automaten, so eine Mischung. Oben drückt man, vorher sollte unten eine Tasse stehen. Milch und Zucker extra. Am Ende der Theke zahlen.

Der Raum war fast leer. Wir setzten uns auf die linke Seite vor die Fenster.

Lisa blätterte im Verzeichnis. „Deutsch, Geschichte", sagte sie leise. Also mehr zu sich selbst.

Ich trank.

„Du hast Glück. Geschichte, da kannst du dich noch einschreiben. Nächste Woche sind Einführungen. Das ist wichtig. Deutsch, da hättest du dich bewerben müssen.

Aber Vorlesungen kannst du besuchen." Sie sah auf.

Ich hielt meine Tasse fest, sah aus dem Fenster, dann zum Eingang, dann zu Lisa.

„Interessiert dich das eigentlich?"

Ich nickte und fragte: „Wo muss ich mich einschreiben?"

„Das muss in diesem Gebäude sein."

„Dann mache ich das nachher."

Lisa lachte. „Sicher?"

Ich lehnte mich zurück. „Ja."

Sie schien zufrieden.

Also fragte ich: „Vielleicht kommst du mal mit?"

Sie schüttelte den Kopf. „Ich fange nicht noch mal von vorne an."

„Warum nicht? Deswegen bist du doch auch hierher gekommen."

„Ach Gott. Wie lange ist das her?" Sie schüttelte den Kopf. „Ich habe studiert, weil ich nicht wusste, was ich sonst anfangen sollte. Ich bin froh, dass ich es hinter mir habe."

Mir fiel nichts ein. Also erwiderte ich auch nichts.

„Und du?" fragte Lisa. „Bist du wirklich wegen des Studiums hergekommen?"

Ich sah sie an. Überlegte. Und entschloss mich, ehrlich zu sein.

„Wir haben unsere Abschlussfahrt hierher gemacht", sagte ich. „Im Frühjahr. Und eine Freundin sagte, dass sie sich nicht vorstellen könnte, hier zu leben."

Lisa sah mich fragend an.

„Es hatte keiner mitbekommen", ergänzte ich. „Und sie hat es auch nur so dahin gesagt. Aber mir gefiel die Überlegung."

Ich sah Lisa an.

Und sie zurück.

Möglicherweise gab es noch eine zweite Lisa. Eine, die anders war. Eine, die Interesse an mehr hatte. Die Erfahrungen gemacht hatte, die vor mir lagen. Ganz ähnliche, aber vergessen. Vielleicht war sie nah daran, sich zu erinnern. Und ich nah an ihr. Aber wenn es so war, danach war es nicht mehr oft so.

„Was erhoffst du dir davon?" fragte sie.

„Nichts. Wahrscheinlich geht es nur darum zu verstehen."

Sie sah mich an und schüttelte den Kopf, sagte aber trotzdem: „Wenn sich etwas ergibt, kannst du es ja mal erzählen."

„Vielleicht verstehst du es dann nicht so wie ich", erwiderte ich.

Lisa lachte einfach nur.

Wir tranken einen Schluck.

Danach nahm sie meine Hand, hielt sie über dem Tisch fest und sagte: „Du sollst wissen, dass ich mich gerne mit dir treffen und mit dir reden möchte. Weißt du, in der Redaktion rede ich über die Arbeit, mit Emily rede ich über ihre Sorgen und mit Walter gibt es eigentlich keine Unterhaltungen."

Ich nickte.

Dann stand sie auf, beugte sich wieder herab und umarmte mich.

„Ich lasse dich mal allein. Wenn du willst, sehen wir uns heute Abend."

6

Ich war blauäugig damals. Lisa war zwar keine Heuchlerin. Das wäre übertrieben. Denn ihr generelles Interesse an mir war nicht geheuchelt. Es galt aber eben nur meinem Geschlecht. Weil ich das Geschlecht hatte, das sie brauchte. Später verstanden wir uns auch gut. Sogar sehr gut. Aber erst viel später. Da dachte ich auch mal daran, sie auf diesen Tag anzusprechen. Wenn man sich näher kennt oder länger, kann es ja passieren, dass man gemeinsam zurückdenkt und sich gemeinsam erinnert. Aber es gibt den Unterschied zwischen der einen Wahrheit und den vielen Wahrheiten. Oder es gibt die eine Wahrheit und viele Entsprechungen. Später, nach dem Tod, sollte man zurückblicken und sich die eine Wahrheit ansehen dürfen. Sich zum einen erinnern können, wie man fühlte und was man in einem Moment dachte und zum anderen erfahren, was die Wahrheit dieses Moments war. Beim gemeinsamen Zurückblicken wird man niemals diese eine Wahrheit finden. Insofern sollte man auch Erinnerungen für sich behalten. Oder sich nicht beirren lassen. Denn meine Erinnerung ist meine Wahrheit. Und wenn ein anderer sich anders erinnert, darf einem das nichts anhaben.

Ich saß dann nicht lange alleine herum. Obwohl zwei Drittel aller Plätze frei waren, kam Armin. Blaue Jeans, grünes T-Shirt, Turnschuhe. Groß und schlank und mit seltsam schlaksigen Armen. Die baumelten neben dem Körper, als ob sie nicht dazugehörten. Am Ende eines Arms schwang eine Tasche an der Hand. Armin hatte dunkle Locken, die an der Seite geschoren waren und weiter oben in die Höhe ragten. Seine graublauen Augen standen vielleicht etwas weit auseinander, aber die breite Nase brauchte Platz. Sein Mund dagegen war so schmal wie die Nase breit.

„Darf ich mich setzen?" fragte er.

Blöde Frage. Niemand außer Walter verneint so eine Frage.

Ich nickte.

Als er Platz nahm, fragte er weiter: „Was machst du hier?"

Ich trank einen Schluck und gab dann eine genau so blöde Antwort: „Ich überlege noch."

„Ich studiere Mathe und Physik", erzählte er stolz. „Gleich beginnt eine Einführung."

Er öffnete seine Tasche und holte einen Zettel heraus. Einen Stundenplan. Er sah darauf und dann hoch. Sein Blick war freundlich. Alles an ihm war freundlich.

Es sprach nichts dagegen, einen Schritt auf ihn zu zugehen. „Kommst du aus Berlin?" fragte ich.

„Aus Bonn." Er lachte, warum auch immer und verbog dabei den Mund zu einem Oval. „Ich bin seit einer Woche hier. Und du?"

„Seit gestern."

Pause.

Wir sahen aneinander vorbei.

Reden ist anstrengend, unterhalten ist anstrengend. Aber es führt zum Kennenlernen. Ich dachte an Lisa und an Emily, an meine Wohnung, an das Haus und an die Kneipe. Genug. Ich hatte aber auch genug vom Zögern.

Ich fragte: „Was hast du vorher gemacht?"

„Nach dem Abi habe ich Zivildienst gemacht. Dann war ich drei Monate mit meiner Freundin in Spanien. Zuletzt habe ich bei meinem Vater in der Fabrik gearbeitet."

Die Worte purzelten wie auswendig gelernt. In Sekunden hatte er einige Stationen seines Lebens abgerissen und war kein Fremder mehr.

Ich hakte nach: „Bist du mit deiner Freundin nach Berlin gekommen?"

Er schüttelte den Kopf und sah auf seine Uhr. „Ich muss gleich los." Dann blickte er hoch, zögerte und fragte, während er aufstand: „Hast du schon ein Zimmer?"

Ich nickte.

„Schade. Ich suche noch einen Mitbewohner."

„Ja, schade", erwiderte ich.

Er zuckte mit den Schultern und streckte dann die Hand aus. „Machs gut. Ich heiße übrigens Armin."

„Gabriel", sagte ich, erwiderte den Handschlag und fragte: „Kennst du die Belziger Straße in Schöneberg?"

Er verneinte.

„Gegenüber vom Rathaus", erklärte ich. „Auf der linken Seite ist eine Kneipe. Ich bin heute Abend dort."

„Sehr gerne", sagte Armin.

Dann ging er. Ich sah ihm hinterher und sah fast nur die um sich schlagenden Arme. Links, rechts, vor, zurück. Er steckte die Hände in die Hosentaschen und die Schwierigkeiten der Koordinierung übertrugen sich auf die Beine. Plötzlich schlenkerten sie zur Seite aus. Schließlich aber erreichte er den Ausgang und verschwand um eine Ecke.

Mein Herz pochte. Absurd. Ich wusste ja, was falsch ist, was falsch läuft. Insofern hätte es schon immer möglich sein können, etwas zu ändern.

Vor einiger Zeit sah ich im Fernsehen ein Interview mit

einem Kinderschänder. Auch er weiß, während er schändet, vergewaltigt oder mordet, dass es falsch ist. Dass er etwas Falsches macht. Dass er etwas macht, was nicht in Ordnung ist. Gegen jede Moral. Gegen jedes Gebot. Gegen jedes Gesetz. Er weiß es, bevor er es tut, während er es tut und nachdem er es getan hat. Aber er kann nicht anders. Seine Erklärung: „Wenn ich ein Kind sehe, das mir gefällt, dann ist es wie für jeden anderen Mann, wenn er eine Frau sieht. Wenn er sie zum Beispiel nackt sieht und sie ihm gefällt. Dann muss er sie haben."

Gut, ich würde nicht über jede Frau herfallen, wenn sie mir gefällt und zufällig noch nackt begegnet. Ich sowieso nicht. Aber na ja, im Grunde ... also, er weiß, dass es falsch ist und so geht es mir mit manchen Dingen auch. Die Schritte auf andere zu ... Und als ich sie getan hatte, kamen dann halt diese Gefühle auf. Pochendes Herz, meine ich.

Bleibt noch die Frage, wenn der Kinderschänder weiß, dass es falsch ist, was er tut, ob er dann nicht auch Glücksgefühle hat, wenn er es richtig macht und das Kind in Ruhe lässt. Und mich fragte ich, wie schwer es mir fallen würde, einen Schritt auf jemanden zu zugehen, sollte ich das nächste Mal dazu genötigt sein.

Schließlich griff ich nach dem Verzeichnis. Es lag ja auf dem Tisch vor mir. Erst wollte ich es einstecken, mit nach Hause nehmen und dann mal hineinsehen. Wahrscheinlich wäre es aber dort im Regal gelandet, hätte ich ein Regal gehabt. Also wäre es in einer Ecke gelandet. Ein paar Tage hätte ich ein schlechtes Gewissen gehabt und es dann vergessen. Aber jetzt war ja alles anders, sollte anders sein und anders werden. Und ich dachte an Lisa und an ihre Bemühungen. Ich glaubte ja noch an ihre

Aufrichtigkeit. Außerdem war die Idee, hin und wieder in die Uni zu fahren, keine schlechte. Es müsste trotzdem für alles andere genug Zeit bleiben. So gefährlich war also das Verzeichnis nicht; es war nicht wirklich ein Feind.

Ich setzte mich aufrecht an den Tisch. Jung und ernsthaft. Ich stützte das Kinn auf eine Handfläche und begann mit der anderen Hand, im Buch zu blättern. Auf einer Seite waren sämtliche Einführungen aller Fächer aufgelistet. Ich hatte noch eine Woche Zeit. Ich suchte einen Zettel aus dem Portemonnaie und klebte ihn auf diese Seite. Dann klappte ich das Heft wieder zu. Nach nicht mal fünf Minuten hatte ich mir Erleichterung verschafft. Alles kann sehr einfach sein. Das ist aber leider nur an wenigen Tagen so.

Ich stand auf und wollte losgehen. Da fiel mir die nächste Herausforderung ein. Das Büro, in dem man sich einschreiben sollte. Ich zögerte, als ich das Café verließ. Aber manchmal wehrt man sich umsonst. Gleich hinter der Tür sah ich das Hinweisschild. Es zeigte nach oben und es war einfach, den weiteren Schildern zu folgen, bis ich am Ende eines Flures auf eine Schwingtür stieß. Dahinter erwartete mich eine Hundertschaft von Gleichgesinnten. Alle hielten Zettel in den Händen und starrten auf eine Anzeige. Dreistellige Zahlen leuchteten auf. Wie bei einer Behörde. Der Automat, der die Nummern vergab, hing neben der Tür. Ich drückte den Knopf, las die Nummer und verglich mit der Anzeige. Jeder Zweifel wurde bestätigt.

Kurz darauf verschwand jemand in einem Büro. Ich sah auf die Uhr. Sechs Minuten später war er wieder da. Drei Büros. Hundert Wartende. Jeder sechs Minuten ... Ich beschloss, dass ich gehen durfte. Außerdem klemmten unter den Armen der anderen Zeugnisse und weitere Unterlagen. Zuerst dachte ich, noch in Erfahrung bringen zu können, was vonnöten war. Doch hier herrschte Konkurrenz. Wettbewerb. Rivalität. In absoluter Stille. Nur ein paarmal von nervösem Husten durchbrochen, mit dem man sofort die Aufmerksamkeit auf sich zog. Und die durch die Schwingtür Nachrückenden wurden besonders misstrauisch beäugt. Spannung pur. Gespanntheit. Verspannung. Alles aus freiem Willen entstanden. Wenn etwas so beginnt, wie soll es enden? Ich notierte die Öffnungszeiten. Morgen früh, ganz früh, würde ich als Erster hier sein. Mit allen Unterlagen. Mit allem Wissen, das man haben muss. Den Kampf nahm ich an. Davon überzeugt verließ ich die Uni. Von mir überzeugt. Immerhin kam ich auch wieder. Allerdings erst ein halbes Jahr später.

7

Eigentlich hat dieser Tag nichts mit dem zu tun, was später passierte. Oder nur wenig. Aber ich erinnere mich ganz gut. Es war eben der erste Tag. Auch an den nächsten Tag und an den Tag der Hochzeit erinnere ich mich ganz gut. Obwohl seither etwa 5480 Tage vergangen sind. Vielleicht erinnere ich mich auch so genau, weil vorher nie besonders viel an einem Tag geschah. Das Leben kann ja ohnehin auf ein paar Tage reduziert werden. Es gibt doch nur fünf, zehn, vielleicht fünfzehn Tage, an die man sich erinnert, weil etwas Besonderes passiert ist.

Als ich die Uni verließ, regnete es nicht mehr und die Sonne kämpfte sich durch die Wolken hindurch. Ich zog meinen Anorak nicht wieder an und ging neben den Schienen der U-Bahn entlang bis zu einer Bushaltestelle. Ich las den Fahrplan und erkannte einige Straßennamen wieder. Uhlandstraße, Bundesallee, Güntzelstraße. In der Nähe hatten wir im Frühjahr in einer Jugendherberge gewohnt und von dort war es nicht mehr weit bis nach Hause. Bis zur Belziger Straße, meine ich. Dieses Gefühl von Zuhause setzte erst später ein. Im Winter ungefähr. Oder spätestens, als der Winter überstanden war.

Der Bus kam. Ich stieg ein und am Hohenzollerndamm wieder aus.. Eine breite Straße. Für mich. Nicht für Berlin. Zwei Spuren, noch eine für parkende Autos und dazwischen ein Grünstreifen. Auch der Bürgersteig war breit. Und überall standen Bänke. Es gibt viele Bänke in Berlin. Für Penner zum Schlafen. Für alte Leute, die eine Pause brauchen. Ich weiß nicht. Auf jeden Fall auch für mich. Ich setzte mich und holte meinen Stadtplan heraus.

Den habe ich noch immer. Und heute ist er vielleicht sogar kostbar. Da haben die Straßen im Osten nämlich noch die alten Namen. Also andere Namen, weil ja die Mauer noch stand. Die Danziger ist noch die Dimitroffstraße, die Landsberger Allee die Leninallee, die Torstraße nach Wilhelm Pieck benannt und der Weißenseer Weg nach Ho Chi Minh.

Aber auch wenn die Mauer heute weg ist, bin ich selten im Osten unterwegs. Jedenfalls nicht im Stadtteil Ost. Nur hinter der Stadtgrenze im Osten. Hinter Oranienburg, Bernau, Strausberg, Erkner. Und da laufe ich, wie ich laufen will. Hauptsache im Wald. Mit diesem Plan würde ich mich heute im Ostteil kaum zurechtfinden. Gekauft hatte ich ihn nachmittags, nachdem wir an der Gedächtniskirche gesessen hatten. Sonja, Caspar und ich. Die Einzigen, die nach meiner Adresse in Berlin gefragt hatten. Ich glaube, auch die Einzigen, die überhaupt wussten, dass ich nach Berlin ziehen wollte. Allerdings haben sie sich nie bei mir gemeldet. Aber ich mich auch nicht bei ihnen. Es gibt so Momente, da glaubt man, es sei spannend zu wissen, was aus alten Freunden oder Bekannten geworden ist. Wenn man es weiß, ist es aber nicht sehr aufregend. Sonja und Caspar sind vermutlich verheiratet, haben zwei Kinder, wohnen in Kirchthal oder haben es bis Eschwege geschafft. Das oder ähnliches würden sie erzählen, würde ich mich melden. Und beim nächsten Gespräch wüsste man schon nicht mehr, was man sich noch erzählen könnte.

Ich sah jetzt zum zweiten Mal in meinen Stadtplan. Vorher nur, als ich wusste, wo meine Wohnung war oder vielmehr sein sollte. Dann stand ich auf, lief zu unserer Herberge in der Trautenaustraße und weiter zu dem Platz, an dem die anderen abends gesessen und Bier getrunken hatten, bis die Tür abgeschlossen wurde. Komisch kam mir das jetzt vor. Obwohl alle erwachsen waren, also über achtzehn, hielten sie sich daran, dass die Tür um 23 Uhr zugesperrt wurde. Vielleicht war es eine langweilige Klasse. Oder sie hauten später wieder ab. Das kann auch sein. Und ich habe es nicht mitgekriegt, weil es mich auch nicht interessierte.

Über die Bundesallee kam ich zum Prager Platz. Vier Straßen in logischerweise vier verschiedene Richtungen. Dazwischen kleinere Läden. Bäcker, Blumengeschäft, Zeitungsladen und so weiter. In der Mitte Grün und ein Brunnen, aber ohne Wasser. Drumherum Blumenbeete und ein Weg. Und natürlich Bänke. Zusammengefasst alles sehr hübsch. Bis heute. Ich bog in die Aschaffenburger Straße ab. Die Häuser wirkten ein bisschen niedrig und ein bisschen eng. Rasenflächen flankierten die Eingangsbereiche rechts und links. Entlang des Bürgersteigs standen noch nicht sehr hoch gewachsene Bäume bis zum Bayerischen Platz hinauf.

Dort ging ich einmal im Kreis, stieß wieder auf den Eingang zur U-Bahn und beschloss, einen anderen Weg als heute früh zu nehmen. Ich ging durch die Innsbrucker Straße bis zum Volkspark, der von hier durch den ganzen Bezirk bis nach Wilmersdorf führt. Das Rathaus war jetzt links von mir und schließlich erreichte ich wieder die Martin-Luther-Straße. Ich überquerte sie und ging in die Belziger hinein. Nummer 66 war und ist das Hässlichste aller Häuser hier. Das muss man zugeben. Aber drinnen herrscht Vertrautheit.

Aber ich ging nicht hinein. Denn Emily kam heraus. Sie kramte in einer Tasche und sah nicht auf. Ich lief schnell ein paar Meter zurück und versteckte mich nebenan im Eingang der Apotheke. Emily trug blaue Jeans, darüber einen weiten hellen Wollpullover und einen schwarzen Schal. Die Locken hatte sie zu einem Pferdeschwanz zusammengebunden. Sie überquerte die Straße und ging durch das grüne Eingangstor auf den Friedhof. Ich zwang mich, eine Minute auszuharren. Dann lief ich über die Straße und an der roten Mauer entlang bis zum Tor. Ich spähte hindurch. Emily befand sich noch auf dem Hauptweg, der schnurgerade über den Friedhof führte. Nach hundert, vielleicht auch hundertfünfzig Metern endete er. Da war jedenfalls eine Anhöhe und ich konnte nicht genau erkennen, wie der Weg weiter verlief. Etwa alle dreißig Meter führte ein Pfad zur Seite und zu den dort liegenden Gräbern. Aber Emily bog nicht ab. Ich verlor sie erst an der Anhöhe aus den Augen. Dort, wo eine turmhohe Eiche stand. Ich drückte die Klinke des Tores, öffnete es, schlüpfte hindurch und nahm den ersten Pfad nach links. Ich lief wieder zur roten Mauer, jetzt eben innerhalb, schlich an ihr entlang und erreichte schnell die Anhöhe. Neben mir waren Urnen in starke Mauern eingelassen. Auch seltsam, sich verbrennen, in einen Kasten füllen und dann einmauern zu lassen. Vor allem, wenn man von Geburt an wüsste, wo man mal liegt, wenn es vorbei ist. Wenn man weiß, dass die verbrannten Reste von einem selbst mal in einem Kasten in einer Mauer enden werden. Die eigene Asche. Eigentlich kann man die dann auch in eine Mülltonne werfen lassen. Wenn es vorbei ist, ist es vorbei. Melancholisch kann man im Leben sein. Melancholisch muss man nicht nach dem Tod sein. Oder mit ihm.

Ich ging vorsichtig zurück in Richtung des Hauptweges

und entdeckte Emily auf einem schmalen Bänkchen hinter der alten Eiche sitzend. Sie hatte ihre Hände auf dem Schoß verschränkt und ihren Blick auf das vor ihr liegende Grab gesenkt. Ich sah sie von der Seite, leicht von hinten. Eine Haarsträhne hatte sich aus dem Pferdeschwanz gelöst und strich an ihrer Wange entlang. Ihr Mund war geschlossen, ihre Lippen lagen aufeinander. Ihre Nasenflügel bewegten sich kaum wahrnehmbar. Ihre Brust hob sich ruhig und gleichmäßig. Die Beine hatte sie von sich gestreckt, die Füße übereinander gekreuzt.

Ich stand etwa zwanzig Meter von ihr entfernt und wartete, dass sie sich erheben würde. Ich weiß nicht, wie lange. Aber es schien mir sehr lange. Ich suchte nach einem Grund, warum ich hier war, wenn sie mich sah und ansprach. Ich fand aber keinen. Ich dachte an Armin, der sich einfach gesetzt und mich zum Reden gezwungen hatte. Aber hier? Auf dem Friedhof? Es war ja das erste Mal, das ich auf einen Menschen zugehen und mit ihm reden wollte.

Plötzlich hockte sich Emily. Sie begann, die Blumentöpfe zu ordnen. Einen von rechts nach links, einen von vorne nach hinten. Dann stand sie auf, klopfte sich Erde von der Hose, drehte sich, ging um die Eiche, trat auf den Weg und stieß beinahe gegen mich.

„Ach du", sagte sie erschrocken.

„Ja", nickte ich. Und vermutlich lächelte ich, denn das macht man ja nicht bewusst. Oder wenn man es bewusst macht, sieht es blödsinnig aus. Ich vermute es, weil ich es bestimmt nicht hatte verhindern können.

„Bin hier so herum gelaufen", sagte ich noch.

„Auf dem Friedhof?" Schnell hatte sie sich gefasst. „Andere gehen im Park oder sonst wo spazieren." Dann lächelte auch sie.

Ich sah sie an, starrte wahrscheinlich und wahrscheinlich zu lange. Aber ich sah sie das erste Mal anders. Weil man jemanden sehen und irgendwie finden kann. Also nett, nicht so nett, hübsch, hässlich ... Und dann sieht man ihn näher, entdeckt viel mehr, erkennt viel mehr. Feinheiten, die einen abschrecken. Oder welche, die einen anziehen und die man nie vergessen wird. Niemals. Wie bei ihr. Die Grübchen unter ihren Augen zum Beispiel.

„Ich habe ... mein Vater ...", stammelte ich, machte eine Pause und holte Luft. „Mein Vater ist Pfarrer. Und wir wohnen auch neben einem Friedhof. Deswegen."

„So?" Emily sah mich einen Moment an. Ernst und nachdenklich. Sie zog die Stirn ein bisschen in Falten. Dann fragte sie: „Hat Lisa dir erzählt, dass meine Eltern hier begraben sind?"

„Ja." Ich nickte wieder und lächelte wahrscheinlich auch wieder.

„Sie lacht darüber und Walter auch. Darüber, dass ich jeden Tag hierher gehe."

Vielleicht war ab diesem Moment Vertrauen da.

„Glaubst du?"

„Ich weiß es. Lisa hat den Kontakt zu ihren Eltern abgebrochen und Walter hat seine Eltern nicht gekannt. Sie verstehen es nicht."

„Aber sie lachen dich nicht aus", erwiderte ich.

Emily sah mich an. Ohne Regung. Kein Zweifeln sichtbar. Auch kein Lächeln. Dann nickte sie mit dem Kopf in Richtung des Ausgangs. „Gehen wir?"

Wir liefen zurück, erreichten das Tor, gingen hindurch und überquerten die Straße. Vor dem Haus blieben wir stehen.

„Ich muss jetzt putzen", sagte sie.

Ich nickte. „Ich komme später vorbei."

Plötzlich nahm sie meine Hand, drückte sie kurz, sah mich aber nicht mehr an und verschwand hinter der Glastür in der Kneipe.

Die Sonne schien. Die Straße spiegelte sich in den Fensterscheiben. Die geparkten Autos, die Bäume. Ich konnte nicht in die Kneipe hineinsehen, konnte innerhalb nichts erkennen. Also lief ich vor zur Haustür, zog den Schlüssel aus der Hosentasche und schloss auf. Die fünf Etagen ging ich zu Fuß hinauf.

8

Was ich nicht verstehe, ist, warum man Sehnsucht haben kann, wenn sie in der Realität niemals ausreichend befriedigt wird. Im Traum oder in Gedanken ist die Erfüllung von Sehnsucht immer weitaus schöner als in der Realität. Nur deshalb kann Sehnsucht überhaupt etwas Schönes sein, weil das Erträumen ihrer Erfüllung etwas Einzigartiges ist. Vor allem aber verstehe ich nicht, warum man immer nach Dingen Sehnsucht hat, die man im Grunde gar nicht kennt. Ich lag rücklings auf dem Bett, döste und wurde wieder munter, als es draußen dämmerte. Mein Blick fiel auf die kahlen Wände. Ich stand auf und schaltete das Licht an. Eine Glühbirne in einer einfachen Fassung. Lampe kaufen, dachte ich. Dann stellte ich mich in den Eingang zum Zimmer, blickte auf den Tisch, die Stühle und meinen Rucksack. Schrank und Regal, dachte ich und nahm den Rucksack, schmiss meine paar Sachen aufs Bett und fand ganz unten eine Mappe. Die Mappe mit wichtigen Unterlagen. Ich setzte mich an den Tisch, öffnete sie und holte das Kontobuch heraus. Darin lag ein Zettel mit meinen Berechnungen, die besagten, dass ich drei Jahre lang kein Geld brauchte. Genauer gesagt, dass ich keines verdienen musste.

Ich war sechzehn, als ich erbte. Eine Tante, Schwester meines Vaters, lag im Krankenhaus. Krebs. Sie hatte mich gebeten, sie zu besuchen. Alleine. Bis dahin hatte ich sie zweimal gesehen. Ich war zögerlich ins Zimmer gegangen. Sie war alleine, lachte, als sie mich und mein Zögern sah und deutete auf einen Stuhl.

Als ich saß, sagte sie: „Dein Vater und ich ... du weißt."
Ich nickte: „Ich weiß."

„Was ich habe, brauchst du mehr als er."

Ich zuckte mit den Schultern und war plötzlich beschämt, weil mir einfiel, dass ich keine Blumen oder sonst etwas dabei hatte.

„Leider bist du noch nicht achtzehn. Ich hoffe, bis dahin passiert nichts."

„Nein, da ist er gerecht", sagte ich.

Als ich ging, nahm ich mir fest vor, sie noch einmal zu besuchen. Mit Blumen oder einer anderen Kleinigkeit. Schon zwei Wochen später war sie tot. Nicht einmal fünfzig Jahre alt.

Als ich achtzehn wurde, gab mir meine Mutter einen Umschlag. Gleich morgens. Ich ging nicht in die Schule, sondern fuhr stattdessen mit dem Fahrrad in die Felder hinaus. Es gab dort einen Platz und es gibt ihn hoffentlich noch immer, von wo aus man über das Dorf hinweg blicken konnte. Mein Geburtstag ist am 27. Oktober. Tau lag auf den Wiesen. Ich setzte mich auf einen Holzstapel, legte meine Schultasche unter, zog den Schal fest und schloss den Reißverschluss der Jacke. Eine Weile sah ich auf das Dorf, dann nahm ich den Umschlag und öffnete ihn. Ich wusste nicht, was ich erwartete. Vielleicht tausend Mark? Vielleicht zweitausend? Auf dem Konto meiner Tante waren genau Einundreißigtausendeinhundertsiebenundvierzig D-Mark. Der Kontoinhaber war nun ich.

Ein Regal, eine Lampe, vielleicht eine Kommode, vielleicht einen Sessel. Ich zeichnete den Grundriss meiner Wohnung auf, verschob auf dieser Zeichnung das Bett, stellte den Schrank um und die Kommode und das Regal auf. Ich zeichnete den Grundriss noch einmal, setzte alles an einen anderen Platz und dann noch einmal.

Mittlerweile war es draußen dunkel. Ich knipste die Glühbirne aus, ging ans Fenster und sah hinaus. Die Straßenlaternen gaben gelbes Licht ab. Ein schwacher Schein drang hinauf. Auf dem Friedhof war kein Licht, aber der graue Kirchturm wurde hell angestrahlt und der rosafarbene lag in seinem Schatten. Die Pappeln am Rande des Parks neben der Friedhofsmauer standen still wie Zinnsoldaten. Über ihnen hing der volle Mond. Ich zog mich aus und legte mich in die Badewanne. Anschließend zog ich neue Kleider an, ging hinaus und klingelte gegenüber bei Lisa. Sie öffnete nicht. Also ging ich alleine in die Kneipe hinunter.

Lisa lachte, als ich kam.

„Was ist?" fragte ich.

„Wie zu Hause, oder?"

Ich verstand nicht.

„Du kommst, als würdest du hier seit Jahren ein- und ausgehen."

„Ach."

Mehr fiel mir nicht ein. Gestern hatten wir hier gesessen. Nachmittags und abends. Jetzt saß sie hier. Wo sollte ich sonst hingehen? Und wie? Dass sie immer hier saß und ich dann auch, wusste ich ja noch nicht.

„Das muss man Walter zugutehalten. Er hat es geschafft, dass wir uns wohlfühlen, dass wir uns wie zu Hause fühlen." Lisa schloss ihre Arbeitsmappe und verstaute sie in einer Tasche unter dem Tisch.

Ich drehte mich zur Theke. Walter stand dort gebeugt, in einer Hand ein Handtuch, in der anderen ein Glas, das er polierte. Er sah nicht auf.

Kein weiterer Tisch war besetzt.

Plötzlich fragte er: „Willst du was?"

„Nein, danke."

„Und? Wie war es noch?" Lisa setzte sich aufrecht an den Tisch, beugte sich dann vor, streckte die Arme aus, schloss die rechte Hand zu einer Faust und klopfte ein paar Mal mit den Knöcheln ihrer Finger auf die Tischplatte.

Ich lehnte mich zurück und sagte: „Ich habe jemanden getroffen. Vielleicht kommt er vorbei."

„Wie das?"

„Er hat sich zu mir gesetzt und ist auch erst seit Kurzem hier. Darüber kamen wir ins Gespräch."

„Schön." Lisa lachte, die Oberlippe zog sich etwas über die Zähne zurück. „In letzter Zeit gab es hier selten neue Gesichter."

Emily kam aus der Küche, brachte Lisa eine Tasse Kaffee und setzte sich zu uns. „Du willst nichts?" fragte sie nach.

Ich schüttelte den Kopf, sah zu ihr, sie von der Seite an.

Sie schaute zu Lisa. „Du weißt ja, Walter und ich heiraten am Donnerstag. Wir würden uns freuen, wenn du kommst. Um zwölf Uhr im Standesamt. Auf der linken Seite des Rathauses. Danach feiern wir hier."

Wenn es nicht logisch gewesen wäre, hätte man nicht gedacht, dass sie mit mir sprach.

Ich nickte, sagte: „Ja." Und: „Ich freue mich." Denn das muss man ja sagen.

„Ich freue mich!" tönte es von der Theke her. Tönte Walter. Mit verdunkelter Stimme. Er grinste, als wir zu ihm sahen.

Dann kam er herüber und setzte sich neben Lisa. „Du freust dich oft im Leben."

Er grinste weiter, grinste mich an und strich sich dabei über den Bart. Ich merkte, dass der Bart, der auf der Oberlippe, ihm den Anschein verlieh, immer zu grinsen.

„Nach meinem letzten Nachbarn ist Gabriel ein wahrer Engel." Lisa kniff Walter in den linken Arm.

„Ja", pflichtete Emily bei. „Über den Alten will ich nicht mehr reden."

„Ich mochte ihn", sagte Walter und blinzelte Emily zu.

„Weißt du nicht mehr?" empörte sie sich. „Er hat mir immer auf den Hintern gehauen, wenn ich an ihm vorbei gegangen bin." Sie fixierte Walter mit zusammengekniffenen Augen. „Und oft genug hat er mir an den Busen gegrapscht."

„Versteh ich. Versteh ich." Walter machte mit der rechten Hand eine abfällige Bewegung. Dann schüttelte er den Kopf. „Aber ohne ihn und seine Freunde hätten wir in den letzten Jahren nur die Hälfte verdient."

„Ja, ja … der Umsatz ist immer deine Ausrede. Ich bin froh, dass er weg ist." Emily verschränkte die Arme und setzte sich aufrecht.

„Und jetzt muss ich dir immer auf den Arsch hauen!" Walter lachte auf, sprang auf, schnappte sich Emily und warf sie sich über die linke Schulter.

Emily schrie und trommelte mit beiden Händen auf seinen Rücken. Doch als sie die Küche erreichten, lachte sie nur noch. Dann verschwanden sie um eine Ecke und es war still.

„Ja, so ist es manchmal", sagte Lisa heiter. Und wiederholte es noch einmal: „Manchmal ist es so." Aber die Wiederholung klang nachdenklich.

Ich hob die Schultern. „Warum ist es so leer?"

Sie zog gleichfalls die Schultern in die Höhe.

„Manchmal sitze ich hier stundenlang alleine. Es gibt solche Tage, an denen gar nichts passiert. Meistens aber kommen die Leute nach und nach."

Im nächsten Moment wurde die Tür geöffnet und Armin kam. Für ihn war es vorteilhaft, dass niemand da war. Ungehindert erreichte er unseren Tisch und blieb stehen. Er streckte seinen schlaksigen Arm aus, begrüßte mich und sah mich an. Dabei kaute er auf den Lippen.

Schließlich wandte er sich an Lisa und sagte: „Guten Abend. Ich bin Armin." Freundlich und fast entschuldigend.

Lisa reichte ihm die Hand und deutete auf den Stuhl neben ihr.

Walter, inzwischen wieder hinter der Theke, pfiff laut. „Wen scharrst du denn da um dich, Lisa? Jetzt was zu trinken?"

„Orangensaft", sagte Armin.

„Der Umsatz lebt." Walter warf das Handtuch in die Luft. „Zwei Orangensaft." Er beugte sich zu den Kühlschränken unter dem Tresen.

Lisa lachte. Dann stand sie auf. „Ich habe noch etwas zu erledigen. Wir sehen uns."

Armin und ich blieben sitzen. Er erzählte von seinen Kursen, breitete ein Verzeichnis aus und zeigte, welche Seminare er besuchen wollte. Zwischendurch kam Emily und lud auch ihn zur Hochzeit ein.

Vielleicht wollte sie mir einen Gefallen tun, dachte ich kurz. Aber Armin antwortete: „Das tut mir leid. Da muss ich in der Uni sein. Vielleicht schaffe ich es bis zum Abend."

Irgendwann kamen Müller und Reuter und nahmen wieder ihre Barhocker am Tresen ein. Es folgten einige

Nachbarn und weitere Gäste. Jetzt konnten wir uns wenigstens umblicken. Denn zu reden hatten wir nichts mehr.

Schließlich sagte Armin: „Morgen muss ich früh raus."

Wir verabredeten uns für den nächsten Tag in der Cafeteria.

Ich ging kurz nach ihm und oben sofort ins Bett.

9

Der nächste Morgen war wie Ferien. Aufwachen, im Bett liegen, überlegen, was zu tun wäre und grübeln darüber. Stunde um Stunde. Bis ich die Öffnungszeiten des Immatrikulationsbüros verpasst hatte und die Verabredung mit Armin nahe herangerückt war.

Schließlich rollte ich mich aus dem Bett, setzte mich auf die Kante und schaute auf den Plan, den ich gezeichnet hatte. Nach einer Weile zog ich mich an, verließ die Wohnung und lief die Straße nach links. An der zweiten Kreuzung, an der Eisenacher Straße, fand ich eine Bäckerei. Ich kaufte ein belegtes Brötchen, ging in den Park zum Elefantenbaum, setzte mich auf eine Bank und frühstückte. Kaffee wäre gut gewesen. Kaffee zum Mitnehmen gab es damals noch nicht. Eine gute Idee war das dann mal. Wenn er auch selten schmeckt. Aber immerhin Kaffee. Kaffee ist Kaffee. Meistens jedenfalls.

Dann ging ich wie vorgeschrieben auf dem Weg und um den Rasen zur anderen Seite aus dem Park hinaus. An der Ecke von Martin-Luther- und Grundwaldstraße war eine Bushaltestelle. Der Bus, der kam, fuhr zum Wittenbergplatz.

Ich war nicht wählerisch und bin es bis heute nicht. Ich wusste, dass dort ein paar Kaufhäuser sein müssten, wo ich alles finden würde. Gleich gegenüber der Haltestelle war dann auch ein Möbelhaus. Ich ging hinein, fand, was ich suchte und fand auch die Preise in Ordnung. Ich war schnell zufriedengestellt. Nach einer Stunde stand ich wieder auf der Straße. Mit zwei großen Tüten und zwei Kartons. Ich kam mir ein bisschen blöd vor. Wahrscheinlich, weil man mit so einem Einkauf auch immer blöd angeguckt wird. Ich nahm ein Taxi.

An der Wohnungstür klebte ein Zettel von Lisa. „Bin da. Melde dich."

Ich klingelte.

Lisa öffnete. Enge Jeans, an den Oberschenkeln jedenfalls. Und am Hintern. Das sah ich, als sie sich umdrehte. Dunkles T-Shirt. Die Haare zusammen gebunden.

„Ich habe ein Geschenk", sagte sie, lief zurück in die Wohnung, kam aber gleich wieder und überreichte mir eine rechteckige Verpackung.

„Möchtest du hinüber kommen?" fragte ich. „Ich war einkaufen."

Sie sah an mir vorbei auf die Kartons und Tüten und runzelte die Stirn.

„Eine Kommode, ein Regal, zwei Stühle, eine Lampe."

Sie lachte. „Verstanden. Ich bin gleich da." Sie verschwand erneut. Ich hörte, wie sie herumkramte. Als sie wieder auftauchte, hatte sie Werkzeug in der Hand. Schraubenzieher, Hammer, Zange.

Wir gingen in meine Wohnung und hatten bis zum Abend alles aufgestellt. Das Geschenk von ihr war ein Radio. Ich platzierte es auf der Fensterbank, wo es noch immer steht. Allerdings kaputt. Wir waren zufrieden, blickten uns zufrieden um, hatten uns den Feierabend verdient und gingen hinunter.

Emily hatte fast nichts zu tun. Trotzdem redete sie kaum mit uns und setzte sich auch nicht an unseren Tisch. Sie brachte das Essen und funkelte mit den Augen. Und sie holte die Teller wieder ab und funkelte mit den Augen. Ich ging bald wieder hoch.

Am nächsten Morgen klingelte Lisa mich erneut aus

dem Schlaf.

„Wir müssen einkaufen", sagte sie.

Ich weiß nicht, wie ich sie ansah. Wahrscheinlich gequält.

„Morgen ist die Hochzeit", fuhr sie fort und ging an mir vorbei in die Wohnung.

Ich nickte und zog mich an.

Wir gingen durch den Park gegenüber, an den Pappeln vorüber und entlang der Friedhofsmauer. Heinrich-Lassen-Park las ich auf einem Schild. Architekt und Stadtbaurat in Schöneberg, hatte unter anderem den Bau des Schwimmbads, in dessen Richtung wir liefen, veranlasst. Vielleicht ist es gut, wenn man so etwas schafft. Das bleibt dann. Das bleibt jedenfalls länger als Kinder und deren Kinder und so weiter. Wer erinnert sich schon an seine Urgroßeltern? Ich fände es auch schön, wenn ein Park nach mir benannt würde. Besser als eine Straße. Ein Park hat etwas Entspanntes. Eine Straße dagegen selten etwas Schönes. Da können Idioten wohnen. Und wer will Namensgeber einer Straße sein, wo Idioten wohnen. Reicht ja auch schon einer. Ich würde nicht gerne in der Zeitung lesen, dass der Nazi Mario M. in der Gabriel-Anders-Straße wohnt. Oder auch, dass in der Gabriel-Anders-Straße einer einen anderen totgefahren hat. Andererseits muss man bedenken, dass Vergewaltigungen oft in Parks verübt werden. Das ist ja auch wieder deprimierend. Und mehr als das. Aber ohnehin werden Straßen und Parks in der Regel immer nur nach Toten benannt. Wahrscheinlich weil sie sich nicht wehren können.

Lisa hatte sich meinem Trott angepasst. Sagte nichts und hatte sich also auch darin mir angepasst. Wir liefen die Hauptstraße hoch bis zu Bilka auf der gegenüberliegenden Seite. Lisa ging geradewegs hinein. Aber ich war zuerst dran. Sie suchte eine schwarze Hose aus feinem Stoff. So eine, die man nie wieder trägt. Wie die von der Konfirmation. Ich wehrte mich nicht. Dazu ein weißes Hemd und ein graues Jackett. Dagegen wehrte ich mich.

„Meinst du, Walter zieht ein Jackett an?" fragte ich. „Ein graues?"

„Lass mich mit dem in Ruhe", erwiderte Lisa fast böse. Sie prüfte. „Passt doch."

„Ich habe einen dunklen Pullover", log ich. „Der passt auch."

„Nein."

Machtlos. Nur eine Nummer größer konnte ich durchsetzen.

Anschließend suchte sie für sich und fand ein weinrotes Kleid mit Rüschen auf den Schultern, einer Schleife über der Brust und schimmerndem Saum. Geschmacklos.

Sie verschwand in einer Kabine.

Ich fragte: „Ist gestern Abend noch etwas passiert?"

Lisa rief angestrengt: „Emily war sauer, dann Walter. Und dann redet er irgendwann nicht mehr. Nicht mehr mit ihr und auch mit niemandem sonst."

„Weshalb?"

„Er hat ihr Vorwürfe gemacht, sie wolle zu viel. Irgend so etwas." Lisa schob den Vorhang beiseite und sah mich an. Zum Glück nicht erwartungsvoll.

Es sah aus wie alles an ihr. Zu kurz, endete in Höhe der Knie und platzte beinahe über den Brüsten.

Ich nickte.

Sie sah an sich herab, sah in den Spiegel, drehte sich

und wandte den Kopf, um ihren Rücken zu betrachten. Endlich nickte sie auch. Dann verschwand sie wieder in der Kabine.

„Aber es ist wahrscheinlich normal, dass man kurz vor der Hochzeit zweifelt", rief sie.

„Wer zweifelt?"

„Ach, niemand." Sie schwieg einen Moment. „Dass Emily sich ärgert, ist ja schon öfter vorgekommen."

Am Abend der Hochzeit erfuhr ich warum.

10

Am Tag der Hochzeit erwachte ich früh. Ich sah auf den Wecker und schüttelte den Kopf. Acht Uhr. Aber ich hatte keine Ruhe, um liegen zu bleiben. Folglich stand ich auf, schaltete erst das Radio ein, ging dann ins Bad und ließ Wasser in die Wanne laufen. Morgens Wasser. Das verträgt sich normalerweise nicht mit mir. Als ich in der Wanne lag, fiel mir das auf.

Gerne hätte ich etwas gegessen oder zumindest einen Kaffee gehabt. Aber zum Einkaufen war ich noch nicht gekommen oder hatte vielmehr noch nicht daran gedacht. Also starrte ich aus dem Fenster und wartete, dass Lisa mich abholte. Dunkle Wolken hingen dicht über den Bäumen und über den beiden Kirchtürmen. Laub wirbelte in hohen Bögen durch die Luft. Sicherlich würde es bald regnen. Es war ein Tag, an dem man sich gewöhnlich in der Wohnung verschanzte und alles fortschob, was man vorhatte. Aber niemand verschob, was mich erwartete. Dann war es endlich elf Uhr und Lisa klingelte.

Ich öffnete.

„Der Wagen ist da", rief sie aus ihrer Wohnung, wohin sie schon wieder verschwunden war.

„Welcher Wagen?" fragte ich kurz.

„Emily hat sich einen Wagen gewünscht, der sie zum Standesamt fährt."

„Für zweihundert Meter?"

Lisa erschien. „Komm! Wir müssen sehen, wie sie einsteigen." Sie zog meine Tür zu und mich mit in den Fahrstuhl.

„Stimmt was nicht?" fragte ich.

„Wieso?" erwiderte Lisa mit bebender Stimme. „Mein

Gott, Emily heiratet!"

„Und?"

„Nichts und. Dafür ist jetzt keine Zeit", sagte sie. „Es wird schon alles gut."

Der Fahrstuhl hielt.

Vor dem Haus wartete Walter. Er trug einen grauen Anzug, darunter ein weißes Hemd, aber keine Krawatte. Seine schwarzen Lederschuhe glänzten, man sah aber, dass sie schon einige Jahre getragen worden waren. Walter hatte sich glatt rasiert, sogar der Schnauzer war weg. So sah er nackt aus und es zeigte sich eine enge Hasenscharte. Die Haare waren noch feucht und er hatte sie nach hinten gekämmt. Am linken Handgelenk leuchtete unter dem Ärmel eine goldene Uhr. Er unterhielt sich mit einer breiten, klein gewachsenen, älteren Frau. Die Einzige, die schon da war.

„Grüß euch", sagte er und gab uns die Hand. Aber nur flüchtig, ohne Druck. Dann steckte er die Hände in die Hosentaschen, nahm die linke aber schnell wieder heraus und sah auf die Uhr.

„Ach ja", fiel ihm ein, weil Lisa und die Frau sich begrüßten. „Gabriel, du kennst meine Tante noch nicht."

„Erika", stellte sie sich vor, streckte eine fette Hand aus und griff so flüchtig zu wie Walter zuvor.

Sie trug einen Pelzmantel, hatte ihn aber wegen des Umfangs ihres Körpers nicht geschlossen beziehungsweise schließen können. Darunter hatte sie ein schwarzes Kostüm an. Ihr braunes, glattes Haar fiel langweilig auf die Schultern. Sie hatte kleine, runde Augen, eine flache Nase und spitze Lippen, die sie beim Reden kaum bewegte.

Die nächsten kamen. Ein Paar.

Lisa flüsterte: „Das sind die Blaus aus dem zweiten Stock."

Beide waren um die vierzig und obwohl wir zehn Jahre im selben Haus gelebt haben, kann ich mich kaum an ihre Gesichter erinnern. Ich weiß nur noch, am Tag der Hochzeit trugen beide einen Mantel von gleicher Farbe. Sie wirkten nicht nur an diesem Tag wie Geschwister. Vielleicht waren sie es auch. Niemals hat jemand gesagt, dass sie verheiratet wären. Außerdem gibt es bestimmt viel mehr inzestuöse Verbindungen, als man denkt.

Ihnen folgte ein älterer Mann. Er war um die sechzig und trug einen Anzug, der vermutlich viele Jahre in der hinteren Ecke eines Schrankes gelegen hatte.

„Hartmut Wichmann", sagte Lisa. „Er wohnt neben Emily und Walter."

Nach ihm kam Eva Glockenmann. Jung geblieben, fröhlich dreinschauend, fröhlich überhaupt. Immer, wenn ich sie traf.

„Ihr Mann ist letztes Jahr gestorben", erzählte Lisa. „Sie wohnt unter dir."

Eva trug einen Hosenanzug und eine schwarze Strickjacke darüber. Das blonde Haar war zu einem Zopf verwickelt. Außerdem war sie stark geschminkt.

Dann kam eine Familie.

„Die Kosteddes", sagte Lisa. „Monika und Ulf."

Beide waren etwa dreißig, ihre Töchter im Vorschulalter. Sie stürmten auf Lisa zu und drängten mich in die hintere Reihe.

Ihnen folgte Manfred Zeiss, der Autohändler. Er ist heute noch da, hat aber gerade sein Geschäft verkauft. Damals war er etwa fünfzig, groß und kräftig. Wie Walter trug er einen grauen Anzug, hatte aber noch eine Krawatte umgebunden.

Es gesellten sich weitere Hausbewohner hinzu, von denen ich einige schon in der Kneipe gesehen hatte und andere nicht. Genau weiß ich es aber nicht mehr. Heute wohnen sie auf jeden Fall nicht mehr hier.

Auch aus den Nachbarhäusern kamen noch einige, sodass schließlich etwa dreißig Leute auf dem Bürgersteig zusammen standen. Bald drängten sie sich aneinander, denn erste Regentropfen fielen. Schirme wurden aufgespannt. Diese erschwerten meine Sicht, als Emily von Frau Fitz begleitet kam. Ich trat zur Seite in den Regen, um besser zu sehen.

Emilys Kleid, natürlich weiß, reichte bis auf den Boden. Die Ärmel waren eng und führten bis über die Handgelenke. Der Hals lag frei. Über den Brüsten weitete sich der Stoff, um die Taille spannte er sich eng, ging von da an wieder auseinander. Ihr Haar war mit einem weißen Tuch zurückgebunden. Um den Hals schimmerte eine silberfarbene Perlenkette. Emilys Augen glänzten, als sie die Wartenden sah, glaube ich. Es muss so gewesen sein, weil es immer so ist und Emily entsprach. Es bildete sich eine Gasse, durch die Walter auf sie zuging. Er reichte ihr die Hand, führte sie zum Taxi und öffnete die Tür. Bevor Emily einstieg, blickte sie noch einmal zurück. Walter folgte ihr auf die Rückbank. Erika nahm den Beifahrersitz. Als das Taxi an der Ampel hundert Meter entfernt stehen blieb, schauten wir noch immer hinterher. Dann besann sich Lisa als Erste und ging los. Der Rest schloss sich an. Ein Tross von Regenschirmen. Ich bildete den Abschluss.

11

Das Standesamt ist Teil des Rathauses. Oder ein Nebengebäude. Ich weiß nicht, ob es innen eine Verbindung gab. Später bin ich zwar einmal auf den Turm hinaufgestiegen, hoch zur Freiheitsglocke, doch ich weiß nicht, ob man vom Hauptportal des Rathauses auch zum Standesamt gelangt wäre. Darauf habe ich nicht geachtet. Es gibt ja auch den separaten Eingang zum Standesamt auf der linken Seite des Rathauses. Genau gegenüber des Beginns des Volksparks. Wobei der erste Abschnitt hier noch nach Rudolf Wilde benannt ist. Nach dem Bürgermeister, der für die Erbauung des Rathauses verantwortlich war. Erst weiter hinten, kurz vor der Bundesallee, heißt der Park Volkspark. Im Rudolf-Wilde-Park führt der erste Weg zu einem Brunnen. Folgt man dem Weg nach rechts weiter in Richtung U-Bahnhof Rathaus Schöneberg, quert man die Innsbrucker Straße, geht am Ententeich vorbei und trifft irgendwann auf die Bundesallee. Diese überquert man, in dem man über eine gelbe Brücke läuft und ist dann in Wilmersdorf. Der Park und der Weg gehen weiter bis zur Blissestraße. Hier muss man das erste Mal eine Ampel beim Überqueren einer Straße beachten. Das letzte Stück des Parks führt an einem Friedhof vorbei, direkt daneben steht das Krematorium. Dann ist man an der blauen Brücke, die über die Autobahn führt. Dahinter befindet sich das Freibad und der Park ist zu Ende. Und weiter bin ich auch nie gelaufen.

Der Brunnen in Sichtweite des Standesamtes ist der einzige Brunnen im ganzen Park. So weit ich weiß. In der Mitte von diesem Brunnen ist ein Sockel. Vielleicht drei

Meter hoch. Vielleicht auch höher. Auf dem Sockel steht ein Hirsch. Wappentier von Schöneberg. Warum es ein Hirsch dazu gebracht hat, weiß ich nicht. Dieser Hirsch, also die Statue des Hirsches ist eins zu eins nachgebildet. Denke ich mal. Und sie ist vergoldet. Es ist also ein goldener Hirsch. Dorthin ging ich während der Trauung. Während Emily heiratete, lief ich um einen Brunnen mit Sockel und Statue eines goldenen Hirsches.

Ich hatte ihn bemerkt, als wir vor der Tür zum Standesamt standen. Es dauerte, bis alle drinnen ihren Platz fanden. Ich hatte mich umgesehen, abgewandt und ihn entdeckt. Sonst wäre ich vielleicht sitzen geblieben, als ich meinen Platz erreicht hatte. Sonst wäre ich vielleicht nicht auf die Idee gekommen, raus zu gehen.

Der Raum, in dem die Trauung stattfand, war länglich. Mit viel Fantasie wirkte er ein bisschen wie eine kleine Kirche. Die Fenster bestanden aus milchigem Glas, sodass kaum Tageslicht einfiel und sie wurden durch Bögen abgerundet. Ein Kronleuchter mit vielen Lichtern hing an der Decke. Als Trauzeugen hatten Erika und Lisa vorne Platz genommen. Ich hatte mich gerade hinten neben die Kosteddes gesetzt, als der Beamte kam. Jung und energisch. Energisch ist auch immer gleichbedeutend mit hektisch und Hektik ist ja in so einem Moment unangebracht. Es überraschte mich auch, weil er doch täglich solche Zeremonien durchführt. Außerdem, dachte ich, lernt man ihn vorher kennen. Ich hätte nicht geheiratet, hätte ich ihn vorher kennengelernt. Es sei denn, Emily hatte ihn nett gefunden.

Er hieß uns Willkommen und sagte ein paar nette Worte. Viel hörte ich aber nicht. Ich war auf Emilys Regungen gespannt. Auch auf Walters. Denn ich habe ihn außer in dieser halben Stunden nie nervös gesehen. Daran dachte ich aber nicht, als ich aufstand und hinausging. Ich hatte keine Kontrolle. Es passierte eben. Vielleicht fühlte ich mich unwohl. Alle anderen waren ja noch fremd. Vielleicht fühlte ich mich deplatziert. Als ich wieder draußen stand, war ich dennoch überrascht. Und ich fror in meinem albernen Aufzug. Immerhin hatte der Regen nachgelassen.

Ich überquerte die Straße und lief in den Park hinein. Es waren etwa zweihundert Meter bis zu dem Brunnen. Dort blieb ich stehen. Neben oder vielmehr unterhalb des Goldenen Hirsches. Ich steckte die Hände in die Jackentaschen und umrundete den Brunnen einmal und noch einmal. Der Kopf des Goldenen Hirsches ist Richtung Himmel gerichtet. Das Maul ist offen. Die Hufen sind alle auf dem Sockel betoniert. Nach zwei weiteren Runden lief ich in Richtung U-Bahnhof, hinauf zur Innsbrucker und die Freiherr-vom-Stein-Straße zurück. Ich wartete noch eine Viertelstunde, bis alle wieder erschienen.

Zuerst die Kosteddes, dann Eva Glockenmann, die mir zuwinkte, und ziemlich schnell auch Lisa. Sie stellte alle rechts und links des Eingangs auf, der jetzt Ausgang war. Die Gasse hatte sich geradeso gebildet, als Emily und Walter kamen. Alle begannen zu klatschten. Einige johlten, jubelten und warfen Reis. Es war das erste Mal, dass ich mich nach Hause zurücksehnte. Nach meinem Dorf. Ich hatte wirklich Sehnsucht. Sehnsucht nach etwas, dass ich kannte. Deswegen war es eine logische Sehnsucht.

Emily und Walter blieben auf einer Stufe stehen und sahen auf uns. Sie lachten, aber unsicher. Emily wischte sich mit einer Hand über das rechte Auge. Gleich kamen Tränen aus dem anderen Auge gelaufen. Ich weiß nicht, ob sie glücklich war. Ich habe sie auch nie gefragt. Dafür braucht man schon Mut, jemanden zu fragen, ob er glücklich ist. Und nur die Antwort erfordert wahrscheinlich noch mehr Mut. Aber sicherlich hätte mir auch niemand zugestimmt, dass sie nicht glücklich aussah.

Walter schien zwar nicht mehr nervös, wusste aber mit seinen Händen wieder nichts anzufangen. Weil Emily ihre brauchte, um die Tränen fortzuwischen, konnte Walter sie nicht mehr festhalten.

Der Regen hörte dann ganz auf. Aber der Himmel blieb blass und verschleiert. Wolken waren also kaum sichtbar, aber eben auch keine Sonnenstrahlen. Von irgendwoher erklang das Läuten einer Glocke. Emily lächelte. Später hat sie mir erzählt, dass Walter sich geweigert hatte, die Trauung in der Kirche zu wiederholen. Nun hatte sie immerhin ein Kirchengeläut gehabt.

Man gratulierte. Alle der Reihe nach. Ich konnte also nicht stehen bleiben, um dem nächsten Vortritt zu gewähren. Ich gab zuerst Walter die Hand. Er zwinkerte. Dann streckte ich Emily meine Hand hin. Sie hielt sie fest, zog dann ein wenig und zwang mich näher an sie heran. Sie umarmte mich, legte ihre linke Hand auf meinem Rücken und flüsterte: „Ich freue mich, dass du da bist. Du wirst mir ein guter Freund sein."

„Ja?", sagte ich. Vielleicht habe ich es aber auch nur gedacht.

Anschließend ging es zurück zur Kneipe. Walter, Erika und Hartmut Wichmann vorne weg. Dahinter Lisa und Emily. Ich lief hinter den beiden. An der Ampel griff Lisa nach Emilys Hand. Sie seufzte: „Ach, das haben wir geschafft. Aber ein paar Jahre hättest du dir auch noch Zeit lassen können."

Emily lachte, schwang Lisas Arm. „Lass Walter das nicht hören. Der hat schon das eine Jahr nicht verstanden."

„Wenn ich noch mal neunzehn wäre ...", erwiderte Lisa, sagte weiter aber nichts.

Auf solche Aussagen gibt es ja auch keine Antworten. Vermutlich würde man gar nicht viel anders leben, könnte man noch mal an einem früheren Zeitpunkt anfangen. Plötzlich würde man merken, dass alles doch ganz gut war, wie es war und wie es gelaufen ist.

Sie hielten sich immer noch an den Händen, als wir über die Straße liefen. Lisa wirkte verträumt, Emily hingegen hüpfte eher, als dass sie lief. Das passierte ihr manchmal.

„Du kennst Walter noch länger als mich", sagte sie. „Du weißt, wie er ist. Man kann sich auf ihn verlassen. Er ist da. Und er war damals da. Jetzt kann ich ihm dafür danken."

Lisa erwiderte nichts. Sie nickte nur.

Wenige Meter vor dem Eingang zur Kneipe blieben sie stehen und umarmten sich. Sie nahmen mich und die anderen, die an ihnen vorüber gingen, nicht wahr.

In der Kneipe hatten sie zweimal vier Tische in der Mitte des Raumes zusammengerückt. Über den Tischen lagen weiße Decken, Kaffeegeschirr stand auf jedem Platz und auf jedem Tisch eine Platte mit Kuchen. Ich setzte mich an den hinteren, weiter weg von der Theke. Mit Lisa, Frau Fitz, den Kosteddes, den Blaus, Eva Glockenmann und anderen und egal. Denn irgendwann vermischte es sich sowieso.

Karl, groß gewachsen, kräftig, dunkle leicht gelockte Haare, die in dichte Koteletten und Vollbart übergingen, schenkte Kaffee aus. Er war der Sohn von Erika, erfuhr ich. Er trug diese typischen weißgrau karierten Hosen, die man von Leuten kennt, die in der Küche arbeiten. Dazu ein weißes Hemd. Als er fertig war, setzte er sich zu Walter und Emily. Bei ihnen am Tisch war es laut. Sie lachten und erzählten durcheinander, verstehen konnte ich aber nichts. Bei uns gab es ein bisschen Small Talk zwischen den Ehepaaren und zwischen Eva und Lisa. Ich aß Kuchen. Ich hatte ja auch den ganzen Tag noch nichts gegessen und war so ganz zufrieden. Einige Male zuckte ich allerdings zusammen, weil drüben einer aufschrie. Es war wirklich ein Schreien. Kein Lachen, eher noch ein Brüllen. Dazu hieb Walter auf den Tisch, sodass die Tassen hochsprangen. Auch das geschah ohne ersichtlichen Grund. Karl warf sich dann in seinem Stuhl nach hinten, fiel zurück gegen die Lehne, fiel aber erstaunlicherweise nie um und auch der Stuhl blieb heil. Erika stand einige Male auf, um sich Gehör zu verschaffen. Es klappte zwar nicht immer, aber meistens. Getrunken wurde übrigens noch nichts. Nichts Alkoholisches. Es war einfach so.

Tragisch war dann, dass an unserem Tisch die Kosteddes anfingen, von ihrer Hochzeit zu erzählen.

„Ich trug damals ein ähnliches Kleid wie Emily heute", sagte Monika.

Ulf setzte sich aufrecht, legte die Unterarme übereinander auf den Tisch und erwiderte bestimmt: „Nein, es war ein sehr kurzer Rock, den du anhattest. Weißt du nicht mehr, wie die Gäste getuschelt haben?"

Tragisch, solche Geschichten. Emily und Walter hätten heute mehr zu erzählen, könnten sie noch.

Auch tragisch war, dass sich zwischendurch Frau Fitz mit Episoden aus ihrem Leben meldete. Denn ihr hörte keiner lange zu und sie bemerkte es sogar, senkte die Stimme und ließ sie verebben. Allerdings vergaß sie alsbald wieder, dass ihr keiner zuhörte und ihr fiel etwas Neues ein, das sie zu erzählen begann. Ich war froh, dass Lisa zwischen uns saß.

Auch die Blaus auf der anderen Seite ließen mich in Ruhe. Ich trank Kaffee, schnell und viel. Kaffee hatte ich bis zu dem Tag in der Uni mit Lisa selten getrunken. Mal bei irgendeiner Feier, aber eben gezwungenermaßen. Ich weiß gar nicht, was gewesen wäre, hätte ich damit nicht angefangen. Die ganzen Nachmittage später, die ich in der Kneipe und mit Emily verbrachte, sind ohne Kaffee gar nicht vorstellbar.

Manche Geschichten, die umgingen, hörte ich also. Aufgenommen habe ich sie aber nicht. Ich sah hinüber zum anderen Tisch, sah zu Emily, die von Walter, Karl und Erika eingezwängt war. Sie saß ein bisschen geduckt und hatte sich eine dunkle Strickjacke über ihre Schultern gehängt. Mit einer Gabel brach sie den Kuchen auseinander, aß aber nicht viel. Manchmal blickte sie auf und lachte kurz. Aber immer in Momenten, wo es nicht angebracht schien und in denen sonst kaum einer lachte. Dann sah sie wieder auf ihren Teller. Verträumt, vielleicht glücklich, vielleicht zufrieden. Ihre Stimmung war nicht genau auszumachen. Einmal aber regte sie sich bewusst, sah zu unserem Tisch und zwinkerte Lisa zu.

Schließlich brach Erika den Bann. „Wo bleibt der Sekt?" rief sie.

Man hatte sich zurückgelehnt, auf den Bauch geschlagen, die Hände gefaltet auf ihn gelegt und die Arme verschränkt.

Sie forderte: „Karl! Nun hol den Sekt. Wir müssen endlich anstoßen."

Karl holte gleich mehrere Flaschen.

Den Ausschank übernahm Walter. Er stellte sich hinter Emily, hielt in einer Hand ein Glas, in der anderen eine Flasche. Als er fertig war, räusperte er sich.

Stille.

Er legte die linke Hand auf Emilys Schulter, hielt in der anderen Hand das Glas, hob es und sagte: „Auf Emily, meine Braut!"

Seine Rede.

Ich sah, dass seine Hand etwas zitterte. Tropfen fielen auf Emilys Haar, als er das Glas zum Mund führte.

Im Chor: „Auf Emily! Auf Walter!"

Anschließend stürmten Müller und Reuter in die Kneipe. Irgendwann fiel mir mal auf, dass ich ihre Vornamen nicht wusste. Ich habe sie, glaube ich, auch nie gehört und gefragt habe ich auch nie. Die beiden wurden immer Müller und Reuter genannt. Sie waren eben Müller und Reuter. Beide trugen graue Hosen und dunkelblaue Jacketts, woher auch immer.

„Ja, genau!" rief einer von beiden. „Auf das Hochzeitspaar!"

Sie schnappten sich jeder eine Flasche und verzichteten auf ein Glas. Danach forderten sie ein Bier und Walter, Hartmut und Erika zogen mit. Karl ging hinter den Tresen. Etwas später stiegen Manfred Zeiss und die Kosteddes ein. Und irgendwann alle. Beim Bier. Oder beim Wein mit Lisa. Schnaps kam hinzu. Whisky. Wodka.

Ich weiß nicht, was noch.

Karl blieb hinter dem Tresen. Standhaft und ohne zu trinken. Eine Stunde lang vielleicht. Dann rief er Walter. Sie verschwanden in der Küche, kamen schnell wieder und stellten jedem einen Teller vor die Nase. Eine vorbereitete Portion. Lauwarm. Fleisch, Kartoffeln und Möhren mit Erbsen als Grundlage fürs Trinken.

Das Essen war von allen schnell gegessen.

Anschließend blieb Karl sitzen. Jetzt auch mit einem Bier vor sich. Er rief zu Emily: „Machst du mal?"

Sie nickte, knöpfte sich die Strickjacke zu und ging hinter den Tresen. Lisa stellte sich gleich zu ihr. Ich wollte auch, zögerte aber. Doch in dem Moment kam Armin. Er ging zur Theke, gab Emily die Hand, dann Lisa. Also stand ich auf und ging zu ihnen. Emily schenkte Sekt ein und wir stießen zu viert an.

Armin sagte nichts wegen unserer Verabredung. Stattdessen erzählte er gleich Neuigkeiten aus seinen Vorlesungen.

Der Nachmittag verging, war vergangen. Draußen wurde es dunkel. Lisa lachte, als Emily das Licht anschalten wollte.

„Nicht heute", sagte sie, knipste nur das Licht über dem Tresen an und verteilte Kerzen auf den Tischen.

Emily zapfte Bier, schenkte das andere Zeug in verschiedene Gläser und Armin und ich reichten es an die Tische weiter.

Immer mal wieder verließ jemand seinen Platz, verschwand, kehrte aber schnell in einfachen Klamotten zurück. Festtagskleidung abgelegt. Gesichter verfärbten und röteten sich.

Dann bat Emily Lisa hinter den Tresen.

„Ich will noch auf den Friedhof", sagte sie. „Nur ein paar Minuten."

„Jetzt noch? Alleine?"

Emily nickte.

Aber Lisa bestimmte: „Von euch beiden können wir ja keinen hinter den Tresen lassen. Also gehst du mit Gabriel?"

Ich sah Emily an.

Sie nickte.

12

Die Tür fiel hinter uns zu. Wir atmeten erst mal durch und standen einen Augenblick still da. Dann gingen wir hinüber zum Hauseingang, hinein und hinauf, holten jeder unsere Jacke und trafen uns vor dem Eingang wieder.

„Darf ich mich bei dir einhaken?" fragte Emily, während sie sich noch in ihren Mantel hüllte.

Ich nickte und bot ihr meinen Arm.

Wir überquerten die Straße. Emily schloss mit der freien Hand das Eingangstor auf, aber nicht wieder ab, als wir hindurch gegangen waren. Auf dem Friedhof gab es keine Laternen. Doch auf einigen Gräbern brannten Kerzen und der Mond leuchtete hell. Wir erreichten die Bank vor dem Grab ihrer Eltern und setzten uns.

Emily fragte: „Langweilst du dich sehr?"

Ich verneinte: „Armin ist doch gekommen."

„Es ist schön, Freunde zu haben." Sie sprach mit sanfter und gedämpfter Stimme.

Vielleicht war dieser Moment romantisch. Auf jeden Fall war er kitschig. Zumindest wird er in der Erinnerung kitschig. Kitsch erlebt man ja nicht bewusst. Kitsch erlebt man nur bei anderen bewusst. Aber manchmal widerfährt er uns, manchmal ist er Bestandteil unseres Lebens. Und jeder hat es einmal erlebt, war dabei, vermute ich und hoffe ich. Sonst hat man etwas verpasst. Später, als Emily Martin das Lied vorsang, wurde mir das endgültig klar.

Erst mal pflichtete ich bei.

„Gestern haben wir uns gefragt, ob dir Freunde wichtig sind."

„Wer?" wollte ich wissen, war überrascht und fragte schon fast laut.

„Lisa und ich."

„Klar", sagte ich.

„Du kannst immer zu uns kommen." Emily drehte sich zu mir. „Wenn du Lust hast und wenn du nicht alleine sein willst."

Ich nickte und bemerkte, dass sie trotz Mantel fror.

„Kalt?" fragte ich.

Emily sah mich an. Und ich zurück. Es war das erste Mal, dass wir uns so ansahen. So anders. Eben nicht nur, weil wir miteinander redeten, sondern weil wir Vertrauen hatten und Vertrauen fassten. Intensiver. Genauer. Ohne Scheu. Es war nicht mehr nur bloßes Ansehen.

Dann fragte sie: „Vielleicht darf ich meine Hände in deine Taschen stecken?"

Ich zog meine Hände hervor und wandte mich ihr näher zu. Ich traute mich, könnte man sagen. Das erste Mal Nähe ist viel schwieriger als alles, was danach noch kommt oder kommen könnte.

Sie sagte: „Warte. Es geht besser, wenn du dich mit dem Rücken zu mir drehst."

Ich hob ein Bein über die Bank, saß nun längs auf ihr und Emily schob langsam ihre Hände in meine Jackentaschen. Dann drückte sie sich leicht mit ihrem Oberkörper gegen mich.

„Du musst deine Hände auch drin lassen, damit wir uns gegenseitig wärmen."

Unsere Hände berührten sich in meinen Jackentaschen und sie legte ihre auf meine. Ich spürte ihren Atem in meinem Nacken und ihre Brüste an meinem Rücken.

„Ich denke immer, dass meine Eltern von oben auf mich herabblicken", flüsterte sie. „Ob sie mit mir zufrieden sind?"

Einfach nur einfach. Unkompliziert. Meinetwegen auch einfältig. Das kann schön sein. Das kann richtig schön sein.

„Natürlich", erwiderte ich.

„Ich hab meinem Vater versprochen, dass ich mal nach England fahre, dorthin, wo er herkam. Ob ich dieses Versprechen halten werde?"

Ich war verwundert. Ich wusste zwar noch nichts von ihr, hätte aber nie vermutet, dass es einen Ort außerhalb Berlins, vielleicht sogar außerhalb Schönebergs gab, der Emily etwas bedeutete.

„Ich wusste gar nicht, dass du dort herkommst", erwiderte ich.

„Ich bin ja auch hier geboren. Ich war noch nie dort. Mein Vater kam nach Berlin und ist meiner Mutter zuliebe hiergeblieben."

„Hast du dort Verwandte?"

„Nein, niemanden. Ich kenne nur die Bilder, die er mir hinterlassen hat. Sie sind von dem Gehöft meiner Großeltern. Es ist ein riesiges Fachwerkhaus mit Stallungen. Heute ist das Haus eine Pension. Ich habe mir von Walter gewünscht, dass wir einige Tage dorthin fahren."

„Und?"

„Keine Zeit im Moment, sagt er. Und kein Geld."

Ich überlegte, ob Emily die Augen geschlossen hielt. Ihr Atem ging ruhig und gleichmäßig. Ihre Hände waren warm und weich.

„Warum sagst du nichts?" fragte sie.

„Meine Eltern wohnen in so einem Haus."

„Wirklich?" Sie löste sich von mir, zog ihre Hände aus den Taschen und rüttelte an meinen Schultern. Sie zwang mich, mich ihr zuzuwenden. „Und dann kommst du hierher?" fragte sie empört.

Ich zuckte mit den Schultern. „Ich wollte etwas anderes sehen."

Emily kniff ihre Augen ein bisschen zusammen und sah mich aufmerksam an. Sie war wieder ruhiger. „Wenn du mal nach Hause fährst, nimmst du mich dann mit?"

„Wenn du willst ..."

Sie klatschte in die Hände und sprudelte: „Weißt du, Walter schließt die Kneipe nicht gerne. Vielleicht komme ich sonst nie von hier weg. Bevor ich zu ihm zog, hat mich Lisa einmal mit nach Frankfurt genommen. Sie hatte da einen Auftrag und ich bin den ganzen Tag durch die Gegend gelaufen. Eigentlich fand ich mich überhaupt nicht zurecht. Aber es war trotzdem schön."

Ich freute mich über ihre Begeisterung, über ihren Enthusiasmus. Ich sah sie an und sah sie plötzlich, wie sie in unserer Küche stand. In ihrem Hochzeitskleid, sich um die eigene Achse drehend. Tanzend. Hüpfend. Springend.

„Versprichst du mir, dass wir zu dir nach Hause fahren?"

„Ja", nickte ich und war schon verzweifelt.

„Dann musst du mir die Hand geben."

Ich gab sie ihr.

Sie drückte sie, hielt sie fest und wurde plötzlich wieder ernst: „Darf ich dich um noch etwas bitten?"

Ich nickte wiederum.

„Gehst du schon voraus? Ich möchte noch einen Moment allein sein."

Wir lösten unsere Hände.

Ich stand auf, ging hinüber zum Hauptweg und in Richtung des Ausgangs. Zwar alleine, aber gefühlt viel weniger allein. Ich spürte mein Herz. Es schlug heftig gegen meine Brust. Ich presste meine Hand auf sie.

Doch ... das war nicht gut ... das war nicht gut. Nicht wegen Walter. Nicht wegen Lisa. Nicht meinetwegen. Sondern wegen Zuhause. Das wusste ich.

Doch auch egal. Ich wollte rennen. Einfach loslaufen. Nicht so behutsam gehen, wie es sich auf einem Friedhof gehört. Nur wenn Emily mir hinterherschaute, wäre es lächerlich gewesen. Aber auch das war jetzt mal egal. Manchmal muss alles egal sein. Zu viele Scherereien hat man, wenn man an andere und an anderes denkt. Und jetzt war manchmal. Nach der Hälfte des Weges hielt ich mich nicht mehr zurück. Ich setzte einen Fuß immer schneller vor den anderen, bis es nicht mehr schneller ging. Aus Gehen wurde Laufen und aus Laufen wurde Rennen. Meine Hosen rutschten, ich musste sie festhalten. Meine Brille verlor ihren Halt, lag schief auf der Nase. Dann das Tor. Es hielt mich auf, aber nicht lange. Ich stemmte es mit einem Ruck auf, schlug es hinter mir wieder zu, rannte über die Straße und bekam kaum noch Luft, als ich vor der Kneipe stand. Doch auch diese Tür störte. Ich wollte gleich hinein und riss sie auf.

Dunst, Nebel, Rauch. Gestank.

Die Kerzen waren erloschen. Es brannte nur ein Scheinwerfer über der Theke und einer weiter vorne, der mich blendete. Es dauerte, bis ich alles wieder erkannte. Und es dauerte, bis ich kapierte, dass der Moment vorbei und ich zurück war.

Die meisten saßen jetzt am ersten Tisch. Oder anders gesagt, man hatte sich rund um diesen Tisch versammelt. Man saß in der Nähe, nicht unbedingt am Tisch, mehr kreuz und quer. Mit Sicherheit war ich nicht länger als eine Stunde weg gewesen. Ich weiß nicht, was ich verpasst hatte und kann es mir auch nicht vorstellen. In so kurzer Zeit so eine Zurichtung ... Der hintere Tisch diente als Ablage für Teller, Tassen, Besteck, Gläser, Krüge und Flaschen. Flaschen lagen aber auch auf dem Boden oder rollten hin und her, bis sie an der Wand liegen blieben. Tassen, Gläser, Krüge standen ebenso in Reih und Glied auf dem Tresen. Bis er überfüllt war, waren sie wohl noch hinübergestellt worden.

Nach und nach erkannte ich dann, wer noch da war. Karl zuerst, mit dem Rücken zu mir, bog sich beim Lachen vornüber. Er johlte über Walters Geschwätz, der rechts neben ihm saß oder über Erikas Possen, sie ihm gegenüber. Eva Glockenmann saß auf der anderen Seite von Karl und wehrte sich nicht, wenn er statt zu lachen, sie auf die Wangen küsste. Nur wenn er sich ihrem Mund näherte, drehte sie den Kopf. Aber eine Hand hatte er auf ihren Schenkel legen dürfen. Erika wehrte sich genauso halbherzig gegen die Annäherungen von Müller. Sobald sie eine Episode erzählt hatte, kurz pausierte, schrie er am lautesten, applaudierte ihr und umarmte sie zur Belohnung. Auch Hartmut Wichmann und Manfred Zeiss saßen noch dabei. Gestützt auf ihre Ellenbogen, die Hemden aufgeknöpft, versuchten sie ... ich weiß nicht was ... zu reden manchmal, zu lachen manchmal ... aber das Trinken funktionierte noch. Neben ihnen und hinter ihnen saßen noch ein paar. Wer, weiß ich nicht mehr, denn ich entdeckte Lisa. Sie forderte meine Aufmerksamkeit. Etwas zurückgezogen saß sie auf dem Schoß eines Mannes. Eigentlich erkannte ich nur ihr blondes Haar und im Grunde hätte es irgendeine blonde Frau sein können. Aber ich wusste eben, dass es Lisa war.

Sie und dieser Mann küssten sich. Ohne Pause. Sie sah niemals auf, schien an ihm festgeklebt. Keine Trennung in Sicht, keine Trennung möglich. Ich war neugierig, wer es war und vergegenwärtigte mir alle, die da gewesen waren, als ich zum Friedhof aufgebrochen war. Aber ich hatte keine Ahnung, bis ich bemerkte, dass er zwar regelmäßig und ruhig mit den Händen über Lisas Rücken strich, die Beine jedoch zappelten. Hielt er die Beine still, fielen sofort die Arme am Körper herab als seien sie tonnenschwer, schlugen gegen die Stuhlkanten und schwangen zur Seite.

Ich war baff, sprachlos, irritiert. Vielleicht sogar enttäuscht.

Plötzlich spürte ich eine Hand auf meiner Schulter. Ich drehte mich.

„Setzen wir uns?" fragte Emily.

„Du bist schon zurück? Ich hätte dir das gerne erspart."

Emily lachte und warf den Kopf zurück. „Was denn?"

Sie griff nach meiner Hand und zog mich mit sich auf zwei freie Stühle in Walters Rücken. Sie lachte immer weiter. „Was glaubst du, wie viele Abende so enden?" Sie schaute mich an, während sie mit einer Hand über Walters Rücken streichelte. „Er schuftet wirklich, damit der Laden läuft."

Ich wich ihrem Blick aus und unwillkürlich landete meiner bei Lisa.

„Ach!", rief Emily. „Siehst du. Du hast sie verschmäht. Aber dein Freund konnte ihr nicht widerstehen."

Ich schüttelte den Kopf. Es gefiel mir eben nicht. Dafür konnte ich ja auch nichts.

Emily stieß mich mit dem Ellenbogen an. „Das ist

meine Hochzeit", lachte sie. „Mach nicht so ein Gesicht. Lass uns was trinken."

Aber Walter bemerkte, dass wir zurück waren, bemerkte, dass Emily zurück war. Er zog sie zu sich auf seinen Schoß. Sie reichte mir über seine Schulter hinweg ein Glas Sekt. Dann drehte sie sich und war fort.

Ich sah Müller. Er lag auf Erikas Schoß, war im Grunde zwischen ihrem Schoß und ihrem Busen eingeklemmt. Die Augen hatte er geschlossen. Ich sah Karl und sah, dass Eva sich nicht mehr von ihm wegdrehte. Ihre Beine lagen mittlerweile über seinen und einen Moment später saß sie auf ihm. Ich sah dahinter Lisa und Armin. Ohne Pause. Und ich sah, dass Armins Hände unter ihrer Bluse verschwunden waren. Und vor mir sah ich Emily und Walter. Seine rechte Hand lag noch eine Weile auf ihrem Rücken, doch dann verschwand auch sie unter ihrer Strickjacke.

Das war dann genug. Das sind die anderen. Ich war lieber allein.

Zweiter Teil: Das erste Paar

1

Der Herbst ging vorüber, der Winter kam und ging auch vorüber. Aber ich kann mich an kaum einen Tag erinnern. Vermutlich sah ich am Tag nach der Hochzeit niemanden und ging auch nicht raus. Warum auch? Lisa und Armin? Walter verkatert? Und Emily, die ihn bemutterte?

Es folgten also vier Monate, in denen ich tagsüber auf dem Bett saß, aus dem Fenster sah und wahrscheinlich oft Sehnsucht nach Zuhause hatte. Obwohl Sehnsucht etwas übertrieben klingt, denn es war ein schlichtes Verlangen nach dem Dorf, nach Ruhe und nach Stille. Zwar fand ich das hier auch, aber nicht so unschuldig. Es war ein Verlangen nach unberührten Wegen durch die Wälder, nach meinen Wegen, die kaum einer ging, nach nur meinen Fußstapfen im Schnee. Es war ein Verlangen nach verschneiten Feldern und verschneiten Wiesen und nach dem in Weiß verwandelten Dorf, das ich von den umliegenden Hängen aus sah, mit der Kirche in der Mitte und meinem Elternhaus nebenan und nach den tobenden Kindern auf den gegenüberliegenden Hängen. Mit erhitzten, geröteten Köpfen stiefelten sie bergauf, einen Schlitten im Schlepptau und brausten im Bruchteil der Zeit, die der Aufstieg gedauert hatte, hinab. Kitschig ja. Aber so war es. Nicht nur in der Erinnerung, hoffe ich.

Im Winter hatte ich mich immer mehr draußen aufgehalten als während der anderen Jahreszeiten. In Berlin war es anders. Hier ragten die grauen, kahlen Kronen der Pappeln starr in die Wolken hinauf und selten sah ich die zwei Kirchtürme hinter dem Nebel. Etwas besser war es am Abend und in der Nacht. Oft ging ich ein paar Stunden nach Anbruch der Dunkelheit los. Weniger Menschen, weniger Verkehr. Und Laternen machen ein ganz schönes Licht. Irgendwann fiel auch Schnee. Flocken schmolzen auf meiner Brille und nahmen mir die Sicht. Dann war ich oft erst zum Morgengrauen wieder zu Hause. Ich lief einfach und genoss, dass sich der Neuschnee gegen alle Aufräumarbeiten durchsetzte. An diesen Tagen gab es auch hier ein bisschen Glanz und ein bisschen Unschuld und ich legte mich sogar zufrieden ins Bett. Auch wenn es tags darauf wieder vorbei war, weil Bürgersteige gekehrt wurden und die Haufen an den Straßenecken gräulich verfärbt und mit gelben Pissflecken besehen waren. Von Hunden und von Besoffenen, die nachts die Straßen entlang torkelten. Kies und Sand knirschten dann unter meinen Schuhsohlen. Und Kies und Sand lagen auch noch im Frühjahr, als der Schnee schon wochenlang getaut war.

Auf den Frühling hatte ich mich gefreut. Ich freue mich immer, wenn etwas passiert. Wahrscheinlich, weil ich selbst nie viel Lust habe, darauf Einfluss zu nehmen, dass etwas passiert. So ist es gut, wenn durch anderes etwas passiert.

Im März stapfte ich gelegentlich in Gummistiefeln durch den Park. Gummistiefel waren nicht einfach zu bekommen gewesen. Die gibt es in der Stadt wohl nur für Kinder. Ich erntete auch Kopfschütteln von Emily, Lisa und anderen wegen der Gummistiefel. Von Walter nicht. Der ignorierte mich oder nahm mich nicht wahr.

Im Park achtete ich nicht auf die Wege, ging quer über die Grünflächen, versank in der Erde, im Matsch, im

Schlamm. Bis das Gummi der Schuhe besiegt war und die Strümpfe und die Hosen feucht wurden und außerdem alles an mir klebte und zu reiben anfing. Noch besser fand ich es, wenn es regnete. Mein Anorak vertrug Regen nicht und wurde ein schwerer, nasser Lappen. Der Pullover darunter natürlich auch. Am besten allerdings war das Ende. Ein Ende ist ja oft das Beste. Das Ende hier war, dass Emily wartete, wenn ich von meinen Spaziergängen zurückkehrte. Auf mich. Wenn ich die Tür zur Kneipe öffnete, stand sie am Tresen und lachte und schüttelte gleichzeitig den Kopf. Dann erwärmte sie einen Glühwein oder brachte mir eine Tasse Kaffee.

Ein paar Wochen ging das so. Dann war der Frühling vollends da. Plötzlich und unerwartet. Manches geschieht einfach von einem Tag zum anderen. Ende März wurde ich von der Sonne geweckt, von Sonnenstrahlen, die in mein Zimmer drangen. Vorher hatte ich gar nicht gewusst, dass die Sonne ein paar Stunden die Position hatte, damit ihre Strahlen in mein Zimmer hineindringen konnten.

Es war ziemlich genau zwölf Uhr. Ich ging gleich nach dem Aufstehen hinunter in die Kneipe. Wie immer von der Straße aus, denn den Eingang über den Hausflur in die Küche nutzte ich nie. Emily stand inmitten des Raumes. Einen Fuß, in einenTurnschuh gekleidet, hatte sie auf den Rand des Putzeimers gestellt. Der Putzstock lag auf dem Boden. Ein rosafarbenes Band hielt ihre Locken zurück, was ich immer sehr mochte. Sie trug blaue, ausgewaschene Jeans und ein rotes T-Shirt. Die Sonne warf einen Schatten von ihr über den Boden an die Wand. Und Emily starrte auf diese Wand. Auf ihren Schatten, dachte ich zuerst. Dann aber bemerkte ich, dass ihr Blick dem Bild galt. Dem einzigen Bild in der Kneipe. Jenes, das sie mir während der Hochzeit, als wir auf dem Friedhof waren, beschrieben hatte. Es zeigte das Anwesen ihrer Großeltern.

Vorher hatte sie, wenn ich in der Kneipe saß, manchmal gefragt: „Und? Hast du es schon vergessen?"

Aber sie hatte auch immer nur gefragt, wenn Lisa nicht da war und wenn Walter und auch sonst niemand es mitbekommen konnten. Mir war das recht so.

Als ich in die Kneipe ging und unsere Schatten sich näher kamen, drehte sich Emily. „Guten Morgen Langschläfer", sagte sie wie so oft.

„Zeit zum Spazieren gehen?" fragte ich.

„Gerne." Sie sah mich an.

Ich zuckte mit den Schultern.

„Hilfst du mir noch einen Moment? Du weißt ja, was zu tun ist."

Das wusste ich. Manchmal, wenn ich nicht zu spät kam, machte ich mich nützlich. Ich ging hinter den Tresen, schrubbte ihn, spülte die Gläser und füllte die Kühlschränke mit Getränken auf. Zuletzt rückten wir immer die Tische an ihre Plätze zurück. Danach gab es dann Kaffee.

Heute aber nicht.

Ich sah Emily an.

Und sie mich und sie lächelte und sagte: „Ich gehe mich umziehen. Dann können wir gleich los."

Ich wartete draußen vor der Tür.

Emily hatte sich einen Rock und einen roten Pullover mit Rollkragen angezogen. Außerdem schwarze Schuhe mit Absätzen. Dadurch war sie fast so groß wie ich. Das Haar hatte sie unverändert gelassen.

„Weißt du, wo ich hingehen möchte?" fragte sie.

„Ich dachte, wir laufen durch den Park."

Sie griff nach meiner Hand. „Nein. Ich will dir zeigen, wo ich aufgewachsen bin."

Ich musste einmal kurz schnaufen. „Okay. Wohin?"

„Wirst du sehen."

Sie behielt meine Hand, führte mich am Rathaus vorüber zum Bayerischen Platz und dann die Aschaffenburger Straße hinunter bis zum Prager Platz. Es war ein bisschen seltsam. Oder fremd. Oder ... ich weiß nicht. Wir liefen eben Hand in Hand, als ob es normal wäre. Das war es aber nur für alle, die uns entgegenkamen und das gar nicht beachteten. Am Prager Platz drängte sie mich über die Straße, quer durchs Grün zur Umrandung des Springbrunnens, der noch ausgetrocknet war. Kinder spielten darin mit feuchtem, verdrecktem Laub. Emily setzte sich und zog mich neben sich.

Es blieb keine Zeit. Sie legte gleich los.

„Siehst du dort den Obsthändler?" fragte sie und zeigte auf ein Geschäft.

Ich blickte auf ihre schmale Hand und den kleinen Zeigefinger, der leicht gebogen nach vorne ragte.

„Das war unser Geschäft. Wir hatten es als Werkzeugladen. Nebenan war unsere Wohnung." Sie deutete weiter nach rechts auf ein gelbes Haus.

Zur Eingangstür führten drei Stufen. Sie war massiv, aus Holz und mit Verzierungen um zwei Fenster mit Rundbögen. Diese waren weiß gestrichen, die Tür sonst etwas dunkler. Es war ein sehr schönes Haus. Alt. Den Krieg überlebt. Sicherlich besaß jede Wohnung einen Salon oder Berliner Zimmer, wie ich später gelernt habe. Es ist also heute mit Sicherheit teuer, dort zu wohnen.

Außer vielleicht im Erdgeschoß.

„Die meiste Zeit habe ich im hinteren Raum des Ladens verbracht. Ich sah meinem Vater zu, wie er die Sachen reparierte, die man ihm brachte. Meine Mutter stand immer vorne und hat mit den Kunden verhandelt."

„Du hast noch nie von deiner Mutter erzählt", fiel mir in dem Moment ein.

Emily sah auf das Geschäft. „Ja ... Sie ist ja auch schon lange tot. Ich erinner mich nur noch wenig."

Ich zögerte. Da nachzufragen, ist schwer. Aber Emily schwieg. Also musste ich nachfragen und hoffen, dass sie weiter erzählte.

„Wie lange schon?"

„Ich war fünf. Ich erinner mich nur an das hintere Zimmer und wie ich dort saß. Dann will ich nach vorne laufen, um sie zu sehen. Aber das klappt nicht."

Ich sah zu ihr, sie von der Seite an. Emily hatte die Schultern emporgezogen und nicht wieder fallen lassen. Ihr Blick war weiter geradeaus, weiterhin auf das Haus gerichtet.

„Es gelingt mir nicht, sie zu sehen", fuhr sie dann fort. „Sobald ich den Schritt durch die Tür mache, ist sie verschwunden. Nur ihre Stimme ist da. Ich kenne nur ihre Stimme, glaub ich manchmal."

Ich wartete wieder. Jetzt länger als zuvor und ich hatte Angst, dass Emily nicht weiter erzählte. „Woran ist sie gestorben?" fragte ich dann vorsichtig.

Die Angst war unbegründet. Emily hatte uns hierher geführt und wollte reden. „Es war ein Zugunglück auf dem Weg zu ihren Eltern", erwiderte sie. „Ein Auto war an einem Bahnübergang auf den Schienen liegen geblieben und der Zug, in dem meine Mutter saß, ist hineingerast."

Für solche Ereignisse gibt es vielleicht tröstende Worte. Aber gibt es die richtigen Worte? Wenn man von solchen Unglücken hört, hat man damit aber auch normalerweise nichts zu tun. Das sind lokale Nachrichten, die in der Zeitung stehen. Außerdem stürzt doch auch eher ein Flugzeug ab oder ein Busfahrer fährt wegen Übermüdung eine Böschung hinunter. Man kann sich tausend Dinge vorstellen, wenn man von einem Unglück spricht. Aber wie groß ist die Wahrscheinlichkeit, dass ein Auto genau auf einem Bahnübergang liegen bleibt und ein Zug hineinrast? Von Unfällen solcher Art, also von Verkehrsunfällen, ist das doch der seltenste. Bloß Emily das zu sagen, war ja kein Trost. Abzulenken war besser als zu versuchen, Trost zu spenden, dachte ich und fragte: „Wollte dein Vater danach nicht wieder nach Hause?"

„Ich weiß nicht. Wir haben nie viel Geld gehabt. Ich glaube, er war froh, dass es für uns beide reichte. Da blieb nichts übrig. Später hat er sogar unser zweites Zimmer vermietet."

Gut, dachte ich und nickte, um das auszudrücken.

„Bestimmt hat er davon geträumt", fügte Emily dann an.

„So wie du jetzt."

Manchmal redet man schneller als man denkt. Vielen Menschen ist das egal und bei denen ist das dann auch die Regel. Aber ich mag es nicht und ganz besonders mag ich es nicht, wenn es mir passiert. Es hat etwas von einem Gefühlsausbruch und hier hatte es etwas von Erleichterung. Da ich nicht wusste, was ich sagen sollte, hatte ich versucht, das Thema zu wechseln. Als das klappte, jubelte ich auch noch. Aber was andererseits hätte ich sagen sollen? Außerdem war der Unfall ja auch vor 15 Jahren geschehen. Eigentlich war also alles okay. Vor allem, weil Emily lächelte. Dann war sowieso alles in Ordnung. Aber richtig gut fühlte ich mich trotzdem nicht.

Sie sagte: „Na ja. Ich will es ja nur einmal sehen."

„Ist doch schön."

Auch um blödsinnige Antworten kommt man nie herum. Es gibt wirklich genügend Gründe, nicht zu reden. Oder zumindest so wenig wie möglich. Das weiß man auch, wenn man wie ich jeden Abend in einer Kneipe sitzt und viele Gespräche mit anhören muss.

„Ja." Emily wandte sich mir zu. „Und was ist dir wichtig?"

Das kam plötzlich und es passte nicht. Denn ich war dran. Ich war doch gerade dabei, sie zu verstehen. Ich war doch dabei, sie kennenzulernen. Ein bisschen zumindest. Der Verlust ihrer Mutter, vielleicht auch die Verzweiflung ihres Vaters danach, das war Emily. Insofern, als dass sie jetzt Sicherheit suchte. Dass sie jetzt dieses Leben mit Walter als das beste ansah. Und plötzlich richtete sie eine Frage an mich.

Ich beugte mich nach vorne und stützte mich mit den Ellenbogen auf die Oberschenkel.

„Hey." Sie boxte mich in die Seite.

Was sollte ich sagen? Ich starrte auf das Straßenpflaster und dachte in rascher Reihenfolge an meine Eltern, an mein Zuhause, an unser Dorf, an Berlin, an sie. Ich brauchte eine kurze Antwort, die sie befriedigte.

„Jetzt hier zu sitzen und zu reden, das ist mir wichtig."

Emily lachte. „Du und reden?"

Ja, das war wirklich ein Witz. „Einfachheit", fügte ich deshalb an.

Aber auch das war keine bessere Antwort, denn Emily war neugierig. Sie wollte oft viel wissen. Viel zu viel. Sie konnte Löcher in den Bauch fragen. Da kam ich nie heraus, ließ es aber natürlich auch gerne zu. Denn es war ja sie, die fragte.

Ihr Lachen wich. „Was meinst du damit?"

Ich hob die Schultern und wusste, dass ich etwas erzählen musste, was ich nicht erzählen wollte. Dass ich vielleicht sogar etwas verraten musste, was ich nicht verraten wollte. Jedenfalls noch nicht. Wenn ich es aber nun doch tat, dann wollte ich auch, dass sie es verstand und dass sie mich verstand. Das war der Unterschied, der Unterschied zu Lisa zum Beispiel.

„Ich möchte morgens aufstehen", sagte ich langsam, „und das Gefühl haben, das Richtige zu tun."

„Weißt du nicht, was richtig ist?"

Das war das nächste Problem. Nicht nur, dass Emily manchmal viel fragte. Sie fragte auch noch schnell, sehr schnell. Ihre Fragen kamen oft so prompt zurück, dass ich selbst noch nicht einmal wusste, was mein Geredetes bedeutete oder was es nach sich ziehen könnte.

„Nein", erwiderte ich, weil es die ehrliche Antwort war und mir auch nichts weiter einfiel.

„Aber ..." Sie verstummte.

Dass ihr darauf nichts einfiel, war erstaunlich und eigentlich gut. Doch jetzt lag mir leider viel daran, dass sie mich verstand.

Also fuhr ich fort: „Ich will herausfinden, warum alles so ist, wie es ist. Dann kann ich auch sagen, dass es richtig ist. Hoffentlich."

„Du weißt, dass du seltsam bist, oder?" Emily lachte kurz. Zwar unsicher, aber in einer Art und Weise, dass mir klar wurde, dass nichts klar werden würde.

Dann legte sie los. Vielleicht, weil es sich in den letzten Monaten aufgestaut hatte. „Du hast doch einen Grund gehabt, hierher zu kommen. Nämlich, um zu studieren. Das dachte ich jedenfalls. Vielleicht hast du auch einen Grund, den du uns nicht sagst. Das Gefühl hatten wir gleich. Aber jetzt ... Du weißt gar nicht, ob das alles richtig ist?"

„Nein, ich bin mir nicht sicher", sagte ich. „Aber vielleicht weiß ich es bald."

Emily schüttelte den Kopf.

„Du gehst mittags los, kommst irgendwann zurück und setzt dich in die Kneipe. Manchmal sehen wir dich auch tagelang gar nicht. Und manchmal bist du da, aber redest nicht mit uns. Schon am nächsten Tag kann man aber wieder das Gefühl haben, dass du ein guter Freund bist. Das passiert alles, weil du nicht weißt, was richtig ist?"

„Das passiert, weil ich versuche, es herauszufinden."

Sie lachte. „Weißt du eigentlich, dass Lisa schon aufgegeben hat, dich zu verstehen?"

„Nein und Nein. Ich weiß es nicht. Aber ich glaube es auch nicht."

Jetzt war Emily empört. „Wir reden mehr miteinander als du mit uns. Das kannst du mir glauben."

„Okay." Ich wollte nicht, aber ich musste lachen.

„Schade", sagte sie.

Ich versuchte zu beschwichtigen: „So weit man einen anderen Menschen verstehen kann, so weit versteht Lisa mich, glaube ich."

„Dann muss es also an mir liegen." Emily war weiterhin empört, klang jetzt aber auch traurig.

„Nein", erwiderte ich und mehr fiel mir auch nicht ein.

Es war ja klar, dass es so hatte enden müssen.

Plötzlich streckte sie ihre Hand aus, berührte mich am Kinn und drückte ein bisschen, sodass ich sie ansehen musste.

„Ich hab dich gern. Ich bin gerne mit dir zusammen. Aber wieso tust du so geheimnisvoll? Was du jetzt gesagt hast? Wenn du dich nicht blicken lässt? Ich möchte mich gerne auf dich verlassen. Deswegen sitzen wir hier."

Momente, die so unerwartet kommen, dass man nur möchte, dass sie vorbei gehen und man sie unbeschadet übersteht. Aber wenn sie vorbei gegangen sind, weiß man nie, ob es einer dieser Momente war, in denen vielleicht alles hätte anders werden können. Und dieses Anders wäre besser gewesen.

2

Abends lag ich auf dem Bett. Ich wollte nicht hinuntergehen.

Vielleicht hatte Emily gefunden, was sie als das beste alles Möglichen ansah. Man muss mit der Last, geboren worden zu sein, irgendwie umzugehen lernen. Dabei hilft eine gewisse Einfachheit. Dabei hilft Klarheit. Vor allem braucht man das Wissen, dass man am richtigen Ort mit den richtigen Menschen ist. Alternativen gibt es ja immer. Nur wenn man keine mehr sucht, dann wäre das so eine Art Lösung. Aber das konnte ich mir nicht vorstellen und nicht glauben. Denn damit würde auch Zufriedenheit einhergehen. Und war sie das? Zufrieden? Oder liegt es an den Erwartungen? Die waren wegen ihrer Vergangenheit so. Und bei mir waren sie wegen meiner Vergangenheit anders. Also müsste man die Vergangenheit vergessen. Zumindest wegschieben. Und wenn Emily das nicht für sich tat, dann müsste es jemand anderes für sie tun. Aber würde sie das zulassen?

Lösungen zu finden, war nie meine Stärke. Und darum ging es eigentlich auch gar nicht. Ich wollte nur sehen und kennenlernen. Und das, wenn möglich, begreifen. Wenn nicht, dann hatte ich ja die Alternative, wieder fortzugehen. Dass ich hier war, war doch nur ein Experiment. Aber leider wurde es eines, das mich traurig machte. Jedenfalls nicht zufrieden, wenn man es anders herum ausdrückt. Gefühle waren plötzlich da und das hatte ich nicht bedacht. Wenn ich auch insgesamt nicht viel bedacht hatte. Daran jedenfalls auf gar keinen Fall. Das ging ja schon mit meiner Mutter los.

Es war dann dunkel. Zum Glück. Draußen und auch in

meinem Zimmer. Ich ließ das Licht aus und blieb angezogen auf dem Bett liegen. Ich hatte keine Lust, mich auszuziehen. Irgendwann später vielleicht, wenn ich eingeschlafen war. Dann so in dem Schlaf-Wach-Zustand schnell den Pullover aus, die Hose aus und unter die Decke. Das machte ich oft.

Aber es klingelte, bevor es dazu kam.

Lisa, wer sonst, dachte ich. Emily hatte mit ihr geredet. Und Lisa wollte sicherlich auch mal wieder mit mir reden. Die Unterhaltung, die wir in der Uni geführt hatten, gab es ja auch noch oder hatte es genauer gesagt auch mal gegeben. Wenn Emily ihr nur einen Bruchteil von unserem heutigen Gespräch erzählt hatte, dann war klar, dass Lisa kommen würde.

In den Wintermonaten hatte Lisa mich unten in der Kneipe, wenn ich mich mal hatte blicken lassen, ein paar Mal gefragt: „Und schon was verstanden?".

„Nein", hatte ich immer geantwortet.

Jetzt stand ich auf und öffnete die Tür.

Emily.

„Noch wach?" fragte sie.

Ich nickte.

Sie sah an mir vorbei in die Wohnung, kippte ein bisschen neugierig leicht zur Seite und streckte den Kopf vor.

„Willst du rein kommen?" fragte ich.

Sie sah auf zu mir.

Ich drehte mich, knipste das Licht an, warf Zeitungen von einem Stuhl und bot ihn ihr an.

Sie lächelte und setzte sich. „Ich hätte eine Flasche Wein mitbringen können", fiel ihr ein.

„Schon okay", sagte ich und setzte mich aufs Bett.

„Ich hätte mich gefreut, wenn du heute Abend gekommen wärst."

Ich zog die Beine zum Schneidersitz zusammen. „Mir war nicht danach."

„Morgen?"

Ich zuckte mit den Schultern.

„Bereust du es?" fragte sie dann und sah mich plötzlich ganz anders an. Vielleicht ein bisschen traurig. Aber eher leider kühl.

„Nein", sagte ich. Ich war mir unsicher, worauf sie anspielte und versuchte, mit fester Stimme zu antworten.

Zum Glück lächelte sie jetzt. „Ich auch nicht."

Dann war ich befreiter und konnte sie ungezwungen ansehen.

„Dann bleibt es dabei, dass wir zu dir nach Hause fahren?"

Ich atmete auf. „Warum nicht?"

„Weil ... du ... Ich dachte, du hast vielleicht keine Lust mehr."

„Ich habe es doch versprochen."

Abgesehen davon, dass ich mich selten entscheide, ist das hingegen das einzige, bei dem ich mir sicher bin; nämlich dass man sich auf mich verlassen kann, wenn ich mich entschieden habe.

„Ja ..." Sie sah mich einen Moment lang an. „Vielleicht bin ich dir unangenehm. Vielleicht willst du mir nicht zeigen, wo du herkommst. Vielleicht fährst du lieber allein ..."

Kurz fragte ich mich, warum ich an diesem Tag zum zweiten Mal in einer Situation steckte, in der ich zu viel überlegen musste, wie ich ohne Verwirrungen wieder herauskam. Dann versuchte ich es: „Was ich heute Mittag meinte, war, dass ich ganz gerne herumsitze. Dann schaue ich mir einfach an, was um mich herum passiert und denke darüber eben auch nach."

„Und was denkst du über mich?"

„Ich hätte dir mehr Glück gewünscht."

Schon als ich es sagte, wusste ich ...

Emily zuckte zusammen, zitterte kurz, aber heftig. Dann aber, vielleicht lag es daran, dass es Nacht war und sie seit fünfzehn Stunden auf den Beinen, fragte sie ruhig: „Bin ich deiner Meinung nach nicht glücklich?"

Ich nickte ein paar Mal. „Doch."

„Aber?"

„Nichts."

„Aber doch."

Ich lachte.

Sie auch.

Dann sah sie mich an, begann auf ihren Lippen zu kauen und sagte schließlich: „Dann besuchen wir deine Eltern. Und vielleicht nehmen wir Lisa mit? Das wäre besser. Wegen Walter."

Ich nickte und nachdem Emily gegangen war, schlief ich dann doch noch ziemlich gut.

3

Die nächsten Abende ließ ich mich wie von Emily gewünscht wieder in der Kneipe blicken. Ich saß herum, aber es gab nicht viel zu sehen, zu hören oder zu erleben. Die Kundschaft war gewöhnlich. Immer einige Pärchen, immer einige Familien. Manche Kinder nervten, konnten nicht still sitzen, rannten umher. Aber eher selten. Und stets ein paar Säufer, die sich zu den üblichen, zu Müller, Reuter und Wichmann gesellten.

Da ich immer ein Buch mit hinunter nahm, war es okay. Ich las und blickte ab und zu auf und sah Emily. Manchmal saß Lisa bei mir. Oder ich bei ihr. Wie auch immer. Aber wir redeten kaum. Sie hatte zu tun, las, schrieb und korrigierte, zeigte aber nie, woran sie arbeitete. Vielleicht auch, weil ich nie fragte. Auf jeden Fall war sie immer sehr darauf bedacht, ihre Unterlagen in ihre Tasche zu stecken, wenn sie mit etwas fertig war oder zwischendurch zur Toilette ging. Erst später sah ich durch Zufall, woran sie arbeitete.

Einmal hatten wir uns länger unterhalten und unsere Fahrt geplant. Kurz vor Ostern sollte sie stattfinden. Eine Woche vorher wurde es dann ernst. Ich hatte länger geschlafen, also auch verschlafen, Emily zu helfen und ging nachmittags in die Kneipe. Wie immer um diese Uhrzeit war die Kneipe leer. Ich glaube, offiziell öffnete Walter auch erst um sechs. Nur wer Bier, Wein oder Schnaps wollte, bekam das auch früher. An diesem Tag war das aber nicht der Fall. Walter war alleine, stand mit dem Rücken an den Tresen gelehnt und sah auf den Fernseher. Es lief eine Sendung über Pinguine.

Dass solche Sendungen gemacht werden, finde ich in

Ordnung. Wenn ich auch nicht weiß, wer solche Sendungen sieht und wer das bezahlt, wenn sich ein Team von drei, vier oder wer weiß wie vielen Leuten wochenlang auf die Lauer legt, um nicht einen Moment zu verpassen, der dann ein paar Sekunden dauert. Wie das Schlüpfen eines Kükens, wenn die bei Pinguinen so heißen. Den Küken wurden auch Namen gegeben. Lucy und Ben. Die Filmemacher haben sich diese Namen ausgedacht, denke ich. Pinguine kommen ja nicht auf die Idee, sich Namen zu geben. Rousseau hat ja schon festgestellt, wer nachdenkt, ist ein entartetes Tier. Und dann muss man das umkehren. Wer nicht nachdenkt, ist Tier, hat dann aber auch nicht so bescheuerte Ideen. Tragisch bei den Pinguinen allerdings ist, wie ich vernahm, dass nur vierzig Prozent der Erstgeborenen überleben und sogar nur zehn Prozent der Zweitgeborenen. Wäre das bei der Menschheit so, hätten wir weniger Probleme.

Jedenfalls kann ich mit solchen Sendungen leben. Mit der Erfindung des Zoos aber nicht, fällt mir dabei ein. Was für eine Idee. Heutzutage leben da Tiere, die es dort, wo sie eigentlich herkommen und hingehören, nicht mehr gibt. Ich bin nur froh, dass ich niemals einen besuchen musste. Kinder sind ja anfällig dafür. Martin allerdings interessierte das überhaupt nicht. Und wenn er mal mit der Schule dorthin musste, hat er es mir wohlweislich verschwiegen.

Dass diese Sendung lief, während ich die Kneipe betrat, war jedenfalls Zufall. Auch Walter war keiner, der sich solche Sendungen ansah. Sein Blick war finster, mit Sicherheit jedoch nicht aus Sorge um die Pinguinküken. Der Mund zuckte oder eher sein Schnurrbart. Den sah ich von der Seite, den Mund nicht. Ich wusste, was es bedeutete. Endgültig war er von Emily und Lisa besiegt worden. So musste man das sehen. Es hatte einen Kampf gegeben, den er verloren hatte.

Die Triumphierenden saßen auf unserem Platz in der Ecke. Ich setzte mich zu ihnen. Neben Emily, gegenüber von Lisa.

„Und?" fragte ich.

Lisa lachte. „Was und?" Sie streckte die Arme empor, zog den Gummi, der ihre Haare zusammen hielt, fester, nahm die Arme wieder herunter, wobei auch ihr Busen herunterplumpste. Dann schüttelte sie den Kopf. „Du wolltest mit deinen Eltern telefonieren."

„Wir können fahren. Wie geplant."

Tatsächlich hatte ich am Tag vorher mit meiner Mutter telefoniert. Das dritte Mal. Nach der Ankunft und nach Weihnachten. Sie rief nicht an und hatte während beider Anrufe die meiste Zeit geheult. Also hatten wir kaum geredet. Außer einem „Gehts dir gut?" hatte sie nichts zustande gebracht.

Diesmal hatte ich gesagt: „Ich komme nach Hause und bringe jemanden mit."

„Wann?" hatte sie gefragt. Und dann: „Dein Vater wird nicht da sein."

Gut, hatte ich gedacht und es eigentlich auch schon gewusst. Ostern, da blieb er in seiner Kirche. In der Regel von Dienstag bis Montag. Und Regeln hielt er ein. Er aß und schlief und was weiß ich, was er machte, aber alles in einer Kammer, die er sich dort eingerichtet hatte. Es war eher so ein Holzverschlag, der außen am Seitenschiff klebte. Ich weiß auch nicht, ob man den von innen, also von der Kirche aus, betreten konnte. Wenn, dann musste es unter der Kanzel einen Zugang geben. Die Kanzel aber hatte er selbst mit ein paar Holzbalken abgesperrt. Man kam nicht näher als auf zwei Meter an sie heran und von außen war die Kammer mit einem Schloss versehen. Das ganze einmal genauer zu betrachten und zu untersuchen, hatte ich mich nie getraut. Bis es mich auch irgendwann nicht mehr interessierte.

Emily sprang auf. „Fein! Fein!" rief sie. „Wir haben gerade darüber gesprochen." Sie hüpfte und mit ihr, ihr Busen. Nicht, dass ich darauf so fixiert war. Aber es geschah nun mal genau auf meiner Augenhöhe.

„Ich muss am Donnerstag Nachmittag bei einem Verlag in Frankfurt sein", sagte Lisa und zwang mich, sie anzusehen. „Am Samstag müssen wir dann zurückfahren, weil Walter an den Feiertagen unsere Hilfe braucht."

Ich nickte.

Emily setzte sich wieder. Ausgenüchtert, wie mir schien. Zu schnell hatte Lisa wieder den Alltag angesprochen.

Sie griff nach einem Bierdeckel und drehte ihn zwischen ihren Handflächen. Zum ersten Mal nahm ich den Ring an ihrem Finger wahr.

„Wir haben dann nur einen ganzen Tag", sagte sie.

„Reicht doch", erwiderte ich.

„Und deine Eltern?"

„Mein Vater hat sowieso zu tun."

Beide sahen mich neugierig an. Mit Recht. Ich hatte zu schnell und zu hastig geantwortet.

„Es ist ein kleines Dorf", sagte ich. „Da denken die Leute etwas anders."

„Alles klar", sagte Lisa und lachte.

Aber Emily fragte: „Wie anders?"

Ich sah Lisa an und ihr süffisantes Grinsen.

„Mein Vater ist Pfarrer", erklärte ich, aber das reichte nicht aus.

„Ja und? Was macht das?" fragte Emily weiter nach.

Aber in dem Moment kam Walter und sagte: „Emily, geh mal in die Küche und sieh nach dem Rechten." Er stellte eine Tasse Kaffee vor mir auf den Tisch und setzte sich.

Sie ging und mit ihr die erste Möglichkeit, Befürchtungen mitzuteilen. Denn zweifelsfrei würde man sie als meine Verlobte betrachten, wenn ich mit ihr nach Hause kam. Und ich brachte sie sogar aus Berlin mit. Berlin ... Ich meine ... Berlin ... Wenn das jemand im Dorf ausspricht ... Dann ist da Furcht dabei, dann ist da Ehrfurcht dabei. Außerdem als Sohn des Pfarrers ... Wenn man schon generell von Junge und Mädchen, die man gemeinsam sah, nichts anderes dachte, beim Sohn von Pfarrer Anders war es noch einmal anders. Selbstverständlich redet man über seine Kinder und die Kinder der anderen. Wer mit wem? Der mit der oder die mit dem und so weiter. Einmal traf ich ein paar Tage nacheinander ein Mädchen. Wir begegneten uns zufällig, aber der Zufall kehrte jeden Tag ein. Als ich von irgendwoher kam, kam sie auch von irgendwoher. Rebekka hieß sie und wohnte am Ende unserer Straße. Natürlich liefen wir dann gemeinsam ein paar Meter und wahrscheinlich redeten wir gar nicht. Vielleicht „Hallo" und ein paar Worte über die Schule. Wir besuchten ja alle die gleiche. Immerhin sprachen meine Eltern über so etwas nicht. Bei uns war das mit dem Reden ja anders. Aber im Dorf, da redeten sie. Anfangs habe ich es gar nicht mitbekommen. Aber die Verkäuferin beim Bäcker hat dann, glaube ich, Rebekkas Mutter angesprochen. Vielleicht auch nur die Schwester von Rebekkas Mutter. Oder die Freundin von der Schwester von Rebekkas Mutter. Oder ähnlich. Das sagte mir dann Rebekka. Und mehr nicht. Wir haben gar nicht weiter darüber geredet, aber sind dann eben nicht mehr gemeinsam nach Hause gelaufen. Wenn wir uns zufällig trafen, sind wir danach im Abstand von fünfzig Metern nach Hause gegangen.

Mit Emily wollte ich aber ohnehin nur dorthin gehen, wo wir alleine sein und niemanden treffen würden. Man traf ohnehin selten jemanden an den Orten, die ich mit Zuhause in Verbindung brachte. Die Wiese hinter der Scheune, zwei, drei Wege im Wald oder der Feldweg zwischen den Hügeln. Im Dorf gehen die Leute viel weniger raus in die Wälder. Doch alleine meine Mutter reichte schon aus, um für Verwirrung zu sorgen. Aber noch war Zeit. Noch konnte ich mit Emily während der Fahrt reden.

Walter stützte sich jetzt auf den Tisch und sah Lisa und mich an. „Länger als drei Tage könnt ihr Emily nicht entführen."

Lisa antwortete hämisch: „Du wirst nicht zugrunde gehen, wenn du einige Tage schließt."

„Ich schließe gar nicht. Donnerstag muss es so gehen und Freitag und Samstag bekomme ich Hilfe. Die kommt gleich vorbei", erwiderte Walter noch ruhig. Dann aber heftiger: „Ich lass mir von euren bescheuerten Plänen nicht meine Existenz zerstören."

Jetzt sah er Lisa scharf an. Bis dahin hatte ich Walter noch nicht sehr ernst genommen. So wenig wie er mich. Ich dachte, er sei eher einfältig. Jetzt aber spürte ich etwas Besitzergreifendes, etwas Gemeines und sogar Fieses. Es hatte schon manchmal aus seinen Augen gesprochen, jetzt sprach es direkt aus ihm.

Lisa aber war unbeeindruckt.

„Ich sag dir was, mein Lieber." Sie lehnte sich mit den Ellenbogen auf den Tisch und fixierte Walter, so wie er auch sie fixierte. „Vielleicht hast du vergessen, dass ich eine Weile an deinem Leben teilgenommen habe. Mir kannst du nichts vormachen. Wenn du deine Versprechen nicht hältst, sorgen wir dafür, dass sie eingelöst werden."

„Ach! Kinderkram!" rief er. „Was soll ständig dieses Gerede von England und Großeltern, die sie nie gesehen hat. Hier ist Emilys Leben. Ich habe fünfzehn Jahre geschuftet, um ihr das zu ermöglichen."

Aber er wusste, dass er eine Niederlage erlitten hatte. Sein Ärger verpuffte in ziellosen Armbewegungen.

„Das hat ja keinen Sinn." Lisa winkte ab, sah mich kurz an, dann wieder ihn. „Emily ist neunzehn. Vergiss das nicht. Ich hatte mit neunzehn noch mehr Wünsche als nur ein gesichertes Leben. Meinst du, Emily nicht?"

Walter hatte sich zurückgelehnt, sich in seinen Stuhl fallen lassen. Er fuchtelte noch ein paar Mal mit dem rechten Arm hin und her. Währenddessen hatte ein Mädchen die Kneipe betreten. Wir hatten sie nicht bemerkt. Plötzlich stand sie neben uns. Mit errötetem Gesicht. Dazu passte das kurze rötliche Haar. Außerdem war sie klein, keinen Meter sechzig groß, hatte aber eine kräftige Statur.

„Ich bin Lilli", sagte sie leise.

Walter stand auf und gab ihr die Hand. „Wir haben telefoniert", sagte er. „Komm, ich zeig dir alles." Er legte einen Arm um ihre Hüfte und schob sie fort.

Lisa sah mich fragend an. „Sechzehn? Siebzehn?"

Ich zuckte mit den Schultern und zog mich bald in meine Wohnung zurück.

4

Trotzdem fuhr Walter uns zum Bahnhof und brachte uns sogar hinauf zum Bahnsteig. Emily und Lisa liefen voran, wir trugen die Taschen hinter ihnen her.

„Pass mir gut auf mein Kleines auf", sagte er vielleicht väterlich, vielleicht auch, wie eigentlich immer, von oben herab. Woher er diese Selbstsicherheit hatte, die in Überheblichkeit überging, blieb mir immer ein Rätsel.

Walter fuhr fort: „Lisa versucht, verdammt noch mal, sie zu beeinflussen. Aber dir vertrau ich."

Ja Gott, wer hätte das gedacht. Ich sagte kurz: „Danke."

Plötzlich blieb er stehen. Ich ahnte gleich, dass es nichts Gutes bedeutete. Inmitten der Reisenden, die Koffer, Rucksäcke und Taschen an uns vorüber schleppten, die eilten und rannten, blieb Walter auf der Treppe, die zum Bahnsteig führte, stehen. Als ob das mit dem Vertrauen nicht schon genug gewesen wäre, jetzt präsentierte er mir auch noch seine Gedanken: „Ich hab Schwierigkeiten mit Typen wie dir." Dann lachte er in sich hinein.

Ich wusste nicht, was er über mich dachte. Ich hätte auch gar nicht gedacht, dass er etwas Bestimmtes dachte. Es war eindeutig, dass er mich belächelte. Aber nach den Anfängen hatte ich mich auch nicht mehr darum gekümmert.

Schließlich sagte er Folgendes einfach so: „Ich find den Gedanken eklig, was ihr so treibt. Aber du bist schon in Ordnung und das andere verdränge ich."

Er drehte sich und stieg die Treppen weiter hinauf.

Ich starrte ihm hinterher. Es muss, glaube ich, so eine

Szene gewesen sein, in der man mit offenem Mund starrt. Ich meine, ich weiß es nicht. Ich habe es nicht gesehen. Ich war es ja selbst.

Ich sah ihm hinterher, bis im nächsten Moment über die Lautsprecher unser Zug angekündigt wurde. Zwar hatte ich das nicht gehört und nicht wahrgenommen, aber da Lisa auftauchte, wurde es mir bewusst. Sie kam die Treppen hinuntergerannt.

„Angst?" fragte sie und lachte. „Du hast doch nicht etwa Angst bekommen, Emily zu dir nach Hause mitzunehmen?"

Ich setzte mich langsam wieder in Bewegung und schüttelte den Kopf.

„Wir haben ja im Zug Zeit zu reden", sagte sie dann noch im Umdrehen über die Schulter.

Mit Emily, das war schon okay. Es war okay, sie mit nach Hause zu nehmen, ein bisschen Verwirrung zu stiften und welche zu haben. Aber erst Walters Gedanken, dann wieder Lisas Sprüche, ich wäre jetzt doch ganz gerne nach Hause gegangen, also in meine Wohnung. Leider bin ich nicht spontan oder auch mutig. Ich glaube, von beidem etwas hätte es bedurft.

Früher hatten die Züge immer Abteile für sechs Personen. Drei Plätze rechts, drei links. Oder drei in Fahrtrichtung, drei gegen die Fahrtrichtung. Lisa hatte mitgedacht und reserviert, weil über Ostern die Züge ja stets ausgebucht sind. Unsere Plätze lagen alle nebeneinander in Fahrtrichtung. Nicht so mitgedacht bei der Bahn, fand ich. Emily setzte sich ans Fenster, Lisa in die Mitte, ich blieb an der Tür. Die beiden öffneten das Fenster. Das ging damals noch. Heute kann man oft nur noch eine Klappe öffnen, wenn überhaupt. Emily wollte

Walter winken, doch der war schon längst verschwunden. Ich glaube, sie war enttäuscht. Das hätte für sie dazu gehört. Dann schaute sie so lange hinaus, bis der Zug losfuhr und nahm vielleicht an anderen Abschiedsszenen teil.

Gegenüber von Emily setzte sich ein massiger Mann. Einer, dessen Alter man nicht schätzen kann. Er trug einen feinen, grauen Anzug. Die Wampe schwappte über den Bund der Hosen. Davor hing ein roter Schlips. Auf den kahlen Stellen seines Schädels glänzte Schweiß. Er bat dann auch gleich, das Fenster zu schließen und schlief danach die ganze Zeit. Verdammt oft schreckte er aber auch hoch. Ich glaube, dicke Menschen haben keinen guten Schlaf. Sie röcheln ja auch immer. Sie schnarchen nicht, sie röcheln und bevor sie ersticken, schrecken sie hoch. Wenn er hochschreckte, hob er auch immer ein bisschen die Arme mit empor, das Jackett rutschte zurück und Flecken unter seinen Achseln wurden sichtbar. Herrliche, klatschnasse Schweißflecken. Aber er stank nicht, soweit ich mich erinnere. Allerdings saß ich auch am weitesten von ihm weg. Neben ihn setzte sich eine ältere Frau, von der ich aber nichts mehr weiß, außer dass sie ihr Gepäck auf dem Platz mir gegenüber abgestellt hatte. So kam auch niemand auf die Idee, sich dort setzen zu wollen.

Emily klebte mit den Augen an der Fensterscheibe. Als wir Berlin verließen, wippte sie ein bisschen hin und her. Mit großen Augen blickte sie dann den Kontrolleur an, der ins Abteil trat. Ein geschulter Blick in unsere Pässe und das Schauspiel war in weniger als einer Minute vorüber. Ich merkte, dass Emily enttäuscht war. Anschließend schaute sie wieder auf die vorbeiziehende

Landschaft und zog sich in ihre Gedankenwelt zurück.

Irgendwann schlug mir Lisa auf den Oberschenkel. „Ich muss mir mal die Beine vertreten. Kommst du mit?"

Ich bejahte.

Wir gingen hinaus auf den Gang und vor zu einem Zwischenraum, wo zwei Waggons miteinander verbunden waren. Dorthin, wo es so schön rumpelt und wo man sich wie ein Surfer fühlen kann. Vielleicht. Da ich noch nie Surfen war, weiß ich nicht, wie man sich als Surfer fühlt. Aber so ungefähr ist es vielleicht. Immer leicht in der Kniebeuge, um alle Unebenheiten auszugleichen. Laut war es dort aber auch. Knattern, rattern, scheppern. Eigentlich der blödeste Ort, um sich zu unterhalten. Reden mag ich nicht und laut reden erst recht nicht. Hier nun mussten wir uns fast anschreien, um den anderen zu verstehen.

„Erzähl mal", forderte Lisa auf. „Was war vorhin los?"

Ich schüttelte den Kopf, dachte an Walters Worte und erwiderte zögernd: „Walter hat mir mitgeteilt, was er über mich denkt."

Sie sah mich mit hochgezogenen Augenbrauen an. „Und?"

Natürlich war sie sehr interessiert. Es war auch für sie ungewöhnlich, dass Walter erzählte, was er dachte.

Ich sagte es dann geradewegs heraus. Ich musste es ja auch loswerden. „Er meinte, er könne Typen wie mich eigentlich nicht leiden, wenn er darüber nachdenkt, was wir so treiben. Aber im Grunde sei ich in Ordnung."

Lisa sah mich erst mit weit aufgerissenen Augen an. Vielleicht zwei, drei Sekunden lang. Dann hielt sie sich eine Hand vor den Mund und versuchte, ihr Lachen zu unterdrücken.

„Wirklich?" fragte sie. Und: „Der hat ja Ideen."

Dann war es vorbei mit ihr. Sie lachte, Tränen schossen ihr in die Augen und bei dem Versuch, sich zu stoppen, fehlte ihr Luft zum Atmen. Kurzzeitig wurde ihr Lachen zu einem Gurgeln, zu einem Hecheln, zu einem Schnaufen. Es hätte ansteckend sein können, wäre ich nicht immer noch in einer Art und Weise fassungslos gewesen, wie ich es selten erlebt habe.

„Entschuldige", sagte sie zwischendurch mit vibrierender Stimme.

Mir blieb Zeit, darüber nachzudenken, was mich in diese Fassungslosigkeit getrieben hatte. Wahrscheinlich war es die Offenbarung, dass Walter mich in eine Welt steckte, die er nicht verstand, aber auch nicht verstehen wollte, weil ich in sein übriges Weltbild nicht passte. Meine Fassungslosigkeit resultierte dann gewissermaßen aus dem Schrecken, was sich jemand zusammenreimt, wenn er keinen für sich verständlichen Reim findet.

Schließlich hatte sich Lisa wieder zusammengerissen und schmunzelte: „Walter ist auf seine Weise auch einmalig."

Ich nickte kurz. „Mir liegt nicht viel daran, was er über mich denkt. Aber das hat mich doch überrascht."

Plötzlich hatte sie ihr Lachen sehr schnell unter Kontrolle, war ernst und sah mich forsch an.

„Und es stimmt auch nicht?" fragte sie.

Das war dann genug, fand ich und mein Blick drückte es vermutlich auch aus.

„Schon gut", sagte sie. „Ich glaube das ja nicht. Und ich weiß es ja auch. Aber nur, weil ich weiß, dass da noch etwas ist, was wirklich problematisch ist."

Sie ließ mich nicht aus den Augen.

Durch die Gespräche mit Emily und Lisa hatte ich

mittlerweile begriffen, wie man sie auch lenken kann. Früher hätte ich das nicht versucht. „Wie kommt Walter auf diesen Gedanken?" fragte ich.

„Das ist doch simpel", lachte sie sorglos. „Du bist jung und lebst alleine. Man sieht dich aber nie mit einer Frau oder Freundin. Für Walter kannst du also nur schwul sein."

Lisas direkte Art war okay. Meistens mochte ich sie, nachdem ich mich daran gewöhnt hatte. Aber manchmal überforderte sie mich auch. Auch Emily hatte mich hin und wieder mit ihren Überlegungen und Schlussfolgerungen überfordert. Aber bei Lisa war es noch einmal anders. Vielleicht, weil sie noch direkter war. Oder anders ausgedrückt, bei Emily musste ich mich verstecken, bei Lisa nicht. Emily konnte ich schwerer etwas direkt erwidern, bei Lisa ging das. Und etwas direkt aussprechen tut immer auch gut und befreit. Etwas einfach raus lassen tut gut.

Ich erwiderte schließlich: „Stimmt schon. Und es ist ja auch egal, was er denkt."

Jetzt aber und das war dann die Überforderung sagte Lisa: „Ja, so lange er nicht auf die Idee kommt, dass du in Emily verliebt bist."

Vermutlich sah mich Lisa an. Vermutlich sah sie mich überlegen an. Das konnte sie.

Ich erwiderte ihren Blick nicht.

Ich fühlte etwas, was ich selten fühle. Es war Abneigung. Abneigung gegen diese Art, etwas aus mir heraus zu kitzeln. Keine Abneigung gegen Lisa persönlich. Direkt fragen, direkt antworten, das war okay. Aber nicht hinten herum. Erst zwei, drei Angriffe, die ich schon als direkt empfand, die aber doch von der Seite kamen und dann der Frontalangriff. Lange sah ich auf den Boden. Auf die Metallplatten des Waggons, die sich hin und her schoben, wenn der Zug in eine Kurve ging. Auf diese kleinen Wölbungen, diese Punkte oder Noppen oder wie man es nennen soll, die verhinderten, dass man wegrutschte. Ich überlegte, einfach zurück ins Abteil zu gehen, mich zu setzen, nicht darauf einzugehen und erst mal, wie eigentlich meist in meinem Leben, nicht mehr zu reden. Aber natürlich war es besser, Lisas Verdacht zu entkräften oder noch einmal vom Thema abzulenken. Also sah ich hoch und fühlte meinen Kopf wie ein tonnenschweres Etwas, das zu heben mir kaum gelang.

„Du weißt doch, warum ich hier bin", sagte ich. „Davon lasse ich mich nicht abbringen."

„Glaubst du das selbst noch?"

Man, man, man ... Lisa ... Sie wusste doch, wie das bei mir mit dem Reden ist. Ich war nahe dran, aufzugeben und nahe dran, mich zu verausgaben.

„Ja", sagte ich. „Und es ist mir egal, was Walter denkt. Und dann auch, was du denkst."

Plötzlich nahm Lisa meine Hand und sah mich an.

Jetzt sah ich zurück.

„Wir brauchen uns doch nichts vorspielen."

„Ja", sagte ich und hatte damit alles gesagt.

Aber Lisa war noch nicht fertig. „Wir leben so wie wir leben. Und müssen damit glücklich sein."

„Gut", nickte ich und weiß nicht, warum ich nicht den Mund hielt. „Ich habe ja nur meine Gedanken."

„Gefühle hast du." Jetzt erst ließ sie meine Hand wieder los, weil sie sauer wurde. „Meinetwegen kannst du es auch Gedanken nennen. Auf alle Fälle werden sie dir nicht erfüllt."

„Gedanken können ja auch nicht erfüllt werden."

Sie musste lachen. Immerhin hatte sie nicht lange durchgehalten, sauer zu sein.

„Dir ist nicht zu helfen." Sie schüttelte den Kopf. Ihr blondes Haar schaukelte.

Ich war froh. Jetzt war es vorbei, jetzt musste es vorbei sein.

„Ich würde es euch beiden gönnen. Aber lass uns akzeptieren, dass Emily sich für einen Weg entschieden hat und diesen für richtig hält."

Ich war baff.

Und Lisa, glaube ich, auch. Dass sie das zugegeben hatte. Natürlich musste sie es gleich wieder entkräften: „Noch vertraue ich dir. Aber ich schaue mir an, was passiert. So wie ich bei Walter darauf achte, achte ich jetzt auch bei dir darauf."

Schon wieder jemand, der mir vertraute. Doch darauf gab ich nichts mehr. Dass ich ab sofort unter Beobachtung stand, war jedoch ein komischer Gedanke. Nach den ersten Tagen war ihr Interesse an mir rapide gesunken. Dann hatte ich immerhin Armin für sie angeschleppt. Ansonsten war von mir aber nichts mehr zu erwarten. Allerdings musste sie sich nun mit mir unter einem anderen Aspekt beschäftigen.

„Gut", sagte ich und wollte jetzt Ruhe, nichts als meine Ruhe. „Vielleicht verstehen wir uns nicht. Es gibt einfach ein paar Dinge, die ich mir erklären möchte."

„Ich weiß." Sie lachte, umarmte mich und sagte: „Zu akzeptieren, was man nicht versteht, ist schwer."

Damit hatte sie mal recht. Aber ich fühlte mich wie ein kleiner dummer Junge an die Wand gestellt.

Wir kehrten ins Abteil zurück.

Emily fragte gleich, wie lange die Fahrt noch dauerte, wollte wissen, wie weit wir mit dem Bus fahren müssten und ob uns jemand abholte.

Ich antwortete kurz. „Die Hälfte haben wir. Eine halbe Stunde. Nein."

Mit einem Seufzer ließ sie sich zurückfallen.

5

Mit Emily ging das mit dem Nichtreden. Zwar saß ich mit Lisa auch oft schweigend zusammen, aber eher aus Desinteresse. Man hatte sich nichts zu sagen oder hatte schon alles gesagt. Es passiert ja auch nicht ständig Neues. Mit Emily war es anders. Da redete man nicht, weil ich sie betrachtete, ohne dass sie sich beobachtet fühlen musste. Und umgekehrt war ich derjenige, bei dem sie Ruhe fand nach ihrem Kneipenalltag, nach der Hektik und nach dem Stress. Das hoffe ich jedenfalls. Und ich glaube es auch. Sie schien mich eingeordnet zu haben und kam mit mir und meiner Art zu leben klar.

Wir saßen im Bus und fuhren durch Wiesenthal. Erst da fiel mir auf, wo wir waren. Nach dem, was Walter und Lisa heute geäußert hatten, hatte ich vergessen, dass es wirklich noch ein Problem gab. Das mit Emily und ihrem Erscheinen bei mir zu Hause.

Um erst einmal einen Anfang zu haben, sagte ich vor mich hin: „Ich weiß gar nicht, was uns erwartet."

Emily nickte und sah aus dem Fenster.

„Mein Vater wird nicht da sein", fuhr ich fort. „Und meine Mutter ist sicherlich neugierig. Aber sie redet nicht viel."

Emily sah zu mir herüber und lächelte kurz.

Ich gab auf und verständigte den Busfahrer, dass wir aussteigen wollten.

Dann standen wir auf der Hauptstraße, die an Kirchthal vorbei führt. Ich zeigte über das Feld auf das Dorf und auf die Kirche. „Das ist es."

Ich folgte Emilys Blick. Die Kirche, links daneben unser Haus und ein Dutzend Häuser die Straße hinauf in

Richtung der Hügel und des Waldes. Die übrigen Häuser erstreckten sich in die andere Richtung mit dem Marktplatz und ein paar Läden in der Mitte. Wie eben so ein Dorf aussieht. Ein Dorf mit 400 Einwohnern, das aber immerhin der Mittelpunkt der Gemeinde war. Also der Mittelpunkt von vier Dörfern, die insgesamt auf 1.500 Einwohner kamen.

Emily redete nicht. Immer noch nicht. Sie stand einfach nur da und schaute.

Dann also wieder ich: „Fast in jedem Haus wohnt jemand, mit dem ich zusammen zur Schule gegangen bin. Oder in den Kindergarten."

Jetzt: „Besuchen wir jemanden?" Sie drehte sich und sah zu mir.

„Ich weiß nicht, wer noch da ist."

Sie wandte den Blick wieder ab.

Dann musste es ja mal los gehen. Wir mussten mal losgehen.

„Übers Feld?" fragte ich. „Über die Straße braucht man dreimal so lange."

Einen Moment schaute Emily skeptisch auf die schwarze Erde.

„Da ist bestimmt nichts gesät", rief ich und lief los.

Emily folgte mir, bis wir nach wenigen Schritten versunken waren und mit unseren Füßen in der feuchten Erde feststeckten. Emily lachte, hob ihren rechten Fuß, aber die Sandale blieb stecken. Daraufhin verlor sie das Gleichgewicht, platschte mit dem nackten Fuß auf die Erde und lachte noch lauter. Schließlich schnallte sie die andere Sandale ab und begann zu rennen. Nach fünfzig Metern blieb sie stehen, drehte sich und rief: „Nun komm! Und bring meine Sandalen mit."

Ich zog meine Sandalen ebenfalls aus, dann die Strümpfe, nahm Emilys Sachen und stapfte los.

Sie empfing mich, fiel mir um den Hals und jubelte: „So hab ich es mir vorgestellt."

Durch ihren Schwung und unsere Rucksäcke, die ich über beide Schultern verteilt hatte, wären wir beinahe umgefallen. In letzter Sekunde ließ ich sie los und wir standen wieder fest auf der Erde.

Dann betraten wir unseren Hof. Die Spannung wuchs. Plötzlich waren die Fragen da. Alle Fragen, die ich erfolgreich weggeschoben hatte. Was würde meine Mutter denken? Und würde sie mit Emily gar eine Unterhaltung beginnen? Oder würde Emily von sich aus von Walter oder von Berlin erzählen? Was war außerdem mit ihrem Ring?

Aber irgendwie und das war seltsam und ein eigentümliches Gefühl war ich auch froh, dass ich Antworten erhalten würde. Ich hatte keine Angst, nicht im Geringsten. Und ich hatte keine Zweifel, dass ich jedes Missverständnis auflösen könnte. Ich war nur gespannt, wie ich das anstellen würde.

Das Küchenfenster war geöffnet. Links vor der Haustür. Wir hörten Geschirr klappern.

„Mutter!" rief ich. „Wir sind da."

Sofort schaute sie durch das Fenster hinaus. „Gabriel", entfuhr es ihr, als hatte sie nicht geglaubt, dass wir kommen würden.

Vielleicht erkannte ich erst durch meine Abwesenheit die Spuren des Alterns. Es ist ja meist so, dass man Veränderungen nur wahrnimmt, wenn man länger weg war. Vielleicht hatten aber auch die letzten Monate die Furchen und Falten hervorgerufen. Erschöpft und abgekämpft hatte sie immer ausgesehen. Jetzt aber sah sie älter aus oder genauer gesagt einfach alt, obwohl sie erst Anfang fünfzig war. Das ehemals dunkelblonde, kräftige Haar war ergraut und sie hatte es schief zu einem Dutt zusammen geknotet. Die Wangen schienen etwas eingefallen zu sein und ihre Augen etwas zugeschwollen, wodurch sie etwas schmaler waren.

„Wir gehen nach hinten uns die Füße waschen", sagte ich. „Wir sind gleich zurück."

„Das Essen ist bereitet. Beeilt euch." Ihr Blick streifte Emily. Dann zog sie den Kopf gleich ein.

Unser Hof maß etwa dreißig mal dreißig Meter. Hinter der Treppe, die hoch zum Eingang führte, wurde unser Grundstück durch einen Holzzaun nach rechts vom Haus weg bis zu einer Scheune begrenzt. Die Scheune stand unserem Haus gegenüber. Von der anderen Seite der Scheune weiter bis zum Eingangstor standen Hecken. Nicht so ordentliche Hecken, mehr Gestrüpp mit Dornen. In die Scheune gelangte man durch eine Holztür, die nie verschlossen war. Hinter dem Eingang war links und rechts Gerümpel gestapelt. Ich weiß gar nicht, wer es gestapelt hat. Mein Vater, mein Opa, Uropa. Es war immer da gewesen. Aber ein Gang war frei und nach vier, fünf Schritten stieß man auf die nächste Tür, die hinaus zum Feld führte und zu Wiesen, die noch nicht bebaut waren und durch welche sich ein Bächlein schlängelte. Früher hatte sie uns als Weide gedient. Nicht mir oder meinem Vater, sondern meinem Opa und Uropa. Die hatten noch Kühe, Schafe … Ich weiß nicht genau, was alles. Mein Opa starb in dem Jahr, in dem ich geboren wurde und mein Vater hatte dann alles Viehzeug abgeschafft. Selbstversorger musste man im Dorf nicht mehr sein. Man kaufte sich ein Auto und fuhr in die nächste Stadt. Von hier aus jedenfalls, von der Wiese hinter unserer Scheune, sah man den größten Teil des Dorfes.

Ich hatte Emily mit einem Kopfnicken bedeutet, mir zu folgen. Als ich mich umdrehte, stand sie im Türrahmen und lehnte mit der rechten Schulter an der Mauer. Sie sah über die Wiese auf das Dorf ... sah einfach nur ... die Arme verschränkt.

„Komm", sagte ich. Obwohl sie vielleicht noch lange hätte da stehen wollen. Und obwohl ich sie ganz sicher noch sehr lange hätte da stehen sehen wollen.

Sie löste sich langsam und kam auf mich zu.

Ich deutete auf den Bach. Zehn, fünfzehn Meter von der Scheune entfernt. Parallel zu ihr verlaufend, von der Straße aus, wo er in einem Rohr versteckt war und dann weiter in Richtung Dorf floss. Es war ein Bach ohne Namen. Er entsprang im Wald, dort, wo ich gerne war und mündete im Dorf in einen etwas größeren. Ein Bach also von, ich schätze mal, drei Kilometern Länge. Das reicht für eine Namensgebung nicht aus.

Ich gab Emily eine Hand, die sie ergriff. Dann stiegen wir hinab. Genau genommen mussten wir einen großen Schritt machen und eine Stufe von etwa dreißig Zentimetern überwinden. Emily hielt mit der freien Hand den Saum ihres Rockes. Dann standen wir im Wasser, das bis an unsere Knöchel reichte. Die Kälte des Wassers zog sich an meinen Beinen hoch. Auf den Armen bekam ich eine Gänsehaut. Vielleicht lag es aber auch daran, dass ich Emily wieder ansah, wie sie dort stand, mit einer Hand weiter ihren Rock hielt und mit der anderen mich. Ihr Blick war auf den kleinen Strom gerichtet, dann richtete sie ihn auf, hoch zu mir und lächelte. Ein Lächeln, ich weiß nicht, vielleicht ein besonderes, nicht nur ein höfliches, nicht nur ein Zufriedenheit ausdrückendes, vielleicht ein anderes.

Dann zuckte sie und zog die Augenbrauen empor.

Ich ließ sie los und ohne sie noch einmal anzublicken, begann ich, meine Füße zu säubern. Ich fuhr mir mit einer Hand über die rechte Sohle, strich den feuchten Dreck ab, sprang auf die Wiese, stand einbeinig, säuberte die andere Sohle, glitt in meine Sandalen und stellte Emilys bereit. Ich streckte meine Hände aus, die sie wieder nahm. Aber sie wollte direkt in ihre Schuhe schlüpfen, rutschte aus, fiel mir um den Hals und fand hier Halt. Ihr Busen drückte sich gegen meine Brust. Heftig, weil es ungewollt war. Doch sie löste sich schnell.

Im Haus war nichts verändert. Als wäre ich morgens zur Schule gegangen und nun heimgekehrt.

Meine Mutter begrüßte Emily freundlich und gab ihr sogar die Hand. Sogleich erklärte sie unsere Sitzordnung. Ihr Platz, mein Platz, der Platz für Gäste. Der eigentlich nie besetzt worden war, so weit ich mich erinnere. Wir saßen uns also gegenüber. Aber Emily mied meinen Blick, wollte jetzt nicht beobachtet werden.

Ich lehnte mich zurück und fühlte mich wohl. Mit einem Mal merkte ich, dass es ein schönes Gefühl ist, nach Hause zu kommen. Dass es angenehm ist, geradezu beruhigend, an einen heimischen Ort zu kommen. Gerade weil sich nichts geändert hatte, obwohl ich es vorher geglaubt und sogar gehofft hatte. Plötzlich waren aber auch Zweifel da. Berlin, Pläne, Ideen, Gedanken, Wünsche … vielleicht hatte ich ja schon genug erlebt. Vielleicht sollte ich akzeptieren, so wie es Lisa ausgedrückt hatte. Ihr Leben, mein Leben. Berlin, Dorf.

Töpfe klapperten.

Ich zuckte zusammen.

Emily bemerkte es. Emily, ja. Es war noch nicht genug. Nein, es hatte sich etwas verändert. Und nach diesen zwei Tagen kehrte ich nicht noch einmal nach Hause zurück.

Schließlich hatte meine Mutter alle Töpfe auf den Tisch gestellt.

„Hat Vater viel zu tun?" fragte ich, während sie Fleisch, Kartoffeln und Bohnen verteilte.

„Weißt du doch."

Ich nickte.

Sie setzte sich, sah einen Moment auf den Teller, besann sich und sprach das Tischgebet.

„Herr, guter Gott, wir danken dir ..."

Zwanzig Jahre lang habe ich das gehört. Heute erinnere ich mich nicht mehr. Ich weiß gar nicht, ob ich den Text jemals auswendig konnte. Es war immer alles so klar. Meine Eltern haben sich gar nicht viel Mühe gegeben, dass ich religiös werde oder mich in diese Richtung erzogen. Es war halt klar. Sie kamen einfach nie auf die Idee, dass es anders sein könnte oder anders kommen würde.

Ich schaute zu Emily. Sie hatte die Hände gefaltet und sogar die Augen geschlossen. Sie ging ja jeden Sonntag in die Kirche, vielleicht weil sich das für sie nach dem Tod ihrer Eltern so gehörte. So wie es für mich früher, grob gesagt, vor dem Tod meiner Eltern dazu gehört hatte. Gesprochen haben wir nie darüber, Emily und ich.

Dann durften wir essen.

Meine Mutter fragte: „Wie geht es mit dem Studium?"

Sie fragte genau so, wie sie früher nach der Schule

gefragt hatte. Wahrscheinlich hatte sie sich ein paar Floskeln überlegt. Ich fand das gut, denn es verhinderte, dass sie Emily Fragen stellte.

„Ganz gut."

Plötzlich aber klinkte sich Emily ein. Vielleicht aus Höflichkeit. Vielleicht sogar, weil sie mir helfen und vom Studium, das ich nicht betrieb, ablenken wollte. Sie fragte: „Kommen Sie Gabriel einmal in Berlin besuchen?"

Meine Mutter sah auf. Erschrocken und ungläubig. Man hätte lachen können, hätte es einen nicht selbst betroffen.

Meine Mutter schüttelte heftig den Kopf. „Nein, das geht nicht." Dann sah sie wieder auf ihren Teller.

Ich nickte erleichtert und bemerkte, dass Emily zu mir herüberschaute. Auch sie schien erschrocken zu sein.

Ich lächelte ihr zu und weiß nicht, wie es wirkte. Aber es gab nun mal kein Vertrauen unter uns, zwischen mir und meinen Eltern. Also nicht so eines. Vielleicht ein anderes. Meine Mutter und ich, das waren zwei verschiedene Paar Schuhe. Zufall hatte uns zusammengeführt. Klar, durch Zufälle wird alles zusammengeführt. Auch wenn es manchmal schwerfällt, das zu glauben. Aber ich musste nun weiß Gott kein schlechtes Gewissen haben, weil ich erleichtert war, dass meine Mutter so reagiert hatte.

Wir aßen schweigend auf.

Schließlich sagte ich: „Ich werde Emily das Haus zeigen. Danach gehen wir spazieren."

6

Die zweite Tür in der Küche, die gegenüber dem Eingang, führte auf den Flur hinaus. Dort war links die Tür zum Büro meines Vaters. Immer abgeschlossen. Nur einmal nicht und als Fünfjähriger war ich so ein einziges Mal in sein Zimmer geraten. Ich erinnere mich, dass das Zimmer mit Bücherregalen voll gestopft war und in der Mitte ein riesiger Schreibtisch stand. Wenn natürlich für einen Fünfjährigen auch alles groß und riesig erscheint. Vor den Fenstern hingen schwarze Vorhänge und es roch nach Staub. Ich hatte die Tür offen gelassen, um Licht zu haben. Der Schalter war vermutlich hinter einem Regal versteckt. Ich hatte ihn jedenfalls nicht gefunden, war auf den Schreibtisch geklettert, hatte mich auf ihn gesetzt, die Füße auf den Stuhl gestellt, Zettel und Stifte genommen und etwas auf irgendwelche Unterlagen gemalt. Ich weiß noch, ich habe gerne Kirchen gemalt. Das gefiel mir. Ein längliches Gebäude mit Fenstern, unten eckig, oben abgerundet und neben dran einen Turm mit ganz runden Fenstern. Kinder können ja hundertmal das gleiche malen und ich malte immer wieder dieses Bild. Später im Hort gab es einen Jungen, der nur Wolken gemalt hat. Immer und immer wieder. Ihm gefielen wohl die Kringel, mit denen er sie darstellte.

Als mein Vater heimkehrte, sah, dass die Tür offen stand und ich dort saß, schnappte er mich an meinem Hosenbund, hob mich in die Luft und setzte mich in der Küche wieder ab. Ich glaube schon, dass ich ein bisschen Angst hatte. Das Verbot war mir bis dahin nicht so bewusst gewesen und in dem Moment auch noch nicht, dass ich eines gebrochen hatte. Schlimmer war aber, dass mein Vater immer dunkle Kleidung trug und mir niemals sehr nahe kam. Daher peinigten mich sein Anblick und seine Nähe wesentlich mehr. Richtige Angst, solch eine, dass er ausrasten könnte, musste ich aber nie vor ihm haben. Im Großen und Ganzen war er nur ein Geheimniskrämer. Wer an Gott glaubt, danach sein ganzes Leben ausrichtet und mit niemandem auskommt, der sein Leben nicht danach ausrichtet, der muss ein Geheimniskrämer sein. Gott ist ja geheim, hält sich auf jeden Fall ziemlich gut versteckt. Wenn man also trotzdem eine Verbindung hat, dann muss man zwangsläufig selbst zu einem Geheimniskrämer werden.

Im Flur auf der rechten Seite befand sich eine Treppe zum oberen Stockwerk. Sie endete kurz vor der Wand. Man musste sich einmal um das Geländer herum drehen und stand dann im nächsten Flur mit drei Türen zu drei Zimmern. Alle rechts. Gäste, ich, meine Eltern. Ich öffnete die erste Tür und lies Emily vorangehen. Auf der linken Seite stand ein Bett und auf der rechten ein Schrank. Dahinter war ein Fenster sowie auch eines gegenüber dem Eingang. Unter diesem Fenster stand auch noch ein Tisch. Emily legte ihre Tasche auf dem Tisch ab und sah zum Fenster hinaus auf das Feld, über das wir gekommen waren. Sie sagte nichts und drehte sich dann wieder um.

„Komm", sagte ich. „Ich zeige dir mein Zimmer."

Ich öffnete die Tür und hätte mir am liebsten die Nase zugehalten. Gestunken hat es noch nicht, doch der Mief war kurz davor umzuschlagen. Vermutlich hatte seit einem halben Jahr niemand das Fenster geöffnet. Ich ging schnell durchs Zimmer, drehte den Griff und bekam das Fenster mit einem kräftigen Ruck auch geöffnet. Kippen konnte man es nicht. Vielleicht war es deswegen immer verschlossen geblieben. Dass es lange geschlossen gewesen sein musste, zeigten mir auch die Spinnweben, die ich zerstörte. Dann drehte ich mich wieder.

Die Bettwäsche war nicht abgezogen. Ich erinnerte mich, wie ich die Bettdecke und das Kissen vor meiner Abreise selber schnell zurechtgelegt hatte. Die Schranktür stand offen. Meine Sachen, die ich immer nur hineingestopft hatte, quollen heraus. Der Schreibtisch war mit Büchern und Zetteln übersät. Es sah aus, als hätte man täglich meine Rückkehr erwartet. Ich weiß nur nicht, wer.

„Ich nehme das Bettzeug", sagte ich, „und hänge es draußen auf." Mein Blick begegnete Emilys. Aber das war jetzt für einen Moment egal.

Ich lief hinunter in die Küche. Emily folgte mir.

Meine Mutter stand am Abwaschbecken und spülte. In der gleichen Ecke befand sich eine Kammer, in die ich die Bezüge hineinwarf. Ich weiß nicht, ob meine Mutter hinter meinem Rücken uns hinterher sah. Ich ging gleich hinaus und Emily folgte mir schnell. Ich stolperte auf den schiefen Steinstufen und atmete unten auf dem Hof erst einmal durch.

Von der Scheune hinüber zu einem Pfosten war eine Leine gespannt. Ich warf Kissen und Decke darüber. Dann war ich froh, denn ich sah Emily, die zwei, drei Meter von mir entfernt stehen geblieben war. Sie hatte mich noch nie so gesehen. Ein bisschen wütend, ein bisschen durcheinander. Sie sah besorgt aus.

Schließlich fragte sie: „Waren sie nie in deinem Zimmer?"

Ich zuckte mit den Schultern. „Es sieht nicht danach

aus."

Sie wusste wohl nicht, was sie erwidern konnte und sagte also auch nichts.

„Lass uns spazieren gehen", schlug ich vor.

Wir gingen die Straße in Richtung Wald entlang. Ein paar hundert Meter von unserem Haus entfernt war sie zu Ende. Es war also eine Sackgasse und wer weiß, was es bedeutet, wenn man in einer Sackgasse aufwächst. Aber über ein Stück Wiese rechts am letzten Haus vorbei kam man auf den Feldweg, der aus dem Dorf hinaus führte. Immer leicht ansteigend. Links gepflügte Felder, rechts Weiden. Nach etwa einem Kilometer erreichte man den Wald. Auf halbem Weg stand eine Bank, neben der damals der Holzstapel war, auf den ich mich gesetzt und den Brief meiner Tante gelesen hatte.

„Wollen wir uns setzen?" fragte Emily und deutete auf die Bank.

Ich nickte.

Emily wandte sich mir zu, sah vielleicht mich an, vielleicht auch zurück auf das Dorf. Ich weiß es nicht, denn ich blickte nach vorne, hinab auf meine ausgestreckten Beine.

„Eltern zu haben ist manchmal auch nicht leichter, als keine zu haben", sagte sie.

Ich zuckte mit den Schultern. Ich hatte ja gar nicht mehr erwartet. Aber Ignoranz ist eben schwer zu ertragen. Mir fiel ein, dass ja manchmal Kinder sterben. Dass sie zu früh sterben, eben vor ihren Eltern, weil sie zum Beispiel überfahren werden. Oder sie verschwinden und tauchen nie wieder auf. Wobei es nicht einmal so dramatisch sein oder so plötzlich geschehen muss. Vielleicht ist es auch eine Krankheit. Wenn man davon hört, dann hört man auch immer, dass die Eltern alles so lassen, wie es ist oder wie es war, als ihr Kind nicht mehr wieder kam. Nur, meine Eltern wussten ja, wo ich war. Mein Zimmer war kein Heiligtum, das man nicht betreten durfte. Und vor allem war ich kein Kind mehr. In dem Sinne. Hätte meine Mutter zum Beispiel mein Zimmer zu ihrem umfunktioniert, das wäre besser gewesen.

„Ist es so schwer?" fragte Emily nach.

Ich musste kurz lachen. „Ach, quatsch. Ich bin schon froh. Keine Eltern zu haben ist bestimmt nicht besser."

„Trotzdem traurig, oder?"

„Ja, darüber wie es sich so entwickelt. Darüber habe ich nie nachgedacht."

Emily drehte sich weiter in meine Richtung und legte ihr rechtes Bein auf die Bank, sodass ihre Fußspitze meinen Oberschenkel berührte. „Sie verstehen nicht, dass du weggegangen bist."

Ich sah sie an und schnaufte kurz. „Es geht vielleicht gar nicht ums Verstehen. Es war halt klar, dass ich das hier mache."

Sie lachte leise: „Eigentlich könnte ich mir das gut vorstellen."

Ich erschrak. „Was?"

„Als Pfarrer muss man doch viel zu hören und nicht so viel reden."

Ich lachte und war erleichtert. Natürlich haben Eltern Einfluss. Man kann ja auf die Idee kommen, dass man etwas falsch macht, wenn sie es für falsch halten. Trotz allem. Trotz unserem Verhältnis. Trotz der Distanz. Aber hätte jetzt auch noch Emily gesagt, dass ich hierher gehöre, dann ...

„Was denkst du?" fragte sie.

Ich zuckte mit den Schultern. „Nichts weiter."

„Willst du nicht?" fragte sie weiter. „Warum hast du dich anders entschieden?"

Nein, eigentlich wollte ich nicht. Ich wollte nicht in Erinnerungen graben. Aber ich tat es trotzdem.

„Mein Vater ist ja bekannt", sagte ich. „Also weiß auch jeder, wer ich bin und wusste auch, was aus mir wird. Aber gefragt hat nie jemand."

„Deswegen? Weil nie einer gefragt hat?"

„Ja", sagte ich. „Nach meiner Konfirmation kam mein Vater einmal zu mir. Er kam in mein Zimmer, als ich auf dem Bett hockte, nahm sich einen Stuhl und setzte sich mir breitbeinig gegenüber. Er ist nicht besonders groß, aber kräftig. Er wirkte immer schon ziemlich alt, hat schon immer eine Glatze, außer ein paar grauen Haaren an den Schläfen und so hinten herum. Ich habe ihn auch nie unrasiert gesehen. Er hat nicht mal Augenbrauen. Dafür hat er zu viel Haut im Gesicht. Die schwabbelt an den Wangen, wenn er spricht. Später dachte ich mal, dass sein Gesicht wie eine Höhle wirkt." Ich musste kurz lachen. „Aber ich habe ihn eigentlich auch selten so genau angesehen. Er war ja auch kaum da und kam schon gar nicht in mein Zimmer, um mit mir zu reden. Aber an dem Tag eben. Und da fragte er mich, ob alles in Ordnung sei."

„Also doch", sagte Emily dazwischen.

„Nein", erwiderte ich sofort. „Es war klar, worauf er anspielte. Aber er konnte oder wollte es nicht aussprechen. Er dachte vielleicht auch, dass er es nicht muss. Es schien nur irgendwie eine Pflicht, mich mal darauf hinzuweisen. Wahrscheinlich auch nur, um sein Gewissen zu beruhigen. Ich habe nicht reagiert, nicht geantwortet. Ich habe ihn nur angesehen. Und er war mir fremd. Dieses zerknautschte Gesicht war mir nur in Aktion oben auf der Kanzel bekannt. Danach ahnte ich, dass es das war. Und er hat auch nie wieder mit mir darüber geredet. Daher fühlte ich mich später auch nicht verpflichtet."

Emily lächelte. „Man möchte ja nie so sein wie die Eltern."

Emily war cool, wenn man das so sagen kann. In dem Moment hätte ich das zwar nicht gesagt, doch im Nachhinein war es in Ordnung. Aber ich hatte wieder einmal versucht, ihr Gefühle und Gedanken nahe zu bringen und dann kam diese Antwort.

„Vielleicht war das nicht das Problem", erwiderte ich und unternahm einen letzten Versuch, ihr etwas verständlich zu machen, was sie vermutlich nie so begreifen würde wie ich. Oder wie ich es wollte.

„Ich muss ja nicht wie mein Vater sein, weil ich den gleichen Beruf ergreife und weil ich das mache, was er macht und was mein Opa schon gemacht hat. Da kann man ja auch stolz darauf sein. Aber es schien mir trostlos. Vielleicht ist das der richtige Ausdruck."

„Ja, das finde ich gut", erwiderte Emily.

Mir fiel nichts mehr ein und ich sprang auf. Ich packte sie an einer Hand und schleppte sie durch den Wald. Ich glaube, wir waren vier Stunden unterwegs. Als es dunkel wurde, jammerte Emily immer mehr. Ich sagte dann dauernd, dass wir gleich da wären, obwohl ich eine Zeit lang keine Ahnung hatte, wohin es uns verschlagen hatte. Irgendwann stießen wir auf eine Straße, vielleicht drei Kilometer von zu Hause entfernt. Da war es dann gut. Die sind wir dann entlang gelaufen.

Fürs Abendessen waren wir zu spät. Meine Mutter hatte alles stehen lassen, aber selbst schon gegessen. Wir gingen erst duschen und als wir uns setzten, um zu essen, hatte meine Mutter lange genug gewartet und verabschiedete sich ins Bett.

7

Am nächsten Tag schliefen wir bis zum Mittag. Nachdem ich aufgestanden war, lauschte ich an Emilys Tür, hörte nichts und lief die Treppen hinunter. Der Küchentisch war für zwei gedeckt. Immer noch. Das wäre früher nicht passiert. Spätestens um neun Uhr wurde alles weggeräumt. Es schien mir wie ein Friedensangebot.

Durch das geöffnete Fenster hörte ich, dass meine Mutter auf dem Hof war. Ich ging hinaus und setzte mich auf die Stufen vor der Tür. Die Sonne schien ums Eck und traf mich. Ich blinzelte, wartete einfach mal und dachte wahrscheinlich an gar nichts.

Meine Mutter hing Wäsche auf. Ich wusste nicht, dass sie mich bemerkt hatte, als sie fragte: „Habt ihr gut geschlafen?"

„Ja", rief ich. „Emily schläft sogar immer noch."

Jetzt drehte sie sich, sah mich kurz an, ließ das Laken, das sie gerade in den Händen hielt, wieder in den Korb fallen, ging in den Schuppen, kam mit einem Stuhl zurück und setzte sich an meine Seite.

„Er wollte es nicht", sagte sie.

Ich war über ihre Zuwendung so überrascht, dass ich gar nicht überlegen konnte, worüber sie reden wollte und fragte nur: „Was?"

„Er will nicht, dass wir dein Zimmer betreten."

Ich wunderte mich, denn ich hatte erwartet, dass sich seine Enttäuschung eher dahingehend auswirkt, dass er alles wegräumt und nicht, dass er verbotene Zonen einrichtet, um sich immer daran erinnern zu können oder zu müssen.

„Weiß er überhaupt, dass ich hier bin?"

Meine Mutter schüttelte den Kopf.

„Was wäre gewesen, wenn ich an einem anderen Wochenende gekommen wäre?"

Sie hob die Schultern.

„Soll ich rüber gehen?"

Sie zuckte zusammen. „Nein, nein. Nicht, wenn du nicht bleibst."

„Okay." Ich nickte ein paar Mal.

Hatte meine Mutter also auch ein Geheimnis. Ganz ausgeschlossen war es ja nicht, dass er mitbekam, dass ich da war. Vielleicht hat er es auch. Dann aber habe ich es nie erfahren.

„Gefällt es Emily?" fragte sie.

„Ja", sagte ich knapp.

„Werdet ihr öfter kommen?"

Ich zuckte mit den Schultern. „Emily ist in Berlin verwurzelt."

„Ich dachte", erwiderte meine Mutter zögernd. „Wenn es ihr gefällt, das würde deinen Vater auch beschwichtigen."

„Ja ...", sagte ich. Und: „Nein, ich glaube nicht ... so oft."

Dann sah meine Mutter mich an. Sie saß links von mir, ein bisschen niedriger. Sie drehte sich also und schaute zu mir auf. „Und wenn ihr mal Kinder habt, würden sie es hier nicht besser haben?"

Ich schaute zu Boden. Für sie war also alles doch so eindeutig und nichts anderes vorstellbar.

„Mal sehen", sagte ich und um die Lüge abzuschwächen, fügte ich an: „So weit sind wir noch nicht."

Im nächsten Moment hörten wir im Haus eine Tür

schlagen.

Wir sprangen beide auf.

Ich ging hinein und begrüßte Emily. Sie antwortete verschlafen und setzte sich. Ich kochte Kaffee. Wir frühstückten und redeten nicht. In solchen Momenten, sagen wir, in schwebenden Verfahren, denke ich immer, dass alle alles mitkriegen und alles wissen. Also tue ich immer selbstverständlich und so, als sei nichts gewesen.

Meine Mutter kam dann, setzte sich zu uns, passte sich uns gleich an und schwieg ebenfalls. Aber sie stand auch als Erste wieder auf und ging.

Ich hätte das Schweigen gerne gebrochen, aber Emily kam mir zuvor.

„Hat Lisa angerufen?" fragte sie.

Ich verneinte.

„Dann bleibt es dabei, dass wir morgen fahren?"

„Ja, warum nicht?"

Plötzlich beugte sich Emily nach vorne und griff mit ihren Händen nach meinen. Sie hielt sie an den Gelenken fest und sah mich an. Entschlossen, aber auch ein bisschen ängstlich.

„Du bist doch nicht in mich verliebt?" fragte sie und schob noch ein leises „Oder?" hinterher.

Ich konnte problemlos lügen. Das lag an der Fragestellung. Auf direkte Fragen kann ich direkt lügen. Hätte sie gefragt, was ich für sie empfinde, wäre es schwieriger gewesen. Dann hätte ich vielleicht sagen müssen, dass ich sie mag, dass sie mir wichtig ist und dass sie mir viel bedeutet. Mit weiteren Fragen wären wir dann beim gleichen Punkt wie jetzt gewesen und ich hätte es nicht mehr abstreiten können.

Aber so sagte ich: „Nein."

Zwar wusste ich nicht, wie es klang und ob es überzeugend ankam oder nicht. Aber ich konnte ihrem Blick standhalten.

„Gut", nickte sie und senkte ihrerseits den Blick. „Das würde mir auch nicht gefallen", fügte sie noch an, ließ mich wieder los und lehnte sich zurück.

Dieser Nachsatz drang dann später in mein Bewusstsein. Jetzt war ich erst mal mit mir zufrieden. Lügen, auch wenn es nicht okay sein mag, ist so ähnlich wie Klauen. Vielleicht auch wie sterben. Es macht einen glücklich. Das Geheimnis, das man hat entstehen lassen, gibt einem etwas. Adrenalin wahrscheinlich. Ein Geheimnis wird ja auch oft erst zu einem, wenn andere eine Ahnung haben und uns darauf ansprechen. Deswegen ist Sterben mit Sicherheit auch das beste Geheimnis. Man kann eine Ahnung davon haben. Aber niemals wird jemand erfahren, was du da erlebst. Da kannst du nicht mehr drüber reden. Da kannst du dich nicht mehr verplappern und nicht mehr erwischt werden im Gegensatz zum Klauen oder zum Lügen.

Andererseits litt ich später, als ich über diesen Moment nachdachte. Mir fehlt Spontaneität. Vielleicht wird deswegen nichts anders. Jedenfalls nicht, wenn ich es will. Aber diese sich überlappenden Gefühle und Gedanken hatten mich ausgebremst. Ich wusste gar nicht, dass das Anders vor der Tür stand und gerade anklopfte, weil ich von den Tagen zuvor noch abgelenkt war, die ich mit Überlegungen verbracht hatte, wie ich brenzligen Situationen entrinnen könnte. Dieses Entrinnen musste auf Lügen aufgebaut sein. So ist es manchmal. Das hatte ich geschafft. Doch gerne, ich weiß nicht, wie gerne, hätte ich alles vergessen, hätte gerne spontan geantwortet und damit wahrscheinlich auch ehrlich. Leider aber nicht in diesem Moment. Später hätte ich es gerne in diesem Moment gemacht gehabt.

Ich stand dann auf und räumte den Tisch ab. Als ich Emily den Rücken zuwandte, fragte ich: „Wie kommst du darauf?"

Bis heute steigt Scham in mir auf, dass ich so dreist diese Frage stellte. Aber in dem Hochgefühl des Entrinnenseins war ich mutig geworden.

„Ich dachte, du hast mit deiner Mutter über mich geredet", erwiderte Emily. Sie lachte unsicher.

Ich schüttelte den Kopf.

Unsere Blicke begegneten sich.

Es war offensichtlich, dass es ihr unangenehm war, die Frage gestellt zu haben.

Ich wollte nicht, dass sie sich so fühlte, wenn ich im Gegenteil schwebte und lenkte ab. „Wollen wir uns aufs Feld legen?" fragte ich.

Sie bejahte und klang wieder fröhlicher.

Ich holte eine Decke und wir gingen durch die Scheune auf das Feld hinaus. Es war angenehm warm. Die Sonne schien und nur ein paar dünne Wolken hingen in ihrer Nähe herum. Wir zogen unsere Pullover aus, schmissen die Sandalen beiseite und legten uns in Jeans und T-Shirt auf die Decke. Neben uns plätscherte der Bach. In der Ferne vernahmen wir ein paar Geräusche. Für uns angenehme Geräusche, weil es bedeutete, dass Menschen unterwegs waren und etwas zu tun hatten, während wir nichts taten.

Ich lag auf dem Rücken, Emily bäuchlings neben mir, den Kopf angehoben und auf eine Hand gestützt. Sie war wieder unbefangen und lachte viel.

„Schön, dass wir hier sind", sagte sie.

Ja, dachte ich, sah in den Himmel und spürte plötzlich ihre Hand auf meiner Brust. Sie klopfte eine Weile darauf.

„Ich würd gern noch was wissen."

Ich wandte meinen Kopf und sah sie an.

Auch ihre Augen lachten.

Dann fiel mein Blick und ich sah ihre Brüste. Ihr T-Shirt war so weit geschnitten, dass nichts verborgen blieb. Und sie trug keinen BH.

Ich stützte mich auf meine Ellenbogen. Nicht, um ihr näher zu sein, sondern um meine Position zu ändern. Aber unsere Gesichter waren nun nur noch wenige Zentimeter voneinander entfernt.

Sie lachte weiter, nahm dann ihre Hand von meiner Brust und drehte sich auf die Seite. „Aber du musst nicht antworten, wenn du nicht willst."

Ich nickte. Es war der Moment, in dem ich ahnte, jetzt oder nie. Anders oder nicht. Plötzlich war er wieder gekommen. Nach so kurzer Zeit. Gerade noch hätte ich reden können oder sogar müssen, doch gut, das hatte ich nicht gekonnt. Jetzt aber waren wir unbeschwert und nur eine kurze Tat trennte mich vom Anders. Lediglich ihre Frage stand noch dazwischen. Ohne diese Ankündigung wäre es passiert, wäre etwas passiert, das Anders... Aber vielleicht denkt man das auch nur hinterher, wahrscheinlich sogar, mit Sicherheit sogar ...

Dann fragte Emily: „Kann es sein, dass du Männer mehr magst als Frauen?"

Ich blieb einfach in meiner Position liegen. Ellenbogen aufgestützt, Beine ausgestreckt, den Blick nach vorne gerichtet. Dahin, wo die Scheune stand. Unsere gute alte Scheune. Ich weiß gar nicht, was sie mir bedeutet. Als ich noch nicht zur Schule ging, als ich also vier oder fünf Jahre alt war, da hatte ich einen Freund. Es war ein Nachbarsjunge, der immer zu uns herüberkam. Einen Sommer lang waren wir jeden Tag in der Scheune, kletterten auf den Hochboden, spielten dort und versteckten uns. Wie das als Kind so ist. Man weiß gar nicht mehr genau, was man gemacht hat. Man weiß nur, dass es eine gute Zeit war. Allerdings zog er noch vor der Einschulung mit seinen Eltern weg und nach diesem Sommer war die Scheune nie wieder mehr als der Platz, wo ich mein Fahrrad abstellte. Jetzt aber war sie wenigstens etwas, dass ich betrachten konnte, um nicht an Emilys Worte denken zu müssen.

Ich antwortete nicht.

Dafür sagte sie: „Wenn du nicht antworten willst, ist das auch gut. Dann weiß ich es ja."

Ich sah zu ihr.

Sie lachte. An diesem Mittag sah ich sie so fröhlich wie nie zuvor und wie nie wieder danach.

Dann rückte sie ein wenig vor, drehte sich wieder, landete mit ihren Brüsten auf meiner Brust und mit ihren Lippen auf meinen. Es war keine plötzliche Annäherung, aber auch keine ganz behutsame. Es war eine forschende Annäherung, die mir die Möglichkeit gegeben hätte zu reagieren. Aber ich reagierte nicht. Doch unsere Lippen lagen nicht nur aufeinander, sondern Emily bewegte ihre Lippen, als würde ich mitmachen. Es dauerte zwei, drei Sekunden. Dann löste sie sich, lachte wieder und rollte sich zur Seite.

„Ich dachte, du solltest wenigstens mal wissen, wie es ist, eine Frau zu küssen." Ihr Lachen wurde lauter und es steckte an. Ich lachte mit und wir steigerten uns, bis Emily röchelte: „Tut mir leid."

Sie bekam immer weniger Luft.

Da hörte ich zu lachen auf und dachte: Scheiße.

Danach lagen wir eine halbe Stunde lang da. Ich auf dem Rücken, sie auf dem Bauch, dicht nebeneinander. Ich mit geschlossenen Augen.

Eigentlich war es in Ordnung. Ich hatte sie angelogen. Ich hatte es verdient. Andererseits kann man stets auch fragen, warum einer lügt. Wird derjenige nicht manchmal dazu gezwungen? Was wäre denn gewesen, hätte ich etwas anderes gesagt? Was wäre denn gewesen, hätte ich ihren Kuss erwidert? Was wäre denn gewesen, hätte ich zugegriffen und sie festgehalten? Plötzlich wusste ich, dass ich wenigstens etwas klarstellen wollte.

„Ich bin nicht schwul", sagte ich.

Emily antwortete verzögert, fragte eher verschlafen nach: „Nicht?"

„Nein", sagte ich entschlossen und drehte mich jetzt auf die Seite. „Aber Walter hat das vor unserer Abfahrt auch schon behauptet."

Emily drehte sich, sodass wir uns wieder ansahen.

„Ist der Gedanke so abwegig?"

„Ja", sagte ich und wusste zugleich, dass sie darüber geredet hatten. Es ist sonderbar, wenn man weiß, dass andere über einen geredet haben. Vor allem dann, wenn man weiß, was sie geredet haben und es auch noch eine Einschätzung ist, die nichts mit der eigenen Persönlichkeit zu tun hat, aber sehr persönlich ist.

„Warum hast du keine Freundin?" fragte Emily.

„Warum?" erwiderte ich und zuckte mit den Schultern. „Weil ich warte."

„Ja, das passt. Wie stellst du sie dir vor?"

Immerhin war sie jetzt wieder ernst. Das gefiel mir.

„Sie muss etwas Besonderes haben und ich muss etwas Besonderes fühlen", sagte ich.

„Und das ist dir noch nicht passiert?"

Wenn Emily wusste, was ich meinte, fragte ich mich, was sie bei Walter fühlte. Hatte sie, als sie ihn das erste Mal gesehen hatte, tatsächlich etwas Besonderes gefühlt? Fühlte sie heute etwas Besonderes, wenn sie mit ihm zusammen war? Ich konnte mir nur vorstellen, dass sie bei ihm Sicherheit und einen gewissen Schutz fand, was aber hauptsächlich daraus resultieren musste, dass er fünfzehn Jahre älter als sie war.

„Ich glaube schon", sagte ich. „Aber bei ihr war es nicht so."

„Erzähl mal", bat sie.

Ich sah sie an. Dann zuckte ich mit den Schultern.

„Kennst du sie aus der Uni?"

Ich verneinte.

„Ich kann dir nur helfen, wenn du was erzählst."

„Ich glaube nicht, dass du mir helfen kannst", sagte ich.

Emilys kniff die Augen zusammen. „Na gut. Ich denke nur, wenn dir was an jemandem liegt, dann musst du was unternehmen."

„Das geht nicht."

„Das macht keinen Spaß", erwiderte sie.

„Richtig."

Ich weiß nicht, wie nahe wir uns in diesem Moment noch einmal waren. Vielleicht bot sich mir zum dritten Mal an diesem Tag eine Möglichkeit zu handeln an. Aber ich weiß es nicht und weiß nur, dass wir uns später noch einmal so nahe kamen und das war die Hoffnung, die ich damals mitnahm.

8

Am nächsten Tag fuhren wir früh los. Ich spürte keine Wehmut, Zuhause zu verlassen und keine Freude auf zu Hause. Die Spannung, die das Aufeinandertreffen von Emily und meiner Mutter hervorgerufen hatte, hatte sich gelöst. Ebenso hatte sich der Druck, den diese Spannung ausgeübt hatte, abgebaut. Damit war auch die Aufregung verschwunden, ebenso wie das Gefühl der Freude, ja gar der Wonne. Sozusagen hatte sich alles, was mich in den letzten Wochen beschäftigt hatte, aufgelöst.

Im Zug trafen wir Lisa wieder. Sie war erschöpft, hatte an den vergangenen Tagen kaum ein Auge zugetan und erstickte Emilys Erzähldrang.

„Heute Abend habe ich Nerven dafür", sagte sie kurz und knapp.

Ich mochte, dass sie sich niemals drängeln ließ.

Dann zog sich jeder zurück und wir überstanden die Fahrt in wechselnden Schlafphasen, Dämmerzuständen und Wachzeiten.

Im Halbschlaf tauchen oft Bilder von Dingen auf, die man gerade gesehen und erlebt hat. Im Wachzustand dachte ich über sie nach. Wir waren nicht in der Kirche oder auf dem Friedhof gewesen. Diese Orte hatten wir gemieden ungefähr so, als ob ich mir eine Eintrittskarte für ein Konzert, ein Museum oder ein Theater gekauft hätte, ohne dann den Saal zu betreten. Eine halbe Sache also. Für mich war es in Ordnung, meinen Vater nicht zu sehen oder sehen zu müssen. Für ihn, schätze ich, auch. Aber es war eben doch ein Teil von mir. Also er und die Kirche.

Aber Emily hatte nicht danach gefragt. Ich weiß nicht,

warum nicht. Vielleicht hatte sie Angst gehabt nach dem, was ich erzählt hatte. Vielleicht hatte es sich auch so ergeben, weil ich sie nicht hingeführt hatte. Ich hatte sie geleitet und ihr verschiedene Dinge gezeigt. Vielleicht hatte sie gedacht, wenn ich nicht mit ihr dorthin gehe, dann will ich ihr das auch nicht zeigen. So blieb es unausgesprochen und selbst später haben wir nicht darüber geredet. Das fand ich genauso seltsam. Über wichtige Dinge wird oft nicht geredet, obwohl man ansonsten so viel redet und reden muss.

Am Bahnhof holte uns niemand ab. Walter kam nicht und auch sonst kein Nachbar. Wir nahmen ein Taxi.

Es war der Samstag vor Ostern. Die Temperatur war auf zwanzig Grad gestiegen. Es standen Tische auch auf der Straße vor der Kneipe. Ich sah das zum ersten Mal und auch, dass nahezu alle Plätze innerhalb und außerhalb besetzt waren. Lilli rannte mit errötetem Gesicht zwischen den Gästen umher. Ihre weiße Schürze, obwohl sie sie unter dem Busen befestigt hatte, schleifte über den Boden. Walter war mit ihrem Eifer zufrieden und erzählte uns, dass sie bald öfter arbeiten könnte. Emily begann sofort, ihr zu helfen. Lisa und ich gingen in unsere Wohnungen hinauf und verabschiedeten uns grußlos, was ja eigentlich nicht geht, aber irgendwie doch.

Ich ließ den Rucksack fallen und legte mich aufs Bett. Ich war schon wieder müde. Obwohl man beim Reisen nichts tut, ist man danach müde. Aber ich stand gleich wieder auf, zog mich aus und stellte mich unter die Dusche. Ich drehte nur den Hahn für das kalte Wasser auf und schaffte es, nach ein, zwei Minuten unter dem Strahl stehen zu bleiben. Wahrscheinlich auch, weil das kalte Wasser heutzutage nicht mehr richtig kalt ist. Jedenfalls nicht in Wohnungen mit Heizung, Teppich und isolierten Fenstern.

Dann setzte ich mich an den Tisch, streckte die Beine auf einem anderen Stuhl aus, sah aus dem Fenster und wartete, glaube ich, auf den Moment, in dem ich wieder hinuntergehen würde. Aber es klingelte. Lisa stand vor der Tür und lud mich zu sich ein.

Ihre Wohnung glich meiner. Außer, dass sie aus meiner Sicht seitenverkehrt war. Das Bett stand also in der gleichen Ecke, doch das war links und nicht rechts. Ein Schreibtisch stand unter dem Fenster und ein kleiner, runder Tisch in der Mitte des Zimmers. Daneben hatte sie zwei solcher Polster, auf denen man nicht sitzen kann, weil man ständig hin- und herrutscht. Für solche Gegenstände habe ich nicht das geringste Verständnis. Aber Lisa ließ sich auf einem nieder und stellte zwei Gläser Wein auf den Tisch. Also musste ich mich auf dem anderen bequemen.

Mir fiel auf, dass wir das erste Mal in einer Wohnung beieinander saßen. Aber als ich fragen wollte, warum wir nicht hinuntergingen, kam Lisa mir zuvor.

„Wie war es?" fragte sie. „Erzähl mal."

„Warum fragst du nicht Emily?" erwiderte ich.

„Das werde ich schon noch."

Ich nickte erst mal nur.

Lisa lachte: „So wie du aussiehst, kann ich mir schon fast denken, wie es war."

Ich hatte von dem unbequemen Sessel die Schnauze voll, rutschte auf den Boden, nahm ihn als Rückenlehne und legte die Ellenbogen drauf.

„Du hast ihr nichts gesagt?"

Ich schüttelte den Kopf.

„Aber du wolltest?"

„Nein", sagte ich. „Du musst keine Angst haben."

Lisa sackte weiter in ihrem Polster ein. Mit kurzen Beinen saß man wohl besser darin.

Sie sah mich eine Weile an.

Ich nippte an meinem Glas.

Plötzlich sagte sie: „Emily wird ihre Hochzeit noch früh genug infrage stellen. Vielleicht ist es dann möglich und sogar richtig."

Richtig? Ich wollte nichts mehr hören. Alles war voller Lügen. Alles ist voller Lügen. Nichts stimmt überein. Keine Gefühle mit Gedanken. Keine Aussagen mit Gefühlen. Und so weiter und so fort. Und morgen würde wieder alles gleich sein und nichts anders. Niemand würde daran denken, dass es anders sein könnte, sein sollte oder sein müsste. Jedenfalls Lisa nicht mehr.

Und ich? Ich wollte raus. Jetzt erst mal. Ich musste raus. Raus der Wohnung. Raus an die Luft. Und zwar alleine.

Lisa kam auch nicht auf die Idee, mich zu begleiten. Sie ging in die Kneipe.

Ich lief über den Friedhof, überquerte die dahinter liegende Hauptstraße und ging in das nächste Wohnviertel. Mittlerweile war es dunkel und es begegneten mir nicht allzu viele Menschen.

Es gibt Fragen, die sollte man nicht stellen; die sollte man vor allem sich selbst nicht stellen. Sich selbst Fragen zu stellen, ist ein großer Fehler, denke ich oft. Aber leider kommen sie unangekündigt und verschwinden nicht wieder. Jedenfalls nicht schnell genug. Also denkt man über sie nach und sucht nach Antworten. Eine davon lautet: Bin ich, wo ich sein will? Diese war jetzt da. In mir.

Bisher war alles immer einfach so gelaufen. Mit wenig Antrieb meinerseits hatte ich ein paar Veränderungen herbeigeführt. Ein Ziel hatte ich dabei jedoch nie. Jetzt, ahnte ich, war etwas vorbei, ohne dass ich ein Ziel erreicht hatte, weil ich es aber vorher auch nicht formuliert hatte. Der Reihenfolge nach müsste nun immerhin der Beginn von etwas Neuem vor mir liegen. Abgesehen davon, dass einem Ende immer ein Neubeginn folgt. Dass ich nach der Schule etwas Neues und anderes mache, ergab sich ja zwangsläufig. Jetzt gab es keinen Grund, keinen zwingenden Grund, etwas anderes zu machen. Aber die Möglichkeit.

Ich war in einem Halbkreis von links nach rechts gelaufen und erreichte eine Stelle hinter dem S-Bahnhof, die ich kannte. Ich befand mich zwischen einem Autohaus und einer Schwimmhalle, wo eine Autobahn endet und eine andere in die andere Richtung beginnt. Dort stand ich, als mich ein gutes Gefühl beschlich. Langsam, aber sicher kam es auf, wurde immer besser und immer klarer. Ich hatte nichts falsch gemacht. So einfach war es. Ich hatte Emilys Wunsch erfüllt, denn ich hatte sie in ihrer Welt in Ruhe gelassen. Damit hatten sich auch Lisas Befürchtungen nicht bewahrheitet. Ich war ein guter Mensch gewesen. An diesem Wochenende und im Großen und Ganzen.

Hinter dem Bahnhof ging ich nach links in Richtung Park. Den Weg durch den Park mochte ich am liebsten. Auch wenn er von hier aus nicht der kürzeste war. Ich ging am Brunnen mit der Statue des goldenen Hirsches vorbei und lief auf das Standesamt zu. Ich mag Stellen der Vergangenheit, wenn sie nicht mehr so wichtig sind, wie sie einmal waren.

Gegen Mitternacht bog ich in unsere Straße ein. Bänke und Stühle vor der Kneipe waren verwaist. Drinnen saßen nur noch eine Handvoll Gäste. Walter stand hinter dem Tresen und Müller und Reuter standen davor. Lilli lehnte zwischen ihnen. An unserem Tisch in der Ecke saßen Emily und Lisa. Alles war wie immer und das gefiel mir.

Niemand sah oder bemerkte mich. Gut, wenn man vom Hellen ins Dunkle blickt, erkennt man ohnehin nichts. Aber es war mir eben auch lieber, dass ich ungestört nach oben gehen konnte. In der Wohnung putzte ich die Zähne, zog mich aus und Shorts wieder an.

Dann klingelte es. Kaum fünf Minuten später.

Ich weiß nicht, warum ich öffnete. Es war spät. Ich wollte ins Bett. Mit mir und meiner Zufriedenheit. Mit mir und allein.

Lisa stand vor mir, sah müde aus und mich so an.

„Du lügst", raunte sie durch die Zähne.

Es klang weniger vorwurfsvoll, als man denken könnte. Eher erschöpft, beinahe sogar gelangweilt.

„Was ist los?" erwiderte ich.

„Du hast mich angelogen", wiederholte sie etwas munterer, verzog dabei die Mundwinkel, kniff die Augen zusammen und ging dann an mir vorbei.

Ich schloss die Tür.

Sie setzte sich an den Tisch.

Ich schloss auch die Zimmertür und blieb stehen.

„Emily weiß es." Lisa sah zu mir auf.

Ich lehnte mit dem Rücken an der Wand und zuckte mit den Schultern. „Ich habe nichts gesagt."

„Meinst du wirklich, das war glaubwürdig? Meinst du wirklich, Emily ist so naiv?"

Vielleicht war sie der ganzen Geschichte überdrüssig.

Aber ich glaube, dass sie eher wütend sein wollte, als dass sie es tatsächlich war. Diesem eingebildeten Ärger und sich selbst wollte sie Luft verschaffen. Das aber gelang ihr nicht. Sie war so erledigt, dass sie vollkommen monoton redete. Es war beinahe lustig.

Ich setzte mich auch und fragte: „Was hat sie dir erzählt?"

Lisa beugte sich nach vorne und stütze ihr Kinn auf die Innenfläche ihrer rechten Hand. „Sie kam auf die Idee, dass du in sie verliebt bist und hat dich danach gefragt. Du hast es abgestritten und sie war froh darüber."

Ich nickte.

„Und dann hast du ihr von einer Unbekannten erzählt. Natürlich wollte Emily wissen, was ich davon weiß."

Ich musste lachen. Die Monotonie von Lisas Stimme war bizarr.

Sie fuhr fort: „Warum in aller Welt sagst du ihr ins Gesicht, dass du nichts für sie empfindest und im nächsten Moment verrätst du, dass du jemanden kennst, den du nicht erreichst?"

„Was hast du geantwortet?" fragte ich.

„Emily ist nicht naiv", wiederholte Lisa.

„Und wir können gut zusammen träumen", erwiderte ich.

„Meinst du, das ist Emilys Traum?"

„Wer weiß es, wenn du es nicht weißt?"

Lisa sah mich eine Weile an. Fassungslos. Regungslos.

Dann kniff sie die Augen zusammen und rückte mit dem Stuhl näher an mich heran. Sie griff nach meinen Händen, breitete sie aus und legte sie an ihre Taille. Sie sah mich an. Ich wusste nicht, mit was für einem Blick. Schließlich beugte sie sich nach vorne und umarmte mich.

Mein Kopf lag auf ihrer Schulter. Dann fühlte ich ihre Hände, die über meinen Rücken streichelten. Bis hierhin war noch alles in Ordnung, würde ich sagen. Es war eine freundschaftliche, vielleicht auch tröstende Umarmung.

Aber es war ja Lisa. Lisa und Freundschaft und Trost, das musste etwas nach sich ziehen, ohne dass es einen Unterschied machen würde. Im Nachhinein, in unserer Beziehung und in den Beziehungen dieser Dinge. Allerdings in anderen Dingen würde es einen Unterschied machen. Bloß ist das Denken in diesen Momenten ausgeschaltet. Klar, eigentlich halte ich das für eine gute Sache, aber hier war es der falsche Augenblick. Warum hatte ich nicht ein oder zwei Tage früher das Denken ausgeschaltet? Und schlimmer noch, ich weiß nicht, ob ich den Fehler sogar alleine beging. Ob Lisa aus Berechnung handelte und um mich oder um Emily abzulenken, egal. Oder ob sie es machte, weil sie es immer und gerne machte, egal. Ich war es, der plötzlich ihren Duft wahrnahm. So anders wahrnahm. Ich war es, der seinen Kopf senkte, um mit den Lippen ihren Hals zu berühren. Zwei, drei Sekunden, vielleicht auch noch ein bisschen länger. Irgendwann waren es auf jeden Fall zu viele. Ich löste mich nicht und das war für sie ein Zeichen. Sie drehte ihren Kopf, senkte ihn, schob eine Hand unter mein Kinn und zwang mich, meinen Kopf ein bisschen hochzuheben. Dann küsste sie mich. Und ich sie auch. Ihr Mund öffnete sich, dann meiner. Unsere Zungen berührten sich. Schon gleich fühlte ich ihre Hand auf meiner Shorts und auf meinem Penis. Mit der anderen Hand knöpfte sie sich selbst die Bluse auf. Dann stand sie auf, zog sich die Bluse aus, den BH, die Hose und ihren Slip. Sie nahm meine Hand und mich mit in mein Bett. Sie zog meine Shorts herunter und streichelte mich gekonnt, bis es mir ziemlich schnell kam.

Gut. Okay. Sie hätte gehen können. Aber sie ging nicht. Und ich hätte endlich einschlafen können. Doch sie ließ mich nicht, sondern schmiegte sich an mich, drückte ihre Brüste auf mich, nahm meine rechte Hand, legte sie zwischen ihre Schenkel, wollte angefasst und gestreichelt werden. Ich machte es …

Das war es also, dachte ich und erinnerte mich an ein paar Sexzeitungen, die ich einmal, als ich von der Schule kam an einer Bushaltestelle gefunden hatte. Hardcore, würde ich sagen, obwohl mir der Vergleich fehlt. Jedenfalls eher animalisch schien mir, was ich da sah. Wenn man so etwas als Jugendlicher in die Hände kriegt, kann man schon unsicher werden. Wenn man von Tuten und Blasen noch keine Ahnung hat oder vielleicht eine Ahnung, aber keine Erfahrung, dann … Die Welt dreht sich zu schnell.

Aber was ich machte, war wohl in Ordnung. Insofern, als dass Lisa irgendwann stöhnte und japste. Ziemlich leise, aber immerhin. Also machte ich weiter. Keine Ahnung, wie lange. Es schien mir ewig. Mein linker Arm lag unter ihr, tat weh, wurde lahm und taub. Immerhin konnte ich aus dem Fenster sehen. Es war noch immer dunkel, was ich kaum glauben konnte. Dann erwartete ich, dass Lisa lauter würde. Ein paar Seufzer, vielleicht ein paar Schreie. Nicht, weil es so toll war, sondern weil ich mir so ihre Reaktion vorstellte. Bei Emily hätte ich nur schnelles Atmen und leises Stöhnen erwartet. Na ja …

„Kannst du wieder?" fragte Lisa plötzlich.

Ich war geschockt. Daran hatte ich nicht gedacht. Ob wir nun miteinander schliefen oder nicht, wir hatten doch schon eine Grenze überschritten. Mehr Zeit zum Nachdenken blieb mir aber nicht. Sie ergriff meinen Penis und ich reagierte tatsächlich mit einer Erektion. Vielleicht wegen des Schocks. Dann kletterte sie auf mich, saß da, sah mich an und begann, hin und her zu ruckeln. Ich dachte, was ich fühlte. Ja ... Gott ... Anfangs war es okay. Ein paar Mal richtete ich mich auf und versuchte, gegen ihre unrhythmischen Bewegungen anzukommen. Ich griff ihr an die Taille, die Hüften, den Hintern. Aber sie machte, was sie wollte. Ich legte mich zurück, versuchte mich zu entspannen und entspannte, bis ich erschlaffte. Einfach so. Natürlich rutschte ich aus ihr heraus. Aber Lisa blieb sitzen, küsste mich, knutschte mich ab und presste mir ihren Busen aufs Gesicht.

Ich war irgendwo, wo ich absolut nicht sein wollte. Und fand nur noch heraus, in dem ich irgendwann doch einschlief.

9

Irgendwann habe ich mal von einem Jugendlichen gelesen, der sich umgebracht hatte. Es stand in einer Fernsehzeitung, glaube ich, denn da müssen ja immer ein paar herzzerreißende Geschichten drin stehen. Der Junge war sechzehn und nicht einmal ein Außenseiter. Er wurde also nicht gehänselt, sondern hatte einfach nur wenig Kontakte. Darunter litt er, bis er sich einen Strick nahm. Das aber misslang. Daraufhin wurden seine Mitschüler gebeten, ihn besser zu integrieren und einer von ihnen dachte, er könnte ihm einen besonderen Gefallen tun. Da sein Vater einen Puff betrieb, lud er den Jungen dorthin ein. Sie tranken etwas und ein paar Frauen stolzierten an ihnen vorüber. Der Junge durfte sich eine aussuchen und ging mit ihr auf ein Zimmer. Ein paar Minuten später soll man von der Prostituierten entsetzliche Schreie gehört haben. Der Junge hatte sich im Badezimmer mit einer Nagelschere den Unterarm aufgeschlitzt. Noch vor seinem ersten Sex. Manchmal weiß man einfach nicht, warum sich einer umbringt. Es gibt eben nicht für alles einen Grund. Wahrscheinlich gibt es sogar für nichts einen Grund.

Als ich am nächsten Morgen aufwachte, war ich alleine. Eine Weile blieb ich liegen und dachte nach. Vielleicht hatte ich mich auf ein Niveau begeben, auf das ich mich nicht hatte begeben wollen. Vielleicht aber auch nicht. Nicht allem muss man eine Bedeutung beimessen. Also stand ich auf, zog mich an und ging hinunter in die Kneipe. Es geht eben immer weiter.

Es war etwa zehn Uhr. Die Tür stand offen. Die Tische innerhalb und die auf der Straße waren bereitgestellt. Ich klopfte beim Eintreten gegen die Scheibe.

Walter stand hinter dem Tresen, säuberte die Kaffeemaschine und nickte mir zu.

Ich setzte mich an den Stammtisch.

„Gleich", brummte er, schlurfte dann fort in die Küche und kam mit einem Tablett wieder. Darauf Geschirr für drei Personen.

Emily hätte ich geholfen, Walter half ich nicht. Es gab diese Tage, an denen er Emily oder auch Freunden und Bekannten eine Freude bereiten wollte. Sie waren selten, aber es gab sie. Da durfte man sich nicht einmischen. Er arbeitete fast behutsam und jeder Schritt schien wohl durchdacht.

Er kam mit einzelnen Tellern aus der Küche zurück: ein Käseteller, ein Wurstteller, ein Teller mit Schälchen, gefüllt mit Marmeladen und Honig. Er prüfte, ging wieder und brachte gekochte Eier sowie Servietten mit. Eine halbe Stunde verging so.

Endlich kam auch Emily und hatte eine Tüte mit Brötchen dabei. „Ich hab schon bei dir geklingelt", sagte sie. „Aber du hast nicht geöffnet."

„Ich habe nichts gehört", erwiderte ich.

„Lisa ist schon unterwegs", erzählte sie, als sie sich setzte. „Sie kann nicht mit uns frühstücken."

Walter kam, schenkte Kaffee aus, setzte sich auch und reichte die Brötchen, die er in ein Körbchen gelegt hatte, herum.

Wir aßen.

Emily schien zufrieden, war fröhlich, beinahe ausgelassen. Wahrscheinlich wegen Walter, dachte ich. Aber warum nicht auch wegen Lisa und mir? Es war kaum vorstellbar, dass Emily noch nichts wusste, wenn sie sich schon gesehen hatten. Ich war geknackt. Ich, der in ihren Augen so seltsam war. Ich, den sie oft nicht verstand, war wie alle. Ich legte das Brötchen, das ich in der Hand hielt, zurück auf den Teller und beschränkte mich darauf, Kaffee zu trinken.

Dann kamen die ersten Gäste. Walter stand auf und ging hinter den Tresen. Über die Feiertage bot er Frühstück an. Genauso einfach wie das Essen abends. Zwei Schrippen und eine Tasse Kaffee für drei Mark oder so ähnlich. So wie es abends Schnitzel mit Pommes plus ein Getränk für zehn Mark gab.

Emily hatte ab sechs Uhr in der Frühe alles vorbereitet, erzählte sie.

Ich nickte, war aber nicht ganz anwesend. Ich war in eine Lethargie verfallen, saß apathisch und wie narkotisiert da und musste mich dreimal zwingen, um zu Bewusstsein zu gelangen.

„Hat Lisa dir den Kopf gewaschen?" fragte Emily lachend.

Ich sah sie an und blieb ihr die Antwort schuldig, weil ich keinen Zusammenhang erkannte.

„Nimm es dir nicht zu Herzen", beruhigte sie mich. „Ich hab ihr erzählt, dass mich dein Verhalten irritiert hat. Aber ich hab ihr auch gesagt, dass alles geklärt ist."

Jetzt gelang es mir, den Stand der Dinge wieder zu erkennen und mich an die Ausgangslage zu erinnern. Ich wusste aber weiterhin nicht, was Emily wusste. Also schwieg ich auch weiterhin.

„Was ist denn los?" fragte Emily dann fast zärtlich.

Diese Besorgtheit ging mir auf die Nerven. „Ich habe keine Lust zu reden", sagte ich.

Was dann passierte, erstaunte mich. Ich hatte einmal

über Gefühle geredet und Lisa etwas erzählt. Dafür hatte ich mich ungefähr tausendmal rechtfertigen müssen. Darüber wusste Emily im Grunde Bescheid. Zwar hatte ich sie dann angelogen, jedoch eigentlich nur, damit sie keine Schwierigkeiten bekam. Jetzt wollte ich meine Ruhe und sagte deshalb, dass ich keine Lust zum Reden hatte. Damit meinte ich aber lediglich, dass ich nicht mehr über irgendetwas, was in den letzten beiden Tagen geschehen war, sprechen wollte.

Doch Emily antwortete: „Nein, nein, nein." Immer wieder wiederholte sie dieses „Nein, nein, nein." Dabei sah sie mich ungläubig an.

Ich lehnte mich zurück, nahm meine Tasse Kaffee in die Hand und schaute zurück.

„Lisa und du … es ist doch passiert?" Dann lachte sie verhalten und sah schließlich enttäuscht aus.

Aber das war ich auch. Ich zuckte mit den Schultern.

10

Die nächsten Wochen lebte ich ohne Raum und ohne Zeit. Zumindest ohne jedes Gefühl dafür. Vielleicht haben Physiker dafür einen Begriff. Für die Leere, das Vakuum, das Nichts, das unendliche Nichts. Mit einer Formel kann man das bestimmt ausdrücken. In diese hätte man mich einsetzen können. Ich war die Variable, die das unendliche Nichts beschreibt.

Viele Stunden verbrachte ich in meinem Zimmer, so wie im Winter und so wie früher zu Hause.

Der Sommer war aber auch einer jener Sommer, in denen man wegen unerträglicher Hitze kaum etwas machen konnte. Wer behauptet, dass ihm das gefällt, der lügt. Denn alle schwitzen und stinken und nirgendwo konnte man mehr hingehen, ohne feuchte Achseln, verklebte Haare und blanke, hässliche Füße in Latschen sehen zu müssen. Diese Hitze staute sich natürlich auch in meiner Wohnung. Manchmal saß ich nur in Unterhosen auf dem Bett. Alleine kann man das ja machen. Man sollte sich so aber nicht anderen aussetzen, wie sich andere so auch nicht mir aussetzen sollen.

Emily und Lisa ging ich aus dem Weg. Manchmal klingelte eine von beiden. Wenn Lisa vor der Tür stand, sagte sie nie viel. Es schien eher, als wollte sie nur nachsehen, ob ich noch lebte. Sie fragte nicht, was ich machte oder ob ich hinunter käme. Auch die Nacht sprach sie nie an.

Wenn Emily vor der Tür stand, zottelte sie an ihren Kleidungsstücken herum; meistens an den Trägern ihres Kleides. Sie schaute zu Boden, dann hoch, mich kurz und fragte, ob ich nicht hinunter käme. Manchmal sagte ich zu, ging aber nicht. Manchmal sagte ich, ich hätte keine Lust und bald kam sie nicht mehr hinauf.

Dann rief Armin wieder an. Man muss nur Geduld haben. Es passiert schon etwas. Wir trafen uns bald regelmäßig vor der Universität, setzten uns auf eine Wiese zwischen den Seminargebäuden und redeten. Mehr oder weniger. Ihm war jede Motivation abhandengekommen und er besuchte nur noch ein paar Vorlesungen. Dann saß ich alleine herum, las oder legte mich auf den Rücken und döste. Der Himmel war meist wolkenlos und die Sonne unerbittlich. Vom Mittag bis zum frühen Abend rutschte ich im Schatten eines Baumes über die Wiese. Wenn ich dann nach Hause ging, setzte ich mich auch wieder in die Kneipe oder davor an einen Tisch. Immerhin hatte ich gelernt, U-Bahn zu fahren. Ich wartete ab, bis das Gros der Studenten abgefahren oder wieder in irgendwelchen Veranstaltungen verschwunden war und ging dann los.

Emily und Walter verstanden sich seit unserer Reise besser. Das war nicht zu übersehen. Vormittags kochte und bereitete er vor, während sie putzte und wischte. Abends füllte sich die Kneipe, Emily bediente, schwebte umher, lachte, scherzte. Zum Feierabend kam Walter dann aus der Küche, setzte sich zu denen, die immer da waren und Emily sich auf seinen Schoß. Sie küssten sich oft und viel, lange und penetrant, wie ich fand. Die letzten Gäste nahmen sie meistens nicht mehr wahr. Aber das waren sowieso immer Müller und Reuter. Die beiden gingen dann, ohne zu bezahlen, was ihnen mit Sicherheit auch recht war. Ich weiß nicht, warum ich mir das so oft ansah. Vielleicht war es aber auch gar nicht so oft. Vielleicht habe ich es auch nur ein paar Mal mit angesehen und die Erinnerung daran betrügt, weil sie so genau ist.

Ein paar Wochen später stand ich in Shorts und T-Shirt vor der Tür zur Kneipe. Es war Ende Juli und man hatte für diesen Tag 35 Grad vorhergesagt. Ich wollte Kaffee trinken und rüttelte aber ein paar Mal vergeblich an der Tür. Tische und Stühle draußen waren auch angekettet. Unser Kontakt war zwar in den Wochen zuvor nicht eng gewesen, aber wenn sie vorgehabt hätten, nicht zu öffnen, hätte ich das schon mitgekriegt. Außerdem ließ Walter ja nicht einen Tag einfach so vergehen. Auch wenn einem etwas noch so sehr missfällt, sollte es plötzlich anders sein, dann vermisst man es.

Dann wurde die Haustür geöffnet. Emily und Walter traten auf die Straße und lachten. Ich vermutete, auch über mich. Emily trug einen kurzen schwarzen Rock, eine rote Bluse und Sandalen. Walter wie immer Jeans, Hemd und Schlappen.

„Heute gibts keinen Kaffee", rief er. „Wir fahren raus zum See."

Noch bevor sie auf meiner Höhe waren, überquerten sie die Straße, liefen vor bis zur Kreuzung und bogen dort nach links ab.

Die folgende Entscheidung war unbewusst und vielleicht sind das die besten Entscheidungen. Ich lief ihnen hinterher. Erst sehr langsam, doch dann, als mir klar wurde, was ich tun würde, schneller. Der Übergang vom Unbewussten zum Bewussten beschleunigte mich, ja, katapultierte mich sozusagen vor an die Ecke.

Sie waren etwa zweihundert Meter voraus, hielten sich an den Händen und schwangen sie. Wie zwei Verliebte. Emilys Korbtasche baumelte an der rechten Schulter. Manchmal nahm Walter seine freie Hand, kniff Emily unter dem Rock und sie machte einen Hopser.

Sie gingen bis zum S-Bahnhof hinunter und verschwanden hinter den Glastüren des Eingangs. Ich wartete unter der Brücke, über die die Bahn in den Bahnhof einfährt, denn es gab nur diese eine Treppe zum Bahnsteig. Erst als ich ein paar Minuten später die Bahn kommen hörte, rannte ich die Treppen hinauf und sprang in den Wagen, der mir am nächsten war. So riskierte ich, dass sie im gleichen Wagen wie ich sein würden. Doch wäre ich zu früh nach oben gerannt, hätten sie mich gleich sehen können.

Im Wagen stellte ich fest, dass ich das Glück hatte, das man als Verfolger braucht. Emily und Walter waren nicht zu sehen. Ich fand aber auch, dass ich mich clever verhalten hatte und konnte das später noch öfter beweisen. Es ist schön, wenn man herausfindet, was man gut kann. Auch wenn man es durch Zufall herausfindet und es vielleicht keinen Sinn hat. Aber wahrscheinlich hat man darauf auch keinen Einfluss; darauf, dass Dinge, die man gut kann, Sinn haben.

An der Front des S-Bahnwagens war ein Fenster, das die Möglichkeit bot, in den nächsten hineinzusehen. Aber ich erkannte nicht viel. Nicht nur Schmutz, auch Kratzer hinderten meine Sicht. Das aber hatte wiederum den Vorteil, dass man genau so gut oder schlecht in meinen Wagen hinein sehen konnte. Also in den, in dem ich mich befand. Manchmal fühlt man sich beobachtet und muss sich bewusst machen, dass man selbst genauso beobachten kann. Andere auf der anderen Seite sehen immer nur genauso viel wie man selbst. Dieses Bewusstsein ist bloß nicht bei allen gleichermaßen ausgeprägt. Bei mir ganz wenig. Erst danach kam es auf; erst nach diesem Tag.

An den ersten beiden Bahnhöfen, an denen wir hielten, spähte ich hinaus, sah Emily und Walter aber nicht. Dann fiel mir ein, dass sie zu einem See wollten und wie ich Walter kannte, hatte er einen bestimmten See im Sinn. Das konnte nur bedeuten, dass sie bis zur Endstation fuhren: Wannsee. Ich setzte mich, entspannte so weit es ging, entdeckte dann aber einen Plan. Vor der Endstation gab es noch die Bahnhöfe Schlachtensee und Nikolassee. Also war es doch nicht so leicht.

Aber sie stiegen schon an der ersten möglichen Station aus: Schlachtensee. Ich sah sie gleich, als ich durch die geöffnete Tür spähte. Sie hingegen bemerkten mich nicht und machten es mir auch einfach. Denn wegen ihres fortwährenden Turtelns nahmen sie vermutlich niemanden wahr. Als die Tür geschlossen wurde, klemmte ich einen Fuß dazwischen und als die Bahn anfuhr, stemmte ich die Tür auf und sprang hinaus. Mit drei Schritten gelang ich auf die Rückseite der kleinen Hütte, worin der Abfertiger schon wieder verschwunden war. Nicht einmal er bemerkte mich.

Dann schlenderte ich in Richtung der Treppen, ging sie hinunter und wandte mich wie die meisten zum Ausgang auf der rechten Seite. Hinter dem Ausgang trat ich auf einen kleinen Platz. Rechts war ein Fahrradständer mit Hunderten Fahrrädern, links eine Imbissbude, vor der ein Eisverkäufer hinter einem Wagen stand. Es waren viele Menschen unterwegs, sehr, sehr viele. Aber wo sollte man in Berlin schon hin? Ich hörte meine Mutter. Eingemauert. Eingesperrt. Doch es ist merkwürdig, wenn man irgendwohin fährt, um sich zu erholen und um Sonne und Sommer zu genießen und man das nur mit tausend anderen Menschen auf einem winzigen Flecken machen kann. Rätselhaft, wie man das aushält. Genauso rätselhaft war mir jetzt aber auch, wie ich Emily und Walter wiederfinden sollte.

Bis zu einer Straße, die den Bahnhof vom See trennte, waren es nur ein paar Meter. Dort entlang krochen Autos. Ohne Mühe hätten die Autofahrer zehn Badehosenträger auf einmal totfahren können. Denn die Eis- und Pommesholer überquerten die Straße, scheinbar ohne zu wissen, dass dort Autos fuhren. Aus Prinzip drückten einige kräftig auf ihre Hupe. Hoffnung, dass es etwas ändern würde, konnte man nicht haben. Obwohl manchmal doch einer im Menschenstrom stehen blieb und einer dann mit seinem Auto drei Meter weiter kam.

Ich überquerte die Straße und sah dahinter das Erholungsgebiet oder was auch immer. Wer wie ich noch nie im Süden im Urlaub war, kennt trotzdem die Bilder. Hotelhochhäuser, Strand, Meer auf einer Breite von hundert Metern und auf einer nicht einzuschätzenden Länge. Und so weit man dann sehen kann, sieht man nichts als Menschen. Es gibt zu viele von ihnen. Daran kann man nicht zweifeln. Und hier verhielt es sich genauso. Es fehlten nur die Hotels und der Strand war eine Wiese mit einer Größe von vielleicht hundert mal hundert Metern. Ich stand dort und begriff nicht. Wie so oft meinetwegen. Aber hier und an diesem Tag war es besonders schlimm.

So weit ich es erkennen konnte, endete die Wiese an einem Abhang. Auf beiden Seiten führte ein Weg bis dorthin und bis zu einer Treppe. Was ich mit Sicherheit erkannte, waren Emily und Walter. Sie standen einen Moment lang genau an dieser Kante und verschwanden dann treppab.

Ich ging auf der Straße ein Stück nach rechts und betrachtete eine Weile das Treiben auf der Wiese. Ältere spielten Federball, Jugendliche warfen oder schossen sich Bälle zu. Jungs sprangen den Bällen hinterher und dabei auf Handtücher und Decken. Aber alle hatten Verständnis und schauten höchstens mal kurz auf. Auch ein paar Mädchen sprangen den Bällen hinterher, wobei ihr Busen im Bikinioberteil hüpfte. Wahrscheinlich durften sie deshalb mitmachen. Musik ertönte aus Rekordern mit Batteriebetrieb. In einer Ecke Rap, in einer anderen Neue Deutsche Welle.

Die gesamte Fläche wurde von Gebüsch begrenzt. Neben dem Weg, den Emily und Walter entlang gegangen waren, standen Sträucher auf drei Metern Breite. Sie grenzten das Erholungsgebiet ganz genau ab. Das Gestrüpp reichte von der Straße oben bis hinab zur Treppe. Dahinter erstreckte sich die nächste Rasenfläche, aber hier hielt sich kaum jemand auf. Ich habe damit abgeschlossen, dass ich verschiedene Dinge verstehe oder verstehen muss. Es ist schon so, dass derjenige glücklicher ist, der keine Fragen stellt. Vielleicht waren es die Bäume, die vereinzelt standen, aber groß und Schatten spendend waren. Vielleicht war es die Wiese, die nicht gepflegt war und auf der ein ausgebreitetes Handtuch dreckig werden konnte. Warum auch immer hier nur vereinzelt Pärchen oder Grüppchen lagen, ich habe sie nicht gefragt. Ich lief parallel zur Treppe und zum Gebüsch die Wiese entlang, bis ich etwa die Höhe erreichte, auf der ich Emily und Walter aus den Augen verloren hatte. Vor mir lag ein dichtes Dornengestrüpp, durch das ich den See schimmern sah. Endlich erkannte ich also, weshalb man hier war. Ich sah aber auch das Dornengestrüpp und zweifelte eine Weile. Vermutlich ereilte mich dann ein Moment, in dem ich mir sagte, dass nichts mehr zu verlieren ist. Vermutlich müsste man sich das auch öfter sagen. Aber sich das zu sagen und daran zu glauben, sind zwei verschiedene Dinge. In dem Moment aber glaubte ich daran, duckte mich und kroch ins Gebüsch. Nach einigen Metern sah ich ein Holzgeländer und erkannte die Treppe. Ich hockte mich hin.

Ich sah einen Weg, der quer verlief und die obere Wiese vom Abhang trennte. Dahinter und bis hinunter zum See war dann wieder Gras. Auf diesem Hang lagen eher ältere Menschen. Sie lagen auf Bauch oder Rücken und lasen oder schliefen. Ein paar Familien mit Kindern hatten sich auch darunter gemischt. Die Kinder waren aber noch so klein, dass sie nicht umhertollten. Auf der gegenüberliegenden Seite waren, wie ich schon geahnt hatte, auch eine Treppe, ein Geländer und dahinter ebenso Gebüsch und Bäume.

Ich gab dann meine Hockstellung auf, ließ mich auf dem Hintern nieder und streckte die Beine aus. Ich erkannte, dass am Ufer nochmals ein Weg war. Von dort konnte man ins Wasser springen, was Kinder und Jugendliche taten. Andere hingegen kletterten vorsichtig in den See und schwammen aus meinem Sichtfeld. So wie Walter.

Ich hatte ihn und Emily schnell entdeckt. Keine zwanzig Meter von mir entfernt hatten sie eine Decke ausgebreitet und saßen eine Weile auf ihr. Walter in einer schwarzen Badehose, Emily in einem roten Bikini. Sie redeten nicht viel, dann drückte Walter ihr einen Kuss auf die Stirn, sprang auf, ging zum See und verschwand. Emily sah ihm länger nach, setzte sich schließlich eine

Sonnenbrille auf und legte sich auf den Rücken. Das rechte Bein streckte sie aus, das linke zog sie etwas an.

Ich fragte nicht nach dem Sinn meines Handelns oder nach sonst einem Sinn. Zum Glück. Ich saß dort in einem Gebüsch und war ein Spanner. Immerhin, es gibt schlimmeres. Und ich fragte ja auch nicht. Ich fluchte nur irgendwann, als mir einfiel, dass ich kein Fernglas dabei hatte.

11

Vielleicht erinnere ich mich auch heute nicht mehr, dass ich mir die Sinnfrage stellte, weil es einen Sinn hatte. Nach etwa einer Stunde kam Walter zurück. Emily lag regungslos auf der Decke und schien zu schlafen. Dann geschah, was geschehen musste. Walter rannte den Hang hinauf, beugte sich über Emily, schüttelte seinen Kopf hin und her und seine Arme aus. Die Wassertropfen spritzen auf Emily, auf ihren erhitzten Körper. Und sie fuhr auf und schrie und lachte. Sie lachte, wie ich sie zusammen mit Walter selten habe lachen hören.

Ich hatte die Zeit vorher damit verbracht, kleine Äste, die mir ins Gesicht stachen und in die Seite piksten, abzubrechen. Ich hatte eine Plastiktüte zwei Meter von mir entfernt entdeckt und war hingerobbt, um sie als Unterlage zu nutzen. Alle fünf Minuten wechselte ich meine Position vom Schneidersitz in die zwei anderen möglichen: Beine ausstrecken oder anziehen. Ich hatte Emily kaum aus den Augen gelassen, nur immer mal wieder den Hang entlang gesehen und Walter auch gleich entdeckt, als er aus dem Wasser kam. Nun unterhielten sie sich, legten sich dann auf ihre Bäuche und mehr als eine Stunde lang geschah wiederum nichts.

In dieser Stunde begann ich schließlich doch zu hadern. Ich hatte nichts zu trinken, nichts zu essen, kein Geld und auch nichts zum Lesen dabei. Ich starrte nur vor mich hin. Manchmal sah ich ein paar nackte Beine, die Treppen hoch, die Treppen runter. Manchmal sah ich jemanden, der sich erhob, zum See lief und irgendwann wieder zurückkehrte. Manchmal sah ich jemanden, der seine Sachen zusammensuchte und ging. Manchmal sah ich jemanden, der kam und sich auf der Wiese einen Platz suchte. Alle fünf Minuten sah ich auf die Uhr.

Nach vier Uhr regten sich Emily und Walter. Sie zogen sich ihre Oberteile über, ließen den Rest liegen, kamen auf mich zu, bogen drei Meter von mir entfernt auf den Weg, liefen die Treppe hoch und verschwanden. Ich wagte mich nicht hervor. Ich wartete. Sie würden zurückkommen und ich würde da sein.

Sie kamen mit Pommes und Eis zurück. Keiner hatte sie überfahren.

Sie aßen.

Menschen zu foltern, ist ja verboten, geschieht aber doch. Man muss sich aber gar nichts ausdenken. Irgendwelche Methoden oder irgendwelche Instrumente. Schnall nur jemanden fest, lass ihn dursten, lass ihn hungern. Dann trinke und esse vor seinen Augen. Der stirbt einen Scheißtod oder macht alles, was du willst.

Dass Emily dann auf den Rücken sank, Walter sich über sie beugte, seine Hand auf ihren Bauch legte, sie küsste und seine Hand nach oben schob, war mir schon fast egal. Ich schloss die Augen und zählte einfach mal, bis mir übel wurde. Als ich die Augen wieder öffnete, war mir schwindlig. Ich legte mich auf die Seite mit dem Blick wieder in ihre Richtung. Immerhin, es war vorbei. Sie lagen wieder nebeneinander.

Trotzdem war klar, dass ich aufgeben musste. Zumindest mein Versteck. Ich wollte mich bewegen, vielleicht in den See springen, vielleicht jemanden überfallen, ihm Geld klauen und Essen. Es war egal, was Emily und Walter in der Zwischenzeit machten, ob ich sie verlor und ob sie gingen. Es war mir vollkommen gleichgültig. Nie habe ich mehr Gleichgültigkeit empfunden. Dabei habe ich das Gefühl so oft.

Ich kroch aus dem Gebüsch und trat auf die Decke einer älteren Frau, als ich mich aufrichtete. Doch mein gleichgültiger Blick zerschmetterte ihren misstrauischen und ließ ihn beschämt zu Boden sinken. Ich entfernte mich von der Wiese und von Emily und Walter in die andere Richtung, bis ich auf einen Weg stieß, der zum See führte. Ich fand eine seichte Stelle, an der ein Baum schräg gewachsen über das Wasser ragte. Ich zog mein T-Shirt aus, hängte es über den Stamm und ging ins Wasser. Ich bin kein Schwimmer, und Wasser ist überhaupt nicht meine Welt. Ich ging zehn Meter in den See hinein, bis das Wasser bis zu meinen Hüften reichte. Ich verharrte. Trotz der Hitze der letzten Wochen war es kalt. Gänsehaut bildete sich auf meinen Armen. Dann sprang ich, tauchte unter, machte ein paar Züge und kam wieder zur Oberfläche. Ich suchte nach dem Grund, um mich hinzustellen. Doch ich musste ein Stück zurück, bis ich den Boden fand. Dann senkte ich den Kopf und trank. Wie gut es schmeckte.

Mein Nacken war steif und mir war kalt. Aber trotzdem oder gerade deswegen beschloss ich zu bleiben, beschloss ich zu schwimmen. Ich entfernte mich nicht weiter als zehn Meter vom Ufer. Alles andere wäre mir nicht geheuer gewesen. Ich schwamm vor in Richtung der Stelle, an der Walter in den See gesprungen war. Ein paar Jugendliche saßen dort, ihre Beine baumelten im Wasser. Dahinter erkannte ich Emily und Walter. Zumindest glaubte ich, ihren roten Bikini zu erkennen. Ich kehrte mit einer neuen Idee um.

Da ich selten Ideen habe, Ideen, was ich Neues oder was ich anders machen könnte, bin ich sehr aufgeregt, wenn es passiert. Ich schwamm zurück zum Ufer, rannte aus dem Wasser, knotete das T-Shirt an meine Shorts und nahm meine Sandalen. Beinahe übermütig sprang ich wieder ins Wasser, nutzte die Schuhe als Paddel und schwamm auf die andere Seite hinüber. Es waren bestimmt dreihundert Meter und ich war bestimmt eine Viertelstunde im Wasser, bis ich eine Stelle sah, an der ich den See wieder verlassen konnte. Ich kletterte hinaus und stand noch unterhalb der Wiese, nur leicht versetzt, sodass Emily und Walter mich hätten sehen können, hätten sie sich erhoben. Doch das machten sie nicht.

Ich lief an der Treppe und am Gebüsch, die die Liegewiese auf dieser Seite abgrenzten, vorbei und kam wieder zu einer weniger gepflegten Grünfläche, zu einer eher gebräunten und vertrockneten Wiese. Selbstverständlich hielt sich hier niemand auf. Ich breitete mein T-Shirt aus, setzte mich und legte mich schließlich auf den Rücken. Ich hatte noch immer nichts gegessen und es war meiner Meinung nach noch viel heißer, als man vorhergesagt hatte. Auch im Schatten war es unerträglich. Aber ich war jetzt trotzdem zufrieden. Also dauerte es nicht lange, bis ich einschlief. Zufrieden lässt es sich besser einschlafen.

12

Ich wachte wieder auf, weil ich fror. Ich zog mein T-Shirt über. Es war knittrig, aber trocken. Ich sah auf die Uhr. Es war kurz nach Acht. Ich war alleine. Weiterhin oder immer noch. Die Sonne hatte sich weit gesenkt. Ihre Strahlen spiegelten sich auf der Oberfläche des Sees und ließen die Umwelt ringsherum schimmern und glänzen. Das war wirklich schön. Blau und grün sind ja eher dunkle Farben, jetzt waren sie aber aufgehellt. Dadurch war alles ganz ruhig, die Wirkung oder die Wirklichkeit.

Von der Wiese drüben vernahm ich dann aber wieder Stimmen und Musik. Immer deutlicher, vor allem die Musik, die von Männerrufen und Frauenkreischen hin und wieder durchbrochen wurde. Ich besann mich und dachte nach. Emily und Walter waren mit Sicherheit nach Hause gefahren. Walter würde die Kneipe nicht auch abends geschlossen lassen. Trotzdem ist Sicherheit nur sicher, wenn man sich überzeugt hat. Außerdem war seit dem Morgen nichts passiert, was normal gewesen wäre. Es war ein anderer Tag. Anders war der Vormittag, anders der Mittag, anders könnte auch der Abend sein.

Ich betrachtete die Bäume um mich herum. Erst die, die links von mir und weiter von der Wiese entfernt standen. Dann die, die hinter mir standen. Einer von denen hatte einen breiten, ordentlichen Ast, der in einer erreichbaren Höhe über den Boden ragte. Ich ließ die Sandalen am Stamm liegen. Dann sprang ich, zog mich hoch und setzte mich erst mal quer. Ein Bein baumelte links, das andere rechts. Der Ast also zwischen mir, vielleicht zwei Meter über dem Boden. Ich pustete durch, war dann richtig wach und stellte mich hin. Danach war es leicht, die nächsten Äste zu erklimmen. Ein bisschen war ich wieder Kind, obwohl ich das als Kind nie gemacht habe. Schnell erreichte ich eine Höhe, die ausreichte, um über das Gebüsch zu sehen. Nie wieder wollte ich in solch ein Gestrüpp hineinkriechen. Ich ignorierte es, sah über es hinweg und blickte zur Wiese.

Auf dem oberen Abschnitt hatte sich kaum etwas verändert. Da lagerten immer noch Jugendliche, vielleicht nur ein paar weniger. Sie saßen um Rekorder und tranken Dosenbier. Den unteren Abhang konnte ich weniger gut überblicken. Zuerst sah ich nur ein älteres Paar, welches an der Treppe lag, die mir näher war. Davor, also ein Stück weiter unten, erkannte ich noch eine vierköpfige Gruppe. Zwei Frauen, zwei Männer. Die Stelle, an der Emily und Walter gelegen hatten, war leer. Wenn es die richtige Stelle war, denn ein Stück des Hangs konnte ich, weil er stärker abfiel, nicht einsehen. In der Natur ist nichts gleichmäßig, manchmal sogar, auch wenn der Mensch sie gemacht hat. Ich musste noch einen Ast höher steigen, befand mich dann vier Meter über dem Erdboden und war nicht begeistert. Ich schaukelte. Oder der Baum. Oder wir beide. Obwohl kein Wind ging. Vielleicht war es bei mir auch Schwindel. Ich setzte mich, lehnte mich an den Stamm und schnaufte durch.

Und dann sah ich sie und war glücklich. Es hatte Sinn. Emily und Walter waren nur ein paar Meter weiter nach unten gezogen, näher an die hintere Treppe heran. Hätte ich noch dort im Gebüsch gesessen, wären sie höchstens fünf Meter von mir entfernt gewesen.

Manchmal überlege ich, wie es wäre, wenn nicht immer alles verginge; wenn man sich selbst sehen könnte, in einem Moment, der ein paar Stunden, Tage, Monate oder

Jahre zurückliegt. Wie also wäre es, wenn Erinnerung sichtbar ist? Jetzt war ein Moment, in dem mir das beinahe gelang. Ich sah mich im Gebüsch auf der anderen Seite.

Emily und Walter sah ich allerdings noch ein bisschen realer. Sie hatte eine schwarze Strickjacke übergezogen und ihren Rock, Walter sich einen Pullover. Beide hielten einen Becher in der Hand, und sie redeten miteinander. Ich hatte nie den Eindruck, dass sie sich viel unterhielten. Vorher nicht und auch nachher nicht. Außer ihrer Arbeit kannte ich keine Inhalte ihrer Unterhaltungen. Allerdings wusste ich auch nur wenig von ihrem Alltag, dem Alltag neben der Kneipe, wenn sie den überhaupt hatten. Ich weiß nicht, ob sie miteinander frühstückten oder manchmal einfach zusammen zu Hause waren. Wahrscheinlich gab es solche Stunden eher nicht. Ihr Alltag war die Kneipe und die Kneipe ihr Zuhause. Wenn man sagt, dass man den Alltag zu Hause verbringt und da dann miteinander redet, dann war das bei Emily und Walter mit Sicherheit die Kneipe. Dort spielte sich alles ab.

Ich kletterte wieder vom Baum, ging hinauf zur Straße, lief an der ersten Treppe vorüber und oberhalb der Wiese entlang. Mittlerweile dämmerte es. Das Licht der Straßenlaternen reichte bis zu den Jugendlichen, die noch auf der Wiese saßen. Ich lief weiter, an der anderen Treppe und am Gebüsch vorbei, bis zur nächsten Wiese und dort hinab zu meiner altbekannten Stelle. Ich wollte nicht, hatte aber keine Wahl, folgte einem Instinkt oder einer fixen Idee oder was oder wem auch immer und kroch zurück.

Bis hierher drang die Musik kaum. Jetzt hätten sie mal

aufdrehen können. Aber da das niemand machte, musste ich vorsichtig sein. Was für Geräusche entstehen, wenn man in ein Gebüsch hineinkriecht. Es knackte, es raschelte. Ich hielt die Luft an. Minuten dauerte es, bis ich zwei Meter überwunden und die Tüte erreicht hatte. Ich hielt weiter die Luft an, verharrte. Weitere Minuten vergingen, bis ich mich traute, mich zu drehen und wieder zu atmen. Dann saß ich im Schneidersitz einen Meter von der Treppe entfernt, die etwa zwei Meter breit war und wiederum zwei Meter dahinter saßen Emily und Walter. Walter befand sich aus meiner Sicht hinter Emily.

Ich spähte hinaus, obwohl ich nicht weiß, ob man das spähen nennen kann. Ich versuchte halt, etwas zu erkennen, und das strengte an und spähen hat ja etwas mit Anstrengung zu tun. Trotzdem erkannte ich nicht, ob die Pärchen, die ich von der anderen Seite aus gesehen hatte, noch da waren. Ich konzentrierte mich auf die Stellen, wo ich sie gesehen hatte. Aber in der Dunkelheit war es nicht auszumachen. Ich wusste aber auch nicht, was es für einen Unterschied gemacht hätte. Noch wusste ich es nicht. Walter wusste es zu diesem Zeitpunkt wahrscheinlich schon.

Er hatte die Beine angezogen und die Ellenbogen auf die Knie gestützt. Emily hingegen hatte ihre Beine ausgestreckt und die Füße gekreuzt. Sie redeten kaum noch, blickten in Richtung des Sees und im Grunde geschah nichts.

Erst als es wirklich finster war, eine halbe Stunde später, vielleicht auch eine ganze Stunde, geschah etwas. Ein Polizeiwagen fuhr vor, vermutete ich. Er hielt oben auf der Straße, denn von dort funkelte bläuliches Licht durch die Dunkelheit. Es zeigte mir in sekündlichem

Abstand die Gesichter von Emily und Walter, während minutenlang Fetzen einer Diskussion von der oberen Wiese herunterdrangen. Dann wurde die Musik abgestellt und Stöhnen war hörbar, bis es irgendwann und schlussendlich ruhig wurde. Kurz leuchtete noch jemand mit einer Taschenlampe den Hang hinunter. Einmal rasch von rechts nach links. Dann verschwanden der Schein und auch das Blaulicht.

Von da an waren wir drei alleine, denke ich. Emily, Walter und ich. Um uns, vor allem um mich herum, war es wieder dunkel. Die Wiese aber entwickelte sich bald zu einer Lichtung. Irgendwo musste der Mond leuchten. Vielleicht entwickelte sich aber auch gar nichts und es war nur die Zeit der Gewöhnung, die verstrichen war und die ich gebraucht hatte.

Als diese Zeit abgelaufen war, ging auf jeden Fall alles ziemlich schnell. Walter nahm seinen Becher, stieß gegen Emilys, trank einen letzten Schluck und warf den Becher beiseite. Er umgriff Emily mit der linken Hand, beugte sich zu ihr und küsste sie. Emily hielt ihren Becher noch in der rechten Hand, ließ ihn aber los, als klar wurde, dass der Kuss nicht nur aus Flüchtigkeit entsprungen war.

Ich kauerte mich zusammen, ließ mich langsam auf die Seite fallen, streckte mich und drehte mich dann auf den Bauch. Ich lauerte platt gedrückt.

Walters linke Hand hatte während meiner Drehung einen Platz unter Emilys Strickjacke gefunden, bewegte sich von links nach rechts und dann von unten nach oben, bis der Arm bis zum Ellenbogen verschwunden war. Als die Hand wieder zum Vorschein kam, hatte sich der Rest, der Walter gehörte, auch bewegt. Walter an sich also. Ich war ganz überrascht, dass er vor Emily kniete, nachdem ich den Blick von der Hand wieder auf das ganze Schauspiel geschafft hatte zu lenken. Walter öffnete Emilys Jacke von unten nach oben. Zack. Zack. Zack. Drei Knöpfe. Dann streifte er die Jacke von Emilys Schultern. Emilys Busen, noch vom Bikinioberteil geschützt, hob und senkte sich. Wieder fing Walters Hand meinen Blick ein. Sie grub sich unter Emilys Rock, zog ihn plötzlich nach unten über ihre Beine und warf ihn zur Seite. Dann zog Walter sich selbst den Pullover aus.

Es gibt Dinge, die muss man aushalten. Es gibt Dinge, die muss man ertragen.

Walter kniete vor Emily. Er kniete vor ihr in seiner Badehose, so eine der alten Sorte. Sie reichte also nicht bis zu den Knien, denn die tragen ja auch eher Jugendliche. Es war eine Badehose, ähnlich einer Unterhose, einem Slip. Die verbarg eben nicht, dass sich darunter etwas regte. Es schien mir erst ein bisschen, als ob die Badehose platzen könnte. Dann aber wölbte sich Walters Penis über den Rand, bis Emily ihn mit der linken Hand ergriff und mit der rechten die Badehose herab streifte. Eine Weile hielt sie Walters Penis nur in der Hand und es geschah nichts. Sie bewegte weder ihre Hand, noch senkte sie den Kopf. Dann sah sie zu Walter auf, bis er sich zu ihr hinabbeugte und sie küsste. Emily ließ seinen Penis los und sich auf den Rücken fallen.

Danach habe ich die Augen zugemacht. Das war zwar keine Lösung, weil man die Ohren nicht schließen kann, aber trotzdem besser. Schließlich verstummten sie auch. Vor allem Walter, denn von Emily hatte ich ohnehin kaum etwas gehört.

Ich drehte mich auf den Rücken. Eine Weile war es still, dann aber hörte ich plötzlich Emily.

„Siehst du die Sterne?" fragte sie.

„Hm", brummte Walter. „Was?"

„Ich bin schwanger."

„Was?"

„Ich weiß es", sagte Emily.

Stunden später, als es hell wurde, wachte ich wieder auf. Es war zwischen drei und vier Uhr. Ich lief zu Fuß nach Hause.

Dritter Teil: Martin

1

Es geht weiter, das Leben, immer weiter. Nun gut, nicht ewig, aber manchmal scheint es so. Dass es immer weiter geht, ist aber auch eine Erkenntnis, von der man nicht weiß, ob sie etwas erträglicher macht oder alles nur noch unerträglicher. Wahrscheinlich kommt es auf die Situation an. Wenn man jünger ist, kann es einem schon helfen. Da fühlt man sich manchmal beschissen, aber da es immer weiter geht, weiß man, dass es einem auch irgendwann wieder besser, vielleicht sogar gut gehen wird.

Bloß was sagt man sich, wenn man alt ist und nur noch ein paar Jahre vor sich hat? Ich kenne keine älteren Leute oder ich würde sie nicht fragen. Frau Fitz, meine Nachbarin? Ich könnte Lisa sagen, sie solle sie mal fragen. Ach, Dinge, die man sowieso nicht tut ... Aber vielleicht ist man mit dem Alter auch einfach weniger schmerzempfindlich. Man kommt vielleicht gar nicht mehr in diese Sinnkrise, die man sich damit beantworten muss, dass es irgendwie weiter geht. Es geht ja dann auch nicht mehr weiter, zumindest nicht mehr lange. Dann würde man ja auch gleich in die nächste Sinnkrise stürzen. Das ist ja auch deprimierend, wenn man darüber nachdenkt. Mal sehen, wie es aussieht, wenn es so weit ist.

Es ging also weiter. Mit mir, mit Emily, mit Walter, mit Lisa. Aber die Entfernungen wurden erst einmal größer. Zumindest die von mir zu Emily.

Den nächsten Tag verschlief ich. Aber am Tag darauf fiel mir nichts Besseres ein als hinunterzugehen, mich vor die Kneipe zu setzen und auf meine Tasse Kaffee zu warten. Es war auch alles wie immer. Walter fuhrwerkte in der Küche und Emily hatte geputzt. Als sie mich sah, nickte sie, lächelte und kam ein paar Minuten später mit zwei Tassen Kaffee hinaus und setzte sich mir gegenüber.

„Und? Gehts gut?" fragte sie.

Ich nickte und sah ihr in den Ausschnitt. Sie hatte ihre Bluse nicht bis nach oben zugeknöpft.

Emily lächelte weiter und lehnte sich zurück. Dann fragte sie: „Was würdest du sagen, wenn ich schwanger wäre?"

Ich sah sie an und zuckte mit den Schultern.

Und sie lächelte weiter und weiter.

Mir fiel nichts ein, was ich hätte sagen können. Ich weiß auch nicht, was sie erwartete oder ob sie überhaupt etwas erwartete.

Dann nickte sie, stand auf und verschwand in der Kneipe.

Ich blieb sitzen. Den ganzen Tag. Leute kamen, Leute gingen. Ich blieb. Schmerzunempfindlich.

Es passiert, dass Leute irgendwo Sex haben und man sie dabei sieht. Sie lieben es, es in der Freiheit zu tun, in der Natur. Vielleicht überkam es sie auch nur ganz plötzlich. Dann guckt man hin, guckt weg, guckt hin und geht weiter. Sieht man welche, die man kennt, die man sogar gut kennt, ist es anders. Erfährt man dann noch, dass genau dabei eine Schwangerschaft entstand, ist es noch einmal anders. Vielleicht übernahm ich deshalb später die Verantwortung, weil ich dabei war und irgendwie ein Teil von ... von was auch immer.

2

Im Oktober begann ich, Literaturwissenschaften zu studieren. Aber nur drei Wochen lang hielt ich das Gerede über Absichten und Intensionen aus. Alles ist ehrenwert, jede Absicht und jede Intension. Aber Geschichten sind Geschichten und Figuren sind Figuren. Doch darum ging es nie. Es wurde immer über die Ursache gesprochen, nie über die Wirkung. Mir aber reichte es zu sagen, dass es wirkt oder dass es nicht wirkt. Alles ist doch, wie es ist. Das und vielleicht noch, wie es einmal war, wollte ich nachvollziehen. Nicht mehr, nicht weniger. Figuren leben, weil man sie mag oder mit ihnen fühlt. Nicht weil man weiß, weshalb sie geschaffen wurden.

Zu Bewusstsein kam ich allerdings in einem Kurs der Bibliothekswissenschaften. Dort erkannte ich, dass ich das Ganze beenden musste. Früher hatte ich mir gerne Bücher in unsere Gemeindebibliothek ausgeliehen. Da die Studienordnung riet, auch Kurse aus verwandten Fächern zu besuchen, geriet ich also in einen Kurs der Bibliothekswissenschaften. Außerdem müssen Bücher nicht immer gekauft und dann im Regal Staub ausgesetzt werden. In einer Bibliothek hat es ein Buch viel besser. Dort wird es öfter genutzt und auch sauber gehalten. An den Titel des Kurses erinnere ich mich nicht mehr. Auf jeden Fall aber sollten wir dort lernen, wie man in einer Bibliothek einerseits etwas irgendwo findet und andererseits wie man es möglich macht, dass jemand etwas irgendwo findet. Dann fiel der Satz: Die Einbettung des Prinzips der Gebräuchlichkeit in die Umgebung von Katalogen mit postkoordinierender Suche bedingt, dass die verwendete Terminologie das rechte Maß zwischen extremer Ausführlichkeit und extremer Verknappung sowie zwischen extremer Präkombination und extremer Begriffszerlegung einhalten muss.

Ich meine ... ich weiß gar nicht. Ich weiß nur, dass der Satz so an die Wand projiziert wurde. Man hätte ihn mir tausendmal vorsagen können, ich hätte ihn nie behalten. Aber selbstverständlich sagte auch niemand, dass er den Satz nicht versteht. Ich natürlich auch nicht. Hingenommen. Man muss vieles hinnehmen, aber doch auch nicht alles. Bloß sagt man, dass man es nicht versteht, dann ist man ja doof. Das gibt man nicht zu, schon gar nicht in der Uni. Dann wäre man ja am falschen Platz. Abgesehen davon, dass ich das war. Aber muss man sich so etwas ausdenken? Klar, muss man. Ich verstehe auch schon den Sinn dahinter, zumindest ahne ich, dass es einen gibt. Wenn jemand ein Buch sucht, zu dir kommt und sagt, ihn interessiert die Schifffahrtsgeschichte Englands in der ersten Hälfte des 18. Jahrhunderts, dann ... Aber irgendwie anders könnte es sein.

Trotzdem las ich jetzt mehr. So verdrängte ich, was am See passiert war und ertrug die Abende in der Kneipe. Später Nachmittag, früher Abend, das waren meine Zeiten der Einkehr. Meistens alleine, weil Lisa viel arbeitete. Manchmal aber auch mit ihr zusammen. Lisa schrieb und korrigierte. Ich las. Was um uns herum geschah, kümmerte uns nicht. Mich zumindest nicht, soweit es ging.

Die Gegenseite verhielt sich ähnlich. Emily zeigte keine Neugier und nicht einmal geheucheltes Interesse an dem, was wir taten. Manchmal schien es, als ob wir Gäste wären, die sie noch nie gesehen hatte. Das betraf auch Lisa. Also hatte nicht nur ich mich zurückgezogen, sondern auch Lisa und Emily sich. Wir machten so weiter, bis bald fast niemand mehr einen Grund für unser Verhalten wusste. Aber im Aussitzen bin ich unschlagbar. Ein halbes Jahr verging.

Im Januar stand Emily vor uns. Sie trug ein rotes Kleid und stemmte ihre Hände in die Hüften. Mir fiel auf, dass ihr Busen und ihr Bauch mittlerweile ineinander übergingen.

Lisa fragte sie, wie es ging. Da diese Frage selten eine ernst gemeinte ist, interessiert die Antwort dann auch eigentlich gar nicht. Aber Emily schnaufte durch und sagte: „Ich werde euch noch brauchen."

Wir sahen hoch und Emily uns mit ihren großen Augen an. Dann verschwand sie, weil jemand nach ihr rief.

Lisa und ich blickten uns an. Lisa sah etwas schuldbewusst aus und ich bestimmt überrascht. Aber dann zuckten wir gleichzeitig mit den Achseln, als hätten wir uns abgesprochen und vertieften uns wieder in unsere Arbeiten.

Eine Woche später traf ich Emily dann im Hausflur.

„Gehst du in die Uni?" fragte sie.

Ich nickte, obwohl ich es nicht vorhatte.

„Ich wollte gern mal wieder mit dir spazieren gehen", sagte sie und sah mich mit hochgezogenen Augenbrauen an.

„Jetzt?"

„Nachmittags hab ich ja keine Zeit."

Ich nickte.

Es war viel Zeit vergangen und ich hatte das Aussitzen gewonnen. Es sprach nichts dagegen, jetzt mit ihr in den Park zu gehen.

In diesem Winter war es fast nie kalt. Selten war die

Temperatur unter null Grad gesunken und Schnee fiel auch keiner. Oft war es trüb, neblig, diesig, dunstig und grau. Selbst ich fand das irgendwann langweilig und dachte manchmal daran, dass es eine Sonne gab und sie Sinn hat. Auch an diesem Tag, als ich neben Emily die Straße überquerte, war die Luft feucht und schwer.

„Hast du Freunde gefunden?" fragte sie.

„Ja", log ich und doch auch nicht. Denn auch Erdachtes kann Wahrheit wiedergeben.

Sie nickte. „Du gehst viel in die Uni."

„Deswegen bin ich ja hierher gekommen."

„Vor einem Jahr klang es anders", erwiderte sie prompt.

„Dann habe ich mich wohl verändert."

„Hast du denn gefunden, wonach du gesucht hast?" fragte sie weiter.

Ich überlegte, ob sie jetzt wirklich etwas von mir erfahren wollte oder ob sie nur fragte, um etwas zu sagen und antwortete lediglich mit: „Ja."

Daraufhin aber erwiderte Emily nichts mehr.

Also fügte ich nach einer Weile an: „Es hat mir nicht gefallen."

Sie schwieg weiter. Vielleicht auch, weil wir einen Anstieg hinauf gingen, was sie hörbar anstrengte. Sie begann zu schnaufen.

Oben deutete Emily auf eine Bank. „Setzen?"

Ich nickte.

Eine Weile lehnten wir nebeneinander, sahen auf die Wiese vor uns oder sonst wohin.

Dann beugte sich Emily nach vorne, was ihr wegen ihres Bauches kaum gelang und wandte sich mir zu. „Ich hab eine Bitte", sagte sie.

Ich erwiderte ihren Blick und wartete.

„Du kannst auch ablehnen", sagte sie.

Ich zuckte mit den Schultern.

„Okay", sagte sie. „Ich vertraue dir. Ich hab zwar das Gefühl, du vertraust mir nicht mehr so wie früher, aber trotzdem möchte ich dich etwas fragen. Wenn du ablehnst, ist das aber wirklich in Ordnung."

Ich sah sie an, vermutlich erstaunt, denn ich hatte keine Ahnung, was kommen würde.

„Würdest du dich um meinen Sohn kümmern, wenn ich arbeite oder mal ein bisschen freie Zeit brauche?"

Ich und ein Kind? Ein Kind und ich?

Ich hatte nie darüber nachgedacht, was sich nach der Geburt ändern würde. Ich wusste auch nicht, wie Emily und Walter ihre Zukunft planten. Aber ich und ein Kind? Da setzt dich plötzlich jemand einer Verantwortung aus und du kannst gar nichts dafür. Du hast dich nicht darum beworben. Aber man hat dich gesehen und für gut befunden. Du hast keine Chance oder es ist deine einzige Chance. Wenn du die nicht wahrnimmst, wirst du vielleicht nie wieder eine bekommen. Andere sehen dich nämlich anders, als du dich selbst. Und wenn du diese Chance nicht annimmst, werden sie dich sehen, wie du dich gesehen hast. Und dann bist du du und bleibst immer du. Dann wirst du nie ein anderer, jedenfalls nicht in deinen eigenen Augen. Und dass man sich in seinen eigenen Augen verändert, muss auch mal sein.

„Wie stellst du dir das vor?" fragte ich.

„Ein halbes Jahr lang werde ich nicht arbeiten. Da wird uns Lilli helfen. Ich möchte ihn nicht gleich am Anfang in die Kneipe mitnehmen. Ich würde mich freuen, wenn du mich in dieser Zeit ab und zu besuchen kommst. Wir können zusammen spazieren gehen oder du bleibst mit ihm alleine, wenn ich was unternehmen möchte."

Der Plan war also schon gemacht.

„Das traust du mir zu?"

„Natürlich", erwiderte Emily. „Ich kann mir keinen besseren Babysitter vorstellen."

„Und Walter?"

„Der findet die Idee auch gut. Seit der Sache mit Lisa ist er beruhigt."

Ich lehnte mich zurück.

„Du machst es also?" fragte Emily. Sie wippte von links nach rechts, bis sich unsere Schultern berührten und sah mich an.

„Ja."

3

Anfang April war es soweit. Lisa klingelte mich nachts gegen Zwei aus dem Bett. „Wir müssen ins Krankenhaus", rief sie, noch bevor ich die Tür geöffnet hatte.

Ich zog mich an und rannte die Treppen hinunter. Vor der Tür stand ein Taxi. Emily saß auf dem Beifahrersitz im Nachthemd und in einem Bademantel, der nicht zugebunden war.

„Frag nicht, wo Walter ist", zischte mir Lisa zu. Sie drängte mich auf die Rückbank.

Die Fahrt dauerte zehn Minuten. Emily hielt die Hände vor dem Bauch ineinander gefaltet. Sie war still. Manchmal presste sie die Lippen aufeinander. Aber man hörte keinen Ton von ihr. Und Lisa und ich, wir sagten auch nichts. Aus dem Taxi heraus half Lisa ihr. Ich stand etwas überflüssig daneben. Dann blieb ich einfach dicht neben Emily, bis wir in der Eingangshalle waren. Eine Schwester wartete schon mit einem Rollstuhl. Dahinein plumpste Emily und wurde sofort in den Fahrstuhl geschoben. Lisa und ich spurteten, damit wir noch mit hineinkamen. Im vierten Stock folgten wir, bis man uns sagte, dass wir nicht weiter mitgehen könnten. Also blieben wir stehen. Es war wie eine Rote Karte im Fußball; eine, die dich zu Unrecht trifft. Du bist mitten drin und wirst ausgeschlossen. Unvorbereitet. Unschuldig.

Wir standen auf einem Gang, der am Ende eines längeren Flures nach links in einen Seitenflügel weiterführte. Vor uns war eine graue Doppeltür und Emily dahinter. Neben der Tür befand sich auf der linken Seite ein Fenster. Davor waren vier Drahtstühle im Boden verankert und unverrückbar. Gegenüber war eine Glastür, die zu einem Zimmer führte, in dem kleine Betten nebeneinander aufgereiht standen. Vermutlich lagen in diesen Betten Babys. Vom Gang aus konnte ich das aber nicht erkennen. Im Zimmer saß an der rechten Wand eine Schwester an einem Tisch, las in einer Zeitschrift, blickte einmal auf und nickte uns zu. Ich erschrak und setzte mich. Alles war so unbelebt, nicht wie tot, aber so, als wäre die Zeit stehen geblieben.

Lisa holte zwei Becher, worin Kaffee sein sollte. Aus dem Automaten zwischen Fenster und der Mündung in den Flur. Sie setzte sich neben mich.

Dann geschah nichts. Eine halbe Stunde lang. Eine ganze Stunde lang. Ein Drittel des Lebens verbringt man mit Schlafen, ein weiteres Drittel mit Warten. Es bleibt gar nicht mehr so viel Zeit übrig, die man noch rumkriegen muss und in der man noch etwas Sinnvolles tun könnte. Wenn Schlafen und Warten sinnlos ist.

Dann wurde die graue Tür geöffnet, aber nur der rechte Flügel. Eine Schwester kam in hellgrünen Hosen und einem gleichfarbigen Hemd. Ihr Haar steckte unter einer Haube und vor ihrer Brust klebte ein Schild mit ihrem Namen.

„Sind Sie der Vater?" fragte sie und sah mich an.

„Ein Freund", sagte ich und war selbst überrascht, dass ich so schnell und richtig reagierte, ohne über die Frage zu staunen.

„Ach so." Sie räusperte sich. „Kein Vater." Einen Moment lang blickte sie uns an. „Es ist alles in Ordnung. Die Wehen sind regelmäßig. Noch zwei, drei Stunden müssen Sie sich gedulden." Dann verschwand sie wieder.

„Walter ist auf dem Tresen eingeschlafen", sagte Lisa

dann plötzlich.

Ich war wieder überrascht, denn ich dachte ja gerade an Emily.

„Ich habe ihn geschüttelt und geohrfeigt. Er bettelte, dass ich ihn ins Bett bringe." Sie zuckte mit den Schultern und blickte auf die Glastür gegenüber. „Ich habe ihn liegen lassen."

Irgendwann wurde es draußen hell. Vermutlich so gegen Sechs. Ich drehte mich, schlug die Beine übereinander, sah aus dem Fenster und hörte nichts. Immer noch nichts. Kein Schreien. Kein Kreischen. Weder von Frauen, noch von Babys. Das hatte ich erwartet und so sollte es doch sein. Aber vielleicht waren die Türen schalldicht oder wir waren vom Kreißsaal noch ein paar Räume entfernt.

Lisa holte noch einmal zwei Kaffee. Plörre aus einem Plastikbecher. Jemand müsste mal einen Automaten entwickeln, der ordentlichen Kaffee ausspuckt.

Dann ging Lisa eine rauchen. Ich wusste gar nicht, dass sie das tat. Der Fahrstuhl gab dieses kurze helle Klingeln von sich, als er sich in Bewegung setzte. Dann war sie weg. Vielleicht sollte ich auch mal rauchen, dachte ich. Vielleicht vergeht dann die Zeit schneller. Irgendeinen Sinn muss Rauchen ja haben.

Aber ich wurde abgelenkt, denn es tauchten zwei Männer auf. Sie kamen durch die Tür, hinter der Emily lag, saß, schrie oder schlief. Der eine war ordentlich gekleidet mit geputzten Schuhen und kurzem Haar. Der andere sah eher wie ein Alternativer aus. Wollpullover, schmutzige Hose, Wollsocken, Sandalen und ungekämmtes, wirres Haar. Bei den Problemen dieser Welt kann man sich eben nicht mehr um sich selbst kümmern.

Später fiel mir mal ein, dass ich ihm vielleicht ein wenig ähnelte. Es könnte jedenfalls sein, dass andere so über mich denken. Dabei hat sich das eher aus Lustlosigkeit ergeben. Da sollte ich also aufpassen. Aber ich glaube, auch darauf habe ich keine Lust. Soll man sich anders kleiden, damit andere anders über einen denken? Damit sie jedenfalls nicht so über einen denken, wie man nicht will, dass sie über einen denken?

Eine weitere Frage war, ob die beiden entbunden hatten oder ob der eine nur zur Unterstützung des anderen dabei war. Waren sie schon vorher Freunde oder gerade im Angesicht von was weiß ich Freunde geworden? Beide waren jedenfalls fix und fertig. Ihr Haar feucht an den Schläfen, die Stirne glänzten.

Der eine sagte: „Was Frauen bei so einer Geburt leisten ..."

„... das kann man sich nicht vorstellen", ergänzte der andere.

„15 Stunden Schmerzen."

„Das würden wir nie schaffen, nie durchhalten."

„Nie durchstehen. Nein ..."

Für solche Aussagen habe ich wenig übrig und lehne diejenigen, die sie tätigen, von vorneherein und voreingenommen ab. Denn es ist nun mal so. Vorstellen? Durchhalten? Ich kann mir auch nicht vorstellen, 100-Meter-Weltrekord zu laufen. Aber ich könnte üben und sehen, ob es klappt. Eine Geburt dagegen muss ich mir nicht vorstellen, weil ich es niemals nachvollziehen können werde. Also muss ich auch nicht so tun, als ob ich es versuche. Niemals werde ich eine Ahnung davon haben. Also belasse ich es dabei. Von dem Geschwafel war mir schlecht geworden. Der Kaffee hatte sein Übriges dazu getan.

Schließlich kam Lisa zurück. Aber bevor sie die beiden eingehend gemustert hatte, wurde die Tür wieder geöffnet. Die Schwester kam und sagte: „Ein Junge."

Ich flüchtete der Schwester und Lisa voraus. Ganz schnell, bevor auch nur einer der beiden seinen Mund offen hatte.

Emily lag in einem Bett zugedeckt bis zur Brust. Aber die Stütze hinter ihr war aufgerichtet und somit auch Emily. In ihren Armen zwischen weißen Tüchern lag ihr Sohn. Kein Zweifel. Vorher hatte ich mir das nicht vorstellen können. Von nun an war Emily nicht mehr nur sie selbst. Für immer war sie nun auch Mutter und daran würde ich immer denken müssen, wenn ich sie sah.

Sie schaute abgekämpft, aber nicht müde aus. Ihr Haar war zerzaust. Für einen Moment dachte ich, dass sie aussah wie an manchen Abenden in der Kneipe, wenn sie ununterbrochen umher gerannt war. Doch ihre Augen leuchteten und ich fühlte mich bestätigt. Niemals werde ich etwas nachvollziehen können.

Lisa drückte Emily.

Dann schob Emily ein Tuch beiseite, sodass wir ihren Sohn sehen konnten.

„Er heißt Martin", sagte sie. „So wie mein Großvater."

Lisa streckte Martin die Hand entgegen und berührte ihn vorsichtig. Spucke lief ihm aus dem Mund.

Ich blieb hinter Lisa und versuchte zu lächeln. Aber es ist egal, wie man sich in so einer Situation verhält. Vor lauter Entzücken kriegt es ohnehin niemand mit.

„Das ist Gabriel", sagte Emily. „Er wird sich auch um dich kümmern."

Ich ging dann wieder hinaus. Vielleicht ein bisschen schnell, dachte ich hinterher. Die beiden Typen waren weg. Ich setzte mich zurück auf den Drahtstuhl und sah aus dem Fenster. Stadt. Graue, hohe Häuser, die sich kaum vom Morgendunst abhoben. Erste Autoschlangen bildeten sich auf den Straßen. Man hörte nichts, fühlte aber den Krach und den Gestank. Irgendwann ist man halt hier und kann nichts dagegen tun.

4

Einige Tage später holte Walter Emily und Martin nach Hause, seine Frau und seinen Sohn. Manchmal finde ich es seltsam, dass es nichts Wichtigeres geben soll, als eine Frau und ein Kind zu haben; dass es für manche nichts Wichtigeres zu geben scheint. Abgesehen davon, dass ich auch nicht weiß, was wichtiger sein könnte. Aber dieses Ziel haben ja mehr oder weniger alle. Wenn sie es dann erreichen, sind sie nicht die ersten, aber trotzdem so stolz, als hätte es das vorher noch nie gegeben.

Immerhin holte Walter sie also nach Hause. Nach der Geburt hatte er die beiden nachmittags zwischen Einkauf und Öffnung der Kneipe besucht. Für eine Stunde. Eine Stunde hatte es danach wiederum gedauert, bis er betrunken war. So ging das drei Tage lang. Jetzt aber war er nüchtern.

Ich stand mit anderen Hausbewohnern und Stammgästen in der Kneipe. Walter hatte das so gewollt. Allerdings überlegte ich, als ich dort stand, wieso man auf sein Kommando hörte. Als die drei kamen - Walter, Emily, Martin - brach Jubel aus. Auch wie vorbestellt. Walter stellte die Wiege, darin Martin, auf den Stammtisch. Dann ging jeder einmal vorbei. So ähnlich wie bei der Hochzeit. Die Menschen haben sich schon seltsame Bräuche ausgedacht. Und wenn man nicht mitspielt ... das macht man nicht. Dann muss man zu Hause bleiben.

Karl und Eva Glockenmann begutachteten Martin als erste. Dann Erika, die Kosteddes, die Blaus, Frau Fitz und Manfred Zeiss. Schließlich verließen sogar Müller und Reuter ihre Barhocker. Dann ging auch ich zur Wiege.

Martin hatte die Augen geschlossen und schlief. Oder er ignorierte das Geschehen und blieb schon jetzt lieber in seiner Welt.

Dann saßen wir herum. Auch wie bei der Hochzeit. Nur eine Person hatte sich dazu gesellt. Lilli. Sie servierte, was Karl hinter dem Tresen vorbereitete. Von nun an war sie fest eingestellt.

Ob es auch wieder ein Gelage wurde, weiß ich nicht. Gegen Mittag wollte Emily auf den Friedhof gehen. Sie rief nach Lisa und mir. Wir brachten Martin nach oben und blieben bei ihm, während Emily hinüberging.

Die Wohnung von Emily und Walter hatte ich bis dahin noch nie betreten. Der Eingang zum Schlafzimmer war gleich links hinter der Eingangstür. Gegenüber lag das Bad. Der Flur erstreckte sich über vier Meter und ging nach links weiter. Am Ende gab es dann zwei Türen, wovon eine geradeaus in die Küche führte und eine links ins Zimmer, das nun Martins war. Dort, wo der Flur abknickte, war rechts der Eingang zum Wohnzimmer. Alle Zimmer sowie der Flur waren mit Teppich ausgelegt. Mir fiel auf, dass es sehr aufgeräumt war und dass es nirgendwo Bücher oder Zeitschriften gab und auch keine Pflanzen.

Wir setzten uns ins Wohnzimmer. Lisa plumpste auf eine schwarze Ledercouch. Ich ließ mich in einen eben solchen Sessel fallen. In der Mitte stand ein Glastisch, in der Ecke ein Fernseher. Daneben war die Fensterfront mit Balkontür, die zur Straße führte. Martin stellten wir in seiner Wiege vor dem Fernseher ab.

Eine Weile saßen wir nur da. Es war ein guter Moment, um einfach nur da zu sitzen. Manchmal geht das gut und manchmal noch besser. Es war einer der besseren

Momente. Der Sessel war bequem, mein Blick ging Richtung Fenster und hindurch zu den Bäumen, die auf dem Friedhof standen. Blätter raschelten sichtbar.

Aber dann äußerte Lisa ihre Nachdenklichkeit. Dass sie es war, hatte ich schon bemerkt.

„Wer hätte das vermutet?" sagte sie.

„Was?" erwiderte ich, weil es sich so gehörte.

„Ach." Sie machte eine unmotivierte Handbewegung. „Eigentlich alles. Dass Walter mal Vater wird. Dass sich mal jemand in ihn verliebt. Und dann auch noch Emily."

Mich erstaunte, dass Lisa am Anfang anfing.

„Ich war damals betrunken", fuhr sie fort. „Außerdem war ich alleine und neu in der Stadt. Nach der ersten Nacht dachte ich nicht, dass es eine zweite geben würde und nach der zweiten dachte ich, dass ich mir bald etwas Neues suchen würde. Aber erst mal war es besser, als alleine zu sein."

Dass zwischen Lisa und Walter einmal etwas gewesen war, hatte ich schon immer geahnt. Ich halte jedoch nicht viel von Leuten, die nicht alleine sein können und sich nur aus diesem Grund auf jemanden einlassen. Vielleicht hatte ich deshalb nie nachgefragt. Durch ihr Geständnis erhöhte sich allerdings auch nicht meine Position bei Lisa. Aber ihre bei mir sank eben auch. Für diesen Moment konnte ich es aber ignorieren. Das mit dem Ignorieren gelang mir immer besser.

„Wie viele Nächte sind es geworden?" fragte ich.

„Zwei, drei Monate, bis ich Emilys Vater kennenlernte. Ich wollte Nachhilfeunterricht geben und er meldete sich auf meine Anzeige."

„Und?"

„Nicht viel später starb Emilys Vater. Sie zog bei mir

ein und machte ihren Schulabschluss.“

„Und sie lernte Walter kennen“, fügte ich an.

„Ja. Ich habe es nicht ernst genommen. Ich dachte nicht, dass Emily sich auf ihn einlassen würde. Aber eines Nachts kam sie nicht nach oben. Schon am nächsten Tag sagte sie, dass sie bei Walter einziehen wolle.“

Ich zuckte mit den Schultern. „Emily ist zufrieden.“

„Ja“, erwiderte Lisa. „Komisch nicht? Dass man so zufrieden sein kann.“

Ich sah zu ihr. Mir fiel nicht ein, was ich darauf noch sagen sollte.

„Hast du aufgehört, dir Gedanken zu machen?“ Jetzt lachte sie wieder.

„Vielleicht habe ich gelernt zu akzeptieren.“

„Ja“, lachte Lisa weiter. „Wir haben beide gelernt zu akzeptieren. Mich macht nur traurig, dass wir irgendwann nicht mehr hier sind.“

„Glaubst du?“

„Natürlich. Wir sind fortgegangen und wollten etwas Neues erleben, sind hier gelandet und haben Leute getroffen, die nie fortgehen. Das akzeptieren wir. Aber uns wird es irgendwann zu viel sein. Dann gehen wir wieder und die anderen bleiben.“

„Hast du schon eine Idee? Wohin würdest du gehen?“ fragte ich.

„Nach Amerika.“

„Nicht zurück nach Hause?“

Lisa schüttelte den Kopf. „Da bleibe ich eher hier. Meine Mutter ist im letzten Jahr gestorben, mein Vater wohnt im Altersheim. Der meldet sich noch weniger bei mir als ich mich bei ihm. Geschwister habe ich nicht und Kontakt zu Freunden kann ich von überallher halten.“

Vielleicht hatte Lisa recht. Die Menschen hier lebten so wie überall anders auch. Ob Dorf oder Stadt. Ob Berlin oder Timbuktu. Nirgendwo war es anders. Man wurde irgendwo hineingeboren und blieb da. Wenn man woanders hinging, war man dort immer der, der von irgendwo anders kam. Allerdings war es dort gar nicht anders als an dem Ort, an dem man jetzt war.

Wir hörten den Schlüssel im Schloss klappern. Dann kam Emily ins Zimmer. Ihre Wangen waren gerötet. „Ich bin müde", sagte sie. „Ist Martin ruhig?"

Wir nickten.

„Ich würd mich gerne einen Moment hinlegen. Könnt ihr noch bleiben?"

Wir blieben.

5

In den Sommermonaten unternahmen Emily und ich viel. Wir spazierten durch sämtliche Parks des Bezirkes und der Kinderwagen rollte uns voraus. Manchmal liefen wir weit und fuhren mit der U-Bahn zurück. An Emilys Seite gelang mir das mit dem U-Bahn fahren am besten. An anderen Tagen kauften wir Babykleidung. Strampelanzüge, Hosen, Pullover, Hemden, Mützen, Schuhe. Immer alles neu. Und immer klemmte auf dem Rückweg eine Packung Windeln unter meinem Arm. Auch Spielzeug besorgten wir. Teddybären, Rasseln oder Bienen und Maikäfer, die an einer Schnur von der Decke über Martins Bett herabhingen.

An einem Tag Anfang September gingen wir in die Buchabteilung eines Kaufhauses, weil Emily nach einem Märchenbuch suchen wollte.

„Abends zum Vorlesen", sagte sie.

Ich lachte: „Das hat doch noch Zeit."

Sie ließ sich nicht abhalten, kaufte gleich drei Stück und sagte auf dem Heimweg: „Mein Vater hat mir auch immer vorgelesen. Und wenn du denkst, dass Martin das nicht versteht, dann tust du mir leid."

Ich entschuldigte mich. Wer so gutgläubig wie Emily war, der war noch lange nicht naiv. Das hatte ich gelernt. Allerdings hatte ich in ihrer Wohnung noch nie etwas zum Lesen gefunden. Ein paar Mal, wenn sie und Martin schliefen, hatte ich nach Büchern oder Zeitschriften gesucht. Aber immer vergeblich. Emilys Erinnerungen schienen nicht sichtbar und waren nie offensichtlich. So wie sie mir damals das Geschäft ihrer Eltern gezeigt und von ihnen erzählt hatte. Ohne dass ich etwas geahnt hatte, kam plötzlich etwas zum Vorschein. Vielleicht trug Emily noch viel mehr in sich, was nicht sichtbar war.

Wir liefen die Eisenacher Straße entlang und während wir uns noch im Schatten befanden, lag die Kreuzung, an der wir abbiegen mussten, vor uns im Sonnenlicht.

„Mein Vater hat mir auch immer ein Lied vorgesungen", sagte Emily. „Nur eine Strophe. Ich weiß nicht, ob es nur diese eine gab oder ob er nicht weiter wusste."

Erinnerungen an die Kindheit sind mitunter das Beste, was man hat. Auch wenn sie traurig machen können, weil sie der Vergangenheit angehören. Aber seiner Kindheit verleiht man gerne einen positiven Hauch. Dadurch hat Vergangenheit immer eine bizarre Schönheit. Also ist Trauer eigentlich schön und Traurigkeit vielleicht Schönheit.

„Martin abends etwas vorzulesen, ist eine gute Idee", sagte ich.

„Ich weiß", lachte Emily.

Wir erreichten die Kneipe. Emily zeigte Walter gleich die Einkäufe und legte die Bücher nebeneinander auf die Theke.

„Räum den Kram weg", erwiderte er hart.

Nicht nur ich erschrak. Auch Emily zuckte zusammen.

Ich hatte ihn oft unfreundlich, mürrisch und gereizt erlebt und Emily sicherlich noch viel öfter. Aber jetzt klang seine Stimme aggressiv.

„Siehst du nicht, dass wir Gäste haben", fuhr er fort.

Vor dem Tresen saßen Müller und Reuter. Sie waren amüsiert. Sonst war niemand in der Kneipe.

Wir gingen nach oben. Emily ließ sich aufs Sofa fallen, wollte Martin stillen, knöpfte ihre Bluse auf und schob

200

den Büstenhalter beiseite. Sie war dabei nie diskret. Ich suchte immer eine Fluchtmöglichkeit, wenn es passierte. Im Park, wenn wir auf einer Bank Platz genommen hatten, war es oft schwierig. Nur weil wir nebeneinandersaßen, war es okay. Doch sie erzählte, während Martin nuckelte und immer geradeaus zu starren, wenn jemand neben dir sitzt und redet, ist unhöflich. Doch anders ging es nicht. Ob Emily das nie mitkriegte oder einfach ignorierte, ist etwas, was ich nie erfahren habe.

Jetzt ging ich ins Badezimmer.

Als ich zurückkehrte, lag Martin in seiner Wiege, während Emily im Schneidersitz auf dem Sofa saß. Sie sah mich an.

Ich setzte mich auf den Sessel, streckte die Beine aus und sah aus dem Fenster.

Dann stand Emily auf und kam mit einem Karton, den sie mit beiden Händen festhielt, zurück. „Tagebücher meines Vaters", sagte sie und breitete mehrere Hefte aus.

Ich sah, dass auf jedem ein Datum notiert war, griff dann nach einem der Märchenbücher, die wir gekauft hatten und blätterte darin herum.

Emily war lange vertieft. Einmal murmelte sie: „Irgendwo muss er es doch aufgeschrieben haben."

Ich sah sie an.

Sie schien aufgekratzt, irgendwie gehetzt und ein bisschen verzweifelt.

Ich konnte den Märchen nichts abgewinnen und kämpfte gegen meine Müdigkeit. Es dämmerte auch schon und war bereits nach acht Uhr. Emily aber schien die Dunkelheit nicht zu bemerken. Ich war zu faul, um mich zu erheben und zum Lichtschalter zu gehen.

Dann plötzlich stand Emily auf, ging zur Balkontür und öffnete sie. Der Lärm der Kneipe drang nach oben. „Komm mal!" rief sie leise.

Ich ging zu ihr und blieb hinter ihr stehen. Emily streckte ihre rechte Hand nach hinten aus und griff nach meiner.

„Komm näher", flüsterte sie.

Ich ging noch einen Schritt vor.

Sie lehnte sich zurück, fiel gegen mich, drückte meine Hand auf ihren Bauch und ließ ihre auf meiner liegen.

„Ein schöner Himmel heute", sagte sie.

Ich nickte.

„Ich hab das Lied gefunden."

„Ja?" fragte ich. „Und?"

„Es ist für Martin."

Ich stutzte. Ich hatte nur nachgefragt und gar nicht daran gedacht, dass sie es mir zeigen sollte.

Sie ließ mich los, drehte sich und sagte: „Ich muss Martin jetzt ins Bett bringen."

„Dann gehe ich", erwiderte ich.

„Du kannst noch bleiben."

Ich schüttelte den Kopf.

„Wir sehen uns morgen?" fragte sie.

Ich nickte.

„Dann gute Nacht."

Sie schloss die Balkontür, nahm die Wiege und brachte Martin in sein Zimmer.

Ich folgte ihr bis auf den Flur und zog meine Schuhe an. Als ich mich aufrichtete, hörte ich Emily singen. Vielleicht eher summen als singen. Ich schlich zum Zimmer. Die Tür war angelehnt. Ein dünnes Licht fiel durch den Spalt. Emily war schon verstummt. Ich wollte mich gerade wegdrehen und gehen, als sie wieder ansetzte:

„Am Himmel stehen die Sterne
Und wenn du danach greifst
Bekommst du das Glück dieser Erde
Doch behalt das für dich
Weil auch nur du davon weißt.“

6

Für jemanden, der es erzählt bekommt, klingt es vielleicht kitschig. Für jemanden, der dabei war, ist es das aber nicht. Dass es Kitsch gibt, wusste ich seit dem Abend auf dem Friedhof an Emilys Hochzeitstag. Er ist real und kann real sein. Er kann im Leben vorkommen und einem widerfahren. Natürlich kennen wir Kitsch aus dem Fernsehen und aus Büchern. Aber real? Vielleicht lässt es sich einfacher beantworten, wenn man mal eine Beziehung hatte. Ich stelle mir jedenfalls vor, dass man dann häufiger etwas Kitschiges erlebt. So wie an dem Tag, als Emily und Walter am See waren und das mit Martin passierte. Also die Zeugung. Das war ja auch Kitsch. Das Ende. Das Ende und ein Himmel voller Sterne. Zumindest wenn Walter sich drauf eingelassen hätte. Und ich hoffe und bin mir doch sicher, dass es Männer gibt, die dafür empfänglich sind. Es gibt also Kitsch, er ist real und wir sind als Betrachter manchmal dabei. Es muss uns ja auch guttun, sonst würde man sich das ja nicht auch noch ausdenken. Auf jeden Fall hatte Emily einen Hang zu Kitschigem. Vielleicht rührte daher das Lied. Und falls Kitsch nicht die richtige Bezeichnung ist, dann ist das auch egal. Denn Martin bewies später, dass es nicht nur Kitsch war.

Obwohl ich den ganzen Winter hindurch so gut wie jeden Abend bei Emily verbrachte, sprach ich sie nie auf diese Zeilen an. Ich verabschiedete mich immer, wenn sie Martin ins Bett legte, stellte mich an die Tür und lauschte. Sobald sie verstummte, schlich ich mich dann davon. Mit Sicherheit ahnte sie das und ich hätte fragen können, was sie bezweckte. Aber wahrscheinlich bezweckte sie gar nichts. Auf jeden Fall nicht das, was später daraus resultierte.

Vorher saßen wir immer im Wohnzimmer und lasen uns abwechselnd Märchen oder Kindergeschichten vor. Wir hatten uns angewöhnt, nebeneinander auf dem Sofa zu sitzen. Manchmal aber legte sich Emily auch hin und bettete ihren Kopf in meinem Schoß. Gelegentlich nahm sie sogar meine Hand, platzierte sie unter ihrem Busen und ließ ihre auf meiner liegen. Dann konzentrierte ich mich stärker auf das Lesen und alles war gut.

Zu seinem ersten Geburtstag im Frühjahr unternahm Martin die ersten Gehversuche. Natürlich ein Ereignis, das in der Kneipe vorgeführt werden musste. Walter gab hinter dem Tresen die Kommandos. Emily und ich hockten uns zwei Meter auseinander und Martin tappte von einem zum anderen. Die Gäste klatschten. Anschließend setzte ich mich mit Martin auf dem Schoß an einen Tisch und Emily arbeitete wieder.

Lilli war launisch und unzuverlässig geworden. Sogar Stammgäste beschwerten sich mittlerweile. Den Grund für ihre Unaufmerksamkeit und Zerstreutheit erfuhr ich von Lisa. Wir saßen an unserem Tisch, Martin auf meinem rechten Oberschenkel und Lisa mir gegenüber. Wir hatten mal wieder gemeinsam gegessen und keiner von uns beiden zückte danach ein Buch oder Heft.

„Ich bin froh, dass es gut gegangen ist", begann Lisa das Gespräch.

Solch eine Aussage war eine Kunst Lisas. Es konnte alles bedeuten und wenn ihr der Gesprächsverlauf nicht gefiel, flüchtete sie in eine Richtung, die ihr besser passte. Wahrscheinlich begann sie so auch mit anderen ihre Gespräche, denn irgendwie muss sie sich ihre Männer ja angelacht haben. Eine Andeutung und man sprang darauf an oder nicht. Subtiler, als einfach zu fragen, ob man miteinander ins Bett will. Wenn man sie nicht verstand, wollte man nicht und Lisa kam aus der Sache wieder ungehindert heraus. Ich wusste allerdings meistens, worauf sie anspielte.

„Die Abende, die ich bei Emily verbracht habe?" fragte ich.

Lisa nickte. „Ich wollte immer mal vorbei schauen. Doch dann dachte ich, dass Emily sich melden würde, wenn es nötig wäre."

„Dann war es nicht nötig, ja?" erwiderte ich.

Lisa lachte. „Ich hatte die Hoffnung, es gibt noch Träumer. Aber auch du bist ernüchtert."

„Enttäuscht?" fragte ich.

„Vielleicht bin ich ja nicht unschuldig."

Ich zuckte mit den Schultern.

„Es wird aber auch Zeit, dass sich Emily wieder um die Kneipe kümmert."

„Warum? Es ist doch gut gelaufen im letzten Jahr?"

„Ja, sicherlich", nickte Lisa. „Aber Lilli bleibt auf der Strecke."

Ich sah dem kleinen Rotschopf hinterher. Lilli rannte dreimal von einem Tisch zum Tresen, um Teller von zwei Gästen abzuräumen. Danach hielt sie sich an der Theke fest, stemmte die andere Hand gegen die Hüfte und schnaufte durch.

„Falls ein neues Mädchen kommt, schaue ich nicht mehr zu. Es ist Emilys Aufgabe, sich darum zu kümmern."

„Soll eine Neue kommen?" fragte ich überrascht.

„Immer noch so naiv?" Lisa sah mich, wie mir schien,

mitleidig an.

Martin lehnte an mir, hatte meine Hand als Betrachtungsgegenstand genutzt und versuchte nun, sich meinen Zeigefinger in den Mund zu schieben. Ich spürte die Spucke um den Finger.

„Weißt du noch, wie sie sich vorgestellt hat?"

„Ja, ich erinnere mich", sagte ich.

„Damals habe ich es schon geahnt. Vor ungefähr drei Monaten bin ich dann mal spät nach Hause gekommen, aber in der Kneipe brannte noch Licht. Auch die Tür war noch offen, obwohl keine Gäste mehr da waren. Schon als ich hineinging, hörte ich, dass Walter und Lilli in der Küche zugange waren."

Es ist gar nicht so, dass ich Walter überhaupt nicht leiden konnte. Manche Typen sind so grundverschieden, dass sie nichts miteinander anfangen können. Außer sie werden dazu gezwungen, miteinander zu tun zu haben. Und Walter und ich waren durch unsere Lebensumstände dazu gezwungen worden. So ist man immerhin angeregt, den anderen verstehen zu wollen. Wenigstens ein bisschen. Und immerhin kann man den anderen dann akzeptieren. Diese Neuigkeit aber vergällte alle Achtung, die ich jemals gegenüber Walter empfunden hatte.

Zugleich verfluchte ich Lisa. Drei Monate. Da gab es keinen Sinn, es mir jetzt zu erzählen.

„Und Emily?" fragte ich, als ich mich erholt hatte.

„Ich hoffe, sie findet es selbst heraus. Oder Walter ist zu dumm, es zu verbergen oder zu verschweigen. Bestimmt hat er schon vor Müller und Reuter geprahlt."

Im nächsten Moment brachte Lilli uns zwei Gläser Wein. Ich sah sie an. Es gibt Frauen, da merkt man gar nicht, dass sie Frauen sind. Dass sie das Geschlecht haben, das einen interessieren könnte. Bei mir sind das mit Sicherheit Dreiviertel aller. Vielleicht sogar noch mehr. Da komme ich nicht auf die Idee ... Insofern galt erst mal zu verstehen, dass Walter es bemerkt und irgendeinen Reiz verspürt hatte.

Was dann folgte, passte. Lilli hielt in der linken das Tablett, darauf die zwei Gläser. Ich sah auf ihre Bluse und versuchte, darunter den Umriss ihrer Brüste wahrzunehmen. Lilli nahm das erste Glas, stellte es vor Lisa ab, nahm dann das zweite und stellte es vor mir ab. Unsere Blicke begegneten sich und ich denke, sie spürte, ich sah sie plötzlich anders. Das Glas kippte um.

Martin fing sofort zu weinen an. Fast noch schneller stand Emily an unserem Tisch.

„Nichts, was du machst, klappt", fuhr sie Lilli an. „Es ist besser, wenn du jetzt gehst."

Lillis Gesicht war schon wieder rot verfärbt. „Walter wird das nicht gut finden", schnaubte sie, drehte sich und stampfte in die Küche.

„Wir finden es beide besser, wenn du gar nicht mehr kommst", rief Emily ihr hinterher. Dann nahm sie Martin und wischte mit einem Tuch sein Gesicht trocken. Einige Minuten später kam Walter dazu.

„Du kannst sie nicht so anfahren", sagte er gelassen. „So lange du noch Zeit für den Jungen brauchst, brauchen wir sie."

„Wie hältst du es nur mit ihr aus?" fragte Emily.

Ich sah, wie Lisa sich verkrampfte und blickte sie starr an. Sie ballte die Fäuste, blieb aber stumm.

„Ich brauche Zeit, bis ich jemanden vertraue", sagte Walter. „Das weißt du. Ich hab keine Lust, jemand anderen einzustellen. Es sind doch nur noch ein paar

Monate, und dann bist du wieder da."

„Kann ich denn ruhig die Abende in der Wohnung sitzen, wenn ich weiß, was du mit Lilli durchmachst?"

„Das kannst du", sagte Walter und langsam hob sich seine Stimme. „Ich frag dich ja auch nicht, wie du das mit dem aushältst." Er deutete mit einem Kopfnicken in meine Richtung.

„Wir halten es gut aus", sagte ich schnell.

Emily und Lisa lachten.

„Ich seh schon", erwiderte Walter. Die Stimme gedämpft und grollend. „Mal wieder sind alle gegen mich. Aber das Mädchen bleibt. Und wenn sich Gäste beschweren, dann bade ich das aus." Er stand auf und ging wieder fort.

7

Als der Sommer nahte und es wärmer wurde, traf ich mich mit Emily und Lisa fast jeden Vormittag vor der Kneipe. Wir saßen immer unter der Markise im Schatten und tranken Kaffee, während Martin schon auf dem Gehweg umher lief. Erst zog er sich an den Beinen eines Stuhles oder Tisches hoch, stand dann eine Weile bedächtig aufrecht, ließ schließlich los und ging ein paar Schritte. Wenn er hinfiel, weinte er nicht. Das hat er ohnehin selten getan.

Ich wusste nicht, ob es nur am Wetter lag, dass wir so viele Stunden vor der Kneipe saßen. Manchmal hatte ich das Gefühl, Lisa arrangierte es, damit Walter und Lilli nie unbeobachtet waren. Doch spätestens zum Anbruch der Dunkelheit ging Emily mit Martin in die Wohnung hinauf und dann waren Lilli und Walter noch lange genug alleine, um alles Mögliche zu treiben.

Wenn Emily aufbrach, ging ich meistens auch nach oben in meine Wohnung. Aber Ende Mai war es an einigen Tagen so warm, dass ich sitzen blieb. Wenn es dämmerte, lag unsere Straße ruhig da. Der Verkehr auf der Martin-Luther-Straße wurde zu einem leisen, gleichmäßigen Rauschen. Der dumpfe Ton der Glocke des Rathauses tönte halbstündig herüber und das helle Klingen der Glocken der beiden Kirchen schloss sich an. Ich sah auf die Friedhofsmauern und sah das Eingangstor, sah die Menschen allein und bedächtig oder zu zweit und untergehakt auf den Friedhof gehen und ihn wieder verlassen. Dabei bemerkte ich, dass manche Leute immer kamen, wenn der Tag sich gerade dem Ende entgegen neigte. Je länger es hell war, umso später kamen sie.

Seltsam, fand ich.

An einem Tag schlug es elf Uhr, als ein Mann, ein etwa Fünfzigjähriger mit Anzug und Kappe bekleidet, bedächtigen Schrittes den Friedhof verließ. Danach kam niemand mehr und es ging auch niemand mehr auf den Friedhof. Noch länger saß ich schon alleine auf der Straße. Ich sah mich um und auch niemanden mehr in der Kneipe. Dass also selbst Müller und Reuter schon fort waren, hatte ich nicht bemerkt.

Normalerweise kettete Walter zum Feierabend die Stühle und Tische auf dem Bürgersteig aneinander. Also müsste zumindest er noch da sein, dachte ich und ging in die Kneipe, um nachzusehen. Ich öffnete und schloss die Tür leise. Die meisten Strahler, die die Kneipe so grell erleuchteten, waren ausgestellt. Nur einer über dem Stammtisch und ein zweiter in einer Ecke brannten noch. Außerdem standen die Stühle noch neben den Tischen. Sie auf die Tische zu stellen, war üblicherweise auch eine von Walters letzten Handlungen vor dem Feierabend. So betrunken er schon an manchen Abenden gewesen war, stets hatte er diese letzten Arbeiten ausgeführt. Es war noch nie anders gewesen.

Ich verharrte, vernahm aber nichts. Dann glaubte ich, ein Geräusch aus den Toilettenräumen zu hören. Ich ging zur Tür, doch vernahm nichts mehr. Ich drehte mich wieder und sah zurück. Mir fiel auf, dass die Küchentür angelehnt war. Aber durch den Spalt trat kein Licht. Die Küche lag also im Dunklen. Allerdings löschte Walter dieses Licht immer erst als allerletztes. Denn von dort ging er danach in den Hausflur und nach oben.

Ich ging zum Tresen, blieb einen Moment an dessen Ende stehen und hörte weiterhin nichts. Dann schlich ich mich vor bis nahe an den Spalt heran, blieb wieder stehen und hielt den Atem an. Im selben Moment, wie ich ihn anhielt, hörte ich das schnelle Atmen einer Person. Ich blieb ruhig, hielt mir eine Hand vor den Mund und vernahm dann ein zweites Atmen und ein paar kurze Seufzer. Ich pirschte die letzten Zentimeter vor, sah schnell in die Küche hinein und zog meinen Kopf sofort wieder zurück. Das muss man üben. Kaum eine Sekunde lang irgendwohin schauen und trotzdem das Wesentliche wahrnehmen. Gerade im Dunklen. Wenn man das zum ersten Mal versucht, konzentriert man sich meistens falsch. Man schaut zwar um eine Ecke oder durch einen Spalt, doch ist so darauf bedacht, nicht gesehen zu werden, dass der eigene Blick nichts einfängt. Ich hatte das oben geübt, wenn Emily Martin das Lied vorsang.

Der Augenblick einer Sekunde hatte gereicht, um zu erkennen, dass Lilli entblößt auf einer Anrichte saß. Sie hatte die Beine gespreizt und zwischen ihren Beinen stand Walter, die Hosen bis zu den Knien herabgezogen, mit Hemd bekleidet und den Rücken in meine Richtung gewandt. Lillis Kinn lag auf seiner Schulter. Allerdings hatte ich nicht erkannt, ob sie die Augen geschlossen hielt. Sie wurde lauter, als ich mich zurückgezogen hatte und beim Verlassen der Kneipe war sie schon so laut, dass ich nicht mehr darauf achtete, die Tür leise zu schließen.

8

Was ich gesehen hatte, war kein Geheimnis. Lisa wusste es. Wahrscheinlich wussten es auch die Stammgäste. Beobachtete man Lilli und Walter genauer, sah man die Art und Weise, wie sie miteinander umgingen und wie sie miteinander arbeiteten, so erahnte man es auch. Ich denke, auch Emily spürte es. Doch erzählt hat es ihr niemals jemand. So blieb Lilli Kellnerin, und die Beschwerden über sie nahmen auch wieder ab.

Wenn Männer ein Geheimnis oder ein Abkommen haben, kann eine Frau es manchmal nur schwer durchbrechen. Müller, Reuter und Karl behandelten Lilli, als sei sie Walters Freundin. Sie machten ähnliche Bemerkungen, wie sie sie früher gegenüber Emily gemacht hatten. Anzüglich und zweideutig, aber je später der Abend umso eindeutiger. Sie trieben es so weit, dass ich an einigen Tagen das Gefühl hatte, Lilli wurde geteilt. Oft saß sie auf dem Schoß von Müller, noch öfter auf dem von Karl, der sie auch regelmäßig nach Hause brachte.

Eine Zeit lang wollte ich Lisa von dieser Nacht erzählen. Sie trieben es seit einem halben Jahr miteinander. Das war doch jetzt mal lange genug. Es ergab sich aber nie und schließlich wusste Lisa es ja auch, genauso, wie sie wusste, dass es noch nicht beendet war. Das wurde mir klar, als sie sich immer mehr bemühte, Emily und Walter einander wieder näher zu bringen. Wenn die Kneipe leer war, lud sie beide ein, sich zu uns zu setzen. Erstaunlicherweise nahm Walter dieses Angebot auch meistens an und ließ Lilli die wenige Arbeit kurz vor Feierabend alleine erledigen.

„Ich habe einen Vorschlag", sagte Lisa an solch einem

Tag, an dem wir vor der Kneipe saßen. „Ich könnte ein bisschen Geld gebrauchen."

„Was willst du?" antwortete Walter stumpf und starrte stoisch auf Martin, der auf Emilys Knien saß, den Kopf ihrer Brust zugewandt und sich an ihrem Busen festkrallend.

„Du nimmst dir einen Tag frei und Gabriel, Lilli und ich übernehmen eure Arbeit", sagte Lisa. „Zu dritt schaffen wir das."

Emily sah auf.

„Deine Idee?" fragte Walter sie.

Sie schüttelte den Kopf.

„Meinetwegen", sagte Walter. „Ich koche vor. Nächsten Montag. Montags ist am wenigstens los."

Die Idee war ja nicht schlecht. Lisa hätte mich aber fragen können. Vor allem, weil ich seit mehr als einem Jahr jeden Schritt Emilys kannte. Ich wusste, was sie zu welcher Uhrzeit unternahm und befand mich entweder an ihrer Seite oder war von ihr unterrichtet. Manchmal ging sie einkaufen und sagte nichts. Dann folgte ich ihr und sagte, wenn sie mich sah, dass es Zufall wäre. Wenn sie mich nicht entdeckte, gefiel es mir, sie zu sehen, wenn sie dachte, alleine zu sein. Ging sie auf den Friedhof, stand ich auf meinen Balkon und nahm mein Fernglas. Ein paar Mal unternahm sie mit Lisa zusammen einen Ausflug. Aber das war in Ordnung. Damit konnte ich leben.

Als Emily und Walter an diesem Montagabend zurückkehrten, war Lilli schon mit Karl aufgebrochen. Wir setzten uns und Emily bedankte sich.

„Ja", nickte schließlich auch Walter.

„Und wo wart ihr?" fragte Lisa.

„Am Schlachtensee", sagte er, lachte und streichelte

Emilys Oberschenkel.

„Walter wollte Martin Schwimmen beibringen", erzählte Emily auch lachend.

„Man hat der geheult", fuhr Walter fort und begann, den Kopf zu schütteln. „Das Gute war, das Geflenne hat ihn so müde gemacht, das wir danach unsere Ruhe hatten."

Den Rest dachte ich mir, stand auf und verabschiedete mich nach oben. Dort versuchte ich, den Rest zu verdrängen.

Die nächsten Wochen wurden anders. Wenn man das in Bezug auf Walter sagen kann, dann gab es so etwas wie Zärtlichkeiten zwischen ihm und Emily. Wenn die Arbeit es zuließ, schickte er Lilli früher nach Hause und gleichzeitig bat Emily mich, Martin nach oben ins Bett zu bringen. Dort saß ich dann bei ihnen im Wohnzimmer, machte kein Licht und starrte in die Nacht hinaus, während unten in der Kneipe die beiden ihren Feierabend genossen. Oder sich. Oder was auch immer. Bis Emily kam und sich bedankte. Dann stand ich auf, nickte ihr zu, wartete aber nicht mehr, bis sie Martin das Lied vorsang. Oft hörte ich Walter von unten heraufkommen, wenn ich die Treppen zu meiner Wohnung nach oben nahm.

Vertrautheit ist mir fremd und auch suspekt. Ich habe keinen Glauben daran. Auf jeden Fall hatte ich ihn nicht in jener Zeit. Deswegen nahm ich ihnen auch nicht ihre Vertrautheit ab. Walters Küsse in Emilys Nacken, wenn sie mir gegenüber saß und er an uns vorbei lief. Oder sein Kneifen in ihren Po, wenn er in der Kneipe an ihr vorüber ging. Auch die Scherzhaftigkeit von Walter, Müller und Reuter spätabends, während Emily auf dem Tresen saß und von allen drei umschwärmt wurde, gehörte dazu. Es schien mir verlogen und wurde mir zuwider.

Mal wieder besuchte ich, bis die Ferien begannen, einige Vorlesungen. Leider waren das nur zwei Monate. Im August hatte ich keine Wahl mehr. Wiederum wohnte ich jeden Abend den immer gleichen Abenden in der Kneipe bei. Emilys Fröhlichkeit war das einzige, was es erträglich machte und mir Hoffnung gab. Worauf auch immer. Vielleicht war es irgendeine Hoffnung, dass es vorüber gehen würde und bald wieder anders wäre. Ohne dass ich allerdings von diesem Anders eine Vorstellung hatte.

Wahrscheinlich bannte mich auch die Tatsache, Emily nahe gewesen zu sein, aber jetzt nicht mehr nahe kommen zu können. Das sind Schmerzen der Trennung, glaube ich. Alles war entfernt. Weit entfernt. Ihre Grübchen, die sich beim Lachen oder beim Nachdenken bildeten. Vorher mir gegenüber, weil wir so oft beieinander gesessen hatten. Jetzt anderen gegenüber. Das Schütteln des Kopfes, sodass die Locken in den Nacken fallen, der Hals sich spannte und die Brüste sich vorschoben. Auch das nur noch anderen gegenüber. Die großen, blassgrünen Augen, die umher schauen, aber nicht mehr nach mir, sondern nur immer nach Gästen und nach Arbeit, die zu tun war.

Ich schlief wenig, manchmal gar nicht. Ich lief bis zum Morgengrauen durch die Stadt und blieb bis zum Nachmittag im Bett liegen. Ich versuchte zu begreifen, was glücklich macht und verstand nicht, dass das andere sein sollen. Andere sollen glücklich machen, während man sich selbst nicht glücklich machen kann. So ist das vielleicht.

9

Wie Zeit vergeht, merkt man immer nur hinterher. Zu spät also merkt man, dass die Zeit vergangen ist. Ein Jahr zum Beispiel, denn ein Jahr lang änderte sich nichts. Im Großen und Ganzen.

Emily und Lilli arbeiteten gemeinsam bis in die Nacht und ein Fremder hätte niemals ausmachen können, wer von beiden Walters Frau war. Walter nahm Lilli genau so oft in die Arme wie Emily. Vielleicht schliefen Walter und Lilli auch noch miteinander. Wobei ich nicht wüsste, wann sie dafür ungestört waren. Vielleicht nahm Walter Lilli auch mit hoch und sie machten es zu dritt. Vorstellen kann ich es mir nicht und andererseits kann man sich alles vorstellen, auch wenn man es nicht will. Noch weniger will man so etwas wahrhaben. Ein Bild ist ein Bild und das Bild von Emily, mein Bild von ihr, war ein anderes. Deswegen war es nicht vorstellbar. Doch sie malte ein neues Bild von sich oder ich musste ein neues von ihr malen. Es gibt eben nicht nur ein Bild, das die Wahrheit enthält, sondern eine Menge Bilder, die alle ein bisschen Wahrheit enthalten.

Wahr ist auf jeden Fall, dass sie abends zu dritt hinter der Theke standen und im Gleichklang über Witze von Müller und Reuter lachten. Ihre Stimmung und die Stimmung in der Kneipe war vorher nie so ausgelassen und in den folgenden Jahren schon gar nicht mehr. Im Winter wirbelten Walter, Karl, Emily und Lilli zu Discomusik durch die Kneipe. Im Überschwang und im Alkoholrausch stürzten sie am Ende ihrer Tänze zu Boden und blieben lachend liegen. Die Gäste klatschten und riefen nach Zugaben. Die vier aber kugelten sich auf dem Fußboden. Walter so lange, bis er auf Emily lag und dort blieb er, bis sie nach Luft schnappte und ihn beiseite stieß. Dann drehte er sich zu Lilli, während sich Karl gleich zu Emily rollte. Und egal wer unter oder neben ihnen lag, Walter und Karl drückten ihre Lippen auf jede freie Stelle, die sie an Emily und Lilli fanden.

Immerhin saß ich wieder oft mit Lisa zusammen. Wir ließen das Schauspiel in unserem Rücken ablaufen. Zwischen uns in einem Kindersitz, aus dem er nicht heraus konnte, aus dem er aber auch nie heraus wollte, saß Martin, bis wir ihn nach oben brachten. Dort blieben wir, bis Emily und Walter kamen. Oben vor unseren Türen verabschiedeten wir uns mit einem Kopfnicken und gingen nie gemeinsam in eine Wohnung. Trotzdem hat uns diese Zeit einander näher gebracht. Auch wenn ich das erst später bemerkte.

In den ersten Tagen, die wieder grau und verregnet waren, traf ich Emily vormittags in der Kneipe. Sie saß auf dem Tresen, schaukelte mit den Beinen und wartete, dass die nassen Schmieren, die durch das Putzen entstanden waren, trockneten. Ihr Haar war lang gewachsen. So lang, dass der Pferdeschwanz über den Rücken bis fast zum Po baumelte. Obwohl der Tag nicht viel Helligkeit abgab, hatte Emily die Lichter in der Kneipe nicht eingeschaltet. Als ich eintrat, sah sie mich mit müden Augen an.

„Magst du Lilli?" fragte sie ohne Gruß zuvor, ohne Vorwarnung und ohne mir Vorbereitungszeit zu geben.

Ich zuckte mit den Schultern, nahm einen Stuhl und setzte mich.

Emily sprang vom Tresen, ging dahinter und holte eine Thermoskanne mit Kaffee und zwei Tassen. Sie nahm sich auch einen Stuhl und setzte sich neben mich.

„Walter macht mit ihr die Einkäufe für die Kneipe", sagte sie.

Ich trank einen Schluck und wartete.

„Du magst sie nicht", stellte Emily fest.

„Ich weiß nicht", erwiderte ich. „Wieso sollte ich sie nicht mögen?"

„Aber wenn sie einem den Mann wegnimmt, dann kann man sie nicht mögen."

Ich zuckte zusammen. Dann sah ich Emily an. Sie schaute nicht zurück, sondern einfach geradeaus. Ich weiß nicht, ob sie meinen Blick absichtlich mied oder ob es nur die Gedanken waren, die sie so einnahmen, dass der Blick unbewusst blieb.

Ich fragte: „Wie kommst du darauf?"

„Früher war er zweimal in der Woche einkaufen. Das hat nie länger als drei Stunden gedauert. Jetzt geht er jeden Mittag los und kehrt erst zurück, wenn wir aufschließen. Lilli bringt er dann meistens mit."

„Hast du ihn danach gefragt?"

„Was soll ich ihn fragen?" Jetzt sah sie mich ratlos an. „Du weißt doch, wie er ist. Er ist schnell beleidigt und sagt, dass er mich doch auch nicht fragt, wenn ich Zeit mit dir verbringe."

„Gut", nickte ich. „Aber dass er jeden Tag einkaufen geht, das kann er ja erklären."

„Montags ist das Gemüse dort billig, dienstags die Getränke dort. Und so weiter." Sie machte eine müde Handbewegung.

„Vielleicht ist es wirklich so", sagte ich.

Emily lächelte kurz. „Ich sag ihm, dass Lilli gehen kann. Ich hab Martin heute das erste Mal in den Hort gebracht. Wenn er sich dort zurechtfindet, bringe ich ihn öfter hin. Dann habe ich Zeit, zum Einkaufen mitzufahren."

„Und abends?"

„Abends bleibt alles, wie es ist. Solange ihr noch Lust habt, Lisa und du."

„Sicherlich. Wir machen das gerne. Möchtest du aber nicht manchmal Zeit haben, Martin selbst ins Bett zu bringen?"

„Ja, ja." Emily schaute zu Boden und dann an mir vorüber zum Fenster.

Ich goss uns noch mal Kaffee ein und überlegte. Mir fiel ein passabler Vorschlag ein, wie ich fand.

„Lilli muss bleiben", sagte ich. „Aber sie kann hier putzen und du gehst mit Walter einkaufen."

„Und was soll ich ihm sagen?" An Emilys Stimme merkte ich, dass sie nicht nur müde war, sondern abgekämpft, erschöpft und vor allem traurig. Um die Idee zu durchdenken, fehlte ihr Kraft.

„Ganz einfach", sagte ich und versuchte begeistert zu wirken. Es war zwar lächerlich, weil ich ja schon wusste, dass sie dafür keine Bereitschaft hatte. Aber mir gefiel meine Idee wirklich gut. „Du sagst, du möchtest wieder mehr Zeit mit ihm verbringen. Du willst nicht nur mit ihm zusammen arbeiten und spät in der Nacht noch ein, zwei Stunden bei ihm hocken. Außerdem hast du Martin doch deshalb in den Hort gebracht. Damit ihr vormittags Zeit füreinander habt."

Emily überlegte. Dann sah sie mich an und nickte schließlich ein paar Mal.

10

Lange hatte ich gegenüber der Kneipe und den Abenden dort, bisweilen sogar gegenüber Emily Abscheu empfunden. Oft bekam ich Kopf- und Bauchschmerzen, wenn ich daran dachte. Jetzt überwand ich es durch das Wissen, Emily mochte Lilli nicht, mochte diese Abende nicht und hatte von all dem genug. Der Preis, dass sie sich mit Walter versöhnte und ich dabei half, war in Ordnung. Er war ja schon immer da. Dass er ging oder Emily weg von ihm, darauf konnte ich warten.

Gegen meinen Vorschlag, den Emily als ihren eigenen präsentierte, wendete Walter nichts ein. Auch Lilli fügte sich. Und es war tatsächlich so, dass Walter jeden Tag einen anderen Händler aufsuchte. Obgleich er mit Emily zusammen weniger lange unterwegs war.

Martin brachten sie fortan gehen zehn Uhr in den Hort. Drei Häuser weiter die Straße hinunter direkt hinter dem Autohandel von Manfred Zeiss. Die Kneipe öffneten sie nachmittags. Vorher holten sie Martin wieder ab und er blieb bis zum späten Abend bei Lisa und mir. Er war jetzt fast drei Jahre alt, saß an unserem Tisch und durchblätterte jedes Buch, das wir ihm vor die Nase legten, so oft, bis wir nach oben gingen. Er wurde nie unruhig.

Walters Arbeitseifer hatte in der Zwischenzeit abgenommen. Er selbst wirkte abgestumpft und machte nur noch, was er machen musste. Er schlurfte gemächlich umher, beständig und zuverlässig, aber ohne sich besondere Mühe zu geben. Wenn es leerer wurde, stand er schwatzend hinter der Theke und betrank sich mäßig. Im Turnus von etwa vier Wochen platzte dann an einem Tag alle Energie, die er aufgespart zu haben schien, aus ihm heraus. Er stand singend hinter dem Tresen oder in der Küche und tänzelte durch die Kneipe, während er das Essen servierte. Wenn er die Küche geschlossen hatte, trank er so viel, dass Emily ihn nachts nach oben tragen musste. An diesen Tagen wurde auch Martin gefordert. Walter rief ihn ohne Unterlass und Martin musste alle paar Minuten von seinem Platz aufspringen und zu ihm hinüber laufen. Dann postierte Walter ihn wie eine Trophäe auf dem Tresen und prahlte zum Beispiel, dass sein Sohn so schnell laufen könne wie kein anderer Junge. Anschließend hob er Martin vom Tresen, rief: Los! Und Martin musste zu unserem Tisch rennen.

Ich gab im Frühjahr endgültig auf, dass das mit dem Studieren und mir einen Sinn hatte. Allerdings benötigte ich einen Anstoß von außerhalb. Wenn etwas anders wird oder anders werden soll, gibt es zwei Möglichkeiten. Entweder geschieht es durch einen selbst. Allerdings dann mit dem Vorsatz, dass sich etwas ändern muss und das Ergebnis ist nie das, welches man erwartet. Oder es geschieht durch andere. Ohne Zweifel ist das die Variante, die ich bevorzuge. Denn selbst keinen Einfluss haben, aber von einem Tag zum anderen merken, jetzt würde etwas anders werden, vor allem in eine Richtung, an der man Gefallen hat, sind die besten Verläufe, die man sich wünschen kann.

Ich zwang mich erst noch, drei Kurse zu besuchen und versuchte, die Bücher, die besprochen werden sollten, rechtzeitig durchzulesen. Erfolglos. Kein Mensch sollte ein Buch innerhalb einer Woche lesen. Man kann ein Leben nicht innerhalb einer Woche und in einer zweistündigen Besprechung abhaken. Ich besuchte die

Kurse drei, viermal, bis so viel verraten worden war, dass es keinen Sinn mehr hatte.

Ende Mai nahm ich ein Buch und ging in den Park neben dem Friedhof. Eine Woche zuvor war es besprochen und alles verraten worden. Trotzdem wollte ich es noch zu Ende lesen. Ich setzte mich auf eine Bank vor das Gebüsch, das bis zur Friedhofsmauer reichte. Die Sonne blinzelte durch die Wolken und es war angenehm warm. Man konnte Pullover und lange Hosen tragen, ohne dass man fror oder schwitzte. Ich war vertieft, als plötzlich Martin neben mir auftauchte. Er kletterte auf die Bank und setzte sich neben mich. So war für ihn die Welt in Ordnung. Und für mich sowieso. Ich hätte eigentlich gar nichts sagen müssen. „Was macht ihr hier?" fragte ich aber trotzdem.

„Spielen", sagte er.

Ich sah auf die Kinder. Die meisten rannten hinter einem Ball oder hinter sich selbst beziehungsweise gegenseitig her.

Ich dachte daran, wie wenig er redete. Er sagte „Hallo", wenn er vom Hort in die Kneipe kam. Dann gaben wir ihm seine Sachen und er war ruhig. Wenn ich ihn ins Bett brachte, sagte er „Gute Nacht". Und das war es dann auch.

Einmal las ich von Eltern, die sich nie darüber wunderten, dass ihr Kind nicht redete. Wahrscheinlich stand das in einer Zeitschrift, die Lisa mit sich herum schleppte. Die Eltern waren schon relativ alt, eigentlich zu alt, um noch Kinder zu kriegen. Es passierte aber trotzdem. Sie waren dann wohl überfordert und als ihr Kind mit drei Jahren noch immer nichts gesagt hatte, gingen sie zum Arzt. Der stellte eine Schwerhörigkeit fest, die man im ersten Jahr hätte verhindern können. Zumindest hätte man die Hörfähigkeit noch verbessern können.

Die Gefahr bestand bei Martin allerdings nicht. Er redete einfach immer nur das Nötigste.

Ich fragte ihn: „Willst du nicht mitspielen?"

Er schüttelte den Kopf. „Sind zu groß."

„Ich kann dir was vorlesen", sagte ich.

Er nickte.

Nach einer Weile kam die Erzieherin zu uns. Ich hatte sie schon ein paar Mal gesehen. Sie war dick und so gemütlich, wie es Dicke oft sind. Sie stampfte in einen Mantel gehüllt auf uns zu und grüßte mich.

„Sie sind ein Freund von Emily, nicht?"

Ich nickte und stellte mich vor.

„Ich heiße Carola", sagte sie und setzte sich neben Martin. „Meine Kollegin hat sich heute krank gemeldet. Haben Sie Zeit, ein Auge auf die Kinder zu werfen?"

„Klar", nickte ich.

Wir setzten uns auf eine Decke auf die Wiese. Carola begann sofort von sich zu erzählen: Vierzig Jahre alt. Fast zwanzig Jahre in dem Hort. Kein Mann und keine eigenen Kinder.

„Aber das sind ja alles meine Kinder", sagte sie und lachte.

Eigentlich ein Spruch, bei dem ich hätte wegrennen können. Aber bei Carola war es in Ordnung. Manchmal verzeiht man einer Person etwas, dass man keiner zweiten Person verzeihen würde.

Martin saß zwischen uns, sah umher, nahm dann mein Buch und blätterte darin, als ob er lesen könnte.

Nach einer Stunde hatten sich die Kinder ausgetobt.

Carola sagte, es sei Zeit aufzubrechen. Sie ließ immer zwei Kinder sich bei der Hand fassen, dann in einer Reihe aufstellen, ging vorneweg und bat mich, hinterherzulaufen. Wir geleiteten sie über die Straße. Danach war es Zeit für den Mittagsschlaf. Ich verabschiedete mich.

Am Nachmittag kehrten Emily und Walter nicht rechtzeitig vom Einkaufen zurück. Auch Lisa war unterwegs. Ich ging also hinüber, um Martin abzuholen. Alle anderen Kinder waren schon fort, als ich in den Laden trat. Martin und Carola saßen an einem Tisch.

„Martin und ich haben eine Idee", sagte sie.

Ich setzte mich auf einen kleinen, niedrigen Stuhl. Meine Knie stießen mir fast ans Kinn.

Carola sah mich einen Moment lang an. Mit graugrünen Augen, trostlos und reizlos. Genauso dröge war auch ihr braunes Haar, das durch einen Mittelscheitel getrennt auf ihre Schultern fiel. Sie spitzte ihre schmalen Lippen, die sie mit etwas Rot nachgezogen hatte. Dann lächelte sie.

Plötzlich griff Martin nach meiner Hand, so als würden wir uns schon auf der Straße befinden und nach Hause gehen.

„Elke kommt nicht mehr", sagte er. „Du sollst kommen."

Ich fühlte seine kleine Hand in meiner. Das war rührend und es war seltsam. Noch nie hatte ich in diesem Maße empfunden, dass ich Martin wirklich wichtig war und dass die Verantwortung, die Emily mir übertragen hatte, belohnt wurde. Außerdem hatte ich noch nie so gespürt, dass ich es auch richtig machte und dem Ganzen gerecht wurde.

„Meine Kollegin ist schwanger", erklärte Carola dann. „Hätten Sie nicht Lust auszuhelfen?"

Es ist blöd, dass man dann immer noch etwas sagen muss und dass die anderen einem nicht ansehen, wie man sich fühlt. Oder dass sie es einem ansehen, aber trotzdem noch mal eine Zusage haben wollen.

Also sagte ich zu. Martin ließ meine Hand los, lachte und klatschte in die Hände, so wie damals Emily, als ich ihr gesagt hatte, dass wir zu meinen Eltern nach Hause fahren könnten.

„Dann kommen Sie erst einmal die nächsten paar Tage morgens mit Martin herüber. Alles andere klären wir dann", erwiderte Carola.

Als ich mit Martin auf der Straße stand, griff er erneut nach meiner Hand. Ich sah zu ihm herunter und er zu mir herauf. Dann schnappte ich ihn, hob ihn auf meine Schultern und rannte zur Kneipe.

Emily stellte gerade die Stühle von den Tischen herunter. Sie lachte, als sie uns erblickte und nahm Martin von meinen Schultern auf ihren Arm.

„Gabriel kommt jetzt immer mit zu Carola", sagte Martin.

„So?" erwiderte Emily und sah mich fragend an.

Als ich erzählt hatte, was passiert war, war sie ebenso glücklich wie Martin und ich, glaube ich.

11

Dank Carolas Einsatz wurde ich im Hort als Betreuer eingestellt. Auf ein Jahr befristet. Aber ihre Kollegin kehrte auch nach einem Jahr nicht wieder. Und ich blieb. Bis heute.

Fortan klingelte ich am Morgen gegen acht Uhr bei Emily und Walter. Meistens schliefen sie noch. Daher öffnete in der Regel Martin die Tür. Er zog sich bereits selbstständig an und wartete schon, wie mir schien. Er hatte dichtes, schwarzes Haar bekommen. Es hing über die Ohren und reichte bis in den Nacken. Aber der Pony endete über den Augenbrauen. Er hatte die gleichen blassgrünen Augen wie seine Mutter und wirkte fast immer traurig. Allerdings wirkte das weniger durch seine Augen so, sondern mehr durch die gesamte Partie drum herum. Bei Emily sah man ihre Traurigkeit oft nur, wenn sie es wirklich war. Bei Martin schien es immer so. Vielleicht auch, weil ihm seine Umwelt unverständlich blieb und er das aber schnell begriff. So kümmerte es ihn nicht, morgens alleine aufzustehen. Wenn wir dann auf der Straße waren, griff er nach meiner Hand, lief aber immer einen Schritt voraus und sagte im Winter manchmal zu mir: „Du musst die Jacke schließen."

Wir frühstückten im Hort und gingen, so lange es das Wetter zuließ, hinüber in den Park gegenüber oder etwas weiter zu einem Spielplatz. Mittagessen gab es wieder im Hort und danach den Mittagsschlaf. Selten habe ich besser geschlafen als in dieser Stunde. Auf einem Stuhl, den ich in eine Ecke stellte, den Kopf gegen die Wand gelehnt, die Beine von mir gestreckt. Danach verging die Zeit rasch. Eins nach dem anderen der Kinder wurde von den Eltern abgeholt, bis Martin, Carola und ich alleine waren.

Im Winter arrangierten wir uns im Laden. Carola, zwölf Kinder und ich.

Plötzlich gewann sogar Weihnachten an Bedeutung. Es bedeutete überhaupt zum ersten Mal etwas. Wochenlang bastelten wir Figuren für Weihnachtsbäume und jedes Kind fertigte Geschenke für Eltern oder Geschwister an. Drei Tage vor Heiligabend gab es eine Feier, zu der wir die Eltern einluden. So viele glückliche Gesichter, Menschen, Familien. Vielleicht stritten sie sich das ganze Jahr. Vielleicht rutschte dem einen oder anderen Vater gelegentlich die Hand aus. Vielleicht ging die eine oder andere Frau fremd. In diesen Tagen aber gab es das nicht. Immerhin einmal konnte ich daran glauben und vergessen, dass es wahrscheinlich anders war, als es aussah.

Ich erhielt von Carola ein Geschenk, hatte aber nichts für sie. Martin schenkte mir einen Stern, den er aus gelbem Papier geschnitten hatte. Dann schlossen wir den Hort von Heiligabend bis Neujahr. Auch Walter schloss die Kneipe zum ersten Mal. In den Jahren zuvor hatten wir uns über die Feiertage immer dort versammelt. Emily, Lisa, Walter, Karl, Müller und Reuter, Manfred Zeiss, Hartmut Wichmann und ich.

Der Vierundzwanzigste begann dann verregnet. Aus Gewohnheit wachte ich um halb acht auf, zog mich an und ging hinunter. Ich wollte einkaufen, bemerkte aber im Hausflur, dass der Deckel meines Briefkastens nicht verschlossen war. Vor Weihnachten wird er besonders gerne mit Werbung vollgestopft. Normalerweise schaute ich alle vier Wochen rein. Etwa so oft schrieb mir meine Mutter. Viel mehr sammelte sich sonst nicht an.

Als ich den Kasten öffnete, erschrak ich. Ich hielt einen Brief von zu Hause in den Händen und die Anschrift war unverkennbar von meinem Vater geschrieben worden. Ich rannte die Treppen hinauf, schmiss die Tür zu, warf den Anorak zu Boden und setzte mich aufs Bett. Dann zerriss ich den Umschlag. Der Briefbogen war schwarz umrandet. Im rechten oberen Eck stand das Datum: 15. Dezember. Und in Druckschrift darunter: „Meine liebe Ehefrau Elisabeth Anders, geb. Weihe, ist für immer von uns gegangen. Die Beisetzung findet am 20.12. um 10 Uhr auf dem Friedhof in Kirchthal statt." Darunter in Handschrift „Ernst Anders".

Ich lese nie den Sportteil einer Zeitung. Ich lese sowieso eher Zeitschriften. Die trug ja Lisa immer mit sich herum. In Zeitschriften gibt es mehr Interviews und Interviews lese ich ganz gerne. Vielleicht, weil ich mir einbilde, etwas über Menschen zu erfahren. In einer Zeitung gibt es zu wenige Interviews.

Mit anderen Worten, ich weiß nicht, wie es dazu kam, dass ich doch den Sportteil einer Zeitung las und darin ein Interview mit einem Fußballer. Zufall wahrscheinlich wie vieles oder wie alles. Der Fußballer war um die Zwanzig, ein Talent und gerade von einem kleinen zu einem größeren Verein gewechselt. Ich kenne mich da nicht aus und es interessiert mich auch nicht. Wichtig war aber auch die Frage, ob nun seine Kindheit zu Ende sei, weil der Wechsel des Vereins gleichbedeutend mit dem Verlassen des Elternhauses war und den Umzug in eine weiter entfernte Stadt nach sich zog.

Eine blöde Frage, denn wer kann das beantworten? Heute bin ich noch Kind, morgen nicht mehr. Kindheit ist nun zu Ende.

Als ich beschloss, nach Berlin zu gehen und in den Zug stieg, war da meine Kindheit zu Ende? Oder schon damals, als ich geerbt hatte und wusste, dass ich unabhängiger geworden war? Oder der erste Sex? Damit kann man es ja auch immer verbinden.

Und doch auch eine gute Frage. Kindheit ist irgendwann Erinnerung und immer ein bisschen vorhanden, wenn man die Orte aufsucht, wo sie stattfand. So lange man diese Orte noch aufsuchen kann. Ich konnte das jetzt nicht mehr. Meine Mutter war tot. Irgendwann wird auch mein Vater tot sein. Ich weiß nicht, ob und wie ich das mal erfahren werde. Aber das ist auch nicht so wichtig. Aus dem Grund, dass unser Verhältnis eben jetzt schon so war, als ob wir tot wären. Oder zumindest einer. Jetzt, wo meine Mutter tot war, konnte ich nicht mehr nach Hause fahren. Ich konnte noch ins Dorf fahren und dort umher laufen, wo ich Kindheit finden würde. Aber ich konnte nicht mehr unser Haus betreten. Das war vorbei. Und damit auch Kindheit, glaube ich.

Vielleicht wäre es ein Moment gewesen, die Sache mit meinem Vater wieder zurechtzubiegen oder es zumindest zu versuchen. Aber die Beerdigung war vier Tage zuvor gewesen. Ich hatte nicht gewusst, dass es meiner Mutter nicht gut ging. Da waren viel zu viele Vorwürfe. Die konnte ich mir schon selbst machen. Dazu brauchte ich ihn nicht. Und zu Ende war es sowieso.

Woran meine Mutter starb, habe ich bis heute nicht erfahren. Sie war nicht einmal sechzig Jahre alt geworden. Vielleicht erfahre ich den Grund irgendwann. Statt meinen Vater hätte ich auch eine Nachbarin anrufen können, dachte ich später mal. Aber von einer Fremden zu erfahren, wie es meiner Mutter in den letzten Wochen und Monaten ergangen war, schien auch unmöglich. Immerhin, es bleibt mir ja noch Zeit, es zu erfahren.

Später einmal hatte ich einen Traum. In Träumen verarbeitet man, heißt es. Martin wüsste da heute Bescheid. Allerdings kann ich ihn jetzt nicht mehr fragen und als ich ihn hätte fragen können, dachte ich nicht an diesen Traum. Es ist einer der wenigen Träume, an den ich mich heute noch gut erinnere.

Ich stand auf dem Friedhof vor dem Grab meiner Mutter. Es hatte geschneit, aber der Schnee deckte die Kränze, die gehäuft auf dem Hügel vor mir lagen, nicht zu. Als ich Blumen niederlegen wollte, schaute ich auf meine Hände. Leer. Ich sah sie an, spreizte die Finger, drehte sie, sah auf die Innenflächen, die Rücken, aber meine Hände waren leer. Ich drehte mich im Kreise, sah mich um, suchte auf dem Boden, doch nirgends waren die Blumen. Ich hatte sie vergessen. Ich drehte mich weiter umher. Aber sie waren nicht da, einfach nicht da.

Plötzlich fiel ich zu Boden und stürzte vornüber auf das Grab. Die Nadeln der Zweige, die um die Kränze gebunden waren, stachen mein Gesicht. Ich lag bäuchlings auf dem Grab meiner Mutter, beide Arme zu den Seiten ausgestreckt. Dann sackte alles zusammen. Meine Hände griffen in den Schnee und ich wand mich gerade noch zur Seite, bevor mich der Strudel mitgezogen hätte.

Jetzt saß ich neben dem Loch. Es war kein Grab mehr, es war ein Loch. Und irgendwo in dem Loch tief unten lag meine Mutter. Ich wagte nicht, hineinzusehen. Stattdessen blickte ich auf die Kirche und auf unser Haus.

Dann war ich im Haus. Nichts war verändert. Gleich würde meine Mutter kommen und sich an den Herd stellen. Ich ging durch die Küche in den Flur. Die Tür des

Arbeitszimmers war angelehnt. Mein Vater saß am Schreibtisch, blickte auf Papiere und bemerkte mich nicht. Ich ging schnell zur Treppe und wollte hinauf. Doch ich hatte vergessen, welche Stufen einen knarrenden Ton von sich gaben und trat falsch auf. Mein Vater stürzte aus seinem Zimmer. Die Haut im Gesicht schwabbelte auf und ab. Sie verdeckte die Augen, wenn sie nach oben schwabbelte. Und wenn sie nach unten fiel, sah man seine Augen nicht, weil sie in Höhlen verschwunden waren. Der Kopf meines Vaters war aufgedunsen und seine Gesichtsfarbe feuerrot. Die Ohren standen in weiten Bögen ab. Die schwarze Jacke war nicht zugeknöpft und wehte wie ein Teufelsflügel hinter ihm. Seine rechte Hand hob sich, gleichzeitig öffnete sich der Mund. Oder ein Maul. Zahnlos, tief.

Ich wollte die Treppen hinaufrennen. Doch ich glitt aus und schlug mit einem Knie gegen eine Kante. Gleichzeitig traf ein schwerer Schlag meinen Kopf. Ich warf mich beiseite, sah seinen fetten Körper auf mich hinabstürzen, fand aber gerade rechtzeitig das Geländer und zog mich hoch. Im selben Moment ertönte neben mir ein lautes, splitterndes Geräusch, das das gesamte Haus erzittern ließ. Ich sah nicht hin, rannte die Stufen hinauf und erreichte mein Zimmer.

Vielleicht war das ja Strafe. Manchmal kommt man auf solche Ideen. Ich wachte schweißgebadet auf und konnte nicht mehr einschlafen. Ein paar Tage lang hatte ich schlechte Laune. Aber mein Vater war kein Monster. Er hätte mich ignoriert oder mich mit vorwurfsvollen Blicken verfolgt, wäre ich nach Hause gefahren. Und so viele Monate später davon zu träumen, war auch überflüssig. Träume sind eben was sie sind. Träume. Mit keiner

Bedeutung und keinem Sinn.

12

Manche Zustände seines Lebens werden einem erst Jahre später bewusst. Oder man begreift sie Jahre später anders als in der Zeit, in der sie sich ereigneten. Man hat für sie also entweder erst überhaupt irgendein Bewusstsein entwickelt oder das Bewusstsein hat sich geändert. Jugendliche zum Beispiel. Wenn sie Grenzen austesten und sie überschreiten. Grenzen wie Gesetze oder Gebote. Man klaut keine Autos, bestiehlt niemanden und verprügelt auch andere nicht. Meistens ist es ja so, dass man ein paar Jahre später diese Einsicht hat. Und wenn der, den man beklaut, bestohlen oder verprügelt hat, auch noch ein armer Schlucker war, dann ist es besonders mies. Vorausgesetzt man entwickelt dieses Bewusstsein, ein Gewissen sozusagen. Und das passiert hoffentlich immer noch.

In den ersten Monaten, die ich im Hort arbeitete, war mein Verhältnis zu Carola intensiver als zu Emily oder Lisa. In jener Zeit habe ich es jedoch nicht so empfunden. Natürlich fasste ich zu ihr nicht schneller Vertrauen als zu anderen. Wir verbrachten einfach sechs, sieben oder acht Stunden täglich miteinander und in dieser Zeit sahen wir keine anderen Erwachsenen. Die meisten Stunden vergingen zwar damit, alle Kinder bei Laune zu halten, eines zu trösten und ein anderes zu unterhalten. Aber manchmal beschäftigten sich alle der zwölf bis fünfzehn, die wir beaufsichtigten, auf wundersame Weise alleine. Dann erfuhr ich viel von Carola und sie auch manchmal etwas von mir. Sie hörte zu, wenn ich erzählte und was noch wichtiger war, sie merkte, dass ich Ratschläge nicht mochte. Sie mischte sich niemals ein, saß still da, nickte von Zeit zu Zeit, blickte sonst zu Boden und mich selten an und war die Einzige, die vom Tod meiner Mutter erfuhr.

Meistens aber redete sie, gerne von sich, aber auch von irgendwelchen Leuten. Was sie erzählte, habe ich vergessen. Meistens reagierte ich auch nur mit einem Kopfnicken und wusste manchmal schon nicht mehr, wenn ich abends im Bett lag, was sie erzählt hatte. Aber es ging ja auch darum, jemanden zu haben, der bei einem saß, wenn man über seine Gedanken oder Sorgen sprach.

Eine ihrer Äußerungen habe ich aber behalten. Carola sprach oft von dem Wunsch, eine Familie zu gründen. Mit vierzig wird das nicht einfacher. Aber sie gab nicht auf. Sie sagte, wenn sie den Mann dafür niemals fände, so würde sie mit dem Glauben, dass es ihn trotz allem gab, sterben. Schon faszinierend, wie man sich selbst belügen kann und darin auch noch Trost findet.

Es kann aber nie alles gut sein. Warum auch immer. Angenehmen Vormittagen standen wieder zermürbende Abende gegenüber. Lisa sah ich kaum. Ich weiß nicht, was sie machte oder trieb. Also saß ich mit Martin alleine am Tisch. Oft wünschte ich, hoch in die Wohnung zu gehen und zeitiger ins Bett. Aber es waren die einzigen Stunden, in denen Emily Martin sah. Ihr zuliebe blieb ich, oft sogar bis Mitternacht. Ich wartete, dass sie ein Zeichen gab, Martin nach oben zu bringen. Wenn es so weit war, schlief er meistens und ich manchmal auch. Wenn ich ohne ihr Zeichen Andeutungen machte zu gehen, kam sie, blickte uns traurig an, nahm Martin auf den Schoß, drückte ihn und versprach, gleich Zeit zu haben und kam doch erst wieder, nachdem er eingeschlafen war. Wenn wir mal zusammen saßen, schimpfte sie über Lilli. Darauf wusste ich nichts zu erwidern. Wir hatten uns wieder voneinander entfernt. Ich wusste aber, dass Walter die Probleme der beiden ignorierte. Ich wusste es nicht, weil Emily es mir erzählte, sondern weil ich es sah. Er stand ausschließlich in der Küche und bemerkte nicht, dass Lilli Bestellungen, die Emily aufnahm, an ihn weitergab und als ihre ausgab. Die Essen trug Lilli nur aus der Küche vor, stellte die Teller auf dem Tresen ab und wartete, bis Emily sie den Gästen brachte. Seelenruhig. Manchmal versuchte Emily, dagegen zu halten und ließ ein Essen minutenlang stehen. Doch Lilli rührte sich nicht und am Ende fühlte natürlich immer Emily sich verantwortlich, verlor den Zweikampf und servierte.

Vormittags musste es zwischen Emily und Walter schon heftige Auseinandersetzungen gegeben haben. Sie forderte, dass er Lilli kündigte. Aber Walter glaubte nicht an Lillis List. Berechtigterweise kann man sagen. Niemand hätte Lilli das zugetraut. Vor allem, weil es keinen Sinn ergab. Das Verhältnis hatte Walter beendet und mit großer Sicherheit auch nicht wieder aufgenommen. Vielleicht war es für Lilli in Ordnung, für Walter zu arbeiten, nicht aber für Emily. Von einem Mann lässt man sich scheuchen, von einer Frau aber nicht. Ihr schien es eingeimpft zu sein, weil es vielleicht bei ihrer Mutter und deren Mutter und so weiter immer so gewesen war. Man solidarisierte sich nicht mit einer anderen Frau.

Irgendwann wollte Walter die Streitereien nicht mehr ertragen. Er nahm Lilli wieder mit zu den Einkäufen. Aber auch das bedeutete nicht die Wiederaufnahme ihrer Liaison. Da bin ich mir ziemlich sicher, denn meistens brachte Karl sie abends nach Hause und außerdem blieb Lilli doch nur noch ein halbes Jahr. Was immer in Walter auch vorging, er konnte es wahrscheinlich nicht mal selbst sagen.

Auf jeden Fall hatte Emily jetzt vormittags wieder Zeit und besuchte uns oft im Hort und im Frühjahr dann im Park. Auch Anfang Mai, kurz nach Martins viertem Geburtstag. Ich lag bäuchlings auf einer Decke, Martin saß neben mir und Carola auf einer Bank einige Meter weiter weg. Zwischen uns tobten die Kinder. Emily trug blaue Jeans und einen weiten Pullover aus Wolle. Die Ärmel hatte sie bis zu den Ellenbogen hochgekrempelt. Ihr Haar war wieder kürzer geschnitten und sie hatte es an diesem Tag nicht zusammengebunden. Während sie über die Wiese ging, drehte sie ihr Gesicht immer in die Richtung, aus welcher der Wind kam. Sie setzte sich neben Martin, strich ihm durchs Haar und streckte dann die Beine aus.

Nach einer Weile sagte sie: „Es ist schön, die Vormittage frei zu haben."

Ich drehte mich auf die Seite und sah sie an. Sie aber blickte zu den Kindern.

„Wirst du in Berlin bleiben?" fragte sie plötzlich.

Ich zuckte mit den Schultern. Ich hätte eher erwartet, dass sie über sich reden wollte und über Walter und Lilli.

Sie fuhr fort: „Ich dachte, du gehst irgendwann wieder weg. Aber jetzt hast du eine Arbeit. Also könntest du bleiben." Nun sah sie mich an.

„Im Moment bin ich zufrieden", sagte ich. „Ich weiß nicht, warum ich nicht bleiben sollte."

„Das ist schön", erwiderte sie. „Wenn du da bist. Und wenn Lisa da ist."

Ich begriff nichts Genaues. Aber manchmal reicht das Gefühl aus.

„Und wenn Lisa geht? Und ich vielleicht auch. Was ist dann?" fragte ich.

Emily blickte nach vorne in Richtung der Straße. Ihre Wangen waren gerötet.

„Ich weiß nicht", sagte sie. „Vielleicht kommt es darauf an, wer zuerst geht."

Ich wusste nicht, ob Lisa von ihren Plänen erzählt hatte und fragte: „Was ist, wenn Lisa zuerst geht?"

„Wenn sie geht, wirst du auch gehen, denke ich. Und ich werde bleiben."

„Aber wenn Lisa bleibt und ich gehe, dann bleibst du doch auch?"

„Ich weiß es nicht." Emily hob die Schultern und ließ sie nicht gleich wieder fallen. „Lisa würde mich vielleicht mitnehmen."

„Aber nur wenn ich schon fort bin?" fragte ich nach.

„Ja", erwiderte Emily kurz.

Ich nickte.

Abends hatte ich es verstanden. Das Gefühl war der Gewissheit gewichen. Als ich im Bett lag, wusste ich von ihr, was sie auch von mir hätte wissen sollen. Warum aber zwei Menschen niemals einander so nahekommen, wie es sich beide wünschen, ist ein Rätsel, welches bis zum Ende aller Zeiten nie ergründet werden wird.

13

Manchmal hört man im Radio ein Lied und es bleibt einem im Sinn. Immer wieder summt man die Melodie und singt ein paar Zeilen, ohne dass man die Worte genau behalten hat. So ähnlich war das auch mit Emilys Worten. Sie kamen mir einfach in den Sinn. Mindestens genau so oft, wie ich sie mir ins Bewusstsein rief.

Nach Tagen verflüchtigen sich aber Melodie und Inhalt und so verflüchtigten sich auch Emilys Worte. Sie kamen mir seltener in den Sinn und es fiel mir immer schwerer, sie ins Bewusstsein zurückzurufen, sodass ich bald kaum noch an sie glauben konnte. Sie schienen nicht nur unwirklich, sondern unwahr. Ihre Existenz verging. Wahrscheinlich, weil sie der Vergangenheit angehören und sich damit der Realität entzogen. Vergangenheit ist eben nicht Gegenwart und daher nicht existent.

Ein paar Momente gibt es aber, die sich tief eingraben. In gewisser Weise brennen sie sich ein und können einem Jahre später wieder bewusst werden. Möglicherweise denkt man dann zwar auch, dass man sie sich verklärt, verschönert oder verherrlicht, aber ist sich doch ziemlich sicher, dass es so und nicht anders war und stellt sich die Frage, warum mehr Chancen vergeben als genutzt werden.

Emilys Worte wurden aber auch unwirklich und dann unwahr, weil ich keine Gelegenheit fand, ihr Ähnliches zu sagen. Dass sie es ahnte, ja eigentlich wusste, änderte nichts an der Tatsache, dass sie es hören wollte.

Mal wieder blieb Lisa übrig, mit der ich zumindest geredet haben wollte. Es dauerte aber zwei Wochen, bis es so weit war. Sie war nur noch selten in der Kneipe und dann immer müde. Vielleicht lag es an ihrer Arbeit, vielleicht aber auch daran, dass sie kaum zu Hause schlief.

Die Kneipe war voll besetzt, als Lisa kam und mir gegenüber Platz nahm. Emily und Lilli eilten umher. Leute riefen nach ihnen, wollten bestellen, sich beschweren, bezahlen und wieder gehen. Neue Gäste kamen. Es war eine gute Gelegenheit, mit Lisa zu reden. Wir waren Teil einer Gemeinschaft, die zwar aus Fremden bestand, aber Schutz gab. Das war besser, als wenn ich mit ihr alleine gewesen wäre.

„Wie sieht es mit Amerika aus?" fragte ich.

Wie aus Gedanken gerissen blickte Lisa mich an.

„In einem Jahr, hoffe ich." Sie lächelte und schien zu bemerken, dass ich reden wollte.

„Weiß Emily davon?" fragte ich.

Lisa zuckte ein paar Mal mit den Achseln. „Vielleicht habe ich es mal erwähnt."

„Ich glaube, sie hat Angst davor."

Lisa sah mich erst erstaunt an. Dann schien es, als ob sie lachen müsste. Schließlich blieb sie aber nachdenklich.

„Sie denkt, dass du sie vielleicht mitnehmen würdest", fuhr ich fort.

Lisa riss die Augen auf. „Wieso sollte Emily das denken?" fragte sie und schüttelte heftig den Kopf.

„Ein Gefühl", erwiderte ich.

„Deines? Oder ihres?"

„Ihres."

„Wieso?"

Ich zuckte mit den Schultern.

Lisa nickte. „Sie hält es nur noch mit Walter aus, weil wir hier sind, oder?"

Jetzt nickte ich.

Sie beugte sich zurück und fiel gegen die Stuhllehne. Schließlich sagte sie: „Dafür fühle ich mich nicht verantwortlich. Nicht mehr."

„Also würdest du Emily zurücklassen?" fragte ich.

„Zurücklassen?" Lisa wurde wieder lebhaft. „Wenn du davon weißt, was ist dann mit dir?"

„Weiß ich nicht", sagte ich.

Lisa lachte. „Immer noch nicht?"

Ich zuckte mit den Schultern.

„Es hat sich also nichts geändert", stellte Lisa fest. „Dann wird sich auch nie etwas ändern."

„Vielleicht doch", erwiderte ich. Trotzig natürlich. Es war entglitten. Das Gespräch, das Gefühl, die Idee.

Lisa griff nach meiner Hand. „Vielleicht bin ich nicht unschuldig. Aber Schuld ist eigentlich der, der sich aufhalten lässt. Es nützt nichts zu bereuen."

Ich wusste, ich wirkte beleidigt. So wie manchmal nach Gesprächen mit ihr. Diesmal war ich es aber auch.

Ich fragte schließlich: „Bringst du Martin nach oben?"

Lisa nickte.

Ich stand auf und ging.

In meiner Wohnung ließ ich das Licht ausgeschaltet. Ich öffnete die Balkontür und legte mich aufs Bett. Die Glocke des Rathauses schlug elfmal.

Vielleicht war es zu spät, vielleicht aber auch nicht. Vielleicht war es auch meine und Emilys Sache. Wenn eine Sache nur zwei Menschen etwas angeht, sollte man keinen dritten einbeziehen. Denn niemand sonst hat etwas damit zu tun. Auch wenn der dritte beiden nahe steht. Lisa hatte nichts damit zu tun. Früher nicht und heute nicht. Es interessierte sie auch nicht. Nicht mehr, wie sie gesagt hatte. Es war ein Fehler, sie einzubeziehen, wusste ich jetzt.

Dann klingelte es. Ich erhob mich, ging vor und öffnete die Tür. Lisa stand im dunklen Flur vor mir. Ich drehte mich, ging zurück und ließ mich wieder aufs Bett fallen. Ich legte mich auf den Rücken und verschränkte die Arme hinter dem Kopf. Lisa schloss die Tür, kam ins Zimmer, stellte sich neben den Tisch und sah auf mich herab.

Schwaches Licht drang von den Straßenlaternen herauf.

Dann zog sie sich aus. Nicht sehr schnell, aber auch nicht besonders langsam. Schließlich stand sie nackt vor mir und bewegte sich nicht.

Ich sah sie an und war erregt. Ich zog mir das Hemd und die Hose aus und schlug die Decke beiseite. Lisa legte sich neben mich. Ihr Atem strich an meinem Hals entlang. Einen Arm legte sie auf meine Brust. Ihr Busen drückte sich gegen meine Seite. Wir rührten uns nicht. Die Rathausglocke schlug zwölf Mal, dann einmal, später noch einmal und noch einmal. Als sie zweimal schlug, griff ich mit der rechten Hand nach Lisas Haar und streichelte es. Dann streichelte ich ihre Brüste, berührte ihre Schenkel und ihre Scham. Ich drehte mich, legte mich auf sie und drang in sie ein. Als Lisa sich mit ihren Fingern an meinem Rücken festkrallte, war ich fertig und drehte mich wieder auf die Seite.

Als ich morgens aufstand, war sie noch da. Sie winkte kurz, als ich die Wohnung verließ.

Es wäre gut, wenn man wüsste, wann etwas vorbei ist und wann man Hoffnung aufgeben kann, um sich neuen Dingen zu widmen. Vielleicht gibt es Leute, die das wissen. Es gibt zumindest die, die selbst dafür sorgen und etwas beenden, um etwas Neues zu beginnen. Dazu gehöre ich nicht.

14

Ein paar Wochen später schmiss Walter Lilli raus.

Ich kam vom Hort und ging alleine die Straße hinauf, weil Martin vorausgelaufen war. Ich hatte meinen Pullover um die Hüften gebunden, zog ihn fest und sah auf. Die Markise hatte Walter bereits ausgefahren. Die Tische standen auf der Straße. Die Tür zur Kneipe war geöffnet.

„Raus!" hörte ich Walter brüllen. „Raus! Ich will dich nicht mehr sehen."

Einige Sekunden später stürzte Lilli die Schürze noch umgebunden zur Tür hinaus. Sie versuchte zu rennen, stolperte aber mehr und ich fürchtete, dass sie gleich auf dem Pflaster liegen würde. Sie taumelte an mir vorüber, die Augen gerötet und verquollen, nahm mich nicht wahr, lief über die Straße und hinüber in den Park. Es ging ziemlich schnell, aber trotzdem glich ihre Flucht vergeblicher Hast. Es war ihr nicht gegeben, sich rasch zu bewegen. Vermutlich lag es an der Überraschung meinerseits, dass es mir trotzdem als schnell erschien. Denn obwohl sie abends oft faul war und Emily schikanierte, so war dieses Ende auch ihrer unwürdig. Während der letzten fünf Jahre war sie nie von Walters Seite gewichen und Tag für Tag in der Kneipe gewesen, so weit ich mich erinnere.

Ich blieb eine Weile stehen und wartete. Aber weder Emily oder Walter kamen hinaus, noch hörte ich etwas aus der Kneipe. Schließlich setzte ich mich an den Tisch neben dem Eingang und dachte über Lilli nach. Man denkt ja oft über Menschen nach und meistens natürlich über die, die man kennt oder kennenlernen will und über die, mit denen man etwas zu tun hat. Mit Lilli hatte ich etwas zu tun, aber ich hatte fast nie über sie nachgedacht. Es ist schon seltsam, wenn man Menschen jahrelang täglich sieht, sie aber nicht kennt und auch nie Interesse hatte, sie kennenzulernen. Aber Lilli war auch einer der Menschen, der mir immer fremd geblieben wäre. Auch wenn ich öfter mit ihr geredet hätte, wahrscheinlich hätte ich nie sagen können, dass ich sie kenne. Und mit Kennenlernen meine ich auch nicht, sie zu verstehen. Denn Emily, Walter und Lisa verstand ich ja auch nicht; verstand nicht, wieso sie ihr Leben lebten, wie sie es lebten. Trotzdem gab es eine Form des sich Kennens. Mit Lilli wäre das nie passiert.

Fünf Jahre lang hatte sie für Walter gearbeitet. Als sie kam, eindeutig ein Kind. Vielleicht mit den Formen einer Frau, die ich allerdings nicht wahrgenommen hatte. Aber sie war auch nicht erwachsen geworden. Sie war nur gereift, bis hin zur Überreife. Nicht unbedingt wegen ihres Aussehens, denn pummelig sein und in die Breite zu gehen, das passiert vielen. Es war die Tatsache, wie sie durch die Kneipe polterte und mit ihrem Hintern Teller und Gläser von den Tischen stieß oder auch Gäste mit einem Tablett rammte. Mal öfter, mal seltener, aber jeden Abend passierte so etwas. Wie eine übermüdete und gestresste Kellnerin, die ihr ganzes Leben, das im Grunde schon vorüber war, so verbracht hatte. Dabei war sie zweiundzwanzig, als ich sie zum letzten Mal sah.

Schließlich kamen Emily und Martin aus dem Hauseingang. Beide winkten. Emily lachte.

„Weißt du, was passiert ist?" rief sie.

Ich wartete, bis sie sich gesetzt hatte und erwiderte: „Ja, ich habe gesehen, wie Lilli weggerannt ist."

„Das meine ich nicht", sagte Emily. „Warum ist sie

weggerannt?"

„Keine Ahnung."

„Schade." Sie ließ sich enttäuscht auf ihrem Stuhl zurückfallen.

„Meinst du, es gab einen Anlass?" fragte ich nach.

„Bestimmt." Sie nickte eifrig. „Aber wir waren oben und bis Walter sich beruhigt hat und erzählt, was passiert ist ... Das kann dauern."

„Trotzdem", sagte ich.

„Ach, komm schon", erwiderte Emily ein wenig enttäuscht. Aber ihre gute Laune konnte ich nicht wirklich betrüben. „Sie hat mich so oft mies behandelt. Sie wird diesen einen Tag, an dem sie mies behandelt wurde, überleben."

Ich sah Emily an und wusste nicht, ob sie recht hatte und ob ich ihr recht geben sollte.

Dann tauchte Walter auf. Er kam mit drei Tassen Kaffee aus der Kneipe, stellte sie ab und setzte sich zu uns. Dann nahm er seine Tasse wieder in die Hand und grinste uns an. Erst Emily, danach mich und anschließend wieder Emily. Leute mit Schnauzbart haben ein eigenes Grinsen, ein eigentümliches. Es wirkt viel mehr und viel breiter, weil der Schnauzer sich eben in die Breite zieht.

Ich sah ihn an und sagte nichts und Emily auch nicht.

Aber dann platzte er. Er lachte schallend, beugte sich vor und warf sich wieder zurück. Es war einer der Momente, in denen ich ihn gut leiden konnte oder anders gesagt, immerhin erkennen konnte, was Emily an ihm fand.

Schließlich rief er: „Ach Gott! Das haben wir hinter uns!"

Emily lachte mit und schließlich steckte es auch mich

an.

Martin, der auf der Straße neben unserem Tisch saß, blickte auf und blieb still sitzen.

„Sie hat es mit Karl in der Küche getrieben", brüllte Walter dann. „Die haben heute den Einkauf gemacht und bevor sie die Sachen ausgepackt hatten, muss es sie überkommen haben. Ich bin genau zum richtigen Moment gekommen. Es interessiert mich ja eigentlich nicht … Aber in der Küche … Und sie ist so fett und unansehnlich geworden. Das war zu viel!"

Plötzlich war er wieder ruhig, schaute an uns vorüber die Straße entlang und schüttelte leicht den Kopf. „Sie hat auch wirklich nicht mehr gut gearbeitet", fuhr er dann fort. „Es hat irgendwie nicht mehr gestimmt." Er schüttelte noch ein paar Mal den Kopf. Jetzt etwas heftiger. Dann blickte er Emily an: „Jetzt hast du wieder die ganze Arbeit."

„Früher haben wir das auch zu zweit geschafft", erwiderte sie und griff nach seiner Hand.

Walter nickte, kniff die Lippen zusammen und brummte etwas Unverständliches.

15

Emily arbeitete fortan wieder von früh bis spät in die Nacht.

Wenn ich Martin morgens abholte, öffnete sie im Schlafanzug die Tür, schaute mich mit halb geschlossenen Augen an und sagte: „Wir sind gleich so weit."

Im nächsten Moment kam Martin bereits angezogen aus seinem Zimmer. Wir warteten, bis Emily sich ebenfalls angezogen hatte. Dann gingen wir hinunter. Im Hausflur gab Emily Martin einen Kuss auf die Stirn. Anschließend hob sie die Hand ein wenig. Das war der Gruß an mich. Dann drehte sie sich und ging durch die Hintertür in die Kneipe. Martin und ich traten hinaus auf die Straße, liefen hinüber zum Hort und frühstückten.

In diesen Momenten überkam mich manchmal ein Anflug schlechten Gewissens. Ich saß da und frühstückte zusammen mit Carola und den Kindern und dafür bekam ich Geld. Währenddessen putzte Emily die Kneipe, weckte anschließend Walter, um mit ihm zum Großmarkt oder irgendwo anders hin zum Einkaufen zu fahren. Oft kehrten sie gerade erst zurück, wenn Martin und ich schon wieder aus dem Hort kamen. Dann stand Walter mit einer Tasse Kaffee in der Hand hinter dem Tresen und Emily verstaute die Einkäufe in der Küche. Danach dauerte es nicht mehr lange, bis die ersten Gäste kamen. Und immer blieb Emily bis in die Morgenstunden auf den Beinen. Zumindest harrten Müller und Reuter so lange aus, manchmal aber auch andere Säufer und Walter sowieso. Aber Emily hatte sich in den Kopf gesetzt, immer mit ihm zusammen ins Bett zu gehen.

Ihr Tagesablauf blieb bis in den August hinein gleich.

Dann war immerhin ein Tag mal anders. Mir gegenüber hatte sie zwar nicht geklagt und auch nie Sehnsucht nach einer Veränderung geäußert, vielleicht jedoch Walter gegenüber. Wahrscheinlicher aber war, dass Walter selbst auf die Idee kam, die Kneipe an diesem Tag zu schließen.

Ich ging gegen Mittag hinüber, wollte Emily besuchen und mich mit ihr einige Minuten vor der Tür zusammensetzen. Die Kinder machten Mittagsschlaf. Carola passte auf.

Die Sonne nahm ihren Job ernst. Die Temperatur war auf über dreißig Grad gestiegen. Als ich den ersten Schritt durch den Eingang machte, mich schon auf die Kühle innerhalb der Kneipe freute, drehte ich allerdings gleich wieder um. Emily stand wie erwartet inmitten des Raumes. Sie wischte sich gerade mit einem Ärmel ihrer Bluse Schweiß von der Stirn. Doch auch Walter war da. Er lehnte hinter dem Tresen. Sie bemerkten mich nicht und ich setzte mich an den ersten Tisch draußen gleich neben der Tür. Ich legte ein Bein über das andere und wartete, ob sie mich entdecken würden. Aber das geschah erst mal nicht. Also drehte ich mich so, dass ich in die Kneipe hineinsehen konnte.

Emily trug Jeans, die sie über die Waden hochgekrempelt hatte. Sie stieß den Putzstock in den Eimer, Wasser schwappte über den Rand und dann schrubbte sie über eine Lache, die in wenigen Stunden wieder da sein würde. Als der Fleck beseitigt war, richtete sie sich auf, stemmte die Hände in die Hüfte, streckte sich und schnaufte durch. Dann kam Walter blieb vor ihr stehen und sah sie einen Moment lang an.

Er sagte: „So kanns auch nicht weiter gehen."

Emily erwiderte etwas, was ich nicht verstand.

„Ist zu viel", sagte Walter.

Emily schnaufte wieder.

Dann griff Walter nach ihren Händen und drückte sie an sich.

„Räum die Küche auf", lachte Emily und versuchte, sich aus der Umklammerung zu lösen.

Doch Walter gab ihr keine Chance, sich zu befreien.

„Sieh, was wir heute für ein Wetter haben", fuhr Emily fort. „Die Gäste werden uns überrennen."

Walter schüttelte den Kopf. „Heute nicht." Er lief zurück zur Theke und rief: „Holst du den Jungen?"

Emily sah zur Tür und entdeckte mich. „Gabriel ist da", rief sie ihm zu. „Dann schläft Martin jetzt."

Sie winkte mir zu und kam hinaus. Walter folgte ihr. In den Händen hielt er einen Zettel, den er an die Eingangstür heftete. „Heute geschlossen" stand darauf.

„Was hast du vor?" fragte Emily.

„Wir fahren zum See", sagte Walter.

Sie blickte ihn einen Moment lang unentschlossen an. „Aber dann lassen wir Martin hier", erwiderte sie. „Gabriel passt sicherlich auf ihn auf."

Ich nickte, als sie mich ansah.

Walter schüttelte den Kopf. „Nein, der Junge kommt mit. Er soll schwimmen lernen."

„Nicht schon wieder", stöhnte Emily.

„Doch, doch. Er wird schon bald fünf. Es wird Zeit."

Widerrede war zwecklos.

„Kannst du dann Martin holen?" fragte Emily mich.

Ich bejahte, stand auf und ging.

Martin hasste Wasser. So ähnlich wie ich. Doch ich konnte nichts für ihn tun. Als Kind gibt es diese Tage, an denen man keine Möglichkeit hat, Erwachsenen zu entkommen. Wie oft hatte ich am Sonntagmorgen Fieber, Kopfschmerzen oder das Gefühl gehabt, mich übergeben zu müssen. Auch wenn es mir tatsächlich so ging, vor dem Kirchgang gab es kein Entrinnen.

Ich erklärte Carola, dass Martins Eltern einen Ausflug planten und log, dass sie mich gebeten hatten mitzukommen. Sie gab mir den Nachmittag frei.

Emily war noch in der Wohnung, während Walter die Kneipe verschloss und Stühle und Tische sicherte. Martin und ich blieben auf der Straße und sahen ihm zu.

Walter arbeitete mit Eifer und Sorgfalt. Wie immer, wenn er jemandem eine Freude bereiten wollte. Er lächelte jenes debile Lächeln, das man selber nicht bemerkt. Er wirkte fast treuherzig mit seinen dunklen Augen. Nachdem er alles gewissenhaft verschlossen hatte, ging er ein paar Meter zurück und überprüfte es noch einmal mit einem gründlichen Blick. Dabei stemmte er die Hände gegen die Seiten und schob einen Fuß nach vorne, den er auf- und abwippen ließ. Dann pfiff er kurz und zog schließlich aus seiner Hosentasche einen Schlüssel.

„Wenn du willst, hol dir was zu Essen aus der Küche. Wenn wir schließen, sollst du ja nicht verhungern." Er lachte, klopfte mir auf die Schulter und gab mir den Schlüssel.

Ich nickte.

Dann kam Emily aus dem Hauseingang mit einer Baumwolltasche, die sie sich über die Schulter gehängt hatte und nahm Martin, der immer noch dicht an mich gedrängt gestanden hatte, bei der Hand.

Ich sah ihnen hinterher, als sie in Richtung des Bahnhofs davon gingen.

16

Ich ließ ihnen eine halbe Stunde Vorsprung und suchte währenddessen einige Dinge zusammen. Einen Pullover, falls es spät werden würde; ein Handtuch, für was auch immer und etwas zu trinken und zwei Brötchen aus der Kneipenküche.

Dann ging ich in Ruhe zum Bahnhof und fuhr zum Schlachtensee. Dort war schon der Vorplatz wieder überfüllt. Vor der Imbissbude links hatte sich eine Schlange von hundert Metern Länge gebildet und Tausende querten die Straße, während Autofahrer sich in beide Richtungen vorwärts plagten. Ich musste mich erst mal von der Schlange entfernen, um nicht eingefangen zu werden. Sie hatte sich erst ein Stück gerade in Richtung der Straße gebildet, machte dann einen Knick nach rechts und spann sich in einem Bogen in Richtung des Bahnhofseingangs. Von da ab verlief sie in einem spitzen Winkel wieder zurück zur Straße, wo ihre Mitglieder schließlich konsequent an der Bordsteinkante entlang standen.

Ich ging über die Straße und dann nach rechts weiter. Ich musste ja wieder hinter das Gebüsch, das die Liegewiese begrenzte und von der anderen Seite in das Gestrüpp hinein. Es schien mir selbstverständlich, dass sich Emily und Walter auf den gleichen Platz wie damals legen würden. Als ich aber über den Zaun steigen wollte, stutze ich und fiel fast hin. Die gesamte Wiese war von Nackten besetzt. Zwar lagen sie nicht so dicht gedrängt wie auf der anderen Seite, doch es waren bestimmt auch ein paar Dutzend. Und von denen sah ich nur blanke Haut.

Ich blieb oben auf der Straße, ging den Bürgersteig entlang und wartete. Ich vermute, ich wartete auf eine Idee. Bald endete der direkte Zugang zur Wiese und ein paar Bäume und Sträucher grenzten sie von der Straße ab. Dazwischen führte ein Weg schräg hinunter in Richtung des Sees. Ich nahm ihn und ging geradewegs auf einen Toilettencontainer zu, der von beiden Seiten aus betreten werden konnte. Rechts für Männer, links für Frauen. Mein Weg führte davor vorbei und neben meinem Weg auf der linken Seite sah ich plötzlich Emily, Walter und Martin.

Walter breitete gerade eine Decke aus, auf die Emily sich fallen ließ. Ich drehte um und verschwand hinter dem Container. Ein paar Minuten verharrte ich mit dem Rücken an die Wand gelehnt. Dann schlich ich zurück zur Kante und schaute herum. Es war die Seite für Frauen und der Zugang zu den Toiletten war über eine metallene Treppe mit fünf Stufen zu erreichen. Es schien sich aber niemand im Container zu befinden und auch niemand dafür zu interessieren. Man geht lieber ins Gebüsch, als stinkende Plumpsklos zu benutzen. Die Treppe jedenfalls gab mir zusätzlichen Schutz.

Emily und Martin saßen jetzt auf der Decke und Walter stand nur noch mit Unterhose und Strümpfen bekleidet neben ihnen. Er lachte und sah auf Martin hinab. Auch Emily lachte und begann dann, ihre Bluse aufzuknöpfen. Sie zog sie aus und auch den BH. Danach streifte sie den Rock ab, stand auf und entledigte sich noch ihrer Unterhose. Walter tat es ihr gleich.

Ich bin meinen Eltern dankbar, dass ich sie nie nackt sehen musste und auch dafür, dass ich nie das Gefühl haben musste, zwischen ihnen gäbe es irgendeine Art von Sexualität.

Martin schaute seine Eltern an. Er schaute nicht verschämt zur Seite. Vielleicht war er noch zu jung für dieses Gefühl oder zu neugierig. Denn neugierig war er. Auch wenn man es ihm nicht ansah. Ich wusste es. Weil er noch viel weniger als ich verstand, war er neugierig. Aber das war nicht nur die Neugierde eines Kindes. Es war eine andere Neugierde; eine Neugierde, die bis ins Tiefste alles Unverständlichen vordringen wollte.

In dem Moment war er möglicherweise aber auch hauptsächlich schockiert. Ehe er sich nämlich versah, beugte sich Emily herab und ihr Busen schwang über seinem Kopf. Sie zerrte an seinem T-Shirt und als sie es ihm ausgezogen hatte, nahm sie ihn an beiden Händen und zog ihn hoch, sodass er stand. Dann machte sie sich an seiner Hose zu schaffen. Schließlich stand er da, genauso nackt wie seine Eltern. Sie nahmen ihn jeder an einer Hand und gingen hinab zum See.

Ich folgte, bis der Weg an einer Treppe endete, die direkt zum Ufer hinunterführte. Auf der obersten Stufe blieb ich stehen und hörte ein lautes Platschen, das von einem Sprung ins Wasser herrühren musste. Dann folgte Walters Ruf: „Komm! Los! Ich halt dich fest."

Ich ging die Treppen hinab und stand auf dem Uferweg. Vor mir war der Zugang zum Wasser, ein schmaler Pfad zwischen Sträuchern hindurch. Links neben mir war eine Bank. Manchmal verhält man sich seltsam. Ich setzte mich einfach hin und sah von dort aus durch das Gebüsch hindurch Walter, der sich im Wasser befand, und Emily und Martin, die mir den Rücken zugewandt am Ufer standen. So wie ich sie sah und erkannte, hätten sie mich auch sehen und erkennen können. Aber vielleicht macht das Wissen doch wesentlich mehr aus. Vielleicht sahen sie mich einfach nur als eine Person, die auf einer Bank am Schlachtensee saß. Außerdem liefen auch jede Menge Leute an mir vorüber. Zwischen Emily, Walter, Martin und mir sozusagen hindurch. Jugendliche in Shorts, mit nassen Körpern und barfuß im Laufschritt. Ältere mit Taschen und auf der Suche nach einem Platz, der ihnen gefiel. Noch Ältere, die spazierten. Ein paar Jogger.

Walter winkte Emily und Martin eifrig zu. Schließlich nahm Emily Martin auf den Arm und ging langsam in den See. Walter befand sich etwa fünfzehn Meter von ihnen entfernt. Das Wasser reichte ihm bis zum Kinn. Aber ich konnte nicht erkennen, ob er stand oder schwamm. Emily lief ungefähr bis zur Hälfte, stand dort bis zur Hüfte im Wasser und ließ dann Martin fallen. Ich sah den schwarzen Haarschopf und die wild rudernden Arme, als Walter schon bei ihm war, höchstens drei Sekunden, nachdem Emily ihn hatte fallen lassen. Walter hielt ihn fest, aber Martin strampelte und schlug um sich, sodass das Wasser aufspritzte. Er beruhigte sich nicht und Walter musste aufpassen, keinen Tritt oder Schlag abzubekommen und ließ ihn deshalb wahrscheinlich wieder los. Nun tauchte Martin vollständig unter.

Auch wenn man nicht schwimmen kann, hat man ja den Trieb, sich über Wasser zu halten. Ich konnte mir in dem Moment vorstellen, wie es ist, auf einer Brücke zu stehen und einem Ertrinkenden zu zusehen. Er taucht unter. Er taucht auf. Du stehst da, bist fasziniert und gelähmt. Schafft er es? Schafft er es nicht? Bis er irgendwann nicht mehr auftaucht und du merkst, dass er wirklich ertrinkt. Und dann ist es zu spät, um zu helfen.

Als Martin wieder auftauchte, brüllte er in einer

Lautstärke, die ich ihm niemals zugetraut hätte. Was Angst und Verzweiflung aus einem Menschen herausholen können, ist auch faszinierend. Emily hielt ihn dann fest und er schlang seine Arme um sie und drückte sich an ihren Busen. Sie ging zurück zum Ufer und als sie es erreicht hatte, riss Martin sich los, rannte zwischen den Sträuchern hindurch über den Weg und an mir vorbei auf die Treppe zu und die Stufen hinauf.

Ich sah gerade noch, wie Emily am Ufer wartete, weil eine Horde Jugendlicher vorüberlief, stand schnell auf und ging in Richtung der Liegewiese davon. Dort lief ich die Treppe hoch, dann erneut die Straße entlang und wieder den Weg zum Toilettencontainer hinunter. Nachdem ich diese Runde beendet hatte, sah ich, dass Martin mit T-Shirt und Hose bekleidet auf dem Bauch lag, die Arme vor sich verschränkt und den Kopf darin versunken. Emily, immer noch nackt, saß neben ihm und streichelte sein Haar. Walter kehrte ungefähr eine halbe Stunde später zurück. Dann lagen sie auf ihrer Decke und nichts geschah.

Ich blieb hinter dem Toilettencontainer, aß meine Brötchen und trank etwas, bis ich einsah, dass es keinen Sinn mehr hatte. Welchen Sinn es auch noch hätte geben können. Ich nahm meinen Rucksack, ging direkt durch das Gebüsch hinauf zur Straße, vorüber an der Liegewiese und dahinter hinunter. Es dämmerte bereits und war vielleicht bald acht Uhr. Ich fand den Baum, auf den ich nun zum zweiten Mal kletterte. Irgendwo oben zu sein, scheint zu helfen. Hätte ich eine Wohnung im Parterre oder in der ersten Etage gehabt, wäre ich möglicherweise schon lange nicht mehr da gewesen. Vielleicht hatte nur meine Wohnung mit dem Blick über den Friedhof verhindert, dass ich ging. Jetzt oben auf dem Baum sitzend, an den Stamm angelehnt und die Beine baumeln lassend, dachte ich daran, dass ich mit Lisa zusammen fortgehen könnte.

Vierter Teil: Das zweite Paar

1

Emily zehrte einige Wochen von diesem Tag. Und wenn Menschen auch verschieden sind, so ist ihnen doch gleich, dass sie mit wenigen schönen Tagen auskommen. Wenn man einen schönen Tag hatte, solch einen, an den man sich auch noch am Ende von allem erinnert, dann reicht das, um ein paar Monate, vielleicht auch Jahre zu überstehen. Aber man verliert stetig Energie. Genau das beobachtete ich an Emily.

Im Winter hatte sie die meiste Kraft, die sie in den Stunden am See konserviert hatte, verbraucht. Zuerst erledigte sie ihre Arbeiten ruhig und ohne zu Murren vom Morgen bis spät in die Nacht. Dann verharrte sie am Tresen, um abzuwarten, bis Walter, Karl, Müller oder Reuter eine Flasche nach der anderen geleert hatten und brachte schließlich Walter, der nicht mehr auf eigenen Beinen die Treppen hochgehen konnte, ins Bett. Als sie dessen überdrüssig war, stellte sie sich, sobald Walter mit den letzten Säufern alleine am Tresen stand, einen Stuhl in die Ecke. Kaum saß sie, fielen ihr die Augen zu und im Stimmengewirr der Besoffenen fand sie den ersten Schlaf. Wenn sie aufwachte, weil die Männer laut lachten oder sich anschrien, erhob sie sich, und niemanden kümmerte es, dass sie ging.

Sie besuchte mich nur noch selten im Hort. Aber bei einem dieser Besuche erzählte sie, dass Walter ihr bereits ein paar Mal hinterhergerufen habe, sie solle sich davon machen, denn er brauche sie nicht als Aufpasserin. Besoffenen verzeiht man aber scheinbar leichter. Bei einem anderen Besuch erzählte sie allerdings, dass Walter auf seinem Hocker gesessen und geschlafen hatte, als sie wieder erwacht war. Walters Bauch drückte sich gegen die Kante des Tresens, während Arme und Kopf darauf lagen. Karl und ein anderer namens Erich hingen in gleicher Weise daneben. Sie hatte sie liegen gelassen und erst am nächsten Vormittag von ihren Plätzen gescheucht. Von da an ging sie immer öfter mit Martin und mir gegen Mitternacht nach oben und ließ Walter mit den letzten Säufern alleine. Endlich fand sie wieder genügend Schlaf, während Walter es mindestens einmal in der Woche nicht mehr schaffte, die Treppen hinaufzusteigen und sich stattdessen in der Kneipe auf den Fußboden legte. Dort weckte sie ihn am nächsten Morgen mit einem leichten Fußtritt und schickte ihn fort. An dieses Bild musste auch Martin sich gewöhnen, bis er schließlich eingeschult wurde.

2

Am Morgen dieses Samstages traf ich Emily und Martin in der Kneipe. Sie trug Jeans und eine rote Bluse, die, wenn sie die Arme hob, einen Blick auf ihren Bauch zuließ, sowie schwarze Schuhe mit Absätzen. Martin hatte blaue kurze Hosen an und ein helles T-Shirt mit Kragen. Sie saßen am Tisch vor dem Tresen und frühstückten. Allerdings war das halbe Brötchen, das auf Martins Teller lag, nur an den Rändern angeknabbert. Als Walter mir eine Tasse Kaffee über den Tresen reichte, schob Martin seinen Teller zu mir herüber. Ich weichte das trockene Brötchen im Mund mit Kaffee auf, schluckte es hinunter und betrachtete Martin. Seine Haare waren kurz geschnitten und nur noch wenige Zentimeter lange Stoppeln. Walter hatte darauf bestanden, damit der Junge, wie er sagte, erwachsen aussehe. Martins Augen wirkten nun, weil sie sich von der hohen Stirn absetzten und durch die Haare nicht mehr verdeckt wurden, noch heller, beinahe sogar farblos. Saß er sonst bewegungslos und mit den Augen meist etwas fixierend auf seinem Platz, schwang er heute die Beine unter dem Stuhl, wippte auf dem Hintern und sah rastlos über den Tisch. Auf zu Emily, zum Tresen und Walter und am Ende seiner Runde zu mir. Immer wieder im Kreis. Als Emily mit ihrem Stuhl ein Stück zurück rückte, sprang Martin sofort auf.

„Einen Moment noch", lächelte sie. „Ich hole deine Sachen." Sie verschwand in der Küche.

Ich erhob mich ebenfalls und sagte: „Komm, wir warten draußen."

Aber Walter trat hinter dem Tresen hervor, legte beide

Hände an Martins Schultern, blickte auf ihn hinab und sagte: „Zeigs ihnen."

Martin sah auf, runzelte kurz die Stirn, dann folgte er mir vor die Tür.

Wir warteten einen Augenblick, bis Emily aus der Haustür trat. Im Arm hielt sie eine dunkelrote Schultüte mit einer blauen Haube. Er rannte auf sie zu, und sie nahm ihn an der Hand. So liefen wir vor zum Bayerischen Platz, vor zu Martins Schule.

Sämtliche Erstklässler mit ihren Eltern, Großeltern oder sonstigen Verwandten hatten sich auf dem Schulhof versammelt. Manche Erwachsene standen beisammen und unterhielten sich, manche Kinder tobten umher. Doch die meisten hingen an den Händen ihrer Mütter und waren blass.

Bald trat der Direktor, ein älterer Mann mit schwarzem Haar, welches an den Schläfen ergraut war, hervor. Er trug eine Hornbrille und einen hellblauen Anzug. Mit einer kräftigen Stimme redete er die Menge an. Nach einem Gruß erzählte er etwas über die Geschichte der Schule und stellte anschließend die drei Klassenlehrerinnen vor. Schließlich trat er zurück und die erste Lehrerin, Frau Marsch, hervor. Sie war Mitte dreißig, hatte kurze, braun gelockte Haare und trug eine Brille mit rotem Gestell. Sie rief ihre Schüler auf. Gleich der Zweitgenannte war Martin. Wir mussten ihn schubsen, damit er begriff, dass er vorgehen sollte. Bis alle Jungen und Mädchen vorgetreten waren, verging eine Viertelstunde. Während dieser Minuten kauerte Martin hinter dem Rücken seiner Lehrerin und schaute bedrückt zu uns herüber. Als Frau Marsch schließlich all ihre Schüler beisammen hatte, setzte sie sich mit dem Tross, der ihr wie ein Mückenschwarm folgte, in Bewegung.

Wir sahen zu, wie eines der Kinder nach dem nächsten im Schulgebäude verschwand. Dann fiel die Tür zu. Im nächsten Moment sah Emily mich mit aufgerissenen Augen an. Ich deutete auf eine Bank, die am Rand eines Sandkastens stand. Wir setzten uns und sahen über den gepflasterten Hof auf das helle Gebäude. Es war ein länglicher Bau mit drei Stockwerken. An den zwei Seiten befanden sich jeweils grün gestrichene schmale Türen, die zu den Aufgängen führten. In der Mitte war eine zweiflügelige hohe und ebenfalls grün gestrichene Tür. Sie führte in die Eingangshalle, von wo aus man über lange Flure wiederum die Aufgänge erreichte.

Wir betrachteten, wie die anderen beiden Lehrerinnen ihre Schüler aufriefen. Nach und nach leerte sich der Hof und das Getuschel mancher Kinder wurde durch das Gemurmel der Erwachsenen, die sich in kleinen Gruppen zusammen fanden, ersetzt.

„Wird er es schaffen?" fragte Emily, als alle Kinder im Gebäude verschwunden waren.

Ich stutzte und nickte gleich. „Sicherlich. Ja."

„Jetzt ist er wirklich fort. Alleine. Alle Kinder aus dem Hort gehen auf eine andere Schule. Und du bist auch nicht mehr da." Sie atmete schwer.

„Martin ist wissbegierig", erwiderte ich. „Er wollte nie spielen oder einem Ball hinterherrennen. Er wird lernen und es wird ihm leicht fallen."

„Hoffentlich", sagte Emily und blickte vor sich auf das Pflaster.

Am Abend in der Kneipe nahm Walter seinen Jungen und hob ihn auf den Tresen. Eine halbe Stunde musste Martin dort seinen Posten halten und Walter rief jedem, der kam, zu: „Seht her! Seht wie groß mein Junge ist!"

Erst als immer mehr Gäste eintrafen, erlaubte er, dass Martin an den Tisch zu Emily, Lisa und mir kam. Dorthin brachte Walter ihm dann eine große Schüssel Pommes und immer wieder Limonaden, die er aus der Flasche trinken durfte. Nach dem zweiten Eisbecher unterband Emily schließlich Walters Versorgungsdrang.

Die Gäste, die dann kamen, winkte Walter gleich zu sich. Er flüsterte ihnen etwas zu und sei es flüchtig Bekannter, Stammgast oder Bewohner des Hauses, alle schlenderten danach zu uns und sprachen die von Walter instruierten Worte.

„Freust du dich auf die Schule?" fragte Katrin Blau und ihr Mann fügte an: „Sicherlich freust du dich. Die Schule gefällt dir bestimmt."

Eva Glockenmann gratulierte: „Ganz wie der Vater. Du machst deinen Weg so wie er."

Und Karl sagte in seinem Singsang Ton: „Du bist jetzt aber erwachsen, Mensch! Ich hätte dich kaum wieder erkannt."

Später füllte sich die Kneipe, sodass Walter fortwährend Essen zubereiten und Emily den Tresen und das Servieren übernehmen musste. Lisa und ich gingen mit Martin an der Hand vor die Tür und setzten uns an den letzten Tisch in der Reihe.

„Hast du heute schon etwas gelernt?" fragte Lisa. Dabei hatte sie sich vorgebeugt und sah altklug zu Martin hinab.

Martin kniff die Augen zusammen und runzelte die Stirn. „Wir haben Tiere zugelost bekommen", sagte er langsam.

„Und?" fragte Lisa nach.

„Ich hatte einen Adler. Darüber hat die Lehrerin meinen Namen geschrieben. Ich sollte den Adler dann ausmalen. Aber ich fand gut, dass er weiß war."

„Und morgen lernst du bestimmt, deinen Namen zu schreiben", sagte Lisa.

„Ja", nickte er und schaute die Straße entlang.

Irgendwann setzte sich ein Bekannter von Lisa mit an unseren Tisch. Ich sah ihn nur kurz, denn er nahm den Platz an meiner Seite und Lisa gegenüber ein. Was ich wahrnahm, war eine untersetzte Figur und blonde verschwitzte Haarsträhnen, die auf der Stirn klebten. Aber es genügte ohnehin, dass ich Martin gegenüber saß und ihn anblicken konnte. Kinder in diesem Alter haben eine besondere, eine ehrliche Auffassungsgabe. Sie sind nicht nett und sie tun auch nicht so, wenn ein anderer ihnen suspekt ist. Durch die Art und Weise, wie Martin die Nase rümpfte und dadurch, dass er seinen Blick nicht von der Schwitztype, die hektisch und theatralisch agierte, abwenden konnte, wusste ich bald genug und beschloss, hinauf in die Wohnung zu gehen.

Seit Kurzem blieb ich nicht mehr jeden Abend bei Martin. Ich brachte ihn nach oben und wartete, bis er sich die Zähne geputzt und ausgezogen hatte. Nachdem er ins Bett geschlüpft war, bat er mich manchmal, ihm noch etwas vorzulesen. Doch meistens knipste ich das Licht aus, sagte „Gute Nacht" und ging. Falls etwas gewesen wäre, wusste er, uns anzurufen oder nach unten in die Kneipe oder nach oben zu mir gehen zu können.

Als ich heute auf den Schalter drücken wollte, rief er aber unter seiner Decke hervor: „Warte noch!"

„Was ist?" fragte ich zurück.

„Bringst du mich jetzt morgens in die Schule?"

Ich schüttelte den Kopf. „Ich muss doch schon früher in den Hort. Du kannst jetzt länger schlafen."

„Kannst du nicht in der Schule arbeiten?"

„Nein", sagte ich. „Das geht nicht."

„Nicht?" fragte er leise zurück.

„Die anderen Kinder im Hort brauchen mich doch weiterhin."

„Dann bin ich jetzt alleine."

Ich trat an sein Bett. „Du bist nicht alleine. Emily bringt dich morgens zur Schule und dort wirst du neue Freunde finden. Und wir treffen uns immer nachmittags. Du kannst mich ja vom Hort abholen."

„Ich will gar nicht in die Schule", sagte Martin, drehte sich zur Seite und zog die Bettdecke hoch.

Ich berührte kurz seine Schulter. Dann knipste ich das Licht aus und ging. Ich lief hoch in meine Wohnung und saß bis zum Morgengrauen auf dem Balkon. Ich lauschte den Stimmen, die von der Straße heraufdrangen. Ich sah über den Friedhof in die Nacht hinaus. Und manchmal legte ich den Kopf zurück, um hinauf in den Himmel zu blicken. Ein Gefühl, dass ich bisher noch immer hatte unterdrücken können, wurde an diesem Abend stärker. Es war etwas, was meinen Körper schwer machte und mich hinabzog. Es war das Gefühl, dass sich alles dem Ende entgegen neigte. Bald trennten sich die Wege. Martins und mein Weg und Emilys und meiner.

3

Das erste Schuljahr verging rasch. Martin lernte schnell und benötigte nachmittags kaum zehn Minuten für die Aufgaben, die ihm gestellt wurden. Von seinen Vormittagen erzählte er wenig. Aber ich fragte auch selten nach. Schon während unserer Zeit im Hort hatten wir wenig miteinander gesprochen. Aber die Verlässlichkeit, die man gegenüber einer zweiten Person verspürt, entsteht ohnehin dadurch, dass man beisammen sein kann, ohne viel zu reden. Trotzdem überlegte ich jetzt öfter, ob er sich allein gelassen oder sogar verlassen fühlte; ob er sich von mir allein gelassen und verlassen fühlte. Ich wusste auch nicht, ob er wirklich nicht verstand, dass ich weiter im Hort arbeitete. Immer mehr beklemmte mich das Gefühl, dass das Schweigen untereinander eine andere Dimension erhielt.

Immerhin erfuhr ich manchmal durch Lisa etwas, denn sie fragte ihn gerne aus. Seine Antworten blieben allerdings stets karg.

„Was machst du denn in den Pausen?" fragte sie einmal.

„Ich warte, bis sie vorbei sind", antwortete Martin.

„Und welches Fach macht dir am meisten Spaß?"

Er zuckte mit den Schultern.

„Mathe vielleicht?"

„Ja."

„Oder Deutsch?"

„Ja."

Danach lachte Lisa, strich ihm über den Kopf, nahm eine ihrer Mappen und begann zu arbeiten.

In der Bewertung von Martins erstem Zeugnis stand, er

hätte eine schnelle Auffassungsgabe, wäre fleißig und sein Betragen sehr gut. Allerdings sei er still und zurückhaltend. Durch diese Beurteilung wussten wir nicht, wie es ihm in der Schule tatsächlich erging. Aber wir fragten es uns auch nicht.

Erst nach den Sommerferien glaubten wir zu erahnen, was sich an manchen Tagen in der Schule zutrug. An einem Montag drei oder vier Wochen nach Schulbeginn kehrte er mit einer zehn Zentimeter langen Schramme, die fast vom Ellenbogen bis zum Handrücken reichte, heim. Er jammerte den ganzen Nachmittag, weil ihm der Arm wehtat, blieb am nächsten Morgen im Bett liegen und sagte, dass er den Arm nicht bewegen könne. Emily rief mich, weil sie glaubte, dass es mir gelingen könnte, ihn unter der Bettdecke hervorzuholen. Doch sobald ich mich ihm näherte, krallte er sich mit einer Hand an der Decke fest und mit der anderen an einem Bettpfosten. Vorsichtig sagte ich: „Das geht doch schon wieder mit dem Arm. Du kannst dich ja festhalten."

Aber er schrie zurück: „Nein, nein, nein!" Und Tränen kullerten aus den Augen über sein Gesicht.

Mit dem gleichen Argument und mit der gleichen Heulerei, sobald man sich ihm näherte, schindete er weitere Tage hinaus. Erst am Freitag sah ich ihn wieder an Emilys Hand in Richtung der Schule davon trotten. Nachmittags erfuhr ich, dass sie gedroht hatte, er dürfte das ganze Wochenende nicht aus dem Bett und niemand, nicht einmal ich, würde nach ihm schauen.

Zwei Wochen später jedoch wiederholte sich das Drama in ähnlicher Weise. Martin kam mit zerrissenen Hosen nach Hause, stellte sich in der Mitte der Kneipe auf und erklärte geradezu feierlich, indem er die Hände gegen die Hüften stemmte: „Ich bin im Hof hingefallen. Mein Arm hat noch so weh getan, dass ich mich nicht abstützen konnte. Jetzt ist mein Bein verletzt."

Es war mittags gegen ein Uhr. Ich hatte Pause und wartete gemeinsam mit Emily, dass der Fußboden in der Kneipe, den sie gerade gewischt hatte, trocknete. Ich saß auf dem Tresen, sie stand dahinter, während Walter in der Küche arbeitete.

„Aber du sagst doch, dass du die Pausen nicht magst und immer nur wartest, bis die nächste Stunde beginnt", erwiderte Emily.

„Manchmal renne ich auch herum", sagte Martin trotzig.

„Was tut dir weh?" fragte sie.

„Alles", antwortete er selbstbewusst.

„Das Knie?"

Er nickte.

„Oder das Schienbein?"

„Auch."

„Dann zeig mal her."

Er setzte sich umständlich auf den Boden und krempelte vorsichtig ein Hosenbein hoch. Als wir die Wunde erblickten, wurde Emily bleich und auch mich durchlief ein Schauer. Ein Riss überzog das Bein vom Spann bis unter das Knie. An manchen Stellen trat das Blut noch hellrot und frisch aus der Wunde, an anderen Stellen war es schon zu einer festen dunklen Kruste geronnen.

Emily kniete sich zu ihm. „Ach Gott", entfuhr es ihr.

Dann kam Walter aus der Küche. Scheinbar hatte er gehört, was geschehen war. Doch er lachte. „Dann zeigst du es ihnen morgen. Du kannst doch bestimmt am schnellsten laufen. Nimm die am Kragen, die sonst dir hinterherrennen und dich schubsen."

„Mich hat niemand geschubst", sagte Martin leise, aber trotzig. „Ich kann jetzt nicht mehr laufen. Und zur Schule kann ich überhaupt nicht gehen."

Walter sah auf seinen Sohn, der am Boden hockte und auf seine Wunde starrte. Dann schüttelte er kurz den Kopf, lachte still in sich hinein und ging zurück in die Küche.

Emily erlaubte, dass Martin eine Woche zu Hause blieb. Während dieser Tage besuchte ich ihn nachmittags und blieb bei ihm, bis er einschlief. Am Sonntagabend brachte ich ihn zu Bett und half ihm zuvor, die Hosen auszuziehen. Die Wunde war abgeheilt. Nur noch ein wenig Schorf erinnerte an den Unfall.

Ich wartete, bis er unter seiner Decke lag und sagte zum Abschied: „Nun, morgen geht es wieder los."

Er sah teilnahmslos zurück.

„Warum gefällt dir die Schule nicht?" fragte ich.

Er setzte sich aufrecht, umschlang mit den Armen seine Knie und hob die Schultern.

„Es ist doch nicht zu schwer, oder?"

„Nein."

„Was ist es dann?"

„Ich bin alleine." Er sagte es ganz kurz, ganz schnell, und das unterstrich die Traurigkeit, die in den Worten lag.

„Ich weiß", erwiderte ich und nahm mir einen Stuhl, den ich vor das Bett rückte.

„Bist du nicht alleine?" fragte er.

„Doch. Vormittags im Hort, da fehlst du mir. Aber ich weiß ja, dass ich dich und Emily später sehe."

„Ich möchte aber den ganzen Tag bei euch sein."

„Das geht leider nicht."

„Und wenn du doch in die Schule kommst und da auf die Kinder aufpasst?"

„Ich bin doch kein Lehrer."

Martin lehnte sich zurück und stützte seinen Kopf gegen die Wand. „Ich geb mir Mühe", sagte er schließlich.

Ich stand auf und verabschiedete mich. Als ich ging, ließ ich das Licht an. Mittlerweile überließen wir ihm die Verantwortung, wann er schlafen wollte. Allerdings berichtete Emily oft, dass er noch wach war, wenn sie nach Mitternacht nach Hause kam. Trotzdem stimmten wir überein, dass er alt genug wäre, diese Entscheidung zu treffen.

Ich war schon zwei Treppen hochgelaufen, als ich beschloss, doch noch einmal in der Kneipe vorbeizuschauen. Über Emilys Gesicht huschte ein Lächeln, als sie mich sah. Mit diesem Lächeln hatte sie mich in letzter Zeit manchmal getadelt, wenn ich in meiner Mittagspause nicht bei ihr vorbeigesehen hatte.

„Immer sitze ich da und warte bis der Fußboden endlich trocken ist", sagte sie dann. „Immer koche ich Kaffee, weil ich weiß, dass du jetzt kommst und meine Zeit rasch vergeht. Und heute saß ich da, der Kaffee war fertig, aber du bist weggeblieben." Anschließend sah sie mich einen Moment mit großen vorwurfsvollen Augen an, in denen sich aber ihr Lachen spiegelte.

Und ich lachte zurück. „Du weißt doch. Carola ..."

„Ja, ich weiß. Aber irgendwann vergisst du mich ihretwegen noch mal."

„Bestimmt nicht", erwiderte ich.

„Wir werden sehen."

Jetzt befanden sich nur noch wenige Gäste in der

Kneipe und nachdem ich einige Minuten gewartet hatte, setzte sich Emily zu mir.

„Gehts wieder?" fragte sie.

„Ich glaube schon."

„Was ist es? Andere Kinder?"

Ich hob die Schultern. „Ich dachte das ja auch. Aber er hat wohl einfach keine Lust. Er sagt, er ist alleine."

„Hmmm", nickte sie.

„Er schafft das", wiederholte ich und wollte Emily Mut machen.

„Manchmal glaube ich nicht daran." Dann beugte sie sich vor und drückte mich kurz. „Ich muss weiter machen." Sie stand auf und lief zurück hinter den Tresen.

4

Im November bedrängte mich Carola, frei zu nehmen. Ohne sie wäre ich wahrscheinlich gar nicht auf die Idee gekommen, obwohl ich mich in den vergangenen vier Jahren weder einmal krank gemeldet noch an Urlaub gedacht hatte. Ich willigte ein, weil ich manchmal die Zeit vermisste, in der ich unregelmäßig zur Uni gegangen war, in der ich viele Stunden mit Emily und Martin zusammen war und in der ich die Ruhe gehabt hatte, um gewisse Dinge, Vorgänge und Menschen zu beobachten und zu verfolgen.

An meinem ersten Urlaubstag wartete ich um Viertel vor acht vor der Haustür auf Martin, um ihn zur Schule zu begleiten. Es war ein kalter und windiger Herbsttag. Ich schloss meinen Anorak, während ich daran dachte, wie Emily und ich einige Tage zuvor beschlossen hatten, vor Martin geheim zu halten, dass ich vier Wochen lang Zeit für ihn haben würde. Immer wieder hatte Emily mich angestrahlt und gesagt: „Ach! Das wird eine Freude für ihn. Da fühlt er sich nicht mehr so alleine."

Ich hatte genickt und die Freude, die ich Emily bereitete, gefiel mir beinahe noch mehr.

Allerdings hatte sie in der Frühe beim Aufstehen Martin doch erzählt, dass ich wartete. Als er mich dann sah, riss er sich von ihr los und sprang mir an den Hals. Es war einer seiner seltenen Gefühlsausbrüche.

Ich begleitete ihn dann jeden Morgen zur Schule und holte ihn mittags auch wieder ab. Mittwochs allerdings hatte er lediglich drei Stunden Unterricht, sodass ich nur ein wenig umher spazierte und gar nicht erst nach Hause lief. Am zweiten Mittwoch bemerkte ich, dass seine

Klassenlehrerin in der großen Pause die Kinder auf dem Hof beaufsichtigte. Ich stand vor dem Tor und hatte die Schüler eine Weile beobachtet, ohne jedoch Martin zu entdecken. Als es zur nächsten Stunde läutete, sah ich, dass Frau Marsch zu ihrem Auto lief, das auf dem Parkplatz am Rande des Hofes stand. Ich ging schnell zu ihr und grüßte: „Guten Tag! Haben sie schon Schluss?"

Sie drehte sich und sah mich zweifelnd an. Dann griff sie lasch nach meiner ausgestreckten Hand und rückte anschließend ihre Brille zurecht. „Ja", erwiderte sie. „Aber Sie habe ich hier noch nicht gesehen."

Ich stellte mich als Kindergärtner und Freund von Martins Eltern vor.

„Seine Eltern sind noch nie bei einem Elternabend vorbei gekommen", fiel ihr ein. „Ich habe mich schon gewundert. Aber Martin sagte, seine Eltern würden viel arbeiten."

„Das stimmt", erwiderte ich. „Sie haben ein Restaurant. Vielleicht darf ich das nächste Mal kommen? Als Vertretung?"

„Natürlich", nickte Frau Marsch. „Bringen Sie einen Zettel mit, dass Martins Eltern das so wollen oder ..." Sie stutzte kurz. „Das ist ja überflüssig. Ich kenne Sie ja jetzt."

„Danke." Ich zögerte und sah über den Hof. Ein kräftiger Wind kam auf und wirbelte das Laub von zwei Kastanienbäumen, die an der rechten Begrenzung des Schulhofes zur Turnhalle standen, über das Pflaster.

„Sonst noch etwas?" fragte sie und schloss ihre Jacke.

Ich strich meine Haare, die mir vor die Augen geweht wurden, zurück. „Geht es Martin gut?" fragte ich. „Ich meine, gefällt es ihm?"

„Ja, ja", erwiderte sie und lachte freundlich. „Er lernt

gut, er ist fleißig, er hat keine Probleme. Er ist etwas introvertiert, aber das werden Sie ja wissen."

„Im Sommer kam er zweimal mit großen Wunden nach Hause", erzählte ich. „Ist er wirklich nur hingefallen?"

Frau Marsch sah keineswegs bestürzt oder überrascht aus. „Also in den Pausen sitzt er eigentlich immer auf der Bank dort. Sehen Sie?" Sie deutete auf eine Holzbank, die gleich neben der Eingangstür stand. „Er rennt nie umher wie die anderen. Dass er mal hingefallen ist und sich verletzt hat, davon weiß ich nichts. Aber wir bekommen auch nicht immer alles mit."

„Vielen Dank", sagte ich und gab ihr die Hand.

„Bis bald zum Elternabend." Sie drückte meine Hand wieder so lasch.

Die vier Wochen vergingen schnell. Am Morgen meines ersten Arbeitstages, es war der dritte Dezember, trat ich vor die Tür des Horts, um Martin zu winken. Es war zwanzig Minuten vor acht und ich wartete eine halbe Stunde, doch er kam nicht. Mittags besuchte ich Emily und fragte nach ihm.

„Er geht von nun an alleine in die Schule", erwiderte sie. „Damit er pünktlich kommt, hab ich ihn schon um halb acht losgeschickt."

Ich war überrascht und musterte Emily.

Sie mied meinen Blick und krempelte scheinbar teilnahmslos die Ärmel ihrer Bluse hoch. „Seinen Weg kreuzen doch keine stark befahrenen Straßen", sagte sie. „Er ist jetzt alt genug, alleine zu gehen."

Ich nickte. „Trotzdem ist es eine Umstellung."

„Ich werde ihn ja auch weiterhin abholen."

Ich hatte den Verdacht, dass diese Idee von Walter stammte. Doch Emily sprach es nicht aus. Aber ich fand auch, dass er recht hatte. Immerhin war Martin mittlerweile fast acht Jahre alt.

Eine Woche später war er allerdings wieder krank. Er kehrte schon nach der ersten Stunde nach Hause zurück und sagte, die Lehrerin hätte ihn geschickt. Emily ließ sich das bestätigen. Man sagte ihr, dass man angerufen hätte, damit wir Martin abholten, doch niemand hätte den Hörer abgenommen.

Wahrscheinlich begannen wir in diesen Monaten, vor Martins Willen zu kapitulieren. Denn von nun an ging er stets drei bis vier Wochen lang zur Schule, dann blieb er eine Woche zu Hause, als ob er sich erholen müsste. Es war ein Takt, der sich einschlich. Hatte Emily ihn anfangs noch zwingen wollen und ihm gedroht, Lisa und mich nicht sehen zu dürfen, so gab sie irgendwann auf. Auch ich versuchte, mit ihm zu reden, wenn ich ihn am frühen Abend zu Hause besuchte. Aber es war zwecklos.

„Ich will dort nicht hin", sagte er trotzig. „Ihr könnt mich nicht zwingen." Und er fragte: „Was soll ich da?"

Weil ich nicht gleich antwortete und noch überlegte, wie ich Probleme, die er in der Schule haben könnte, ansprechen sollte, fuhr er fort: „Siehst du! Eigentlich wisst ihr auch nicht, was ich dort soll."

Dann griff er sich an den Kopf, der gerade schmerzte, schnäuzte sich, um anzudeuten, dass er erkältet war oder er hustete stark und krächzte wegen seiner Halsschmerzen.

Immerhin beeinflusste sein häufiges Fehlen seine Leistungen nicht. Der Lernstoff forderte ihn so wenig, dass er die Fehlstunden mühelos nachholte. Vielleicht schlich bei uns auch daher bald die Routine ein, ihn schon am Wochenende zu beobachten und zu erkennen, dass er am Montag zu Hause bleiben würde. Ohne ihn überhaupt noch zu wecken oder nach ihm zu sehen, rief Emily dann morgens im Sekretariat der Schule an, entschuldigte ihn und eine Woche später reichte Martin eine schriftliche Erklärung seines Fehlens nach.

Als ich im März einmal der Einladung zu einem Elternabend folgte, bereitete ich mich vor, von Frau Marsch gefragt zu werden, warum Martin so häufig zu Hause bliebe. Doch nichts dergleichen geschah. Sie nickte mir nicht einmal zu, sodass ich die Sicherheit hatte, dass sie mich wieder erkannte. Mehr als zwei Stunden saß ich dann auf einem niedrigen Stuhl in einer Ecke, immer konzentriert, dass ich nicht einnickte. Die Themen und die Eltern übertrafen sich gegenseitig an Langeweile.

Im Mai hatte Martin die Schule drei Wochen nacheinander besucht. Wie immer schaute ich am frühen Abend bei ihm vorbei. Der Sommer löste gerade den Frühling ab, sodass wir im Wohnzimmer die Balkontür öffneten. Wir saßen einander gegenüber. Er im Schneidersitz auf dem Sessel und mit dem Heft für die Hausaufgaben auf seinen Knien. Ich zurückgelehnt auf der Couch, die Beine von mir gestreckt.

„Was lernst du?" fragte ich anfangs.

„Ich hab ein Diktat korrigiert", erwiderte er. „Eine Zwei mit drei Fehlern."

Ich nickte. „Du schaffst alles, obwohl du häufig fehlst."

„Es ist einfach", sagte er.

„Langweilst du dich? Bleibst du deswegen lieber zu Hause?"

„Vielleicht war es so." Er sah mich nicht an, sondern hinab auf sein Heft. „Aber jetzt gehe ich lieber zur Schule."

„Ist etwas passiert?" fragte ich, beugte mich vor und stützte mich mit den Ellbogen auf die Knie.

Martin sprach leise und sah weiterhin nicht zu mir auf: „Das letzte Mal, als ich krank war, kam Papa mittags in mein Zimmer. Er schaute mich eine Weile an und grinste so komisch. Irgendwann schüttelte er den Kopf."

„So?" sagte ich erstaunt. Dass Walter jemals nach ihm schaute, hatte ich nicht gewusst.

„Er kommt öfter", erzählte Martin. „Aber eigentlich schüttelt er immer nur den Kopf." Er machte eine Pause. „Trotzdem denke ich manchmal, dass er mich mag."

„Nun, er ist dein Vater", sagte ich und lehnte mich ein wenig enttäuscht wieder zurück.

„Ja", nickte Martin. „Aber du weißt nicht, was er mir erzählt hat."

Ich schüttelte den Kopf. „Nein, das weiß ich nicht. Aber du weißt ja auch, dass wir uns wenig zu sagen haben."

„Er hat sich zu mir aufs Bett gesetzt", fuhr Martin fort. „Dann hat er gefragt, was für Jungen in meiner Klasse sind und ich hab ihm ein bisschen was erzählt. Danach hat er nach den Mädchen gefragt."

„Was wollte er wissen?" fragte ich.

Martin hob die Schultern. „Ich weiß nicht. Er hat dann was erzählt."

„Und?" fragte ich nach.

Martin sah kurz zu mir auf, dann wieder zu Boden. „Er hat was Komisches erzählt."

Ich sah, dass er verlegen war. Aber ich kannte ja Walter und hatte eine Ahnung. Ich war gespannt, wie er sich ausgedrückt hatte.

Plötzlich blickte Martin wieder hoch und sah mich jetzt

länger und mit zusammengekniffenen Augen an. „Warum hast du es nicht erzählt?" fragte er.

Ich fragte noch einmal: „Was denn?"

„Wie das bei Eltern ist ..." Er klang niedergeschlagen.

Ich lachte und war unsicher. Doch ich blickte zurück und antwortete nach einer Weile: „Mir hat es auch nie jemand erzählt. Irgendwann wusste ich es einfach."

„Stimmt es?" fragte Martin nach.

Ich zögerte.

Dann sagte er. „Der Mann steckt seinen Schniedel in die Scheide von der Frau?"

Ich nickte.

„Du hättest es erzählen müssen." Er ließ die Hände sinken und fiel im Sessel zurück gegen die Lehne. Er drehte sich in Richtung des Fensters und blickte hinaus.

„Aber das ist nicht wichtig", erwiderte ich.

„Papa war es wichtig."

„Ich weiß", sagte ich.

Schließlich nickte er ein paar Mal, sah mich jedoch nicht noch einmal an.

Ich ging und verschloss mich in meiner Wohnung. An diesem Abend hatte ich eine Sehnsucht, die ich wegzuschieben versuchte. Ich sehnte mich, dass Lisa käme und bei mir schlief. Doch natürlich kam sie nicht.

5

In diesem Sommer endeten die Schulferien Anfang September. Da der Herbst noch auf sich warten ließ, verweilte ich nachmittags regelmäßig an einem Tisch vor der Kneipe und trank Kaffee. Martin saß mir meistens gegenüber. Problemlos hatte er die Versetzung in die dritte Klasse geschafft.

Auch drei Tage nach Schulbeginn saß ich vor der Kneipe und beobachtete einen Jungen, der die Straße entlang schlenderte. Martin rechnete Aufgaben, die ich mir zuvor ausgedacht hatte. Der Junge hatte etwa sein Alter, war dickbäuchig, trug ein graues, schmutziges T-Shirt, ausgewaschene Jeans und zerlumpte Turnschuhe. An seiner rechten Hand baumelte ein Einkaufsbeutel. Er hatte dunkle Haare, die verfettet waren und ohne jede Bestimmung kreuz und quer in die Luft standen. Während er lief, wobei er nach jedem dritten Schritt von der einen Seite des Bürgersteiges an der Hauswand hinüber zum Rand, an dem Autos parkten, stolperte, versuchte er zu pfeifen. Doch eigentlich lief nur Spucke aus seinem Mund. Einige Meter vor uns blieb er plötzlich stehen, versuchte ein letztes Mal einen Pfeifton zu kreieren, dann schüttelte er den Kopf und sagte: „Hey Martin!"

Martin, der ihn nicht hatte kommen sehen, drehte sich verwundert um. „Hallo!" erwiderte er.

„Wohnst du hier?" fragte der Junge.

Martin nickte.

„Dein Vater?" Er zeigte auf mich.

„Nein."

„So." Dann wusste er offensichtlich nicht weiter und blieb einige Sekunden unentschlossen stehen, bis ihm wieder einfiel, warum er unterwegs war. „Ich muss einkaufen." Er schleuderte seinen Beutel einmal im Kreis und streifte dabei Emily, die gerade den Nachbartisch abräumte. „Bis morgen in der Schule."

„Bis morgen", sagte Martin.

Emily wartete, bis der Junge etwa fünfzig Meter entfernt war. Dann fragte sie: „Wer war denn das?"

„Gero. Er ist neu in meiner Klasse", erwiderte Martin.

„Du hättest ihn doch einladen können", sagte sie.

Martin zuckte mit den Schultern und vertiefte sich wieder in seine Aufgaben.

Am nächsten Nachmittag saßen wir wieder vor der Kneipe, als Gero auf einem roten Fahrrad vorbeigefahren kam. Er riss die Hände vom Lenker, streckte sie in die Luft und grinste uns an. Eine Viertelstunde lang fuhr er immer wieder an den Tischen vorbei. Freihändig und in die Hände klatschend, dann stehend und einmal ließ er eine Hand am Lenker und mit der anderen grüßte er alle Gäste, indem er die Hand ehrerbietig von sich streckte und sich gleichzeitig verneigte.

Auch Emily war vor der Tür stehen geblieben und sah ihm zu. Sie rief schließlich: „Komm! Du hast dir eine Cola verdient."

Um ihr zu danken oder besonders zu imponieren, fuhr er ein letztes Mal freihändig vorbei, legte seine Hände vor die Brust und nickte mit ernster Miene. Dann stieg er ab und setzte sich zu uns. Die Cola trank er hastig und in einem Zug leer. „Hast du auch ein Fahrrad?" fragte er dann Martin.

Martin schüttelte den Kopf.

„Aber du kannst Fahrrad fahren?"

„Ich glaub schon", sagte Martin. „Aber ich hab es noch

nicht probiert."

„Na ja, is nich so schwer", erwiderte Gero. „Aber wenn du kein Fahrrad hast, können wir ja am Wochenende schwimmen gehen."

Martin sah mich an.

Ich nickte ihm zu.

„Ich frag meine Eltern", sagte er dann.

„Gut", nickte Gero. „Ich hol dich ab."

Am Samstag klingelte es um neun an meiner Wohnungstür. Ich ignorierte es. Aber es läutete gleich ein zweites Mal. Und dann noch einmal und noch einmal. Ich erhob mich, ging zur Tür und öffnete sie. Martin und Gero standen vor mir. Sie hatten ihre Rucksäcke geschultert. „Wir wollen ins Schwimmbad", sagte Martin. „Kommst du mit?"

Ich nickte.

„Dann warten wir unten."

Ich drehte mich zurück in die Wohnung und hörte, da ich die Tür nicht geschlossen hatte, Geros Pfeifen durch das Treppenhaus schallen. Scheinbar hatte er in den letzten Tagen den Dreh herausbekommen. Ich suchte meine Sachen zusammen und fuhr mit dem Fahrstuhl hinab.

Vor der Kneipentür empfing Emily mich mit einer Tasse Kaffee. „Ich hab Martin Stullen mitgegeben", sagte sie. „Kommt nicht zu spät wieder."

Wir drei nickten gleichzeitig. Dann trank ich schnell einen Schluck, während Gero schon auf sein Rad sprang und losfuhr. Ich drückte Emily die Tasse in die Hand.

Das Freibad lag etwa drei Kilometer von unserem Haus entfernt am Ende des Volksparks. Anfangs fuhr Gero auf den Kieswegen voraus, drehte eine Runde um eine

Rasenfläche und holte uns von hinten wieder ein. Wenn er an unserer Seite war, bremste er scharf und hinterließ eine Schleifspur. Nach der Hälfte des Weges stieg er aber ab und lief neben uns her. „Du musst dir ein Fahrrad kaufen lassen", sagte er zu Martin. „Wann hast du Geburtstag?"

„Im April."

„Dann zu Weihnachten", beschloss Gero. „Jetzt wird es ja schon bald wieder kalt. Da brauchst du es nicht. Aber im Frühling dann."

„Okay", nickte Martin.

„Was für eins willste denn haben?" fragte Gero.

„Ich weiß nicht. So eins wie du?"

„Nee." Gero schüttelte den Kopf. „Das is nich so gut. Du brauchst ein größeres. Mit Rennlenker vielleicht. Oder ein BMX-Rad."

„Vielleicht", erwiderte Martin.

Wir erreichten das Schwimmbad. Hinter dem Eingangstor lagen links das Schwimmerbecken und der Sprungturm. Wir aber folgten dem Hauptweg in Richtung Nichtschwimmer- und Planschbecken. Die Wiese, die sich um dieses Becken schloss, stieg auf der rechten Seite bis zur Umzäunung des Bades etwas an. Ich suchte einen Platz, von welchem aus ich das Becken überblicken konnte.

„Zuerst rutschen?" fragte Gero. Er deutete auf einen drei Meter hohen Turm, von dem zwei Rutschen hinab ins Wasser führten.

„Erst mal nicht", erwiderte Martin.

„Okay. Dann schwimmen wir um die Wette", beschloss Gero, riss sich schnell die Kleider vom Leib und schrie: „Ich bin zuerst im Wasser." Im Nu war er zum Becken gelaufen und ins Wasser gesprungen.

Martin zog sich langsam aus und blieb einen Moment lang nur noch in seine rote Unterhose gekleidet stehen. Dann blickte er sich um und setzte sich schließlich auf die Decke, die ich ausgebreitet hatte. Er nahm ein Handtuch, legte es über seinen Schoß, zog darunter die Unterhosen hervor und die Badehose an. Danach stand er wieder auf und blickte in Richtung des Wasserbeckens. Es tollten nur wenige Kinder umher; ein paar warfen sich Bälle zu. Zwei Väter begleiteten ihre Kinder, denen sie Schwimmflügel um die Arme gelegt hatten.

„Alles in Ordnung?" fragte ich Martin.

Er sah nicht zu mir auf, nickte nur und ging festen Schrittes los. Vor der Treppe, die ins Wasser führte, stoppte er aber noch einmal. Er blickte zu mir zurück. Dann rief Gero nach ihm. Er stand in der Mitte des Beckens und das Wasser reichte ihm bis zur Brust. Als Martin das erkannt hatte, rannte er los, die Stufen hinab und ließ sich gleich fallen. Er tauchte unter, wieder auf und spuckte einen Moment lang Wasser aus. Anschließend schüttelte er den Kopf und befreite sich von Haaren, die ihm vor den Augen klebten. Währenddessen hatte Gero sich mit dem Kinn bis zur Oberfläche heruntergebeugt und nahm Wasser mit dem Mund auf. Dann schwamm er auf Martin zu und spuckte es in dessen Richtung. Martin versuchte wegzuschwimmen, merkte aber gleich, dass er sich nicht halten konnte und dass ihm drohte, unterzugehen. Also versuchte er zu rennen. Gero lachte, wusste, dass er schwimmend schneller war und machte ein paar Armzüge. Er holte Martin ein, zog dann an dessen Beinen und tauchte ihn unter. Als er losließ und Martin wieder auftauchte, glaubte ich erst, dass Martin heulen würde.

Doch ich erkannte den konzentrierten Ausdruck seines Gesichts. Er machte einen kleinen Sprung und dann begann er zu schwimmen. Zuerst strampelte er mit den Beinen, sodass das Wasser rings um ihn hoch aufspritzte. Mit den Armen schlug er beinahe panisch auf die Oberfläche ein. Doch bald merkte er, dass er seinen Gegner bezwang. Er wurde ruhiger und schwamm die zwanzig Meter durch das Becken bis zur Rutsche. Dort hielt er sich am Rand fest, atmete schnell und strahlte eifrig.

Gero war ihm gefolgt und gleich aus dem Becken geklettert. Er stieg die Stufen zur Rutsche hinauf, drängte einige jüngere Kinder beiseite, legte sich bäuchlings auf die metallene Fläche, holte mit beiden Händen an den Kanten Schwung und plumpste nach schneller Fahrt kopfüber ins Wasser. Martin beobachtete ihn dreimal, dann folgte er seinem Freund. Sie waren eine Stunde lang beschäftigt. Nie habe ich Martin bei einer für Kinder typischen Beschäftigung so fröhlich gesehen.

Schließlich kehrten sie zurück und fielen erschöpft auf ihre Handtücher. Eine Weile saßen wir schweigend nebeneinander, bis Gero sagte, dass er nach Hause zum Mittagessen müsste. Er zog sich an, blieb aber noch ein paar Minuten in seinen zerrissenen Jeans neben uns stehen. Das T-Shirt hing über einer Schulter, den Rucksack hatte er in die rechte Hand genommen. Dann verabschiedete er sich: „Bis Montag in der Schule."

Wir sahen ihm, bis er den Ausgang erreicht hatte, hinterher.

„Wusstest du, dass er so zeitig los muss?" fragte ich.

Martin schüttelte den Kopf.

„Wollen wir auch gehen?"

„Ja", erwiderte er. „Aber wir müssen uns vorne das Becken noch mal anschauen."

Wir packten zusammen und liefen vor zum Schwimmerbecken. Dort setzten wir uns auf den Rand einer breiten Steinstufe. Ich sah zu Martin und sah, dass er die Schwimmer beobachtete. Erst konzentrierte er sich auf einen älteren Mann, der in ruhigen Brustzügen dahin glitt. Als er in der hinteren Ecke des Beckens angekommen war, fiel Martins Blick auf eine junge Frau, die eine enge Badekappe trug und in sauberem Stil auf uns zu kraulte. Durch das klare Wasser erkannte man genau, wie sie mit den Beinen schlug, die Arme unter der Oberfläche drehte und den Kopf zur Seite neigte, um Luft zu holen. Nach einer Viertelstunde hatte Martin genug gesehen.

6

Als wir am frühen Nachmittag zur Kneipe zurückkehrten, setzten wir uns wieder an den ersten Tisch vor dem Eingang.

„Emily und Walter werden staunen, wenn du ihnen erzählst, dass du schwimmen gelernt hast", sagte ich.

Martin rutschte auf seinem Stuhl auf und ab. „Meinst du, sie glauben es?"

„Natürlich werden sie es glauben."

„Ihr seid schon wieder da?" rief Emily plötzlich aus der Kneipe. „Ist was passiert?" Sie kam heraus.

Wir schüttelten unsere Köpfe gleichzeitig und lachten.

„Erzählt schon", sagte sie aufgeregt und setzte sich.

Martin blickte mich an und ich sagte: „Martin hat schwimmen gelernt."

„Wirklich?" Sie sah ihn an.

Er nickte.

„Wie denn? Hat Gabriel es dir beigebracht?"

„Nein." Martin schüttelte selbstbewusst den Kopf. „Es war ganz einfach. Ich hab mir die anderen Leute angeguckt und es nachgemacht."

Emily strich ihm über den dunklen Haarschopf. „Ich hole Walter", sagte sie und stand auf.

Walter kam in seinen Schlappen aus der Kneipe geschlurft. Er trug eine graue Hose und darüber eine schmutzige Schürze. In der linken Hand hielt er eine Tasse Kaffee. Er legte die rechte auf Martins Schulter. „Ich hab es gewusst", sagte er gelassen, aber stolz. „Das wird noch was."

Martin sah auf. „Ich möchte ein Fahrrad haben."

Walter lachte. Sein dunkles, bärtiges Gesicht sah wie

ein fleckiger Vollmond aus. „Mir soll es recht sein", erwiderte er. „Aber heute Abend feiern wir."

Martin sah zu mir. „Ich muss noch lernen."

„Stimmt", hakte ich ein. „Am Montag steht eine Mathearbeit an."

Walter zuckte mit den Schultern. „Dann lernt mal ihr beiden." Er ging zurück in die Küche.

Ich verschlief den Nachmittag. Aber gegen acht am Abend ging ich wieder hinab. Als ich die Kneipe von der Straße aus betreten wollte, sah ich Walter, der hinter dem Tresen lehnte und ihm gegenüber seinen Cousin, der auf einem Barhocker hing. „Vielleicht wird es doch noch was", sagte Walter.

„Denkst du?" erwiderte Karl.

„Doch, doch. Er ist mutiger, als ich dachte." Walter nickte überzeugt. „Bald wird er die Jungs, die ihn auf dem Kieker haben, verhauen. Es hat gedauert, aber jetzt hat er es kapiert. Es war gut, dass ich ihm neulich gesagt hab, wie der Hase läuft." Er lachte in sich hinein.

Ich klopfte gegen die Scheibe und rief: „Ist Martin oben?"

Walter nickte, hob die rechte Hand und zeigte mit dem Daumen aufwärts.

Im Treppenhaus begegnete ich Emily. Sie fiel mir um den Hals. „Ach, es ist gut, dass wir dich haben."

Ich genoss.

„Martin wartet auf dich", fuhr sie fort. „Lernt nicht so lange und kommt später runter."

„In Ordnung", nickte ich.

Sie hatte die Wohnungstür offen gelassen und ich traf Martin im Wohnzimmer, wo er auf dem Fußboden saß.

„Ich glaube, ich kann alles", sagte er gleich.

„Soll ich dich nicht noch mal abfragen?"

Er schüttelte den Kopf.

„Wollen wir dann runter gehen?" fragte ich.

Er schüttelte wiederum den Kopf.

Ich setzte mich auf den Sessel und es dauerte nicht lange, bis Martin sich traute, seine Fragen zu stellen. In letzter Zeit tat er das häufiger. „Bist du gerne in die Schule gegangen?"

„Ich weiß nicht", erwiderte ich. „Ich habe mich das nie gefragt. Es war halt so."

„Aber nach der Schule bist du von deinen Eltern weggegangen", sagte er. „Mama hat das erzählt."

Ich nickte. „Das stimmt."

„Mochtest du deine Eltern nicht?"

„Doch", versicherte ich. „Aber als ich achtzehn war, hat mir eine Tante viel Geld geschenkt. Damit konnte ich von zu Hause weggehen und kam hierher."

„Wenn Mama viel Geld hätte, würde sie vielleicht mit mir weggehen", sagte Martin leise.

„Nein, nein." Ich erschrak ein wenig. „Schau doch mal, wie viel Walter arbeitet, damit es euch gut geht."

„Aber sonst kümmert er sich nicht um uns. Nicht so wie du."

Ich wusste nicht, was ich antworten sollte.

„Er denkt nur an mich, wenn er mir solche Dinge erzählen will." Er deutete mit der Hand in Richtung Vergangenheit.

Ich setzte mich zu ihm auf den Boden. „Daran musst du doch nicht denken. Das hat noch viel Zeit. Und außerdem ist es nicht wichtig."

„Für Papa war es wichtig. Und wenn ich oft daran denken muss, was kann ich da machen?"

Ich sah ihn an. Er hatte sich jetzt an die Rückwand des Sessels gelehnt und die Beine von sich gestreckt. Sein schwarzes Haar war am Hinterkopf stufenförmig geschnitten und der Pony reichte bis hinab zu den Augenbrauen. Manchmal versuchte er, die Haare wegzupusten, schob dabei die Oberlippe zurück und stülpte die Unterlippe vor. Der Schwung seines Hauches blieb aber an der Nase hängen. So konnte er seine Stirn nur von wenigen Haaren befreien. Er trug ein rot-weiß gestreiftes Hemd und blaue kurze Hosen. Die Hände verbarg er in den Taschen. Aber ich sah, dass er sie zu Fäusten geballt hatte.

„Ich hab auch manchmal so ein komisches Gefühl, wenn ich aufwache", fuhr er dann fort zu erzählen. „Ich weiß, das hat auch damit zu tun. Und manchmal hab ich das Gefühl schon abends bevor ich einschlafe, wenn Mama gegangen ist."

„Das sind Träume", sagte ich.

„Ja, aber ...", erwiderte er, brach dann jedoch ab.

Ich wartete einen Moment lang, und schließlich sagte Martin: „Neulich hatte ich einen Traum ... Da waren alle Mädchen aus meiner Klasse. Sie haben im Kreis um mich herum getanzt. Da war dann morgens mein Bett ganz feucht, das Laken und die Decke ... Ich hatte ganz viel geschwitzt, aber es sah auch aus, als ob ich ins Bett gemacht hätte."

„Vielleicht wirst du es irgendwann schön finden", antwortete ich.

Er schüttelte den Kopf. „Weißt du, ich kann auch manchmal, wenn Mama mich weckt, nicht aufstehen ... wegen solcher Träume, glaube ich."

„Dann schick sie hinaus. Du bist doch früher auch

alleine aufgestanden."

Martin nickte. „Ja." Dann lächelte er und blickte mich gleichzeitig weiterhin fragend an.

7

In den ersten Tagen des neuen Jahres besuchte Martin mich im Hort. Nach der Schule war er zu Carola und mir gekommen, weil Emily und Walter noch nicht vom Einkaufen zurückgekehrt waren. Als Carola sein gerötetes Gesicht und die ebenso leuchtenden Ohren sah, rief sie: „Ich mach dir einen heißen Kakao."

Er nahm die blaue Wollmütze vom Kopf, knöpfte seine Jacke auf und blickte eine Weile auf die drei- bis fünfjährigen Kinder, die auf ihren Knien über den Boden krabbelten. „Es ist was passiert", sagte er dann.

Ich dachte mir schon, dass die Rötung seines Gesichts nicht von der Kälte kam, sondern davon, dass er nach Hause gerannt war. Ich bat ihn in unser kleines Büro, das wir vor den Kindern immer verschlossen hielten und das auch er früher nie hatte betreten dürfen. Carola kam kurz dazu, stellte eine Tasse, in der heißer Kakao dampfte, auf den Schreibtisch und ging wieder hinaus. Ich setzte mich hinter den Tisch, Martin sich davor. Eine Weile betrachtete er die Regalwände, die mit dicken Ordnern gefüllt waren.

„Was ist passiert?" fragte ich.

„Nächstes Jahr haben wir Schwimmunterricht", sagte er stolz.

„Ja, ich weiß", nickte ich. „Das ist so in der vierten Klasse."

„Du wusstest das?" Er lehnte sich enttäuscht zurück.

„Ja, das war bei mir auch schon so."

„Aber ich kann ja jetzt schwimmen."

Ich lächelte. „Natürlich. Ihr sollt es ja auch nicht lernen, sondern ihr müsst Prüfungen machen."

„Was für Prüfungen?"

Ich erzählte ihm von den Abzeichen in Gold, Silber und Bronze, konnte mich an die Anforderungen aber nicht erinnern.

„Dann muss ich üben", schloss Martin aus meiner Erzählung.

„So schwer ist es nicht."

„Aber ich schwimme gerne. Ich will das gut können."

„Dann gehen wir nächste Woche mal in die Halle hinter dem Park", schlug ich vor. „Vielleicht kommt Gero mit. Ich zeige euch das Schwimmbad und danach könnt ihr auch alleine hingehen."

Er nickte eifrig. Dann öffnete er seinen Ranzen und gab mir eine Einladung zu einem Elternabend. „Du sollst mal wieder kommen, hat Frau Marsch gesagt. Wir kriegen einen neuen Lehrer."

Ich sah auf die Einladung. Herr Max Darenberg solle den Eltern vorgestellt werden. Er übernehme künftig einige Unterrichtsstunden, die Frau Marsch noch begleite. Ab dem nächsten Schuljahr würde er dann den Deutsch- und Kunstunterricht im Rahmen seines Referendariats übernehmen.

„In Ordnung", sagte ich. „Ich werde hingehen."

Martin sprang auf. „Jetzt muss ich Mama vom Schwimmunterricht erzählen. Bis später."

Ich sah ihm nach, sah wie er die Jacke über die Schulter warf, Carola nur noch schnell einen Gruß zurief und dann über die Straße in Richtung der Kneipe rannte.

Der Elternabend fand eine Woche später kurz vor der Halbjahreszeugnisausgabe statt. Bevor ich aufbrechen wollte, sah ich in der Kneipe vorbei. Es war zwar geöffnet, aber noch niemand eingekehrt.

„Verdammt!" brüllte Walter, als ich eintrat.

„Was ist?" erwiderte Emily, die ihm gegenüber am Stammtisch saß.

„Ach!" Er machte eine abfällige Handbewegung.

Emily sah zu mir. „Willst du einen Kaffee?"

Ich nickte.

„Da! Siehste!" rief Walter. Er klang eher enttäuscht als erbost.

Emily ging hinter die Theke.

„Setz dich!" sagte Walter zu mir. Er schob einen Stuhl zurück. Dann stützte er die Ellenbogen auf den Tisch und verbarg sein Gesicht hinter den Händen.

„Es kommt fast niemand mehr", sagte Emily und beugte sich über den Tresen.

Ich nickte.

„Ja. Und ihr ..." Walter brach ab.

Emily kam zurück an den Tisch und setzte sich. Sie sah mich an und lächelte. „Wir müssen dich bitten, in Zukunft zu zahlen."

Ich war überrascht.

„Das Essen hast du ja schon immer bezahlt und oft auch die Getränke", erklärte Emily. „Aber eben auch der Kaffee zwischendurch ..."

„Selbstverständlich", nickte ich.

Walter sah wieder auf und ließ sich gegen die Stuhllehne fallen. „Wir müssen das allen sagen, Lisa, Karl, den Kosteddes, Eva, Hartmut ... eben allen. Es kommen einfach zu wenig Leute." Er blickte mich erschöpft an.

„Für mich ist das kein Problem", erwiderte ich. „Ich kann auch nachzahlen."

„Nein", wehrte Emily ab. „Das muss du nicht. Aber wir müssen jetzt einfach genauer sein. So schlimm wie in diesem Jahr war es noch in keinem Winter."

Ich nickte und nippte an meinem Kaffee, der jetzt nicht so recht schmeckte.

„Hast du noch etwas vor?" fragte Emily dann.

„Elternabend", sagte ich.

„Ach stimmt. Das hat Martin neulich erzählt." Sie überlegte einen Moment, stand auf, stellte sich hinter Walter und umarmte ihn.

„Geh schon mit", sagte er. „Warum sollst du hier bleiben?"

Einige Minuten später standen Emily und ich auf der Straße. Sie trug eine helle Strickmütze und einen langen beigefarbenen Mantel mit Pelz an den Säumen. Als wir losgingen, knöpfte sie erst noch den Mantel zu, dann steckte sie die Hände in die Taschen, aber schon nach wenigen Metern, nachdem wir die Kreuzung vor dem Rathaus überquert hatten, hakte sie sich bei mir unter. Wir liefen über den John-F.-Kennedy-Platz zur Badenschen Straße. Ich hatte das Gefühl, dass Emily bei jedem Schritt ein wenig hüpfte. Aber ich sah nicht zur Seite, sah sie nicht an, sondern war mit dem Gefühl zufrieden. Dann begann sie, schubweise auszuatmen und erfreute sich an ihrem Atem, der eine kleine Dunstwolke bildete. Jetzt sah ich zu ihr und musste lachen.

Sie lachte zurück. „Ich war lange nicht mehr abends spazieren."

Im gelben Licht der Laternen glänzte ihr Gesicht.

„Wie spät ist es?" fragte sie dann.

Ich sah hinauf auf die Uhr des Rathauses. „Halb sieben."

„Und wann geht es los?"

„Um sieben."

„Wie immer ganz pünktlich, der Herr Anders."

Ich nickte.

Wir gingen durch die Apostel-Paulus-Straße zur Berchtesgardener Straße und erreichten die Schule. Martins Klassenzimmer lag auf der zweiten Etage. Als wir vom Treppenhaus in den Flur abbogen, sahen wir Frau Marsch und an ihrer Seite Max Darenberg. Sie standen vor dem Zimmer und begrüßten die Eltern. Beide reichten erst Emily und dann mir die Hand. Max Darenberg schien nicht älter als ich zu sein. Er trug schwarze Falthosen, Halbschuhe, die entsprechend passten und ein helles Hemd, das nicht bis zum Kragen zugeknöpft war. Ein weißes T-Shirt schimmerte durch den Ausschnitt. Das dunkelbraune Haar war an den Seiten kurz geschnitten, oberhalb der Schläfen erkannte man, dass es lockig wäre, wäre es länger. Über der gebogenen, beinahe buckligen Nase glänzten blaue Augen. Sein Gesicht war sonnengebräunt.

„Sie sind bestimmt im Urlaub gewesen", sagte Emily.

„Ich war über die Feiertage bis Neujahr im Skiurlaub", erwiderte er. Seine Stimme war freundlich, fast ein wenig zu freundlich. Mit Sicherheit stellte er sich zu Hause vor den Spiegel und trainierte Gesten und Mimik, um weder zu rau noch zu weich zu wirken.

„Frau Bornin", mischte sich Frau Marsch ein. „Ich freue mich, dass Sie mitgekommen sind." Sie blätterte kurz durch ein Notizbuch. „Nur Zweien und Dreien. Viel kann ich über Martin gar nicht sagen. Sicher könnte er besser sein, aber dafür ist er zu still. Im letzten Jahr dachte ich manchmal, dass er absackt. Aber das hat sich wieder gegeben. Sie passen ja auf."

Sie blickte mich an und ich überrascht zurück. Dann

nickte ich.

Sie bat uns, ins Zimmer zu gehen und wir setzten uns an einen Tisch in der letzten Reihe.

„Jetzt erlebst du mal etwas wirklich langweiliges", flüsterte ich Emily zu, während unsere Blicke über die Köpfe der anderen Eltern streiften.

„Meinst du?" fragte sie zurück. „Ich find es spannend." Sie schlug die Beine übereinander, lehnte sich mit den Ellenbogen auf den Tisch und wippte hin und her, bis die beiden Lehrer in den Raum traten.

Frau Marsch eröffnete den Abend und erklärte, dass sie noch ein Jahr Lehrerin der Klasse bleibe. Ab dem fünften Schuljahr würde dann ein Wechsel stattfinden, da ja auch neue Fächer hinzukämen. Allerdings übernehme Herr Darenberg schon ab dem Sommer, also ab der vierten Klasse, einen Teil ihres Unterrichts, so wie in den kommenden Monaten einige Stunden, die sie aber noch begleite.

Dann stellte sich Max Darenberg noch einmal vor, sagte, dass er Student an der Freien Universität wäre und dass er hoffe, die Klasse nach seinem Referendariat weiter unterrichten zu dürfen. Er erzählte noch etwas über seine Ideen und Vorstellungen. Doch ich hörte nicht weiter zu.

Nach einer Stunde war es überstanden. Ich sprang auf und wollte losgehen. Emily aber hielt mich am Ärmel zurück. „Warte!" zischte sie mir zu.

„Was ist?" fragte ich.

„Gleich", erwiderte sie. Ihr Blick verfolgte die Eltern, die auf die beiden Lehrer zugegangen waren und sich mit ihnen unterhielten. Schließlich stand sie auf und gesellte sich zu dieser Gruppe. Ich folgte ihr, blieb hinter ihr und wartete. Es dauerte, bis die meisten sich verabschiedet hatten. Zum Schluss war nur noch ein älteres Ehepaar da, das sehr besorgt schien. Jetzt wandte sich Emily an Frau Marsch. „Leider konnte ich bis heute noch nie zu einem Elternabend kommen", sagte sie und blickte beinahe schuldbewusst. „Aber Sie können uns ja auch mal im ‚Dolce Vita' besuchen. Sie finden das gegenüber dem Rathaus in der Belziger Straße."

Frau Marsch schaute kurz irritiert, was sich in einer Reihe von Falten, die sich auf der Stirn bildeten, ausdrückte. Sie bedankte sich.

Dann fügte Emily an: „Das gilt natürlich auch für Sie." Damit blickte sie zu Max Darenberg auf.

8

Drei Wochen später kam Max Darenberg in die Kneipe. Emily, Walter und ich saßen am Stammtisch vor dem Tresen und tranken Kaffee, während Martin an einem Tisch in der Ecke kauerte und las. Wir sahen hinaus und bemerkten den blauen Sportwagen, der vor der Tür hielt, sofort. Max stieg aus und schob eine Sonnenbrille ins Haar, als er das Auto abschloss.

„Ist nicht geöffnet?" fragte er, als er eintrat.

„Doch, doch", rief Emily, die zuerst begriffen hatte, dass das Beobachtete uns jetzt mit einbezog und wir vom Zusehen aufs Handeln umschalten mussten. Sie sprang auf, ging ihm entgegen, reichte ihm die Hand und führte ihn an unseren Tisch. „Das ist Walter, mein Mann", stellte sie vor. „Gabriel kennen Sie ja."

Max reichte Walter die Hand, doch der übersah sie geflissentlich und nickte nur. Dann sah Max zu mir, lächelte kurz und setzte sich schließlich zwischen Walter und mich.

„Kaffee?" fragte Emily.

„Lieber einen Rotwein", erwiderte Max.

„Ich mach schon", sagte Walter, erhob sich schwerfällig und schlurfte hinter die Theke.

„Hallo Martin!" rief Max dann hinüber. „Was liest du?"

Martin sah auf, als sei er aus dem Schlaf gerissen und erwiderte leise: „Ich lerne das Gedicht."

„Und gehts?"

Martin nickte.

„Soll ich dich nachher mal abfragen?"

Martin sah unbeholfen zurück.

„Ich übernehme das schon", mischte ich mich ein.

„Ah." Max nickte.

„Wie geht es Ihnen in der Schule?" fragte Emily, die sich wieder gesetzt hatte.

„Gut." Er sah sie an, lächelte, lehnte sich zurück und schlug die Beine übereinander. „Es ist eine nette Klasse. Es gibt nur wenige, die Unsinn im Kopf haben."

„Aber nicht Martin?" fragte Emily erschrocken.

„Nein." Wieder lächelte er sie an. „Ein paar andere. Ich wollte nur mal vorbei schauen, weil Sie mich so nett eingeladen hatten."

Walter kam zurück. „Hier", schnaufte er. „Der Rotwein." Er stellte das Glas so heftig auf den Tisch, dass der Wein beinahe über den Rand schwappte. „Und unsere Karte." Er ließ sie mit einem Knall auf den Tisch fallen.

„Danke. Ich habe schon gegessen." Max sah auf.

„Studentenfutter?" Walter lachte erst boshaft und dann in sich hinein. „Gucken kostet ja nichts."

„Nehmen Sie ruhig etwas", ermunterte ihn dann auch Emily. „Es wäre ja schade, wenn Sie nur so gekommen wären."

Er entschied sich für einen Salat und Walter schlurfte wieder fort in die Küche.

Dann kamen Gäste, sodass auch Emily beschäftigt wurde.

„Was machen Sie denn?" fragte Max, als wir alleine am Tisch saßen.

„Ich arbeite im Hort."

„Dann sind wir ja so etwas wie Kollegen", lachte er erleichtert.

Ich zuckte mit den Schultern.

„Nun, ich meine, wenn du auch mit Kindern arbeitest", erklärte Max.

„Ja", nickte ich.

„Wir können uns doch duzen, oder?" fragte er. „Ich bin Max." Er streckte die rechte Hand aus.

Ich drückte sie. „Gabriel."

Dann brachte Walter den Salat und im selben Moment kam Lisa. Sie herzte mich auf die Wangen und stellte sich Max vor. Nach kurzer Musterung wandte sie sich wieder mir zu. „Ich habe es geschafft", sagte sie mit einer besonderen Betonung auf jedem Wort, lachte und ließ sich auf einen Stuhl fallen. „Zwei Monate Washington, zwei Monate Praktikum bei einer amerikanischen Zeitung."

„Washington?" wiederholte ich.

„Hast du es vergessen?" erwiderte sie enttäuscht. „Es hätte ja auch der Westen sein können, aber na ja."

„Stimmt." Mehr fiel mir nicht ein.

Ich sah Emily hinter dem Tresen stehen. Sie schaute zu uns herüber, nahm aber meinen Blick nicht wahr. Manchmal begegnen sich Blicke und gehen doch aneinander vorbei.

Dann winkte Lisa ihr zu.

Emily kam und brachte eine Flasche Sekt mit. Wir stießen an. Dann erzählte Lisa, ich weiß nicht was. Max stellte höflich ein paar Fragen. Emily nickte bedächtig, saß außen, hatte die Beine vom Tisch weggestreckt, schaute die meiste Zeit hinunter auf sie, manchmal hoch zu Lisa und dann weiter zu Max. Einer geht, einer kommt …

Ich nutzte die erste Gelegenheit, um abzuhauen. Als Martin einmal aufsah, erwiderte ich seinen Blick. Dann kam er herübergelaufen, zupfte an meinem Ärmel und sagte: „Ich will nach oben."

Wir ließen die anderen zurück und ich war mir sicher,

Lisa würde die Sache übernehmen.

Oben in der Wohnung fragte ich Martin, während er sich die Zähne putzte: „Magst du deinen neuen Lehrer?"

Er spuckte den Schaum aus. „Ja. Aber die Mädchen rennen ihm immer hinterher."

„Also hast du Frau Marsch lieber?"

„Ne. Die ist so langweilig. Bei Herrn Darenberg spielen wir wenigstens manchmal."

Als Martin im Bett lag, fragte ich noch einmal: „Findest du es gut, wenn er hierher kommt?"

Martin sah unentschlossen zurück. „Ich weiß nicht. Warum soll er öfter kommen?"

Gute Frage, dachte ich und knipste das Licht aus.

Ich schloss leise die Wohnungstür und traf im Treppenhaus auf Lisa. Wir gingen gemeinsam nach oben. „Schon müde?" fragte ich.

Sie nickte. „Ja. Und Emily hat zu tun. Da gehe ich heute lieber zeitig ins Bett. Morgen muss ich viel erledigen."

„Und?"

Lisa lachte und hakte sich bei mir ein. „Der war nicht mein Typ."

„Ist er noch da?"

„Er wollte gleich gehen."

Ich verabschiedete mich und nachdem ich meine Tür abgeschlossen hatte, ging ich hinaus auf den Balkon. Der Sportwagen war nicht mehr zu sehen.

9

Im März waren nur drei Kinder im Hort, die wir bis zum Nachmittag beaufsichtigen mussten. So ging Carola montags und mittwochs früher nach Hause und ich arbeitete dienstags und donnerstags nur vormittags. An diesen beiden Tagen holte ich Martin und Gero von der Schule ab und ging mit ihnen ins Hallenbad. Leider konnte ich mich hier nicht wie im Freibad an die Seite setzen und den beiden zu sehen. Vor allem Gero nötigte mich, mit ins Wasser zu kommen. Ihn interessierte nicht, dass es meiner Meinung nach ein Sinn hat, dass der Mensch auf der Erde geboren wird und Beine zum Laufen hat. Allerdings fand ich das Herumsitzen auf der gekachelten Stufe neben dem Eingang zu den Duschen, wo auch noch ein Zug herrschte, tatsächlich noch alberner als das Schwimmen. Also paddelte ich einige Bahnen hin und her, tauchte mit Gero um die Wette oder sah ihm zu, wenn er von einem Block ins Wasser sprang. Martin schwamm nahezu doppelt so schnell wie ich. Er hatte sich selbst das Kraulen beigebracht und schwamm immer einhundert Bahnen. Ein älterer Bademeister, dem Martins Eifer gefiel, gab ihm noch weitere Tipps. Er schlug auch einmal vor, Martin bei einem Verein anzumelden. Martin wehrte jedoch kategorisch ab.

Auch Emily nahm sich manchmal wieder Zeit, Martin von der Schule abzuholen. Wenn wir gemeinsam unterwegs waren, drängte sie darauf, nicht nur in der Eingangshalle zu warten, sondern durch die Gänge zu schlendern. Hin und wieder begegneten wir Max, doch wir grüßten ihn lediglich und unterhielten uns nie.

Auch zwei Wochen vor den Sommerferien warteten

wir in der Halle. Als das Klingeln ertönte, erschien Gero als erster. „Hallo!" begrüßte er uns.

In den Wochen zuvor war er seltener mit in die Schwimmhalle gekommen und ich fragte ihn, was los sei.

„Langweilig", erwiderte er. „Martin schwimmt immer nur hin und her. Er taucht nicht und er springt nicht."

„Bald können wir ja wieder ins Freibad gehen", sagte ich.

Gero nickte. „Aber Martin hat immer noch kein Fahrrad. Wenn er eins hätte, könnten wir zusammen hinfahren." Er verabschiedete sich und pfiff einen Takt, der seinen kurzen Schritten angepasst war.

Kurz darauf kamen Frau Marsch und Max. „Sagen Sie, was machen Sie mit ihrem Sohn?" lachte Frau Marsch.

Emily erschrak und ich war auch überrascht.

Frau Marsch lachte weiter, bis ihre Brille ein Stück die Nase herabgerutscht war. Sie rückte sie wieder zurecht und sagte: „Er war immer der Kleinste in der Klasse, einen Kopf kleiner als die meisten anderen Jungen. Aber im letzten halben Jahr hat er alle eingeholt."

„Wirklich?" fragte Emily nach. „Das ist uns gar nicht aufgefallen." Sie sah zu mir.

Ich schüttelte den Kopf.

„Das gute Essen zu Hause muss ja fruchten", mischte sich Max ein.

Ich glaube, Emily errötete. Aber gleich darauf kam Martin.

„Hast du deine Eltern schon zum Sommerfest eingeladen?" fragte Frau Marsch.

Er verneinte.

Sie sah zu uns. „Wollen Sie uns helfen? Am nächsten Sonnabend ab zehn Uhr?"

Wir nickten.

Sie zog eine Liste hervor. „Kuchenstand? Einer von zehn bis zwölf, der andere von zwölf bis vierzehn Uhr?"

Wir erklärten uns einverstanden.

Auf dem Nachhauseweg verabschiedete sich Martin in Richtung der Schwimmhalle. Emily und ich schlenderten durch den Park am Wartburgplatz.

Bald fragte Emily: „War es dir unangenehm?"

„Was?"

„Dass sie uns Eltern nannte?"

Ich zuckte mit den Schultern. „Dir?" fragte ich zurück.

„Nein." Emily lachte, aber es klang unsicher. Dann fügte sie an: „Vielleicht ein bisschen. Aber warum soll man es erklären. Eigentlich wissen Sie es ja, oder?"

„Natürlich", erwiderte ich.

Sie bat mich noch, die zweite Schicht auf dem Schulfest zu übernehmen.

Also schlief ich am Samstag länger und lief am Mittag durch das rückwärtige Tor auf den Hof. Die Sonne schien, die Kinder tobten. Rings um den Hof standen allerlei Stände. An einigen wurden Spiele angeboten, an anderen wurde Kuchen verkauft und in einer Ecke gab es Bratwürste und Getränke. In der Mitte war ein etwa zwanzig Meter langer Drachen aus grünem Pappmaschee aufgebaut. Das Maul bot den Eingang, um einmal bis zum Schwanzende durchzurobben. Eine lange Schlange hatte sich davor gebildet. Kamen die Kinder am Ende wieder herausgekrabbelt, richteten sie sich strahlend auf, bekamen eine Belohnung in Form einer Süßigkeit und reihten sich gleich wieder in der Warteschlange ein.

Das ganze Treiben strengte an. Dort, wo dreihundert Kinder umherspringen, rennen, laufen, kreischen und schreien, dort herrscht Chaos. Da ich noch keinen Kaffee getrunken und noch nichts gegessen hatte, war ich darauf auch noch nicht vorbereitet. Ich suchte den Stand, an dem ich Emily ablösen sollte.

Er war auf der linken Seite vor einem Seiteneingang. Vor dem Stand befand sich eine Tischtennisplatte. Aber Tischtennis war in Ordnung. Das Plop-Plop des springenden Balles war zu verkraften, weil man dem übrigen Treiben des Festes von hier aus weniger ausgesetzt war. Emily blieb noch zehn Minuten, in denen ich einen Kaffee trank und ein Stück Kuchen aß. Dann wurde mir eine ältere Frau zur Seite gestellt. Sie trug ein geblümtes Kleid und war die Oma von irgendeinem Kind. Schnell hatten wir gemeinsame Themen abgearbeitet und ich konnte das Reden einstellen.

Ich beobachtete die große Eingangstür, hinter der Emily auf der Suche nach einer Toilette verschwunden war. Als sie wieder heraus kam, verspürte ich einen Stich in der Magengegend. Vielleicht auch höher. Max hatte sie abgepasst. Sie redeten und sie lachten. Nach einer Viertelstunde trennten sie sich. Während Max in Richtung Parkplatz ging, kam Emily zu mir gelaufen.

„Ich möchte einen Ausflug machen", sagte sie.

Ich sah fragend zurück.

„Max hat mich eingeladen. Wir wollen in seinem Wagen herumfahren. Da kann man das Verdeck offen lassen."

Ich zuckte mit den Schultern. Was sollte ich sagen? Emily brauchte meine Erlaubnis nicht. Trotzdem schien es, als ob sie auf meine Einwilligung wartete.

„Sagst du Martin Bescheid?"

„Wo ist er?" fragte ich zurück.

„Dort." Sie zeigte auf eine Bank, die am Rande des Sandkastens stand. Martin saß dort zurückgelehnt und die Beine von sich gestreckt.

„Willst du ihn nicht fragen, ob er mitfahren will?"

„Nein." Emily sah mich überrascht, vielleicht auch erschrocken an. „Er wird bestimmt auf seinem Fest bleiben wollen", fiel ihr dann ein.

„Na dann", erwiderte ich und nickte.

„Bis später. Wir sehen uns in der Kneipe."

Emily lief davon. Ihr Haar wehte, der schwarze Rock flatterte um die Knie. Die Ärmel ihrer roten Bluse rutschten hinab, als sie sich noch einmal drehte und mir zuwinkte. Dann stieg sie in den Wagen, wo Max ihr die Tür geöffnet hielt. Er selbst ging ums Auto herum, holte eine Sonnenbrille aus der Brusttasche seines Hemdes und setzte sie auf, bevor er sich auf dem Fahrersitz niederließ. Langsam parkte er aus und fuhr vom Hof. Der Blinker leuchtete nach rechts, und dann verschwanden sie um die Ecke ...

Fünfter Teil: Der Rest

When I die
I don't want no part of heaven.
(Bruce Springsteen, Youngstown)

Der Unfall

Gegen sieben erfuhren wir vom Unfall. Das Telefon in der Kneipe klingelte. Und ich erinnere mich nicht, dass ich dieses Klingeln jemals gehört hatte. Eigentlich hätten wir uns schon seit ein paar Stunden darauf einstellen können, denn sie war nie unpünktlich von irgendwo wieder zurückgekommen. Aber wir hatten uns nicht darauf eingestellt. Walter und ich, während wir in der Kneipe gesessen und gewartet hatten. Wahrscheinlich, weil man sich auf so etwas auch niemals einstellen kann.

Natürlich hatte er, als Martin und ich vom Schulfest zurückgekehrt waren, nach Emily gefragt.

„Sie kommt später", hatte ich geantwortet.

Das war ungefähr drei Stunden vor dem Anruf. Bis sechs blieb Walter hinter dem Tresen stehen. Meistens aufrecht. Manchmal auch nach vorne gebeugt, den Kopf in die Hände gestützt. Mit dem Blick immer in Richtung des Eingangs. Ein paar Leute kamen, fragten, ob geöffnet sei und zuckten zusammen, nachdem er schroff „Raus!" gebrüllt hatte.

Ich weiß nicht, was er dachte und ob er überhaupt an etwas dachte. Wenn man auch nicht Nichtdenken kann, Walter war jemand, bei dem es möglich schien, dass Nichtdenken funktioniert. Anzusehen war ihm, dass er sich Sorgen machte. Das hätte ich nicht unbedingt erwartet. Schließlich hatte ich ihn ja informiert, dass sie später kommen würde. Vielleicht hätte ich mich auch deswegen darauf einstellen können, dass etwas passiert war. Und er hätte sich darauf einstellen können, weil ich mich an den Tisch hinten rechts gesetzt hatte, obwohl draußen die Sonne schien und es noch mehr als zwanzig Grad waren.

Einmal noch hatte er gefragt, wo sie denn hin sei.

Ich hatte mit den Schultern gezuckt und erwidert: „Ich habe sie um zwölf Uhr abgelöst und sie ist gegangen."

Danach hatte er nichts mehr gesagt und ich auch nicht. Bis das Telefon klingelte.

Mürrisch sagte er: „Ja? Hallo!" Und nach einer kurzen Pause: „Ich bin ihr Mann."

Dann war er still und legte irgendwann auf, ohne ein weiteres Wort gesagt zu haben. Er blieb vor dem Telefonapparat in der Ecke hinter dem Tresen stehen. Die rechte Hand auf dem Hörer, die linke in der Hosentasche. Er starrte gegen die Wand. Vielleicht sah er sie aber auch gar nicht. Dann drehte er sich. Sein Blick oder das, was ich davon auffangen konnte, war ein bisschen wie irre. Oder verirrt. Dazu der Schnurrbart, genau wie die Mundwinkel, zeigten die Enden nach unten. Er griff nach einer Wodkaflasche, die auf der Theke stand, als ob jemand, der wusste, dass wir sie brauchen würden, dort hingestellt hatte. Walter goss ein Glas voll, hob es an und schluckte den Inhalt hinunter.

Dann sagte er: „Tot."

Ich blieb sitzen.

Er stellte ein zweites Glas auf den Tresen und goss beide voll.

„Komm."

Ich ging langsam hinüber und setzte mich auf einen Barhocker. Ich hob das Glas, roch den Inhalt, schloss die Augen und schüttete den Wodka hinab. Ich verstand sofort, warum man trank. Ich fühlte mich besser, denn einen Moment lang war ich betäubt und spürte nichts außer dem Brennen in Mund und Rachen. Aber diese Betäubung hält nicht lange an. Nicht lange genug. Nicht für immer. Also muss man weiter trinken.

Walter löschte das Licht des Gastraumes und ließ nur die Lampen über dem Tresen brennen. Dann kehrte er an seinen Platz zurück und holte aus einem der Kühlschränke unter der Theke eine Flasche Bier. Er öffnete sie und trank.

Schließlich sagte er: „Sie saß mit Max Darenberg im Auto." Dabei sah er mich fragend an.

„Das ist Martins Lehrer", erwiderte ich.

„Am Innsbrucker Platz unter Brücke ist das Auto über den Bürgersteig geschleudert und dann gegen die Mauer."

Er stützte sich mit den Händen auf dem Tresen ab und fing das Gewicht seines Körpers, der nach vorne kippte, ab.

Ich nickte. Wie so oft.

„Sie konnten nichts mehr für sie machen. Aber dieser Max hat überlebt." Er setzte die Flasche ein zweites Mal an und leerte sie. „Auch eins?" fragte er dann.

Ich verneinte: „Ich muss raus."

„Und Martin?" fragte Walter.

„Ich?"

Er sah mich an und ich wusste, dass er nicht mit seinem Sohn reden konnte. Aber konnte ich es?

„Gib mir eine halbe Stunde", sagte ich. „Ich komme wieder und gebe dir Bescheid."

Ich lief auf den Friedhof, ging über den Hauptweg zum Grab ihrer Eltern und setzte mich auf die Bank davor. Die Dämmerung setzte ein. Aber es war noch immer warm.

Vielleicht ist die Tragödie des Lebens die, dass man nicht weiß, welcher Tag der letzte sein wird. Jedenfalls nicht, wenn man solch einen Tod abbekommt. Selbstmörder wissen es, wahrscheinlich sehr Kranke und sehr Alte, wenn sie lange gewartet haben. Aber hätte ihr jemand am Morgen gesagt, dass es ihr letzter Tag ist, sie wäre zufrieden gewesen. Weil die Sonne geschienen hatte. Weil sie diesen Tag draußen und in Freiheit verbracht hatte. Weil sie vermutlich an der Seite von Max glücklich gewesen war. Wahrscheinlich sogar bis zu den letzten Sekunden.

Ich ging zurück und klopfte gegen eine Scheibe der Kneipe. Walter stand unverändert hinter dem Tresen und nickte mir zu, als er mein Zeichen hörte. Ich ging weiter zur Haustür, schloss auf und nahm die Treppen bis zum ersten Stock. Ich klingelte.

Martin öffnete, sah mich kurz an, ließ mich eintreten und folgte mir ins Wohnzimmer. Auf dem Sofa lagen einige Bücher. Gleich hockte er sich wieder im Schneidersitz daneben und wartete, bis ich mich in den Sessel hatte fallen lassen. „Wollen wir noch mal runter gehen?" fragte er.

Ich schüttelte den Kopf.

„Kommt Mama hoch? Ich hab ihr nicht Gute Nacht gesagt."

Ich beugte mich vor und stützte meine Ellbogen auf die Knie.

„Hast du sie heute Mittag gesehen?" fragte ich.

„Ja, natürlich. Hinter dem Kuchenstand."

„Und als sie losgegangen ist?"

Martin überlegte. „Nein. Ich hab gesehen, wie sie mit dir geredet hat. Dann war sie weg."

„War sie glücklich, als sie mit mir geredet hat?"

Er runzelte die Stirn.

„Sah sie glücklich aus?" wiederholte ich meine Frage.

Er hob die Schultern. „Sie hat gelacht."

„Vergiss das nie", sagte ich.

„Was?"

„Vergiss nie, dass sie glücklich war."

Ich merkte, wie Tränen über meine Wangen liefen.

„Komm her", bat ich ihn.

Er setzte sich auf die Lehne des Sessels und ich umarmte ihn.

„Sie ist gestorben", sagte ich. „Bei einem Autounfall."

Er legte seine Arme um meinen Hals und ich fühlte Martins Tränen auf mein Hemd fallen. Bis es dunkel war, blieben wir so sitzen.

Irgendwann fragte ich: „Willst du schlafen gehen?"

„Nein", erwiderte er leise.

„Komm, dann gehen wir hinaus auf den Balkon."

Wir setzten uns auf die Plastikstühle und hüllten uns in Decken ein. Ich weiß nicht, ob ich manchmal einnickte und ich weiß nicht, ob Martin die Nacht über wach blieb. Vielleicht fielen uns für Momente die Augen zu, aber dann rissen uns Bilder von ihr wieder hoch. Geredet haben wir in dieser Nacht nicht mehr. Und irgendwann brach ein neuer Tag an. Das war das Schwerste. Dass jedem Tag ein neuer folgt, ist manchmal das Unbegreiflichste.

Martin, Walter und ich sprachen nie über den Unfall

und niemand von uns fragte jemals nach Max. Ein paar Tage lang dachte ich darüber nach, ihn im Krankenhaus zu besuchen. Doch wenn ich darüber nachdachte, so schien es mir noch weniger erträglich von ihm zu hören, was sie in den letzten Stunden erlebt und gefühlt hatte, als gar nichts zu wissen.

Einen Tag vor der Beerdigung fand ich die Ankündigung in Form einer Karte auf dem Wohnzimmertisch vor. Ich vermute, dass Erika sich darum gekümmert hatte.

Wir fanden uns morgens um zehn Uhr in der Kirche ein. Martin und ich setzten uns ganz links auf die zuvorderst stehende Bank. Neben uns nahm Erika Platz, weiter dann Walter und Karl. Der Sarg war vor uns aufgebahrt und geschlossen.

An den Pfarrer und an das, was er sagte, erinnere ich mich nicht mehr. Aber ich weiß noch, dass eine Gemeinde von etwa fünfzig Personen anwesend war. Sie folgte den Sargträgern nach einem einstündigen Gottesdienst. Walter und Erika waren die Ersten in der Reihe, Martin und ich gingen dahinter. Nachdem der Sarg in ein Loch neben dem Grab ihrer Eltern hinabgelassen worden war, warf zunächst Walter Erde hinunter, dann Erika. Es entstand eine Pause, bis ich begriff, dass Martin an der Reihe war. Ich nahm ihn an der Hand und wir gingen zusammen an den Abgrund. Wir blickten hinab auf eine helle Holzkiste mit einigen Verzierungen. Darauf ein paar Handvoll Erde. Das war es.

Für die Trauerfeier hatten Erika und Walter ein Büfett auf dem Tresen aufgestellt und sich selbst davor, um noch einmal den Händedruck der Gäste zu empfangen. Martin und ich setzten uns an einen Tisch in der Ecke, tranken etwas und gingen nach einer Viertelstunde hinauf in die Wohnung. Niemand hatte Martin kondoliert, niemand hatte ihm die Hand gegeben oder mal auf die Schulter geklopft. Vielleicht dachten sie, dass ich ja da war und empfanden das als ausreichend. Aber vielleicht hatte auch niemand daran gedacht.

Am Abend wollte ich noch einmal auf den Friedhof gehen. Martin lag in eine Decke gewickelt auf dem Sofa und verneinte, als ich ihn fragte, ob er mitkommen wolle.

Ich zog die schwarzen Hosen aus und meine Jeans an, schmiss das weiße Hemd in die Ecke und suchte einen Kapuzenpullover hervor. Ich band meine Haare zu einem Zopf zusammen, was sie nie erlaubt hatte, weil sie meine Locken mochte, wenn sie auf die Schultern fielen. Schließlich schlüpfte ich barfuß in meine Sandalen und ging los.

Als ich auf der Straße war, hörte ich aus der Kneipe dumpfes Grollen hervordringen. Ich wechselte sofort die Seite, lief an der Friedhofsmauer bis zum Eingangstor und durchquerte es. Erst ging ich ein Stück den Hauptweg entlang, bog dann nach links ab und lief am Rand bis zu den Mauern, wo sich die Urnengräber befanden. Von dort aus schaute ich auf ihr Grab. Dann ging ich vor, setzte mich auf die Bank und blickte auf den frischen Erdhügel und die Kränze. Ich hätte gerne gewusst, ob sie, wenn sie hier am Grab ihrer Eltern gehockt hatte, einmal daran gedacht hatte, dass dieses Grab auch ihres sein würde.

Als ich zurückkehrte und ins Zimmer trat, lag Martin unverändert in die Decke gehüllt auf dem Sofa. Er sah mich an, aber seine Augen ruhten so lange auf mir, dass ich nicht wusste, ob er nur auf die Tür starrte und sich seine Augen erst wieder bewegen würden, wenn sie hereinkäme. Vielleicht hätte ich jetzt mit ihm reden müssen. Vielleicht hätten wir uns nicht nur damit helfen sollen, dass wir uns in den gleichen Räumen aufhielten. Vielleicht machte es uns sogar einsamer, dass wir, obwohl wir nie alleine waren, uns nie unsere Gedanken mitteilten. Reden aber war von keinem von uns beiden eine Stärke. Und ich ging ins Zimmer hinein und setzte mich in den Sessel und jeder blieb für sich.

In den folgenden Wochen nächtigten Martin und ich gemeinsam im Wohnzimmer, während Walter meist mit Erika oder Karl in der Kneipe blieb. Manchmal hörten wir ihn in die Wohnung kommen und ins Bett fallen. Doch gesehen haben wir ihn in diesen Wochen kaum.

Martin ging lange nicht wieder in die Schule. Zwar hatte Frau Marsch einmal angerufen, ihr Beileid ausgesprochen und gebeten, dass wir vorbei kämen, aber Martin wollte nicht. So blieben wir zu Hause oder spazierten durch den Bezirk. Nach meiner Ankunft in Berlin war es das zweite Mal, dass ich jeden Meter der Umgebung ablief. Dies war unser Alltag. Martin und ich im Wohnzimmer ihrer Wohnung und auf den Straßen der Stadt.

Die Zeit

Wir schliefen im Wohnzimmer und ein halbes Jahr blieb es unser Zuhause. Da weder sie noch Walter dort jemals viel Zeit verbracht hatten, hatte es nie Bedeutung gehabt und erinnerte nicht mehr an sie als andere Orte. Walters Zuhause blieb die Kneipe, wie die Kneipe auch ihr Zuhause gewesen war. Und die betraten wir nur selten. Wir aßen an Imbissen unterwegs auf dem Weg durch den Park oder im Schwimmbad. Abends kochte ich Tee und wir nahmen uns Brot, das wir in dicke Scheiben teilten und Käse, den wir in Würfel schnitten. Für die Schule kaufte ich Martin irgendwelche Schokoriegel. Zu Beginn des Winters gewöhnten wir uns allerdings nach und nach doch wieder an, bei Walter zu essen.

Er hatte die Kneipe nach dem Unfall nicht einen Tag lang geschlossen. Aber bald kamen nur noch Leute aus unserem Haus oder aus den Blöcken ringsherum. Jeder von ihnen wusste, was geschehen war. Deshalb verziehen ihm auch alle fast alles. An manchen Tagen weigerte er sich generell, Essen zu zubereiten. An anderen Tagen war er schon am frühen Nachmittag besoffen und dazu nicht mehr fähig. Da alle gelernt hatten, damit umzugehen, war eine geschlossene Gesellschaft entstanden. Mehr und mehr wurde das Dolce Vita eine dunkle Spelunke, in die sich niemand mehr hinein traute. Kamen einmal Fremde, so flüchteten sie oft, noch bevor sie bestellt hatten. Andere, deren Bestellung Walter aufgenommen hatte, blieben still in der Ecke sitzen. Schließlich kamen aber auch die Bewohner der umliegenden Häuser immer seltener.

Der Fernseher neben dem Eingang zur Küche lief

ununterbrochen. Sie hatte ihn, wenn das Abendgeschäft begann, abgestellt. Nach ihr lief er pausenlos. Jedenfalls wenn ich da war. Ab und zu drehte mal jemand den Ton leiser. Dann fiel mir das flimmernde Bild erst später auf. Aber wenn der Ton nicht abgestellt war, hörte man auch immer jedes Wort. Die Stimmen der Leute in der Kneipe wurden von den Stimmen aus dem Kasten problemlos übertönt. Auch als ich an einem Abend kam, um ein paar Flaschen Saft mit nach oben zu nehmen. Jedes Wort war einwandfrei und deutlich zu verstehen.

Es war acht Uhr. Tagesschau. Müller und Reuter saßen vor dem Kasten. Sie sahen hin, merkten aber nichts. Ich war am Tresen stehen geblieben. Vielleicht, um einen Moment abgelenkt zu sein. Vielleicht auch, um mich wirklich mal wieder zu informieren. Eine der letzten Ansagen lautete: Alle fünf Sekunden stirbt ein Kind an Hunger.

Das lenkte ab. Es gibt doch ohnehin zu viele Menschen. Wir sind doch überbevölkert. Davon wird auch so oft gesprochen. Ich glaube ja nicht an Gott oder an etwas Ähnliches. Das hat mein Vater verhindert. Aber angenommen, es gibt jemanden wie Gott. Einen, der plant, der lenkt, der allem einen Sinn gibt. Dann macht der sich halt wegen der vielen Menschen Sorgen. Dann erfindet er halt mal eine Seuche wie Aids oder wie früher die Pest oder irgendwelche anderen Seuchen. Oder es muss irgendwo Hunger geben. Anders geht es eben nicht.

Alle fünf Sekunden stirbt ein Kind an Hunger. Wenn in der Tagesschau so etwas schon gesagt wird, dann will ich allerdings auch wissen, ob das eigentlich nur Länder in Afrika und andere, wo man sonst noch hungert, betrifft. Oder ist das auf die Gesamtheit bezogen? Wenn man so etwas schon sagt, dann bitte ... Bei uns stirbt ja kein Kind an Hunger. Normalerweise. Es sei denn, bei diesen Eltern, die ihr Kind verhungern lassen. Weil es eben Arbeit macht, schreit, nachts nicht schläft. Aber das passiert doch eher selten. Statistisch gesehen. Und bei Statistiken sind wir ja gerade. Wenn man das also auf die ganze Welt bezieht, stirbt dann ein Kind in Afrika noch viel schneller? Weil sie eben bei uns nicht so schnell sterben? Dort stirbt ein Kind also alle zwei oder drei Sekunden? Das war nicht heraus zu hören. Oder ungenau. Die Tagesschau.

Eins, zwei, drei, vier, fünf, tot... Alle fünf Sekunden macht in der Minute zwölf, in der Stunde ... Stand dort jemand mit der Stoppuhr und hat gezählt: eins, zwei, drei, vier, fünf! Und dann hat irgendwo jemand aufgeschrien: Tot! Eine Zahl zu haben und die dann hoch oder vielmehr herunter auf die Sekunden zu rechnen, diese Idee muss ja jemand gehabt haben.

Und wegen Gott. Warum eigentlich so oft Afrika? Warum betrifft so etwas so oft Schwarze? Ist Gott ein Rassist? Wenn er sich solche Dinge ausdenkt wie Hunger und wie Aids. Warum betrifft es sie immer am schlimmsten? Die Asiaten kriegen noch ein paar Erdbeben ab oder andere Naturkatastrophen. Nur wir hier, wir nicht. Oder ist das der Krieg? Da sind wir ja ganz gut. Fast 40 Millionen Tote in Europa zwischen 1939 und 1945. Ganz gute Leistung. Mal ausgedünnt. Gott hat viel zu tun, wenn er sich solche Sachen ausdenken muss. Da fang ich fast an, an ihn zu glauben. Und wenn alles einen Sinn machen soll, muss man wahrscheinlich wirklich an ihn glauben.

Aber ich war ja bei der Tagesschau. Die nächste Nachricht, die sofort darauf folgende, informierte darüber, wer ein Hockeyturnier gewonnen hatte und wer ein internationales Reitturnier. Sport muss auch sein. Ich möchte mal einen Sprecher sprechen. Sind die abgestumpft? Wie Müller und Reuter. Oder so konzentriert, dass sie nichts merken? Man geht ja davon aus, dass die politisch, gesellschaftlich und so weiter interessiert sind. Aber so eine Nachricht ist halt eine Nachricht. Oder wie funktioniert es?

Allerdings und das war auch schlimm, es machte die Sache mit ihr nicht leichter. Schon alleine, als ich wieder hoch in die Wohnung kam und Martin sah. Und wenn ein Nachrichtensprecher solche Nachrichten einfach vortragen kann, muss ich mich dann stundenlang, tagelang oder wochenlang mit ihnen beschäftigen? Das wäre ja nicht zum Aushalten und man muss so vieles aushalten.

Im Winter versuchte Erika, wieder Ordnung zu schaffen. Es begann damit, dass sie mich aus der Wohnung schmiss. Eines Tages Anfang Januar riss sie die Tür zu unserem Zimmer auf, sodass die Klinke gegen die Wand stieß und ein dumpfer Laut ertönte. Erika stemmte die Hände in die Hüften und rief dreimal hintereinander: „So!"

Ich lag auf einer Matratze vor der Balkontür und Martin auf dem Sofa. Wir wurden beide aus dem Schlaf gerissen.

Erika verzog ihr rundes Gesicht zu einer Fratze und ihr verkniffener Blick fiel zuerst auf mich. „Du hast doch eine Wohnung oder nicht?"

Ich setzte mich aufrecht und sah zu ihr hoch. Sie trug ein dunkelbraunes Kleid mit Trägern, unter denen die fetten Schultern quollen. Der Bauch wölbte sich unter dem hässlichen Stoff und das Stück ihrer Beine, das man sah, war mit Krampfadern überzogen.

„Dieses Zimmer ist ab sofort meins", fuhr sie fort. „Martin hat sein Zimmer, der muss nicht hier schlafen. Und du gehst wieder nach oben."

Ich nickte.

„Also haben wir uns verstanden?"

„Ja, ja", nickte ich.

Sie ging und schmiss die Tür hinter sich zu.

Nach einer Weile sagte Martin: „Sie kann uns doch hier nicht fortjagen."

Ich sah zu ihm. „Ich fürchte doch."

„Aber das ist unsere Wohnung." Martin saß aufrecht, hatte die Beine angezogen und die Decke um sich geschlungen. Sein Haar war zerzaust.

„Es ist eure Wohnung", sagte ich. „Ich habe schon länger erwartet, dass Walter etwas gegen meine Anwesenheit sagt."

„Aber ich möchte, dass du hier schläfst."

„Ich denke, dass du in Zukunft bei mir schlafen solltest", erwiderte ich. „Dagegen werden sie nichts sagen."

Martin nickte.

Noch am gleichen Tag brachten wir Martins Matratze, Decke und Kissen hinauf in meine Wohnung. Mein Bettgestell schraubten wir auseinander und brachten es in den Keller. Dann legten wir unsere Matratzen nebeneinander und von diesem Zeitpunkt an hausten Martin und ich zusammen in einer Einzimmerwohnung.

Ihn in der Nacht so dicht bei mir zu haben, war aber noch einmal etwas Neues. Normalerweise schlief ich tief und fest. Aber seine unmittelbare Nähe veränderte meinen Schlaf insofern, als dass ich erst lange wach blieb und dann auch oft aufwachte. Daher bemerkte ich auch seine Unruhe. Wenn wir „Gute Nacht" gesagt hatten, legten wir uns auf die Seite, die Rücken einander zugewandt. Nach einer Weile hörte ich dann, wie Martin sich auf den Bauch drehte. Und wenn ich noch länger nicht einschlafen konnte, drehte auch ich mich und betrachtete ihn. Anfangs schien er noch gut und ruhig zu schlafen. Doch bald wälzte er sich umher und seufzte bisweilen sogar ein paar unverständliche Worte. Da er aber nie erwachte und nie die Augen öffnete, sprach ich ihn auch nicht darauf an oder weckte ihn gar. Nach ein paar Tagen erzählte er morgens plötzlich aber selbst davon. Es war an einem Sonntag. Draußen war es grau und verregnet. Wir lagen noch auf unseren Matratzen.

„Ich hab oft das Gefühl, dass ich nicht wirklich schlafe", sagte er. „Ich hab immer das Gefühl, dass ich wach bin."

Ich versuchte, überrascht zu wirken. „Wie?" fragte ich. „Du schläfst gar nicht?"

„Doch schon", erwiderte er. „Aber so leicht, dass ich nach dem Aufwachen das Gefühl hab, ich wär die ganze Zeit wach gewesen. Manchmal denk ich dann auch, dass Mama gar nicht fort ist. Ich muss nur in diesem Zustand bleiben und spüre, dass sie da ist."

„Und dann?" fragte ich nach.

„Dann wache ich wirklich auf", sagte er traurig. „Und das Gefühl geht. Und ich weiß, dass sie fort ist."

„Aber dann hast du doch geschlafen", stellte ich fest.

„Nein." Er drehte den Kopf auf dem Kissen. „Nur oberflächlich."

„Vielleicht ist es gut so."

„Was ist gut?"

„So behältst du sie."

Er zuckte mit den Schultern.

Ende Januar brachte er das nächste Zeugnis mit nach Hause und präsentierte es stolz. „Schau", sagte er und legte es sorgfältig auf den Tisch.

Er hatte im Sportunterricht eine Eins bekommen und es war extra vermerkt worden, dass seine Leistungen im Schwimmen außergewöhnlich seien.

Ich nickte und sagte: „Du solltest es Walter zeigen."

„Wozu?" fragte er.

Ich zuckte mit den Schultern und ging am Nachmittag trotzdem mit ihm hinab in die Kneipe.

Walter hockte hinter dem Tresen, auf dem alle erdenklichen Saft-, Limonaden-, Bier- und Weinflaschen abgestellt waren. Die Türen aller Kühlschränke, die sich unter der Theke befanden, standen offen. Walter kniete auf dem Boden und schrubbte die Innenräume. Er stöhnte, als wir eintraten. „Das ist eine Schweinerei."

Zum ersten Mal seit ihrem Unfall erkannte ich wieder sein verschmitztes Grinsen, bei dem er die Lippen aufeinanderpresste und die Ausrichtung des Schnurrbartes gute Laune verriet.

„Es gab heute Zeugnisse", sagte ich.

„Dann lasst mal sehen", erwiderte er, nahm zwei Tassen, ein Glas sowie eine Flasche Limonade und die Thermoskanne. Er stellte alles auf einen Tisch und wir setzten uns. Während er eingoss, sah er auf das Zeugnis. „Hmm", murmelte er ein paar Mal. Dann sah er auf Martin und klopfte ihm auf die Schulter. „Steh mal auf", forderte er.

Martin erhob sich.

„Wie alt bist du jetzt?" fragte Walter.

„Fast zehn", erwiderte Martin.

„Hmm", nickte Walter wieder. Dann umfasste er mit einer Hand Martins rechten Oberarm, die andere legte er mit gespreizten Fingern auf Martins Kopf. „Du bist groß", stellte er fest. „Aber zu dünn."

Martin senkte die Schultern und setzte sich wieder.

„Ein Schwimmer muss ein breites Kreuz haben", sagte Walter dann. „Da musst du noch trainieren."

Martin nickte.

Plötzlich lachte Walter auf und schlug mit der flachen Hand auf den Tisch. „Wollen wir um die Wette schwimmen?"

Martin sah erschrocken hoch.

„Los!" rief Walter. „Wir schwimmen um die Wette." Er sprang auf.

„Gleich jetzt?" fragte Martin leise nach.

„Klar." Walter stand auf und rief in die Küche: „Erika?"

„Ja?" ertönte ihre herbe Stimme.

„Wir machen Schluss für heute. Häng einen Zettel an die Tür, dass geschlossen ist. Ich komme in einer Stunde wieder."

Erika bog neugierig aus der Küche in den Gastraum. „Was ist los?" Und als sie uns sah, fügte sie an: „Ah! Die beiden Jungs sind da!"

„Martin und ich schwimmen um die Wette", sagte Walter und strahlte. „Wir machen morgen weiter."

„So wie es aussieht", sagte Erika, „müssten wir für eine Woche schließen, bis wir wieder alles sauber haben."

„In Ordnung", nickte Walter. „Schließen wir eine

Woche. Mir egal." Dann wandte er sich an Martin: „Hol deine Sachen. Los!"

Ich wartete vor der Tür, bis beide wiederkamen. Dann überquerten wir die Straße und liefen durch den Park zum Schwimmbad. Ich zog nur Schuhe, Socken und Pullover aus und sah auf Martin, der sich in aller Ruhe umkleidete, gelassen wirkte, aber doch etwas blasser als sonst aussah. Er stellte sich unter die Dusche, während Walter gleich in die Halle durchging. Ich wartete. Dann folgten wir Walter und sahen, wie er eifrig mit dem Bademeister diskutierte. Als dieser Martin erkannte, nickte er uns zu, beugte sich hinab zum Becken und bat die, die auf der ersten Bahn schwammen, Platz zu machen.

Walter kam zu uns gelaufen und sagte: „Fünfzig Meter. Einmal hin und zurück. So lange hält er uns die Bahn frei."

Martin nickte.

„Gabriel gibt das Zeichen", fügte Walter noch an und lief in Richtung des Startblocks davon.

Martin aber ging am anderen Ende des Beckens ins Wasser und schwamm zum Startblock.

„Was ist los?" fragte Walter, der bereitstand.

„Ich springe nicht", rief Martin hoch.

„Wie?"

„Ich schwimme von hier unten los."

„Wie du willst", sagte Walter.

Ich rief: „Auf die Plätze" und klatschte in die Hände.

Walter sprang über Martin hinweg. Das Wasser, das aufspritzte und die daraus entstehende Welle irritierten Martin erst einmal so, dass er nach dem ersten Zug anhielt. So war Walter schnell ein paar Meter voraus, doch an der Wende war sein Vorsprung nur noch halb so groß.

Nach der Hälfte der zweiten Bahn hatte Martin Walter eingeholt und schwamm direkt in seinem Schatten. Dann büchste er zur Seite aus, berührte dabei aber Walters Beine, sodass dieser merkte, dass er eingeholt wurde. Walter machte sofort einige Züge nach außen und versperrte Martin den Weg. Martin aber gab nicht auf, schwamm weiter nach außen. Doch sie erreichten schon das Ende des Beckens und Walter schlug kurz vor Martin an. Er riss jubelnd die Arme nach oben.

Abends im Bett fragte ich: „Traurig?"

„Nein", erwiderte Martin. „Ich glaub, ich hätte gewinnen können. Aber ich weiß gar nicht, ob ich wollte."

Ich nickte. „Vielleicht ist der Glaube auch wichtiger als das Wissen."

„Vielleicht."

„Du kannst es ja später noch einmal beweisen", sagte ich.

„Ja", erwiderte er. „Aber ich weiß nicht, ob das nötig ist."

„Ja, stimmt." Und ich drehte mich in seine Richtung und sah plötzlich einen Ausdruck in seinem Gesicht, der mir unbekannt war. Vielleicht hatte ich an diesem Abend zum ersten Mal die Entschlossenheit gesehen, mit der er dann aus meinem Leben trat.

Lisas Rückkehr

Als sich ihr Tod zum ersten Mal jährte, kehrte Lisa aus Amerika zurück. Es war der erste Montag der Sommerferien. Martin und ich saßen vor der Kneipe, als das Taxi hielt. Im Herbst hatte Lisa angerufen und ich hatte erzählen müssen, was geschehen war.

„Ich erreiche sie nie ... Ist sie nicht da?" hatte Lisa gefragt.

„Nein. Sie ist nicht mehr da", erwiderte ich.

„Was ist passiert?" fragte sie. „Weggelaufen?"

„Nein", sagte ich. „Ein Unfall."

Sie schwieg lange. Dann sagte sie: „Ich habe meinen Vertrag bis zum nächsten Sommer verlängert. Braucht ihr mich?"

„Nein. Auch du kannst es nicht ändern."

„Wie geht es Martin?"

„Es geht."

„Du kümmerst dich?"

„Ja."

„Und Walter?"

„Erika hilft."

„Hör zu, Gabriel. Hier hast du meine Nummer. Du kannst mich jederzeit anrufen."

Ich bedankte mich. Angerufen habe ich nicht.

An Martins Geburtstag hatte sie sich dann wieder gemeldet und ihre Rückkehr angekündigt.

Jetzt stieg sie aus dem Taxi. Der Fahrer gab ihr die Taschen aus dem Kofferraum. Sie bezahlte. Dann stand sie auf der Straße und sah zu uns herüber. Sie hatte abgenommen. Der Busen wölbte sich zwar noch immer deutlich unter der Bluse. Doch um die Hüften, da war weniger und die Beine waren schlanker. Sie war braun gebrannt. Das Gelb der Bluse und der schwarze Rock passten zu dieser Bräune. Im blonden Haar, das nur noch schulterlang war, steckte eine Sonnenbrille.

„Na los, ihr beiden!" rief sie herüber.

Wir standen auf und gingen ihr entgegen. Sie drückte zuerst Martin. In der Zwischenzeit war er größer als sie gewachsen. Vielleicht sah es daher komisch aus, vielleicht aber auch, weil er nie jemand war, der Berührungen mochte. Anschließend umarmte sie mich.

Wir setzten uns.

Walter kam und gab ihr die Hand. Lisa blieb sitzen.

„Habt ihr schon Ferien?" fragte sie Martin.

Er nickte.

„Wie gehts in der Schule?"

„Gut."

„Lernst du schon Englisch?"

„Nächstes Jahr."

Tatsächlich hatte Martin trotz der langen Fehlzeit die Versetzung in die fünfte Klasse geschafft.

Dann sah Lisa mich an. „Und du?"

„Nichts Neues."

Sie lachte. „Bin ich überhaupt weg gewesen?"

Wenn ich einmal zurückkehre, irgendwohin zurückkehre, werde ich das nicht heraushängen lassen und so tun, als ob ich in der weiten Welt war und der andere, der zu Hause blieb, keine Ahnung davon hat. Das hoffe ich zumindest. Wenn mich dort überhaupt jemand kennt, wenn ich einmal irgendwohin zurückkehre.

„Bleibst du jetzt?" fragte ich.

„Ja. Vielleicht gehe ich irgendwann ganz rüber, aber jetzt bleibe ich erst mal."

In den nächsten Tagen gingen Lisa und ich viel spazieren. Wir hatten den Hort in den ersten vier Wochen der Ferien geschlossen. So kam sie morgens in unsere Wohnung, wir frühstückten zu dritt, dann gingen wir los. Immer mit Martin bis zum Schwimmbad, dann zu zweit weiter durch den Park. Dort setzten wir uns auf eine Wiese, oft, bis Martin zwei oder drei Stunden später wieder zu uns stieß.

Natürlich wollte Lisa etwas über den Unfall wissen. Wir lagen auf einer Decke. Sie auf dem Bauch, ich auf dem Rücken.

„Ist er zu schnell gefahren?"

Ich starrte hinauf. Keine Wolken. Nur Blau. „Ich weiß es nicht."

Sie drehte sich, winkelte einen Arm und stützte ihren Kopf auf eine Hand. „Hast du ihn nie gefragt? Hat die Polizei das nicht untersucht?"

Sie schaute auf mich herab.

Ich zuckte mit den Schultern. „Wir waren ja keine Zeugen. Deswegen hat man uns wohl nicht befragt."

„Aber wolltet ihr es nicht wissen?"

„Was ändert es?"

„Ich weiß nicht", sagte sie. „Aber wenn dieser Max Schuld hatte, dann hätte ich wenigstens mal mit ihm geredet."

„Vielleicht ist es besser, wenn man es nicht weiß."

Sie setzte sich aufrecht und schaute über die Wiese.

Ich blinzelte in die gleiche Richtung. Es lagen eine Menge Leute auf Decken herum. Viele Paare. So wie wir.

„Kannst du das einfach so hinnehmen?"

Später am Abend fiel mir die Antwort ein.

Wahrscheinlich konnte ich. Alles, was sie betroffen hatte, hatte ich hingenommen. Dazu gehörte zwangsläufig auch ihr Tod.

Ich schlief nicht.

Als ich am Morgen gebückt über einer Tasse Kaffee in der Kneipe saß, kam Lisa und sagte: „Ich habe mit seinen Eltern telefoniert."

„Und?" fragte ich.

„Willst du es wissen?"

Ich nickte.

„Seine Eltern sagen, dass er keine Schuld hatte. Der Anhänger eines Lasters brach aus der Kupplung. Er hat versucht, über den Bürgersteig auszuweichen, aber die Kontrolle über den Wagen verloren."

„Und er?"

„Er hat Berlin verlassen."

„Gehts dir jetzt besser?" fragte ich.

Sie hob die Schultern. „Ich hätte gerne einen Schuldigen gehabt."

„Was ist mit dem Fahrer des Lastwagens?"

„Der hat den Job seit Jahren gemacht und vorher nie einen Unfall gehabt. Die Papiere wurden kontrolliert. Man konnte nirgends einen Fehler entdecken."

„Also sinnlos", sagte ich.

Lisa nickte.

Ob man etwas hinnimmt oder nicht, es läuft also auf das gleiche hinaus. Es half mir nichts, dass ich es hingenommen hatte. Und es half Lisa nichts, dass sie es nicht hingenommen hatte. Es gab keinem von uns beiden ein besseres Gefühl. Es half nur Vergessen.

Wir beschlossen noch, Martin von alledem nichts zu sagen.

In den ersten Herbsttagen saßen wir bereits in Jeans und Pullover gehüllt vor der Kneipe. Bei Anbruch der Dunkelheit verabschiedete sich Martin. Lisa und ich blieben alleine. Wir tranken Wein. Auch als Erika die übrigen Stühle und Tische ankettete, wollten wir noch nicht in die Kneipe gehen. Einerseits drückte Erika die Stimmung innerhalb immer, denn jede Liebe und Aufmerksamkeit, die ihre Arbeit gekennzeichnet hatte, fehlte Erika. Und andererseits suchten wir vielleicht auch die Nähe zum Friedhof, denn wir redeten über sie und sich Entfernen hätte in diesem Moment noch weiter Abschied nehmen bedeutet.

„Weißt du noch, wie du überlegt hast, mit ihr fortzugehen?" fragte Lisa, als der Wein wirkte und uns das Reden leichter fiel.

Ich lächelte. „Du hast es mir unmöglich gemacht."

„Trägst du es mir nach?"

Ich wehrte ab. „Vielleicht wusste ich immer, dass es nicht möglich ist."

„Woher?" Lisa sah mich neugierig an.

„Ich habe sie besser gekannt als jeder andere. Wahrscheinlich habe ich sie zu gut gekannt."

Sie überlegte einen Augenblick. „Kann man so etwas behaupten?"

„Ja", erwiderte ich bestimmt.

„Ich weiß, dass du viele Abende und Nächte in ihrer Nähe verbracht hast." Sie beugte sich vor und versuchte, mir in die Augen zu sehen. „Aber schau, ich kannte sie schon, als sie noch ein Teenager war. Ich habe sie erwachsen werden sehen." Und nach einer weiteren Pause fügte sie an: „Und Walter übrigens auch. Vielleicht lernt man so jemanden besser kennen als nur durch

Beobachten."

Beim letzten Wort zuckte ich zusammen.

„Was ist?" fragte sie sofort.

„Nichts", erwiderte ich.

Lisa lächelte. Sie streckte ihre Beine in Richtung meiner aus und berührte sie. „Willst du heute Nacht alleine bleiben?"

Wir gingen hinauf in ihre Wohnung und schliefen miteinander.

Als ich am nächsten Morgen erwachte, sah ich eine Weile auf Lisas nackten Rücken. Dann fiel mein Blick auf den Wecker. Ich stand auf, zog mich an und ging hinüber. Als ich die Tür zum Zimmer öffnete, sah ich Martin. Er kauerte auf einem Stuhl vor dem Tisch. Blass und mit hilflosem Gesichtsausdruck. Er war angezogen, hatte den Rollkragen seines Pullovers hochgezogen, die Beine übereinandergeschlagen und saß auf den Innenflächen seiner Hände.

„Wirst du krank?" fragte ich und fuhr mit einer Hand durch sein Haar.

„Ich hab schlecht geträumt."

Ich nahm ihm gegenüber Platz.

„Ich bin aufgewacht und das ganze Zimmer leuchtete gelb, orange und rot", erzählte er leise. „Draußen brannte es."

„Wo?" fragte ich, weil ich kurz erschrak und erst keinen Zusammenhang erkannte.

„Draußen", wiederholte er. „Die Häuser, der Park, der Friedhof. Alles brannte. Ich bin zum Fenster gerannt und sah riesige Flammen. Aber niemand war da, der sich um das Feuer kümmerte. Niemand."

„Ein schlechter Traum", fügte ich ein.

„Ja." Martin nickte ein paar Mal. „Aber ich sah das Feuer auch nur. Deswegen hatte ich keine Angst. Es war nicht gefährlich. Ich kroch wieder ins Bett und fühlte mich sicher. Mir machte nur Angst, dass sich niemand um irgendetwas kümmerte."

„Nun", sagte ich. „Manchmal hat man solche Träume."

„Ja, aber ..."

„Aber?"

„Aber nur das Zimmer hier, das Bett, die Decke ... Nur das hat mich beschützt. Nur das bisschen."

Mit den letzten Worten war seine Stimme dünner geworden. Er hatte den Kopf gesenkt und sah auf die Matratzen hinunter.

Ich legte eine Hand an seine Stirn. „Vielleicht hast du Fieber", sagte ich. „Leg dich wieder hin. Ich rufe in der Schule an."

Martin zog sich den Pullover über den Kopf und die Hosen aus. Als er die Decke hob, um sich darunter zu legen, sagte ich: „Ich habe bei Lisa geschlafen. Du musst mir sagen, wenn das nicht in Ordnung ist. Aber jetzt ruh dich erst mal aus."

Er hielt die Augen kaum noch geöffnet, aber er lächelte kurz: „Das ist in Ordnung."

Ich lächelte zurück. „Dann hole ich etwas zum Frühstück und komme gleich mit Lisa wieder. Okay?"

„Ja."

Seit Lisas Rückkehr liefen wir gemeinsam mit Martin regelmäßig vor Anbruch der Dunkelheit über den Friedhof. Wir blieben einige Minuten an Emilys Grab stehen und verließen danach das Gelände meist zur anderen Seite. Wir gingen die Hauptstraße entlang, überquerten die nächste Straße und liefen einen Bogen um das Rathaus. Auf einem dieser Spaziergänge im Winter, als es kalt war und Schnee fiel, erzählte Martin: „Wir waren heute im Planetarium."

„Mit der Klasse?" fragte Lisa nach.

„Ja."

„Ist es nicht spannender abends hinzugehen?"

Martin zuckte mit den Schultern. „Ich weiß nicht. Die Vorführung war ja im Dunklen. Und durch ein großes Fernrohr kann man auch tagsüber sehen. Aber heute gab es zu viele Wolken."

„Wir könnten aber mal abends hingehen", schlug Lisa vor.

Martin nickte.

„Gabriel?"

„Gerne", erwiderte ich.

Wir schenkten Martin den Besuch im Planetarium zu seinem elften Geburtstag. Als er an diesem Tag von der Schule heimkam, trafen wir uns in der Kneipe. Walter hatten wir an den Geburtstag erinnert und er sich entschlossen, für alle ein Mittagessen zu kochen. Ich hatte Martin vorgeschlagen, Gero einzuladen, doch er kam nicht. So saßen wir zu viert um den Tisch.

„Erika ist unterwegs und kauft dir eine Badehose und eine Schwimmbrille", sagte Walter, als er das Essen aus einem Topf schöpfte.

Martin bedankte sich.

„Und wo sind deine Freunde?" fragte Walter.

Martin blickte stumm auf den Tisch.

Walter setzte sich und klopfte ihm auf die Schultern. „Du hättest doch jemanden einladen können. Wozu haben wir denn die Kneipe, wenn hier nicht gefeiert wird?"

„Gero ist krank", erwiderte Martin.

„Nun, es werden ja mehr Jungs in deiner Klasse sein als nur dieser Gero", sagte Walter. „Und Mädchen wird es wohl auch geben."

Martin wurde rot.

„Lass doch", mischte Lisa sich ein. „Wir haben ihn heute Abend eingeladen, ins Planetarium zu gehen. Für eine Feier haben wir ein anderes Mal Zeit."

„Wohin?" fragte Walter nach.

„Ins Planetarium", wiederholte Lisa.

„Was wollt ihr da?"

„Sterne anschauen."

Walter schüttelte den Kopf. „Was manchen Leuten so einfällt."

Martin, der erst noch mit einem Löffel im Essen herumstocherte, sah plötzlich auf. „Weiß du eigentlich irgendwas von Mama." Er blickte auf seinen Vater.

„Was ist denn jetzt los?" staunte Walter.

Und auch Lisa und ich sahen überrascht auf Martin.

Aber er hatte sich gleich wieder beruhigt. „Nichts."

„Bringt mir den Jungen nicht auf dumme Gedanken", sagte Walter und sah von mir zu Lisa. „Seht doch! Er ist gerade elf geworden und so ein Schlaks. Lasst den Jungen einen Jungen sein."

„Wie bitte?" rief Lisa sofort empört. „Wir sollen den Jungen einen Jungen sein lassen? Wer kümmert sich denn um ihn? Du? Oder wir? Und du hast immer gemosert, dass er zu klein ist, zu schwach, zu blass ... Jetzt wird er eben erwachsen."

Walter lehnte sich zurück, faltete die Hände über dem Bauch und grinste. „Erwachsen?" Er schüttelte den Kopf.

Im nächsten Moment sprang Martin auf und rannte in die Küche. Einen Augenblick später hörten wir die Tür, die von dort ins Treppenhaus führte, zufallen. Wir schauten uns an und bevor Lisa oder Walter etwas sagten oder sich erhoben, ging ich Martin hinterher.

Ich fand ihn in unserer Wohnung. Er saß auf einer Matratze, die Beine von sich gestreckt und mit dem Rücken gegen die Wand gelehnt. Ich setzte mich an den Tisch und sah ihn an.

Er sah mit weit geöffneten Augen zurück und fragte: „Was bin ich?" Seine Stimme klang fest, keineswegs als ob er litt oder geweint hatte.

„Was denkst du?" erwiderte ich.

Er hob die Schultern. „Zu alt für die aus meiner Klasse und zu jung für euch."

Ich nickte.

„Manchmal hab ich das Gefühl, als ob ich schon lange darauf warte, dass sich das ändert. Und ich weiß nicht, wie lange ich mich noch gedulden muss."

„Ich dachte nicht, dass es so schwer ist."

Martin lächelte. „So schwer ist es auch nicht. In der Schule kümmert sich keiner um mich. Niemand traut sich an mich heran."

Ich überlegte einen Moment. Dann fragte ich: „Wie groß bist du jetzt?"

„Fast ein Meter siebzig."

„Wollen wir was machen?"

„Was meinst du?"

„Ich weiß nicht", erwiderte ich. „Aber wenn du sagst, wir müssen was machen, dann fällt uns auch etwas ein."

Er lächelte. „Ich glaub, ich halte das aus. Und außerdem glaub ich, dass es schon einen Sinn hat."

„Woran denkst du?"

Er zuckte mit den Schultern. „Das ist so ein Gefühl. Nur leider vergesse ich es manchmal und dann gehts mir schlecht. Aber wenn es da ist, dann gehts ganz gut."

Er stand auf und wir gingen wieder hinunter und setzten uns zurück an den Tisch. Martin entschuldigte sich sogar.

„Macht nichts", erwiderte Walter. „Wollen wir bald mal wieder schwimmen gehen?"

„Ja", nickte Martin. „Im Sommer, wenn das Freibad geöffnet ist?"

„Einverstanden", freute sich Walter, was er mit einem Faustschlag auf die Tischplatte bekräftigte. „Dann kannst du noch trainieren. So einfach wie beim letzten Mal mach ich es dir nicht noch mal." Er stand auf, schlurfte zur Theke und kehrte mit einer Flasche Sekt und vier Gläsern zurück. „Lasst uns auf den Sommer anstoßen." Er rieb sich kurz die Nase, dann schenkte er ein und hob sein Glas. „Die letzten beiden Jahre waren schwer, aber Erika bringt alles wieder auf Vordermann. Die Flaute ist vorbei, auch gerade, weil jetzt viele von drüben kommen."

In der Tat hatte sich das Publikum der Kneipe verändert. Neben dem Ku'damm lockte das Rathaus viele aus dem Osten an. Da hatte Kennedy gesprochen, da baumelt oben die Freiheitsglocke und da hatten Momper, Genscher, Kohl und was weiß ich wer im letzten Herbst gestanden. Nach der Besichtigung des John-F.-Kennedy-Platzes spazierten viele durch unsere Straße und kehrten bei Walter ein. Dadurch lief die Kneipe wieder besser.

Wir waren nicht mehr eingesperrt, hätte meine Mutter gesagt. Man freute sich, die Deutschen freuten sich, Deutschland freute sich. Hier begeisterten sich allerdings die wenigstens in solch einem Maße, das es aufgefallen wäre. Und ich wahrscheinlich am allerwenigsten. An den Tagen um den 9. November war ich krank gewesen, lag mit Fieber im Bett und bekam kaum etwas mit. Als dann im Dezember die Mauer am Brandenburger Tor eingerissen wurde, dachte ich, dass ich hinfahren könnte. Und ich machte es auch und war Teil einer Masse Mensch. Ich wurde geschoben. Nach rechts, nach links, nach vorne, nach hinten. Ich hatte keinen Einfluss darauf. Aber irgendwann wurde ich durch das Tor gedrückt. Gefühle blieben aus, besondere Gefühle. Wenn ich ausgeschlafen und mir nach dem Aufstehen eine Tasse Kaffee gemacht habe, mich dann an meinen Tisch setze, zum Fenster hinausschaue, ein Buch vor mir liegt und ich den ganzen Tag nichts vor habe, dann habe ich besondere Gefühle, dann rumort es in meiner Magengegend.

Walter interessierte alles ein bisschen mehr. Eine Tante von Tante Erika hatte drüben gelebt und sie besuchten sich in den ersten Wochen regelmäßig. Es interessierte ihn natürlich auch wegen der neuen Gäste.

Lisa kannte auch niemanden von drüben, aber sie fand neue Geschichten. „So lebt man in Ost-Berlin". So oder ähnlich lautete eine Reihe, die sie für eine Zeitschrift schrieb.

Der Mauerfall brachte aber auch mit sich, dass manche Berlin verließen. West-Berlin. Einige unserer Nachbarn zogen fort. Die Kosteddes mit ihren Töchtern waren die ersten. Immer öfter fiel Lisa und mir auf, dass jemand nicht mehr in die Kneipe kam. Eva Glockenmann erzählte mir am Abend, bevor sie wegzog, dass West-Berlin ihre Insel gewesen war. Und diese Insel war nun zerstört.

Die Sterne

Wir fuhren mit dem Bus zum Planetarium, kauften Eintrittskarten und tranken etwas, bis die Türen zum Vorführraum geöffnet wurden. Er war rund. Sessel standen in zwei Halbkreisen, sodass in der Mitte ein Gang frei war. Wir suchten Plätze in einer hinteren Reihe und ließen uns in die Sessel fallen. Martin in der Mitte. Rücken- und Armlehnen waren verstellbar. Man fiel sofort in eine schlafähnliche Stellung. Das Licht war gedämmt und bis es erlosch, schauten wir auf die Silhouette der Stadt, die an die Wand vor dem Übergang zur kuppelartigen Decke aufgeklebt war. Dann begann die Vorführung. Zuerst sah man nur vereinzelt einige Sterne aufleuchten. Aber bald entdeckte man mehr und mehr und ehe man sich versah, glänzte die Decke in voller Pracht.

„Seit Milliarden von Jahren ziehen Himmelskörper ihre Bahnen. Ihre Bewegungen werden von gegenseitigen Anziehungskräften bestimmt. Wir auf der Erde können nur die Wirkungen dieses Zusammenspiels beobachten ..."

Ich tauchte ab, war weg, war entschwunden. Unvorstellbar, dass irgendjemand dieses Zusammenspiel begreift oder ein Stück davon nachvollziehen kann. Ich war fasziniert, dass durch künstliche Erzeugung etwas, was mir bisher nur theoretisch real schien, so nahe gebracht werden konnte. Ich vergaß sogar die künstliche Erzeugung. Es gibt ja auch Filme oder Romane, solche, die einen so ergreifen, dass man zweifelt, ob die Geschichte wirklich erfunden sein kann. Der Unterschied allerdings ist, dass sie doch fast immer fassbar sind. Und wenn sie es nicht sind, kann man sie als Blödsinn abtun.

Aber das hier niemals.

Lisa war es ähnlich ergangen, glaube ich. Jedenfalls sagte sie auf dem Nachhauseweg nichts und das war untypisch. Vielleicht hatte sie aber auch geschlafen und war noch nicht wieder munter geworden.

Auch Martin sagte nichts. Aber ich war mir sicher, dass er nicht eingeschlafen war. Er lief zwischen uns und normalerweise schlurfte er. Jetzt aber hüpfte er, beinahe jedenfalls.

„Seit Milliarden von Jahren ziehen Himmelskörper ihre Bahnen. Ihre Bewegungen werden von gegenseitigen Anziehungskräften bestimmt. Wir auf der Erde können nur die Wirkungen dieses Zusammenspiels beobachten ...“ Wer darüber nachdenkt, muss zwangsläufig verrückt werden.

Kurz vor den Sommerferien fand ich Martin ein zweites Mal morgens am Tisch sitzend vor. Durcheinander, fast verstört. Seit bald einem Jahr schlief ich regelmäßig bei Lisa. Nur wenn sie durch den Ostteil pilgerte, um Material für ihre Reihe zu suchen und spät heimkehrte, blieb ich nachts in meiner Wohnung und lag neben ihm.

Als ich die Tür geschlossen hatte, sah ich ihn, die Ellbogen auf den Tisch und den Kopf auf den Händen gestützt. „Wirst du krank?“ fragte ich.

Er schüttelte den Kopf.

„Wieder ein schlechter Traum?“

Er zuckte mit den Schultern.

„Nun? Was ist los?“ fragte ich etwas ungeduldig.

„Ich hab von drei Frauen geträumt“, erwiderte er. „Von drei erwachsenen Frauen.“

Ich setzte mich.

Martin sah mich an. „Sie lagen an einem Strand und waren nackt."

Ich lachte. „Siehst du. Ich habe gesagt, dass du es einmal schön finden wirst."

„Ja." Auch er lächelte. „Ich durfte mir eine der drei aussuchen, die anderen mussten gehen."

„Und?" fragte ich nach.

„Ich hab doch so was nie in Wirklichkeit gesehen oder erlebt. Warum kann ich davon träumen?" Sein Lächeln verschwand wieder.

„Ich weiß nicht. Das ist eben so."

Er schüttelte den Kopf. „Auch wenn es schön war, ich will es nicht. Ich will nicht von Sachen träumen, die ich nicht kenne und die mich beeinflussen."

„Warum?" fragte ich.

„Ich will es einfach nicht", erwiderte er entschlossen.

Ich erschrak. Vielleicht nur, weil ich noch nicht ausgeschlafen war. Vielleicht beunruhigte mich nur deshalb seine Entschiedenheit. Aber ich blieb abends zu Hause und legte mich neben ihn. Doch ich konnte nicht schlafen, sondern ich dachte an Angst. An meine Angst und an seine.

In einem Anflug von Sentimentalität war ich irgendwann noch einmal in die Uni gegangen. Drei oder vier Jahre zuvor. Vermutlich hatte ich gedacht, ich müsste ein letztes Mal nachsehen, ob ich nicht doch etwas verpasst hatte. Ich besuchte ein Seminar über politische Romantik. Als ich das Gebäude verließ, fragte mich ein anderer nach Feuer. Ich schätzte ihn auf Ende Zwanzig. Wie ich war er unrasiert und möglicherweise war das seiner Meinung nach ausreichend Verbindung, um mich anzuquatschen. Na ja, ich hatte kein Feuer.

„Macht nichts", sagte er. Dann nahm er die Selbstgedrehte aus dem Mund. „Und? Kommste nächste Woche wieder?"

„Ich glaube schon", sagte ich.

„Dann bis dann."

Ich ging tatsächlich ein zweites Mal hin und nach dem Seminar mit dem Typen zusammen raus. Es war im Sommer. Da liegen in den Pausen alle Studenten auf den Wiesen herum. Das taten wir auch. Wir legten uns zwischen Hunderte andere.

„Noch viel zu tun?" wollte er wissen.

„Geht so."

„Welches Semester?"

„Dreizehn", erwiderte ich nach kurzem Überlegen.

„Mein sechzehntes."

Ich nickte.

„Ich habs verpasst", fuhr er fort.

„Was?" fragte ich.

„Den Absprung."

„Und jetzt?"

„Jetzt muss ich es fertigmachen. Einfach nur, um es mir zu beweisen."

„Was beweisen?"

„Dass ich es kann."

Ich weiß nicht, warum und wie es kam. Aber es war vertraut, er war mit mir vertraut. Ich streckte die Beine aus und lehnte mich auf die Ellbogen zurück. Er saß mir im Schneidersitz gegenüber und sah an mir vorbei irgendwohin.

„Ich habe schon tausend Kurse besucht", sagte er. „Aber ich bringe es nicht, die Scheine zu machen."

„Warum nicht?"

„Ich mag es nicht, Referate zu halten. Und Arbeiten schreiben kriege ich auch nicht hin."

„Verstehe ich", sagte ich.

„Aber jetzt abbrechen nach der ganzen Zeit? Irgendwie glaube ich daran, dass ich es noch hinkriege. Und wenn ich das geschafft habe. Man ..."

Ja, das dachte ich auch. Man! Man muss einfach mal etwas hinbekommen. Vor allem etwas, was man nicht will. Oder etwas, was man einmal wollte, was aber irgendwann kaum mehr erreichbar schien. Und dabei kann man nur die Hoffnung haben, dass die Befriedigung danach in dem Maße gut ist, dass es sich lohnt.

Ich schlief jetzt wieder öfter zu Hause. Und je öfter ich zu Hause war, umso mehr blühte Martin und meine Wohngemeinschaft auf. Wir lebten gleichberechtigt miteinander und oft vergaß ich unseren Altersunterschied. Vor allem, wenn wir über sie sprachen. Zwar geschah das selten, aber immerhin trauten wir uns jetzt. Zwei Jahre nach ihrem Tod.

Martin ging nach der Schule noch immer regelmäßig ins Schwimmbad und sobald es im Planetarium eine neue Vorführung gab, besuchte er die Premiere. Ich ging nach der Arbeit heim, streckte mich auf der Matratze aus, schlief und stand wieder auf, wenn er kam. Abends saßen wir, so lange es die Temperaturen zuließen, auf dem Balkon.

Im Herbst erhielt ich einen Anruf seiner Lehrerin, die mich bat, am nächsten Tag in die Schule zu kommen. Ich erzählte es ihm: „Ich soll dich abholen. Deine Lehrerin will mit uns reden."

„Ich weiß", erwiderte er und schlug umständlich ein Bein über das andere. Mittlerweile waren die Plastikstühle zu niedrig für ihn. „Es geht um den Schulwechsel."

„Und?" fragte ich. „Hast du dir schon Gedanken gemacht?"

Er lehnte sich zurück und sah mich an. „Einerlei."

„Deine Lehrerin sagt, du kannst das Gymnasium schaffen, wenn du dich ein bisschen anstrengst."

Er nickte. „Dann also Gymnasium."

„Wohin wechselt Gero?" fragte ich.

„Auf eine Hauptschule, glaube ich."

„Und gibt es jemanden, mit dem du zusammen auf eine Schule wechseln willst?"

Er schüttelte den Kopf.

Das Gespräch mit seiner Lehrerin verlief unkompliziert. Ich hatte sie bis dahin noch nicht getroffen. Doch sie war von ihrer Vorgängerin über Martins Umstände informiert und behandelte mich vorbehaltlos so, als sei ich sein Erziehungsberechtigter. In wenigen Worten schilderte sie, was ich ohnehin wusste und auch Frau Marsch stets gesagt hatte. Sie entließ uns mit den Worten: „Martin kann es schaffen. Er muss nur mutiger werden."

Mit seinem Halbjahreszeugnis schlenderten wir dann durch den Volkspark, um ihn an der neuen Schule, die dort am Rande lag, anzumelden. Es war ein vierstöckiges Gebäude mit eigenem Sportplatz, der zugleich als Pausenhof diente. Obwohl Martin gleichgültig getan hatte, sah er doch ein wenig blass aus. Wir traten ins Büro der Sekretärin, die uns bat, vor ihrem Schreibtisch Platz zu nehmen. Einen Moment lang sortierte sie ihre Unterlagen. Dann sah sie uns an und fragte mich: „Sie sind der

Vater?"

„Ja", nickte ich, wie ich es mit Martin verabredet hatte. „Walter Bornin." Ich reichte ihr die Hand.

Sie drückte sie, lächelte und schob ihre Brille zurecht. Dann begann die Fragerei: Nachname, Name, Geburtstag, Geburtsort, Grundschule ...

Schließlich entließ sie uns mit dem Hinweis, dass wir in einigen Wochen einen Brief erhalten sollten, indem Martins Klasse und Lehrer mitgeteilt würden.

Auch auf dem Rückweg liefen wir durch den Park. Ich überlegte, was ich sagen könnte. Schließlich war es ein besonderer Tag in Martins Leben. Ein erster Schritt in Richtung Erwachsenwerden. Einer Gegebenheit, nach der er sich sehnte, wie ich dachte. Aber ich überlegte zu lange. Wie so oft und wie zu oft. Martin kam mir zuvor. „Ich hab etwas herausbekommen", sagte er.

Ich blickte auf den Weg hinab und hörte auf das Knirschen der Kieselsteine unter meinen Sohlen. „Was denn?" fragte ich.

„Du schläfst gut, nicht?" fragte er zurück.

„Meistens."

„Ich nicht", erwiderte er. „Aber ich will es auch gar nicht."

Ich blieb stehen und sah ihn an.

„Ich schlafe oft nur ein paar Stunden und wache dann auf. Meist so gegen zwei."

„Jede Nacht?" fragte ich nach.

„Seit der ersten Nacht, in der ich allein geschlafen habe. Seit meinem ersten Traum."

Wir setzten uns auf eine Bank.

„Bis zum Morgengrauen bin ich immer wach und schlafe dann nur noch mal kurz ein", fuhr er fort.

„Und was hast du herausgefunden?"

„Als du noch öfter bei Lisa geschlafen hast, bin ich einmal aufgestanden, hab mich angezogen und bin losgegangen. Zuerst über den Friedhof, dann weiter zum Bahnhof und durch die Straßen dort hinten hier hinüber zum Park und wieder nach Hause. Nach einer Stunde war ich wieder zurück und hab mich schnell in meine Decke eingewickelt. Ich hatte nur eine kurze Hose angehabt, deshalb war mir ziemlich kalt. Vielleicht hatte ich auch deswegen einen leichten Schlaf, vielleicht aber auch, weil es aufregend war, durch die Nacht zu laufen. Jedenfalls hatte ich dann diesen Traum."

„Was für einen Traum?"

„Von dem ich erzählt habe."

Ich nickte.

„Ich hab es dann noch mal ausprobiert und es hat wieder funktioniert."

„Habe ich da bei uns geschlafen?" fragte ich.

Er nickte. „Deswegen hab ich mich zuerst auch nicht getraut aufzustehen. Aber du hast nichts gemerkt. Seitdem gehe ich ungefähr alle zwei Wochen los."

„Und?"

„Es funktioniert. Wenn ich mich wieder ins Bett lege, dann träume ich intensiv, gerade weil ich nicht so fest schlafe."

Er schaute über die Wiese, die vor uns lag. Dabei lächelte er eigentümlich.

„Was sind es für Träume?" fragte ich. „Immer ähnliche?"

„Nein." Er zuckte mit den Schultern. „Verschiedene. Aber ich hab immer das Gefühl, dass sie so wie das Leben sind; dass sie zum Leben dazugehören."

„Nein", sagte ich ziemlich barsch. „Träume sind Träume."

„Ja, sicher." Er nickte ein paar Mal.

Ich schüttelte den Kopf und erwiderte nichts. Da Martin auch nichts mehr sagte, stand ich schließlich auf. „Lass uns nach Hause gehen."

Er nickte.

Wir gingen schweigend zurück.

Lisa hatte es gelassen hingenommen, dass ich seltener bei ihr schlief. Nachdem ich aber zwei Wochen gar nicht mehr hinübergegangen war, trafen wir uns abends an unserem Tisch in der Kneipe. Sie sah mich lange und prüfend an. Um uns herum lärmte es. Der normale Geräuschpegel zu dieser Zeit, denn das Dolce Vita war fast jeden Abend voll besetzt. Dazu waren Müller und Reuter immer in Hochform. Und Walter und Karl sowieso.

Lisa bemerkte: „Du hast dich zurückgezogen."

Ich nickte. „Ich will Martin nicht mehr so viel alleine lassen."

„Das habe ich mir gedacht." Sie klang zweifelnd, wahrscheinlich, weil sie mir nicht glaubte.

„Hast du nicht bemerkt, dass es ihm nicht gut geht?"

Sie zuckte mit den Schultern und ihr Busen hüpfte. „Das wird noch eine Weile so bleiben."

Ich sah vom Busen auf. Auf ihr Gesicht, ihren Mund, ihre Lippen. Kein Lächeln.

„Vielleicht ist es besser, wenn es wieder so wird wie früher."

Ich nickte.

„Ich weiß nicht, ob ich es dir schwer mache oder du

mir." Jetzt lachte sie verhalten.

Ich schüttelte den Kopf. „Egal, wenn wir beide das gleiche Gefühl haben."

Sie sah mich an, beugte sich vor und nahm meine Hände in ihre. Sie hielt sie. „Du denkst nicht, dass es dich belasten wird?"

Ich verneinte und war auch erleichtert. Denn das Animalische an Lisa hatte mich nicht nur angestrengt, es hatte mich auch manchmal abgestoßen. Du oben, ich unten, jetzt anders herum, von vorne von hinten, nein, noch nicht, ich bin noch nicht fertig, na gut, fünf Minuten Erholung, dann weiter ... Anfangs hatte sie sich noch Mühe gegeben und ich mir auch. Es war einfach, interessant, aufregend, entspannend. Aber jetzt ging es nur noch um sie. Um ihre Befriedigung. Befriedigt war ich zwar auch irgendwie. Aber ich konnte ja auch unbefriedigt ganz gut leben.

Allerdings brachte sie schon tags darauf einen neuen Typen mit. Eine Woche später gab es dann einen anderen und bald den nächsten. Einmal, als ich nachmittags alleine mit einer Tasse Kaffee in der Kneipe saß, überlegte ich, ob ich ihr genügt hatte oder nicht und ob sie jetzt nachholte, was sie verpasst hatte. Doch eine schlüssige Antwort zu finden, war nicht möglich. Und ich empfand auch nicht genügend, um mich wirklich zu grämen. Trotzdem stieg das Gefühl der Einsamkeit. Ich bemerkte mal wieder, wie sehr sie mich von solchen Empfindungen abgelenkt hatte.

Träume

Erst ein halbes später, Ende März, sprach ich Martin wieder auf seine Träume und seine nächtlichen Spaziergänge an. Oft hatte ich es mir vorgenommen, aber dann nicht den richtigen Moment gefunden. Wir saßen dick angezogen auf dem Balkon. Nach einer Weile fragte ich: „Warst du nachts mal wieder unterwegs?"

„Ja", erwiderte er. Nichts weiter.

Er hatte sich in zwei Pullover und eine Jacke eingehüllt. Einen Schal, der auch das Kinn verdeckte, hatte er sich um den Hals gewickelt. Die Hände steckten in den Taschen seiner Jacke. Es sah aus, als ob er die Schultern hochgezogen hätte. Sein Blick war die Straße hinunter in Richtung Park gerichtet. Als er dann auf und zu mir schaute, wandte ich mich ab und starrte eine Weile auf die zwei Tassen, die vor uns auf dem Tisch standen und in denen heißer Tee dampfte. Bald griff ich nach meiner, nahm einen Schluck und verbrannte mir die Zunge.

Martin bemerkte es und lächelte. „Ich bin noch nicht fertig", sagte er dann.

Ich sah fragend zurück.

Er räusperte sich. Dann wandte er den Blick von mir ab. „Ich versuche, zwischen verschiedenen Formen des Schlafens und Träumens zu unterscheiden."

„Man träumt von dem, was man tagsüber unterdrückt", erwiderte ich.

Er sah mich erstaunt an.

Jetzt musste ich lachen: „Das hat mal ein Lehrer von mir gesagt. Ich hatte ihn ganz vergessen. Aber das fiel mir gerade ein."

Martin sah mich weiterhin an. Immer noch erstaunt,

aber auch neugierig. „Wie wäre es, wenn wir erst mal vom Schlaf ausgehen?" sagte er zögernd.

Ich nickte.

„Früher, als Mama noch lebte, da kannte ich vor allem einen Schlaf. Tief und traumlos. Da wachte ich auf und war einfach ausgeschlafen."

„Und weiter?"

„Später schlief ich schon manchmal unruhiger und träumte sinnloses Zeug. Nach dem Aufwachen wusste ich aber immer, dass diese Träume nichts zu bedeuten haben. Also konnte ich sie vergessen."

„Ich verstehe", sagte ich kurz.

„Dann gibt es, glaub ich, noch mindestens eine weitere Form", fuhr Martin fort. „Das ist der Schlaf mit den intensiven Träumen. Sie sind sehr nahe, gerade morgens beim Aufwachen und das sind die, die ich hervorrufen kann, wenn ich vorher spazieren gehe. Da begreife ich manchmal nicht, dass sie nur Träume waren. Zum Beispiel treffe ich Leute, die ich noch nie gesehen habe. Doch sie sind so wirklich, dass ich nicht glauben kann, dass sie nur im Traum gelebt haben. Und was ich erlebe, ist so intensiv, dass ich aufpassen muss, es nicht ins Leben einzubringen, ins richtige Leben."

Er lehnte sich zurück.

„Was ist?" fragte ich.

Er schüttelte den Kopf. „Ich hab es noch nicht zu Ende gedacht." Und er klang so erschöpft und müde, dass ich wusste, dass das Gespräch schon wieder beendet war.

Später als wir im Bett lagen, fragte ich noch: „Sind das alles deine eigenen Überlegungen?"

Martin drehte sich auf den Rücken. „Ich weiß nicht. Ich war ein paar Mal in der Bibliothek und hab in Büchern über Träume und auch über das All nachgelesen. Wahrscheinlich vermische ich, was ich lese und was mir selbst einfällt."

Diese Neuigkeit traf mich. Je länger ich wach lag, umso mehr beschlich mich die Ahnung, dass Martin mir entglitt. Aber nicht nur mir. Seine Gedanken entfernten ihn auch von seinem zu Hause und wahrscheinlich von allem, was ihn umgab. Und diese Entfernung schritt fort, viel schneller, als ich es erwartet hatte. Vielleicht war das Problem auch, dass ich nun wartete und dass ich etwas erwartete. Aber das, worauf man wartet; das, was man erwartet, geschieht doch immer plötzlich.

Wir sahen uns in den nächsten Monaten selten. Martin ging nach der Schule ins Schwimmbad, von dort in die Bibliothek und abends ins Planetarium. Oft kehrte er erst heim, wenn ich bereits eingeschlafen war. Manchmal wachte ich noch einmal auf, aber er war längst schon wieder zu einem Spaziergang aufgebrochen. Zuerst dachte ich dann, dass er gar nicht gekommen sei. Doch er betonte irgendwann noch einmal, wie wichtig es wäre, erst ein paar Stunden zu schlafen, bevor er losginge. Ansonsten wäre er zu müde. Würde er sich zum Morgengrauen überhaupt erst hinlegen, wäre sein Schlaf nur tief und traumlos.

Ich überlegte, ihm zu folgen, wie ich ihr gefolgt war. Doch er hätte es mit Sicherheit gespürt und sich noch mehr zurückgezogen. Mir blieb nur, dass er manchmal etwas erzählte.

An einem Sommertag, an dem über 30 Grad gemessen worden waren, saßen wir wieder mal auf dem Balkon. Martin hatte von einem Vortrag erzählt, den er tags zuvor im Planetarium gehört hatte. Darüber war es spät geworden. Lange drangen von der Kneipe schon keine Stimmen mehr herauf, als es plötzlich an der Tür läutete. Wir sahen uns fragend an.

„Vielleicht Lisa", sagte Martin.

Ich zuckte mit den Schultern und ging zur Tür, als es schon das zweite Mal läutete. Ich öffnete. Im hell erleuchteten Flur stand Walter. Seine Augen waren glasig, der Blick wirr. „Ich will Martin sprechen", raunte er.

Ich roch den Alkohol, als er an mir vorüberstampfte. Er ging schnurstracks auf den Balkon und setzte sich auf meinen Platz. „Habt ihr 'n Bier da?" rief er zurück.

Ich verneinte und ließ mich auf der Stufe vom Zimmer zum Balkon nieder.

„Hätte ich mir ja denken können", schnaufte Walter und krempelte die Ärmel seines Hemdes hoch. Dann sah er zu Martin. „So!"

„Was ist?" antwortete dieser.

„Lisa hat mir erzählt, dass du aufs Gymnasium gehst."

Martin nickte. „Ab nächste Woche."

„Kannste vergessen", erwiderte Walter scharf. „Dafür mach ich mir nicht den Rücken krumm."

Martin erwiderte nichts.

Walter schaute kurz zu mir. Dann rief er: „Abitur" und lachte verächtlich. „Hier ist Abitur!" Er schlug mit der Faust auf den Tisch. „In der Kneipe, da kannst du Abitur haben."

Martin schüttelte den Kopf. „Was willst du?"

„Was ich will?" Walter richtete sich auf und stemmte die rechte Hand auf den Oberschenkel. „Du sollst endlich deinen Arsch bewegen und in der Kneipe helfen. Ich seh dich nicht, ich hör nichts von dir. Früher hab ich das alles für deine Mutter gemacht, jetzt mach ich das alles für dich."

Martin schüttelte den Kopf. Und er lachte.

Walter war perplex. Und ich auch. Dann sagte er ruhig, aber bestimmt: „Ich seh dich dann jetzt also abends in der Kneipe. Die Schule kannste nebenbei fertig machen." Er stand auf, drängte sich an mir vorbei und verließ die Wohnung.

Ich setzte mich zurück auf meinen Platz. „Denkst du, dass es Schwierigkeiten geben wird?"

Martin blickte über die Brüstung des Balkons hinüber zum Friedhof. Dann sah er zu mir und zog die Augenbrauen hoch. „Wenn er sich nur ein bisschen ändern würde, würde ich vielleicht auch ein bisschen einlenken. Aber er wird sich nicht ändern."

„Aber ich weiß nicht, ob er dich jetzt noch in Ruhe lässt", erwiderte ich, weil ich wirklich daran zweifelte.

„Weißt du noch, wie ich schwimmen gelernt habe?" fragte Martin.

Ich nickte.

„Ich war vorher schon ein paar Mal mit Mama und Walter am See. Dort versuchte er, es mir beizubringen."

„Ich weiß", erwiderte ich. „Sie haben davon erzählt."

„Ich hatte Angst, weil er mich einfach ins Wasser schmiss. Doch nach und nach wollte ich es auch immer mehr selbst schaffen. Ich wollte es schaffen, nicht weil er mich für einen Schwächling hielt, sondern für mich. Aber vielleicht hätte es auch die Möglichkeit gegeben, dass ich es für ihn mache. Dafür hätte er sich nur ein bisschen ändern müssen."

„Und darauf hast du immer gewartet?"

Er zuckte mit den Schultern. „Vielleicht."

„Es gibt diese Veränderung", sagte ich.

„Nein." Martin schüttelte bestimmt den Kopf.

„Doch", erwiderte ich. „Deine Mutter hat auch immer darauf gewartet. Und manchmal ist es passiert."

„Aber das waren doch nur Momente."

„Sicherlich. Aber man kann sich, wenn man jemanden liebt, auch an Momenten festhalten."

„Mir reicht das nicht", sagte er überzeugt. „Und Mama hat das auch nicht gereicht."

Ich wusste, dass er recht hatte. „Vielleicht lassen wir uns trotzdem mal wieder in der Kneipe blicken?" fragte ich dennoch.

„Nein, das ist vorbei."

„Wie soll es dann weiter gehen?"

„Ich bin nicht mehr lange hier. Und wenn er mich nicht in Ruhe lässt, wird er diese Zeit nur verkürzen."

Ich sah ihn an und versuchte, in seine Augen zu blicken. „Was hast du vor?"

„Ich habe einen Traum", erwiderte er. „Und diesem will ich nachgehen." Wieder sah er über die Brüstung hinaus und hinüber in Richtung Friedhof.

„Ein echter Traum?" fragte ich nach. „Oder ist es etwas, wovon du geträumt hast?"

Er hob die Schultern. „Vielleicht hab ich es geträumt. Vielleicht ist es echt. Ich weiß es nicht. Doch macht es einen Unterschied?"

„Ja", sagte ich. „Ich hatte einen Traum, den ich mir hätte erfüllen können. Ich meine ... ich glaube, es wäre möglich gewesen. Nur leider habe ich nicht den richtigen Weg gefunden. Aber es war kein Nachttraum, sondern ein Tagtraum."

„Vielleicht ist er nicht zu deinem Bewusstsein gelangt", antwortete Martin.

„Möglich", nickte ich.

„Mein Traum drängt jeden Tag ein bisschen mehr an die Oberfläche."

„Und wenn er dort ankommt, gehst du fort?"

Er nickte.

„Erzählst du es mir, wenn es so weit ist?"

Er wandte seinen Blick wieder in meine Richtung und zuckte mit den Schultern.

Wie es immer gewesen war, vergaß Walter seinen Sohn wieder. Martin wechselte die Schule, fuhr von dort ins Schwimmbad, aber, wie ich später erfuhr, immer seltener. Dafür suchte er noch öfter Bibliotheken auf. Im Winter wurde ich zu einem Elterntag in seine Schule eingeladen. In den naturwissenschaftlichen Fächern war er sehr gut, sagte sein Klassenlehrer. Aber in den Sprachen zeigte er überhaupt kein Interesse. Es schien fraglich, ob er in die nächste Klasse versetzt würde.

„Ich hab entdeckt, was mich interessiert", sagte er, als ich nachfragte. „Was soll ich mich um anderes kümmern?"

Seine Sturheit und sein Starrsinn wuchsen und nichts und niemand konnten ihn da herauslocken. Auch ich fand immer seltener Antworten.

Im Frühjahr fiel mir auf, dass seine Badehose tagelang herumlag. Ich fragte ihn, ob er nicht mehr ins Schwimmbad ging.

„Ich glaube, es war nur Mittel zum Zweck", antwortete er.

„Zu welchem Zweck?"

„Zum Wachsen."

„Zum Wachsen?" wiederholte ich.

„Ja", nickte er. „Bis zu einer gewissen Größe hat es mir weitergeholfen. Jetzt muss ich andere Wege finden."

Einige Tage nach seinem Geburtstag saßen wir auf dem Balkon, trugen Pullover und hatten einen zweiten griffbereit gelegt.

Eine Weile redeten wir über seine Schule und Klassenkameraden. Martin schien glücklich, weil er akzeptiert war; er schien zumindest zufrieden.

Dann sagte er: „Übrigens hat mich interessiert, was dein Lehrer gesagt hat. Ich hab es verfolgt."

„Und?"

„Mein Biolehrer ist ähnlich", fuhr er fort. „Nachts ist man in den Gedanken gefangen, die man tagsüber verdrängt, nicht?"

Ich nickte. „So ungefähr waren seine Worte."

„Wenn dort wirklich zum Ausdruck kommt, was man bewusst unterdrückt, dann ist alles ganz logisch." Er lachte. „Ich unterdrücke, was zwischen Männern und Frauen sein kann. Deshalb träume ich nachts davon."

„Aber durch diesen Traum hast du doch festgestellt, dass es vielleicht auch schön sein kann", erwiderte ich.

„Stimmt." Er nickte. „Aber es ist nur etwas Natürliches. Deswegen holt es einen ein. In meiner Klasse erzählen die Jungen ständig, wen sie gut finden und wen nicht. Mich lenkt das aber zu sehr ab."

„Aber was ändert sich, wenn du es zulässt?"

„Vielleicht alles?" Er sah mich etwas zweifelnd an.

„Ich habe auch lange gebraucht", sagte ich.

„Ja, ich weiß das von Mama", erwiderte er. „Ich hab sie mal gefragt, warum du alleine bist."

Ich schwieg.

„Soll ich dir sagen, wovon ich träume?" fragte Martin

dann.

Ich nickte.

„Mama hat mir abends immer ein Lied vorgesungen. Bis zu unserem Besuch im Planetarium hatte ich nicht mehr daran gedacht. Aber dort fiel es mir wieder ein."

„Am Himmel stehen die Sterne ...", sagte ich leise.

„Und wenn du danach greifst ...", fuhr Martin fort.

„Bekommst du das Glück dieser Erde."

Er nickte. „Ich hab immer überlegt, was Mama meinte, hab immer überlegt, was sie mir sagen wollte. Ich dachte immer, dass sie etwas erlebt hat und dass sie mir mit diesem Erlebnis weiterhelfen wollte. Aber ich war zu jung, um es zu verstehen. Dann sah ich einmal hinauf in die Sterne und dachte, dass sich da oben vielleicht so etwas wie Wirklichkeit abspielt und hier unten ist alles irreal. Man muss also nach der Unendlichkeit greifen und dann kann man glücklich sein."

Ich sah ihn einfach nur an.

Er lächelte.

„Wie helfen dir die Träume dabei?" fragte ich dann.

„Sie spielen sich im Unbewussten ab. Und das Unbewusste ist wie die Unendlichkeit nicht zu erklären. Vielleicht erreicht man eine Lösung, wenn man beides verknüpft."

„Aber das ist doch eine Illusion", sagte ich.

„Wieso muss es so sein?" fragte Martin zurück.

„Weil es nicht zu erreichen ist."

„Und das glaube ich eben nicht."

„Aber das ist doch das Wesen der Illusion. Man merkt nie, dass sie eine ist. Du glaubst an sie, vielleicht kann man sogar sagen, dass sie dich am Leben erhält, aber irgendwann zerplatzt sie."

Martin sah mich an und kniff die Augen zusammen. Dann schüttelte er den Kopf und stand auf. Er lehnte sich über die Brüstung des Balkons und stützte seinen Kopf in die Hände. „Wenn es so ist, dann muss ich bald los."

„Glaubst du das alles wirklich?" fragte ich.

„Ja", erwiderte er und sah mich wieder an.

In der Nacht war ich froh, als er von seinem Spaziergang heimkam. Jede weitere Nacht bangte ich, wenn er losging. Doch zum Morgengrauen kam er stets wieder.

Ein paar Tage später holte Martin mich vom Hort ab. Wir gingen in den Park.

„Ich war gestern wieder in der Sternwarte", erzählte er. „Das Wetter war klar wie selten. Man konnte die Monde einiger Planeten sehen. Und man konnte Gebirge und Krater auf unserem Mond sehen. Am Ende schauten wir noch in eine andere Galaxie, so jedenfalls drückte es der Vorführer aus. Lichtjahre entfernt. Und weißt du, welche Rolle dabei die Zeit spielt?"

Ich schüttelte den Kopf.

„Du siehst in die Vergangenheit", sagte Martin. „Was wir dort oben entdecken, was wir gerade sehen, sieht vielleicht schon lange nicht mehr so aus. Weil auch das Licht seine Zeit hat."

„Ich verstehe das alles nicht", erwiderte ich. „Ich habe das nie verstanden."

Martin blieb stehen. „Ich glaube, du willst das alles gar nicht verstehen."

Ich sah ihn an und zuckte mit den Schultern. „Es ist besser so."

Jetzt schüttelte er den Kopf. „Warum?"

„Weil man solchen Dingen nur hinterherlaufen kann."

„Du denkst an meinen Traum", sagte er.

Ich nickte. „Es ist besser, keine Träume zu haben. Man hofft immer darauf, dass sie erfüllt werden. Hofft, dass man sie sich selbst erfüllt oder dass ein anderer sie erfüllt. Aber wenn man keine Träume hat, fällt dieses Hoffen und Warten weg. Man kann viel ruhiger leben, viel ausgeglichener sein. Da ist nichts. Vielleicht klingt das langweilig. Vielleicht klingt es sogar traurig. Aber man hat seine Ruhe und sollte irgendwann einsehen, dass es sich so besser lebt."

Im Herbst erhielt ich einen Anruf seines Lehrers, der mich fragte, warum Martin die letzte Woche nicht erschienen und nicht entschuldigt wäre. Ich holte die Entschuldigung nach und erzählte abends Martin von dem Anruf.

„Das hat sich erledigt", sagte er.

„Ist es so weit?" fragte ich.

„Bald."

Doch er blieb. Noch immer.

Eine Woche später schlug er vor, mal wieder in die Kneipe zu gehen. Wir trafen uns mit Lisa, saßen in unserer Ecke, aßen und tranken und jeder erzählte ein bisschen von sich. Lisa träumte wieder von Amerika und hatte alte Kontakte aufleben lassen. Martin erzählte von seinem Interesse für die Sterne und ich von den Kindern im Hort. Später setzten sich auch Erika und Walter zu uns.

In der darauf folgenden Nacht tat ich kein Auge zu. Doch Martin brach nicht einmal zu einer nächtlichen Wanderung auf. Er schlief tief und fest. Am Morgen frühstückten wir gemeinsam, er packte seine Schulbücher zusammen und wir verabschiedeten uns vor der Tür, von wo aus er nach rechts ging und ich nach links die wenigen Meter zum Hort. Als ich am Nachmittag heimkehrte, saß Martin am Tisch und las.

Im November war meine Verunsicherung gewichen. Ich schlief wieder besser.

Einige Tage später dann, in einer Nacht von Samstag auf Sonntag, brach Martin auf und kehrte nicht zurück.

Epilog

Wie Martin am Telefon gesagt hatte, verließ ich den Bahnhof durch den hinteren Ausgang. Dort ging ich die Straße hinab und überquerte eine andere. Parallel zu den Bahnschienen lief ich einen gepflasterten Weg in den Wald hinein. Nach einigen Hundert Metern erreichte ich eine Kreuzung. Noch ein Stück weiter sah ich die Schranke, die er beschrieben hatte, im herbstlich braunen Wald aufleuchten.

Regen setzte ein. Ich zog die Kapuze meines Anoraks auf. Die gepflasterte Straße verschwand unter schwerem Laub, das sich um meine Füße schlängelte. Die Kapuze fiel mir über die Stirn ins Gesicht. Die Brille beschlug. Ich nahm sie ab, trocknete die Gläser und setzte sie wieder auf. Hinter der Schranke endete das Pflaster und ich lief über weichen Waldboden. Beinahe verpasste ich die nächste Gabelung. Ich blieb stehen und sah in den dichten Wald, der sich zu meiner linken Seite erstreckte. Das nasse Laub überlagerte den Weg, den ich nun beging. Doch schon einige Schritte weiter wurde der Wald lichter und ich erahnte die Schneise. Bald erreichte ich eine weitere Gabelung und lief von dort parallel zu einem leicht ansteigenden Feld. Der Weg verschwand nach zweihundert Metern wieder im Wald und so blieb ich auf der Hälfte stehen. Ich sah nach vorn, drehte mich, sah zurück, doch nichts regte sich. Leise prasselte der Regen auf die letzten Blätter, die noch an Bäumen hingen.

Ich entschloss mich, ein Stück weiter zu gehen, um dann wieder zurückzulaufen und zu warten. Doch plötzlich hörte ich Martins Stimme: „Es ist schön, dich wieder zu sehen." Sie klang von oben auf mich herab.

Ich sah mich um und lauschte, woher die Stimme kam. Noch einmal nahm ich meine Brille ab und putzte sie. Als ich sie wieder aufsetzte, sah ich Martin. Er stand drei Meter von mir entfernt, ein Stück in den Wald zurückgezogen und hielt sich am Ast einer Eiche fest, den ich nicht mal im Sprung erreicht hätte.

Ich sah zu ihm auf. Sein Gesicht war so weich wie früher. Das dichte, schwarze Haar lugte unter einer blauen Wollmütze hervor. Er trug einen dunklen Pullover und darüber spannten die Träger seiner Hose, an denen man erkannte, dass sie verlängert worden waren. Die Bünde der Hose reichten nur bis zu den Knöcheln. Er hatte feste Stiefel an und schwankte ein bisschen. Seine Beine, diesen beiden Stelzen, wogen. Der Ast, an dem er sich festhielt, schaukelte. Regentropfen fielen auf uns herab, klopften auf meine Kapuze.

„Und?" fragte er schließlich. Oder vielleicht sagte er es auch nur so dahin.

Ich zuckte mit den Schultern.

„Wie geht es Walter? Und Lisa?"

„Gut", sagte ich.

„Sagst du ihnen, dass du mich getroffen hast?"

„Nein." Ich schüttelte den Kopf.

Er lachte. Und er wogte. Und alles schaukelte. Der Baum, alle Bäume, der ganze Wald.

„Ja", sagte er noch. „Es ist richtig so."

Dann musste ich doch eine Frage stellen: „Wohin gehst du jetzt?"

„Einfach weiter", sagte er.

Mir fiel nichts mehr ein.

Er nickte noch einmal und lächelte kurz. Dann drehte er sich und stapfte los, mitten hinein in den Wald. Ich hatte das Gefühl, dass er mit jedem Schritt, den er sich entfernte, noch wuchs.

Ich ging schließlich auch. Es war dann auch mal gut.

Am frühen Abend bog ich wieder in die Belziger Straße ein. Wie immer auf der Seite des Friedhofs. Ich ging entlang der Mauer bis zum Eingangstor und dann hinüber zur Kneipe.

Ich klopfte gegen die Scheibe.

Walter schloss auf und gleich hinter mir wieder zu.

„Kaffee?" fragte er.

Lisa saß am Stammtisch. Vor ihr lagen zwei Schilder: Demnächst neue Bewirtschaftung. Es waren rote Schilder.

Ich nahm neben ihr Platz.

Walter brachte Kaffee und setzte sich uns gegenüber.

Ich trank einen Schluck und setzte die Tasse wieder ab.

„Und? Was hast du vor?" fragte Lisa.

„Wie?" fragte ich zurück.

„Was wirst du machen?" wiederholte sie.

Ich zuckte mit den Schultern.

„Walter hat seinen Vertrag gekündigt und ich gehe wieder nach Washington."

Ich nahm die Tasse wieder in die Hände und sah Walter an.

„Erika ist krank", sagte er. „Die nächste Woche wird sie nicht überleben. Für ein paar Jahre hab ich Geld. Ich muss nicht mehr ... Irgendwo in einer Kantine, das reicht."

„Und?" Lisa drängelte. „Sag doch. Wirst du bleiben?"

Ich sah auf die Schilder. Dieses Rot. Das sollte wohl heißen, hier passiert etwas. Aber damit hatte ich nichts mehr zu tun. Ich zuckte wieder mit den Schultern und wusste nur, dass sie zu Ende ist, die Zeit, in der alles anders war.